Der Bas

W0333247

Der Autor

Max Zorn ist das Pseudonym von Ulrich Hefner. Der Polizeibeamte, Journalist und Krimiautor ist Mitglied bei den Polizei-Poeten, beim Syndikat, in der Interessengemeinschaft deutschsprachiger Autoren und beim Deutschen Presse Verband. Mit dem Historienroman »Ein leiser Wind, der Fryheit hieß« legte Ulrich Hefner im Jahr 2001 den Grundstein zu seiner Karriere. Bekannt wurde der Autor durch seine Friesenkrimis um den Hauptkommissar Martin Trevisan. Ulrich Hefner ist verheiratet, hat zwei Kinder und lebt in Lauda-Königshofen.

Max Zorn

Der Bastard

Krimi

Weltbild

MIX
Papier aus verantwortungsvollen Quellen
FSC® C083411

Besuchen Sie uns im Internet:
www.weltbild.de

Genehmigte Lizenzausgabe für Weltbild GmbH & Co. KG,
Werner-von-Siemens-Straße 1, 86159 Augsburg
Copyright © 2019 by Max Zorn
Dieses Werk wurde vermittelt durch die litmedia.agency, Offenburg
Projektleitung und Redaktion: usb bücherbüro, Friedberg/Bay.
Umschlaggestaltung: Johannes Frick, Neusäß
Umschlagmotiv: © Johannes Frick unter Verwendung von Motiven von Shutterstock
(© ThomBal, © nord-reisender) und iStockphoto
(© eugenesergeev, © LoudRedCreative)
Satz: Datagroup int. SRL, Timisoara
Druck und Bindung: CPI Moravia Books s.r.o., Pohorelice
Printed in the EU
ISBN 978-3-96377-422-5

2024 2023 2022 2021
Die letzte Jahreszahl gibt die aktuelle Ausgabe an.

… Wo auch immer Sie sind,
Wo auch immer Sie sich verkriechen
Ich werde Sie finden
und ich werde Sie töten. …

Prolog

Anfang April … irgendwo im Südosten Polens

Der Bus hatte Verspätung, doch das war ihm egal. Niemand wartete auf ihn, niemand wusste, dass er kam, und niemand würde sich über sein Kommen freuen, am allerwenigsten sein Vater.

Die nasse und schmutzige Straße in dem kleinen Dorf war menschenleer. Aus einem dunklen und wolkenverhangenen Himmel schwebten vereinzelte Schneeflocken der Erde entgegen. Hier und da lagen graue Schneehaufen an den Rändern der Straße, aus denen sich eisige Rinnsale den Weg in den Straßengraben bahnten.

Es war kalt, bitterkalt. Er zog den Kragen seiner Jacke höher und setzte die fellbesetzte Kapuze auf. Sein Weg führte ihn hinaus aus dem von dichten Wäldern umrahmten Dorf. Hier in dieser Gegend, am Fuße der Berge, hielt sich der Winter länger als in den nördlichen Ebenen. Ein frischer, böiger Wind pfiff durch die Straße.

Eine magere rot-braun getigerte Katze kreuzte seinen Weg. Sie zuckte zusammen, als sie das Knirschen seiner Schuhe auf dem harschen Schnee hörte, duckte sich zu Boden und fixierte ihn mit ihren eisblauen Augen, ehe sie aufsprang, behände über die niedere Mauer des benachbarten Grundstücks flüchtete und in einem alten, verfallenen Schuppen verschwand.

Er ließ die grauen Fassaden der alten Häuser mit den

dunklen Fenstern entlang der Straße hinter sich und bog an einer schneebedeckten Kiefer in einen Feldweg ein, auf dem gefrorene Pfützen im schwachen Sonnenlicht glänzten. Er wich der Eisbahn aus und schritt über die angrenzende Wiese, auf der seine Schuhsohlen die groben Riefen seiner Stiefel hinterließen.

Das kleine Anwesen lag mitten im Wald auf einer Lichtung. Früher war es einmal ein Jagdhaus gewesen, in dem der Revierförster mit seiner Familie lebte, doch das war lange her. Weit über zwanzig Jahre. Ein Blitzschlag hatte schon vor längerer Zeit den hinteren Teil des hölzernen Schuppens zum Einsturz gebracht, und noch immer ragten vereinzelt verkohlte Bretter und Balken in die Höhe, notdürftig abgedeckt mit einer schmutzig braunen Plane. Aus dem Schornstein des kleinen Häuschens neben dem baufälligen Schuppen stieg Rauch auf. An dem Jägerzaun, der das Anwesen umgab, fehlte seit Jahren schon die Hälfte der Zaunlatten, und das Haus, in schmutzigem Gelb, hätte längst einen neuen Anstrich gebraucht.

Hier hatte er einen Teil seiner Kindheit verbracht. Einen Teil, den er am liebsten vergessen würde, doch das Vergessen war eine Gabe, die nicht jeder beherrschte, vor allem, wenn schmerzliche Spuren geblieben waren und sich die Erinnerung viel zu tief eingegraben hatte.

Als er die altersschwache und laut quietschende Gartentür öffnete, blickte er sich noch einmal um. Niemand war zu sehen, und nur das Rauschen des Windes in den Wipfeln der Nadelbäume begleitete ihn zur Tür, die angelehnt war. In diesem Teil der Welt traf man selten auf verschlossene Türen, denn in den alten und tristen Häusern gab es nichts, was man unter Verschluss halten musste. Hier in der Einsamkeit lebten nur noch die Alten. Die Jungen hatten diese Gegend längst verlassen.

Er betrat das Haus, musste sich – groß und stattlich, wie er war – bücken, und ein Sammelsurium von üblen Gerüchen stieg in seine Nase. Moder und Rauch mischten sich mit dem Geruch verdorbener Speisen, durchsetzt von dem beißenden Aroma von Schweiß und dem dumpfen Gestank von Erbrochenem und Exkrementen. Nicht zu vergessen der säuerliche Hauch von Alkohol, der über allem lag.

Der Flur war dunkel und eng. Schwarze Gummistiefel lagen neben einer fellbesetzten braunen Jacke auf dem Boden, daneben grobe Wollsocken. Er stieg darüber und betrat die Küche. Neben der alten Spüle voller schmutzigem Geschirr stand ein Herd, daneben die Anrichte. In der Ecke standen leere Flaschen; einige waren umgefallen und auf dem unebenen Boden unter die Spüle gerollt. Auf dem alten Holztisch gegenüber lag ein verschimmelter Laib Brot, und in dem Topf, aus dem noch ein Löffel ragte, schwamm eine graue Brühe. Der Aschenbecher quoll über. Der Boden war speckig, die trübe nackte Glühbirne, die an Kabeln von der Decke hing, verstreute schwaches Licht.

Angewidert wandte er sich um. Von Potwór keine Spur. Sicherlich war er hier irgendwo, er konnte ihn sogar riechen. Bei dieser Kälte brachten Potwór keine zehn Pferde vor die Tür.

Er verließ die Küche und betrat die gegenüberliegende Stube. Die Möbel waren alt und verschlissen. Neben dem dunkelblauen Ohrensessel vor dem kleinen Fenster waren auf dem in die Jahre gekommenen grünen Teppich dunkelbraune Flecken zu sehen.

Hier hatte sie immer gesessen, das war ihr Platz gewesen, wenn er sie besuchte. Und hier war sie gestorben, das war noch nicht einmal zwei Monate her. Potwór hatte alles so gelassen, wie es gewesen war, als sie noch lebte, er hatte sich um nichts gekümmert. Es roch nach Fäulnis und Tod.

Er überlegte kurz. Wann stirbt ein Mensch, wie viel Blut muss er verlieren, bevor es zu Ende geht? Er schüttelte den Kopf. Er musste raus hier, raus an die frische Luft, diesen schrecklichen Ort verlassen, doch zuvor hatte er noch etwas zu erledigen. Es musste zu Ende gebracht werden. Ihr Tod durfte nicht umsonst gewesen sein. Er wandte sich dem Schrank zu, der hinter der Tür stand. Das Möbelstück stammte aus der Zeit nach dem Krieg, zwei der Türen waren schief, doch die Scharniere hielten. Er warf einen langen Blick in die Vitrine. Die Glasscheibe war blind, dennoch blieb er an dem alten Schwarz-Weiß-Foto haften, das zwischen den Gläsern stand. Wie alt mochte er damals gewesen sein? Vier, fünf, höchstens sechs Jahre. Sie stand neben ihm, hielt seine Hand und lächelte. Gut sah sie aus. Damals war sie eine Schönheit gewesen. Lange blonde Haare, gelockt, schlank, eine aufregende Figur. Nicht zu begreifen, wie es so weit hatte kommen können. Und das Beste an diesem Bild war: Potwór war nicht darauf zu sehen. Nur er und sie.

Einen kurzen Augenblick dachte er daran, das Bild aus dem Schrank zu nehmen und einzustecken, doch er beließ es bei dem Gedanken. Diese Zeit war lange vorbei, und sie hatte ihn verraten. Sie hatte ihn einfach seinem Schicksal überlassen. Immer noch schwankte er zwischen inniger Liebe und abgrundtiefem Hass.

Er wandte den Blick ab und schluckte die Bitterkeit hinunter. Schließlich kniete er sich nieder und zog eine der beiden Schubladen auf. Er kramte darin, bis er die Schatulle mit den Briefen fand, die mit einer blauen Schleife zusammengebunden waren. Er nahm den Rucksack vom Rücken, öffnete den Reißverschluss und steckte sie ein.

Als er sich wieder aufrichtete, hörte er das Knacken von Holz. Er fuhr herum und lauschte. Ein leises Schnarchen drang durch den Flur.

Auf dem Tisch vor der Couch stand ein weiterer überfüllter Aschenbecher, daneben ein Feuerzeug. Zigarettenkippen lagen verstreut auf dem Boden unter dem Tisch, und einzelne Brandflecken verunstalteten den Teppich. Potwór hielt nicht viel von Sauberkeit.

Er verließ die Stube und folgte dem gleichmäßigen Geräusch durch den Flur. Vorsichtig und leise öffnete er die Tür zum Schlafzimmer. Dort lag Potwór auf dem verdreckten Bett zwischen Zigarettenkippen und einem Teil seiner schmutzigen Kleider. Sein mächtiger Bauch hob und senkte sich mit dem schnarrenden Geräusch. Er trug lediglich ein beflecktes Unterhemd, eine lange Unterhose mit gelben Flecken am Eingriff und schwarze, gestrickte Strümpfe. Die dunklen, fettigen Haare umrahmten sein Gesicht, und im grauen Vollbart, der ihm bis zur Brust reichte, hingen Brotkrumen. Sein Mund stand offen und zeigte die braunen, von Fäulnis zersetzten Zähne. Es stank entsetzlich nach Urin und Kot.

Vor dem Bett lagen mehrere leere Flaschen, Flaschen ohne Etikett, dennoch kannte er den Inhalt, denn Potwór brannte das Zeug selbst. Kontuschowka, scharfer Kräuterschnaps, weit über sechzig Prozent. Auf der Kommode standen noch drei gefüllte und verkorkte Flaschen des üblen Gebräus, das schlimmer schmeckte als Benzin.

Er verzog die Mundwinkel und wandte sich ab. Er hatte, was er wollte, und es war Zeit zum Gehen. Der nächste Bus kam in dreißig Minuten, und er hatte nicht vor, auch nur eine Minute länger zu bleiben, als er musste.

Bevor er die Tür erreichte, hörte er ein lautes Grunzen. Potwór hatte die Augen geöffnet.

»Was … was willst du noch hier, Prózniak? Verschwinde!«, nuschelte Potwór betrunken, ehe er sich auf die Seite drehte und einfach weiterschlief.

Er blieb stehen, lauschte auf das gleichmäßige Schnarchen, das den Raum füllte. Dann atmete er tief ein und ging zur Kommode. Er griff nach einer der Flaschen, entkorkte sie und goss sie auf dem Boden vor dem Bett aus. Die nächste Flasche entleerte er auf das Bett, und mit der dritten Flasche übergoss er den Leib des Schlafenden, der sich kurz schüttelte, ehe er sich wieder auf den Rücken drehte und die Augen öffnete.

»Was … was willst du, Prózniak, bist du verrückt geworden?!«, stammelte Potwór. Schon segelte das brennende Feuerzeug durch die Luft und landete neben dem Liegenden im Bett. Mit einem kurzen dumpfen Knall, wie wenn auf einmal alle Luft aus einem Ballon entweicht, entzündete sich der hochprozentige Alkohol. Eine Stichflamme schoss zur Decke empor.

Er verließ das Schlafzimmer und schloss die Tür. Raus aus dem Haus, nach Westen. Ins Dorf kehrte er nicht mehr zurück. Er wusste, wohin er sich wenden musste, um von hier wegzukommen. Er ging am Haus vorbei und tauchte in den

Wald ein. Die Schreie, die aus dem Fenster drangen, als er draußen am Schlafzimmer vorüberging, ließen ihn kalt. Es interessierte ihn nicht. Potwór war für ihn nicht einmal einen weiteren Gedanken wert. Er empfand nichts, nicht das Geringste, noch nicht einmal einen Hauch von Zufriedenheit.

Zwei Stunden würde er brauchen, bis er das nächste Dorf erreichte. Er hoffte darauf, dass es auch dort eine Buslinie gab, sonst musste er sich eben anderweitig helfen, um zurück in die Stadt zu kommen. Morgen früh gegen acht wurde er erwartet, und er durfte auf keinen Fall zu spät zum Treffpunkt kommen, sonst würde er zu lange warten müssen. Und das hatte er auf keinen Fall vor.

Insel Poel, Ostsee

Mitte Mai

1

Er lag bäuchlings unter einem Kirschbaum, und sein Kopf stand in einem seltsamen Winkel zur Seite hin ab. Eine Leiter lag daneben im Gras.

Luisa, die Magd vom Mühlenhof, hatte ihn gefunden. Sie war mit dem Rad nach Fährdorf unterwegs gewesen und hatte die Abkürzung entlang des Plastbachs durch den Wald genommen. Da lag er einfach so da, regungslos und still. Die grüne Gartenfräse mit Anhänger stand nicht weit vom Kirschbaum entfernt. Zuerst hatte sie nur den großen, leuchtend roten Klecks im kniehohen maigrünen Gras gesehen und angehalten. Gerufen hatte sie, bevor sie ihr Fahrrad abstellte und näher kam. Eine Antwort hatte sie nicht erhalten, und als sie nahe genug war, wurde ihr klar, warum ihr der Mann im roten Hemd nicht mehr antwortete. Denn eigentlich war das Hemd hellblau und nicht rot, so wie sie zu Anfang gedacht hatte. Das Gras neben dem seltsam verdrehten Kopf war ebenfalls rot und feucht.

Sie schlug die Hände vors Gesicht. Ihr markerschütternder Schrei hallte durch den Wald und über die Wiesen und ließ Schwärme von Vögeln aufsteigen, bevor sie sich umwandte und zurück zu ihrem Rad rannte. So schnell sie konnte, radelte sie den Waldweg entlang.

Als sie Großströmkendorf erreichte, war sie vollkommen außer Atem und zitterte am ganzen Leib. Vor dem Eingang des ersten Hauses, das sie erreichte, einem Hotel, ließ sie ihr Fahrrad achtlos zu Boden fallen. Sie war weiß wie eine gekalkte Wand, als sie vor der Rezeption stand.

»Luisa, was … was ist denn los mit dir?«, fragte der junge Hotelangestellte hinter dem Empfangspult.

»Er … er ist … er ist tot«, stammelte sie.

Minuten vergingen, bevor sie sich wieder gefangen hatte. Er brachte ihr ein Glas Wasser und hielt ihre Hand, als er sie zu einem der beiden Sessel im Foyer führte. Weitere Hotelangestellte eilten herbei.

»Er … er ist tot«, wiederholte sie nach einer Weile. Ihre Stimme zitterte noch immer, die fragenden Blicke der Hotelangestellten lasteten auf ihr.

Mit wenigen Worten erklärte sie dem jungen Portier, der ihre Hand hielt, was sie keine zwei Kilometer entfernt auf einem Obstgrundstück am Plastbach entdeckt hatte.

Knapp zehn Minuten später traf ein Rettungswagen der Johanniter am Hotel ein. »Sie hat einen toten Mann gefunden, zwei Kilometer von hier entfernt, am Plastbach«, erklärte der Portier dem Sanitäter, der sich Luisas annahm und ihren rasenden Puls fühlte.

»Einen Toten?«, wiederholte der Sanitäter ungläubig.

»Ja, genau«, bestätigte der Portier. »Sie sagt, der Mann ist blutüberströmt und eine Leiter liegt neben ihm.«

»Wo genau liegt er?«

»Auf einem Grundstück voller Obstbäume. Sie müssen nur dem Waldweg nach Alt Farpen folgen. Immer am Bach entlang. Es ist nicht zu verfehlen, dort steht ein Traktor oder so etwas Ähnliches auf der Wiese.«

Der Sanitäter nickte. »Ich rufe Verstärkung«, erklärte er und richtete sich auf. »Kümmern Sie sich bitte um die Frau, bis unsere Kollegen hier eintreffen. Sie steht unter Schock, wir müssen ihre Beine hoch lagern. Wir fahren inzwischen zu dem Mann auf der Obstwiese. Der zweite Rettungswagen ist in ein paar Minuten hier.«

Der Portier warf dem Sanitäter einen fragenden Blick zu. »Aber …«

»Bleiben Sie bei ihr und kümmern Sie sich um sie, die Kollegen sind gleich hier«, bekräftigte der Sanitäter, ehe er mit seiner Kollegin aus dem Hotel stürmte.

*

Oberkommissar Modrow fluchte, als er mit dem Dienstwagen durch ein tiefes Schlagloch fuhr und der Wagen ordentlich durchgeschüttelt wurde.

»Hoffentlich ist es nicht mehr weit«, murmelte er.

Seine Beifahrerin, eine junge Praktikantin direkt von der Polizeischule, hielt sich krampfhaft an der Halteschlaufe über dem Beifahrersitz fest.

»Verdammt!«

Ein erneuter Fluch kam über seine Lippen, als er einen morschen Ast überfuhr, der mitten auf dem Weg lag. Seine Beifahrerin erschrak und stieß einen spitzen Schrei aus.

Modrow lächelte.

»Tja, so ist das eben, wenn man einen Einsatz fährt«, brummte er und warf ihr einen kurzen Blick zu. Die Tachonadel stand bei siebzig, und der Weg durch den Wald Richtung Alt Farpen wurde immer schlechter. Er hatte längst wieder ihren Namen vergessen, und es kümmerte ihn auch nicht weiter. Diese jungen, blassen Dinger, die nach dem Abi direkt von der Schulbank auf die Polizeischule kamen und noch nicht einmal ein Jahr später draußen im wirklichen Leben erste praktische Erfahrungen sammeln sollten, waren ihm zuwider. Sieben Jahre war er damals Streife gefahren, bevor er nach einer Prüfung zum Kriminaldienst wechseln durfte, aber heute reichte es, wenn man ein Abitur in der Tasche hatte und die dreitausend Meter innerhalb von zweiundzwanzig Minuten rannte.

»Vorsicht, gleich holpert es noch einmal!«, warnte er sie, als nach einer Doppelkurve erneut ein Schlagloch auftauchte. Noch einmal schaute er zu ihr herüber. Sie wirkte etwas blass um die Nase.

Die Baumreihen wurden lichter, und der Weg führte leicht bergab, bevor erneut eine Kurve ins Blickfeld kam. Er bremste den Wagen ab, durchfuhr die Kurve und beschleunigte. Vor ihm tat sich eine weitläufige Lichtung auf; ein Krankenwagen mit blitzenden Blaulichtern stand mitten auf dem Weg und knapp daneben der orangefarbene Notarztwagen.

Modrow stoppte den Passat direkt dahinter. Er stellte den Motor ab, löste den Gurt und stieg aus. Bevor er die Wagentür schloss, nahm er sein Diktiergerät von der Mittelkonsole und aktivierte es.

»Uhrzeit, 12.24 Uhr, Himmel bedeckt, warm, kein Regen«, diktierte er in knappen Worten, ehe er sich seiner jungen Kollegin zuwandte. »Also dann, sehen wir uns die Sache mal an.«

Neben dem Notarztwagen war ein Sanitäter mit Schreibarbeiten beschäftigt. Modrow trat an seine Seite und zeigte seine Kripomarke. »Schöne Scheiße, muss sich der Opa ausgerechnet einen Freitag aussuchen, um vom Baum zu fallen«, bemerkte er zynisch.

Der Sanitäter blickte kurz auf, ehe er mit seinen Eintragungen fortfuhr. »Vom Baum gefallen ist der nicht, der hat einen Schnitt durch die Kehle«, bemerkte er beiläufig und zeigte mit dem Ende des Kugelschreibers von der linken Halsseite zur rechten.

»Das … das hat mir keiner gesagt«, stammelte Modrow entgeistert. »Ein Arbeitsunfall, hieß es.«

Der Sanitäter wies in Richtung der Leiche, vor der noch immer der Notarzt kniete. Zwei weitere Sanitäter assistiertem ihm. »Reden Sie mit dem Doktor, solange er noch hier ist.«

Modrow wandte sich seiner jungen Kollegin zu, die angesichts seines Fahrstils noch immer um Fassung rang. »Ruf die Dienststelle, sag denen, dass wir hier ein Tötungsdelikt haben, wir brauchen Verstärkung und die sollen die Spurensicherung schicken«, rief er ihr hastig zu, bevor er sich zur Leiche begab.

Der Notarzt, ein junger Mann mit pechschwarzem Haar erhob sich, als ihn Modrow erreichte.

»Kripo Wismar, Oberkommissar Modrow. Was haben wir?« Er war ein klein wenig außer Atem.

Der Notarzt wies auf den Leichnam und den blutbesudelten Boden. »Ein älterer Mann, Mitte sechzig, würde ich sagen. Todesursache eindeutig, ein Schnitt durch den Cervix, mit Transection von Sternoclaidomastoid und Levator, dadurch wurden auch die Arteria Carotis und die Vena jugularis durchtrennt. Der Schnitt ist sehr tief und wurde mit großer Kraftanstrengung ausgeführt.«

»Das heißt, man hat ihm die Kehle aufgeschnitten?«, fragte Modrow noch einmal zum besseren Verständnis.

»Den Hals, besser gesagt, die Halsmuskulatur«, verbesserte ihn der Arzt.

Modrow atmete tief ein. »Wie lange, schätzen Sie, ist das her?«

Der Arzt blickte auf den Leichnam. »Nicht sehr lange, drei oder vier Stunden vielleicht, aber das kann Ihnen die Rechtsmedizin dann genauer sagen. Wenn Sie noch etwas wissen wollen, sie finden mich im Hansa Klinikum. Ich müsste jetzt abrücken, mein Fahrer hat den Bericht schon fertig.«

»Ach so, ja, klar! Kein Problem, ist ja auch eher ein Fall für uns.«

Die junge Kollegin kam herbei. »Und, hast du die Dienststelle erreicht?«, raunzte sie Modrow an.

»Sie schicken jemand«, bestätigte die junge Frau. Ihr Blick haftete an der Leiche wie ein Magnet.

Der Notarzt war im Begriff zu gehen. »Einen Moment noch«, rief ihm Modrow nach. »Hatte er Papiere bei sich?«

Der Notarzt schüttelte den Kopf. »Nein, hatte er nicht, aber es soll sich um einen gewissen Rudolf Sydlow handeln, aus Kirchdorf auf Poel. Er betreibt dort eine Metzgerei.«

»Woher wissen Sie das?«, fragte Modrow verdutzt.

»Mein Fahrer kennt … besser gesagt, kannte ihn.«

Einer der Sanitäter übergab ihm den Kurzbericht, ehe er seinem Kollegen und dem Notarzt zu den Wagen folgte.

»Also dann, schauen wir mal, ob wir in seiner Karre etwas finden«, beschloss Modrow und wandte sich dem Einachser zu, der an der Zufahrt zu dem Wiesengrundstück stand. Er warf seiner jungen Kollegin einen fragenden Blick zu, die wie angewurzelt vor der Leiche stand. Ihre Haut schien noch ein klein wenig heller als zuvor.

»Komm mit!«, forderte er sie auf. Sie trat einen Schritt zur Seite und beugte sie nach vorne, bevor sie ihr gesamtes Frühstück im halbhohen Gras neben der Leiche versprühte.

»Scheiße«, fluchte Modrow. »Jetzt gibt es hier bald überhaupt keine Spuren mehr. Das meiste haben die Sanis schon zertrampelt, und jetzt kotzt du auch noch neben die Leiche! Bringen die euch eigentlich gar nichts bei?«

*

Erster Kriminalhauptkommissar Ralf Willig, Leiter des Kriminalkommissariats Wismar, stand am Ufer des Kirchsees und blickte nachdenklich hinaus auf das grünlich schimmernde Wasser.

Ein paar Radfahrer hatten den Toten gefunden, auf dem Weg von Brandenhusen zum Weitendorfer Hof. Zuerst war ihnen das kleine weiße Ruderboot aufgefallen, das unweit des Ufers im Kirchsee dümpelte. Als sie näher gekommen waren, hatten sie am Ufer die Leiche entdeckt. Eine riesige Blutlache besudelte den Sand. Man hatte dem Mann die Kehle durchgeschnitten und ihn dann einfach am Ufer liegen gelassen. Ein grausamer Mord, mitten in der Idylle.

Er hieß Hans Jürgen Pohl, war dreiundsechzig Jahre alt geworden und betrieb die Inselbäckerei in Kirchdorf. Ab und zu, wenn er frei hatte, fuhr er mit seinem Ruderboot hinaus, um die Angel im Kirchsee auszuwerfen. Und seit einiger Zeit hatte er frei, denn das Geschäft hatte er längst seinem Sohn übergeben. Ab und zu war er noch frühmorgens in der Backstube anzutreffen, doch heute leider nicht. Heute lag er mit durchtrenntem Hals auf dem Rücken im Sand und starrte mit leblosen Augen in den bedeckten Himmel.

Die Kolleginnen und Kollegen der Spurensicherung in ihren weißen Papieranzügen waren damit beschäftigt, das nähere Umfeld nach Spuren abzusuchen. Ein blauweißes Absperrband flatterte im Wind.

Hauptkommissarin Vicki Sauter gesellte sich an die Seite ihres Chefs. »Er dürfte fünf bis sieben Stunden tot sein, meint der Rechtsmediziner«, sagte sie und riss Willig aus seinen Gedanken.

»Wie kommt er darauf?«

»Wegen der Körpertemperatur der Leiche. Heute ist ein milder und trockener Tag, da wirken sich die äußeren Einflüsse nicht so dramatisch aus.«

Willig warf einen Blick auf seine Armbanduhr. »Also zwischen fünf und sieben.«

»Eher gegen fünf würde ich sagen, um sechs ist es ja schon taghell«, bemerkte Vicki Sauter.

Nachdenklich musterte Willig die Umgebung. Die leichten Wellen des Kirchsees brachen sich am Ufer, ein Plätschern erfüllte die Luft. »Wo treibt sich eigentlich Modrow herum?«, fragte Willig. »Der müsste doch schon längst hier sein!«

Vicki Sauter zuckte mit der Schulter. »Der ist mit der Praktikantin zu einem Arbeitsunfall bei Alt Farpen gefahren.«

Willig warf seiner Kollegin einen fragenden Blick zu.

»Der kam rein, als ihr bereits unterwegs wart«, erklärte sie.

Willig winkte ab. »Das hätte doch auch die Streife machen können, wir brauchen hier jeden Mann. Wir müssen hier alles absuchen und die Leute befragen, es muss doch jemand was gesehen haben, schließlich sind Ferien, und eine ganze Menge Urlauber sind hier auf der Insel unterwegs.«

Willig wandte sich um. Oben an der schmalen Straße waren Sichtschutzwände aufgebaut. Die Kollegen von der Streifenpolizei hatten alle Hände voll zu tun, um die Schaulustigen zurückzuhalten. Die Frühjahrssaison hatte bereits begonnen, und die ersten Urlauber bevölkerten die Inseln und Strände. Handys und Fotoapparate durften dabei natürlich nicht fehlen. Willig schüttelte angesichts der ungezügelten Sensationsgier einiger Unbelehrbarer, die das Leid und den Schmerz in erster Reihe und in Farbe festhalten wollten, nur noch den Kopf.

Er hüstelte, griff in seine Jackentasche und zog ein Pfefferminzbonbon hervor. Noch vor drei Wochen war es stürmisch und bitterkalt hier oben an der Küste gewesen, doch die Frühjahrssonne gewann immer mehr an Kraft und ließ bei mäßigem Wind das Thermometer über zwanzig Grad steigen. Seinen hartnäckigen Husten wurde er trotzdem nicht so schnell los.

Der Chef der Spurensicherung stand vor dem weißen VW-Bus der Einheit und winkte Willig zu.

»Was will der Klugscheißer jetzt schon wieder?«, seufzte er.

»Wer?«

»Brunner!«

Willig war kein ausgesprochener Freund des sportlichen und hageren Mannes, der ein asketisches Leben führte und bekennender, ja fast schon missionarisch veranlagter Veganer war, in seiner Freizeit Marathon lief, als Triathlet einen guten Namen hatte und aus alldem auch keinen Hehl machte. Ganz im Gegensatz zu Willig, dessen Bauchansatz seine Hemden inzwischen deutlich nach vorne wölbte, der gutes Essen und Trinken schätzte und dessen sportliches Engagement sich auf den Besuch des Hansa-Stadions am Wochenende beschränkte. Richtig über Kreuz waren sie aber gekommen, nachdem Brunner nach einem einjährigen Auslandsstudium im Trainingszentrum des FBI aus Quantico zurückgekehrt war und gleich am ersten Tag damit begann, die neu erworbenen Weisheiten in seiner Abteilung umzusetzen. Was Willig überhaupt nicht schmeckte.

Erst nach einem Gespräch beim Polizeipräsidenten glätteten sich die Wogen, nachdem man sich darauf geeinigt hatte, dass zumindest die Zusammenarbeit zwischen den Ermittlern und der Spurensicherung nicht unter dem Disput leiden dürfe. Der Burgfrieden wurde zwar ab und an durch kleine Scharmützel gestört, hielt jedoch weitestgehend, denn Wismar war nicht gerade der ausgesprochene Brennpunkt des Verbrechens in Deutschland. Der letzte echte Mordfall hier in der Gegend – ein LKW-Fahrer hatte seine untreue Ehefrau in flagranti erwischt und in der Nacht im Schlaf mit dem Kopfkissen erstickt – lag nun schon mehr als drei Monate zurück, und Beziehungstaten waren meist überschaubar und voller erfolgversprechender Ansatzpunkte für die Ermittler. Hoffentlich, so dachte Willig, als er sich seinem Widersacher näherte, war auch dieses Tötungsdelikt eine Beziehungstat und schnell zu lösen, denn am Samstag stand ein Derby auf dem Programm, und er hatte sich einen Platz im Bus gesichert, wenn die Hansa ins Erzgebirge nach Chemnitz reiste.

»Hast du was für mich?«, fragte er grußlos, als er den ungeliebten Kollegen erreicht hatte, der gerade die Heckklappe des Bullis schloss.

»Wir rücken jetzt ab und fahren an den zweiten Tatort zu Modrow. Den Rest erkläre ich dir heute Abend beim Briefing«, entgegnete Brunner. »Wir sehen uns dann dort.«

Willig war irritiert. Was meinte Brunner mit zweitem Tatort? Laut fragen wollte er nicht, er nickte nur und wartete, bis Brunner mit seinen Männern abrückte. Schließlich rief er Vicki Sauter herbei.

»Er faselt was von einem zweiten Tatort«, fragte er seine Kollegin. »Wohin will er?«

»Zu Modrow.«

»Ich dachte, der ist bei einem Arbeitsunfall.«

Vicki Sauter schüttelte den Kopf. »Da liegst du falsch. Modrows Leiche wurde ebenfalls der Hals durchgeschnitten.«

Willig atmete tief ein. »Und warum sagt mir das keiner?«, brummte er.

»Du solltest vielleicht ab und zu einen Blick auf dein Handy werfen. Modrow hat dir eine SMS geschickt.«

Erzürnt schüttelte Willig den Kopf. »Verdammte Handys, SMS, so ein Blödsinn. Ich will, dass wir miteinander sprechen, wann geht das endlich in eure Köpfe?«

2

Ostseeküste bei Kühlungsborn

»Ich schätze in erster Linie die Seeluft, dieses herrliche Wasser und die Ruhe, die hier herrscht«, sagte die Frau mit der roten Sonnenbrille in das Mikro des kleinen Aufnahmegerätes.

»Woher kommen Sie, wenn ich fragen darf?«

»Ich komme aus Bad Kissingen, das liegt im Norden Bayerns, wir sind jedes Jahr hier«, verkündete die Frau stolz.

Pia Stein schaltete das Aufnahmegerät ab und bedankte sich mit einem Lächeln. Sie warf einen Blick auf ihre Armbanduhr. Es war kurz vor ein Uhr, Zeit zum Essen, ihr Magen knurrte gewaltig.

Sie hasste diese Arbeit. Interview mit den frühen Feriengästen für das *Ostseemagazin,* eine einzige Werbeveranstaltung für die Printmedien und die Online-Ausgabe des *Rostocker Morgens,* einer der Tageszeitungen hier an der Küste bis hinauf nach Rügen und hinüber nach Greifswald. Eine Aufgabe, die sie weit unterforderte. Schließlich war sie Journalistin geworden, um zu recherchieren, um wahre Geschichten zu finden, Hintergründe aufzudecken und investigativ zu arbeiten. Doch dieses Ideal war ein Zerrbild. Die neuen Medien setzten der Tagespresse immer mehr zu; Hobbyschreiber bloggten und chatteten inzwischen auf der ganzen Welt um die Wette, deckten vermeintliche Skandale auf, veröffentlichten Hörensagen und Gerüchte, ganz egal wie gesichert ihre Erkenntnisse waren. Das hatte mit den Grundsätzen des echten Journalismus überhaupt nichts zu tun. Wer überleben wollte, musste mit den Wölfen heulen, wollte er nicht vom Auflagen- und Anzeigenrückgang aufgefressen werden.

Pia leitete das Regionalbüro der RMZ in Wismar, war hier an der Küste geboren und aufgewachsen und hatte ihr Handwerk von der Pike auf gelernt. Die *Zeit,* das *Focus-Magazin* und die *Berliner Zeitung* tauchten in ihrer Vita auf, doch die große weite Welt war nicht ihr Ding. Sie war froh über die Festanstellung bei der RMZ, für die sie seit drei Jahren arbeitete, auch wenn ein Traumjob vielleicht ein bisschen anders aussah.

Eigentlich hätte sie sich den Weg hier herauf an die Küste sparen können, denn die Antworten der Interviewpartner waren immer dieselben, nur die Bilder der Interviewten waren andere, schließlich wurde das Magazin überall entlang der Küste aufgelegt und die Menschen wollten sich wiedererkennen. Ein Stück Authentizität, die selbstredend auch zu den Grundsätzen eines guten Journalismus gehörte.

Auf dem Parkplatz angekommen, verstaute sie ihren Fotoapparat und ihr Aufnahmegerät im Kofferraum ihres Astras, bevor sie einstieg und Kühlungsborn in Richtung Castorf verließ. Sie fuhr über die L 12 zurück nach Süden.

Pia war eine resolute und unabhängige junge Frau, die mitten im Leben stand. Derzeit war sie solo und hatte sich nach zwei Enttäuschungen mit dem Single-Leben angefreundet. Allein war sie dennoch nicht: Sina, ihre schwarze Katze, wartete in ihrer Wohnung in Großströmkendorf auf sie. Und inzwischen gehörten zwar solche Unternehmungen wie am heutigen Tag allzu oft zu ihrem Arbeitsalltag, auf der anderen Seite konnte sie sich ihren Job und ihren

Tag frei einteilen und musste niemanden um Erlaubnis fragen. Das heißt, fast niemanden, denn einen Mann gab es, der zuweilen auch bei ihr den Ton angab: ihr Chefredakteur Albert Scheu. Aber der saß in der Zentrale der Zeitung in Rostock, sodass sie ihn nur selten zu Gesicht bekam. Eigentlich war ihr das ganz recht.

In Bastorf kehrte sie auf dem Gutshof ein. Das Restaurant war gut besucht, doch sie fand noch einen Platz in einer Ecke. Sie bestellte Schollenfilet mit Bratkartoffeln und dazu einen leichten Weißwein.

Der Gutshof war hier in der Ecke bestens bekannt und bei den Touristen beliebt. Man verarbeitete im Restaurant Produkte aus der Region und aus eigener Herstellung. Die Bedienung war im Stress, sodass ihre Bestellung ein klein wenig dauerte. Während sie aß, es war schon kurz vor zwei, leerte sich das Restaurant zunehmend. Zeit für Johanna Pleuger, Seniorchefin hier auf dem Hof und eine gute Bekannte ihrer Mutter, sich an ihrer Seite niederzulassen.

»Na, Pia, was treibt dich heute zu uns?«, seufzte sie und stellte ihr Glas Wasser auf dem Tisch ab.

»Interviews mit Feriengästen, nichts Aufregendes«, erklärte Pia. »Ich war in Heiligendamm und anschließend in Kühlungsborn und dachte mir, ich komme zum Mittagessen auf den Hof. Allerdings rechnete ich nicht mit so viel Betrieb.«

»Tja, die Ferienzeit geht immer früher los. Es wird zunehmend wärmer hier. Aber das ist ja ganz gut so, es war ein langer Winter. Wie geht es deiner Mutter?«

Pia lächelte. »Gestern ging es ihr noch gut.«

»Sie war schon lange nicht mehr hier.«

»Sie sucht nach einem Partner für die Praxis. Sie will kürzer treten, aber Zahnärzte wachsen eben nicht auf den Bäumen, und nur wenige wollen aufs Land.«

Johanna Pleuger griff nach ihrem Glas und trank einen Schluck. »Ja, es wird auch Zeit. Ich denke auch seit drei Jahren darüber nach, etwas kürzer zu treten und das Geschäft den Kindern zu überlassen.«

»Und warum tust du es nicht?«

Johanna Pleuger zuckte mit der Schulter. »Du weißt doch, wie es ist.«

Pia trank ihr Weinglas leer.

»Noch einen?«

Pia schüttelte den Kopf. »Nein, ich muss zurück ins Büro. Schreiben, die Fotos ordnen und abgeben. Morgen soll es in Druck, damit die Feriengäste wissen, was sie hier erwartet und wo sie ihr Geld ausgeben können.«

Johanna Pleuger lächelte. »Also gut, du bist selbstredend eingeladen. Aber sag mal, weshalb bist du nicht auf Poel, du bist doch immer noch bei der Zeitung in Wismar.«

»Auf Poel, wieso das denn?«

Johanna Pleuger runzelte die Stirn. »Na, wegen des Toten«, sagte sie.

»Welcher Tote denn?«

»Du hast noch nichts davon gehört?«, fragte Johanna Pleuger ungläubig.

Pia schüttelte den Kopf.

»Und ich dachte, du bist bei der Presse! Die wissen doch meist mehr als die normalen Menschen.«

»Ist das so?«

»Dachte ich zumindest. Dann hast du noch gar nicht gehört, dass die den Pohl am Kirchsee tot aufgefunden haben. Soll umgebracht worden sein, sagen die Leute.«

»Woher weißt du das?«

Johanna Pleuger wies in das Lokal. »Die Leute reden eben, wenn sie essen gehen. Er soll geköpft worden sein.«

»Pohl vom Herrenhof?«

»Nein, der Pohl von der Inselbäckerei, der Hans. War wohl beim Angeln. Die Polizei hat noch keine Spur, aber ich hoffe, die kriegen den Kerl schnell. Wenn hier ein Mörder frei herumläuft, ist das keine gute Werbung für Ferien an der Ostsee.«

Pia hatte es plötzlich eilig. Sie bedankte sich bei der Gastwirtin und verließ das Lokal. Vor ihrem Wagen blieb sie stehen und rief über Handy die Redaktion an. Albert Scheu, der Chefredakteur, meldete sich nach längerem Klingeln.

»Ich bin hier bei Bastorf und muss in einem Restaurant erfahren, dass es einen Toten auf Poel gibt«, beschwerte sie sich bei ihrem Chef. »Was ist da passiert und weshalb habt ihr mich nicht angerufen?«

»Jetzt komm mal runter«, entgegnete Scheu gelassen. »Du hast doch deinen Auftrag und die Reportage muss morgen raus, die wollen in Druck gehen.«

»Pah, in Druck, ich dachte, ich leite das Büro Wismar«, antwortete Pia bissig. »Poel liegt in meiner Zuständigkeit.«

Einen Augenblick lang herrschte Schweigen.

»Wen habt ihr geschickt?«

»Schleicher ist auf dem Weg.«

»Schleicher? Wieso Schleicher, der kennt sich hier doch gar nicht aus!«

»Das musst du schon mir überlassen«, erklärte Scheu ernst. »Hast du die Reportage fertig?«

»Schreiben und ordnen, nur noch Kleinigkeiten.«

»Ich will sie heute Abend im Postfach sehen, fehlerfrei und druckfertig, hast du verstanden?«

»Und was ist mit Poel?«

»Ich sagte doch, das macht Schleicher«, erwiderte Scheu. »Die Polizei hat eine Nachrichtensperre verhängt. Mehr als eine erste Meldung gibt das nicht und er hat ein Navi im Wagen. Er wird die Insel schon finden.«

»Ausgerechnet Schleicher!«, zeterte Pia. »Ich will nicht, dass der in meinem Revier herumschnüffelt. Wismar ist mein Bereich und …«

»Jetzt hör mir mal gut zu«, unterbrach Scheu Pias Vortrag. »Wenn du einmal auf meinem Stuhl sitzt, dann kannst du dich ganz weit aus dem Fenster lehnen. Aber solange ich hier das Sagen habe, macht jeder das, was ich anordne. Und du kümmerst dich jetzt um die Reportage und hältst die Luft an. Ich sage dir schon, wo und wann ich dich brauche, hast du verstanden?«

Pia streckte dem Handy die Zunge heraus, bevor sie das Gespräch beendete. Sie war stocksauer. Ein Leichenfund auf Poel, und sie wurde nicht informiert! Noch dazu der Inselbäcker, bei dem auch sie ab und an die Frühstücksbrötchen gekauft hatte. Scheu wurde wohl langsam senil. Ausgerechnet Schleicher schickte er zum Tatort, Schleicher, der dafür bekannt war, es gerne warm und trocken zu haben, und dessen Berichte und Reportagen über die Hundertjahrfeier des Schützenvereins oder die Prämierung des schönsten Zwerghahnes im Geflügelzuchtverein Robertsdorf beinahe schon legendär waren, ließ er sie sich doch durch Vereinsmitglieder zukommen und verarbeitete sie meist ohne Korrekturen weiter. Das durfte sie nicht auf sich sitzen lassen. Sie blätterte in ihren Kontakten und wählte die Nummer von Oberkommissar Rönning von der Polizeistation Poel.

Es dauerte eine Weile, bevor er sich meldete. Im Hintergrund waren deutlich Windgeräusche über das Handy zu hören.

»Hallo, Ronny«, säuselte sie. »Wie geht es dir?«

»Pia?«

»Ja, ich bin es. Hast du gerade viel zu tun?«

»Du ich kann gerade nicht …«

»Wegen Pohl?«

»Rufst du deswegen an?«

Pia verzog ihre Mundwinkel. Sie überlegte, wie sie ihn zum Reden bringen konnte, ohne allzu plump zu wirken. Ein Vorteil war vielleicht, dass Rönning schon seit Jahren ein Auge auf sie geworfen hatte.

»Teils, teils«, antwortete sie. »Ich weiß, es gibt eine Nachrichtensperre und ich will auch gar nicht darüber reden. Ich will nur wissen, ob sich die Leute hier in der Gegend Sorgen machen müssen.«

Der Empfang wurde kurz unterbrochen.

»Ronny, hörst du mich noch?«

»… ich … reden … kannst …«

»Ronny?«

»Ja, ich hör dich wieder.«

»Wo bist du gerade?«

»Auf dem Boot«, erklärte er. »Du, wenn rauskommt, dass ich mit dir rede, dann kriege ich ganz schön Ärger.«

»Wie soll das rauskommen? Oder bist du nicht allein?«

»Doch, schon …«

»Also, was ist los bei euch?«

»Du sagst niemandem was, klar?«

Pia lächelte. »Ich schwöre!«

»Pohl ist nicht der einzige Tote. Wir haben noch eine Leiche. Am Plastbach, bei Alt Farpen. Gleicher Modus operandi.«

»Modus … was?«

»Na ja, ebenfalls die Kehle durchschnitten.«

Pia spürte, wie sich ihr Blutdruck erhöhte. Das hatte Schleicher bestimmt noch nicht erfahren.

»Wer ist der Tote?«

»Du sagte kein Ton und ich möchte nichts darüber in der Zeitung lesen, klar!«

»Versprochen!«

»Der alte Sydlow aus Kirchdorf.«

»Der Metzger?«

»Ja, genau der, und jetzt muss ich Schluss machen.«

Das Gespräch wurde unterbrochen. Pia atmete tief durch. Der Bäckermeister und der Metzgermeister, beide tot mit durchschnittener Kehle und kaum drei Kilometer voneinander entfernt aufgefunden. Kein Wunder, dass die Polizei die Presse nicht mit ins Boot nehmen wollte. Zwei Leichen zu dieser Jahreszeit, das konnte ein tiefer Schlag ins Kontor der Ferienfreudigen und Erholungssüchtigen werden.

»Tja, da steht wohl einer nicht auf belegte Brötchen«, murmelte Pia, bevor sie ihr Handy einsteckte und sich hinter das Steuer ihres Wagens setzte.

3

Insel Poel

Es sollte noch schlimmer kommen an diesem Abend. Kurz nach achtzehn Uhr wurde unweit des Gestüts Neuhof auf Poel der blaue Kleintransporter des Heizungs- und Installateurmeisters Bernd Helgers auf einem Feldweg aufgefunden, und zwar von drei Spaziergängern, die dort ihre Hunde ausführten. Dies war zwar zunächst nicht weiter verwunderlich, denn seit die erneuerbaren Energien im Land Einzug gehalten hatten, war dies natürlich auch nicht spurlos an Helgers und seiner Firma vorübergegangen. Von Heizungsmontage und Installateursarbeiten allein konnte der Betrieb nicht mehr leben, deshalb hatte sich Helgers recht frühzeitig auf die Montage und Wartung von Photovoltaikanlagen spezialisiert. Und diese gab es auf den Dächern der großen Hallen reichlich.

Allerdings waren die Umstände, unter denen der Wagen gefunden wurde, doch sehr rätselhaft, denn er war unverschlossen, und auf dem Fahrersitz klebte reichlich Blut. Außerdem gab es von Helgers weit und breit keine Spur.

Oberkommissar Ronny Rönning fluchte, als er nach diesem harten Tag, an dem zwei Tote im Umland aufgefunden worden waren, nach Feierabend noch einmal ausrücken musste.

Zusammen mit Hundeführern aus Rostock hatte er nun zum zweiten Mal die Umgebung abgesucht, und es wurde langsam dunkel. Natürlich hatte man längst schon bei Helgers zu Hause in Malchow und in seiner Werkstatt nachgeschaut, doch auch dort war er nicht anzutreffen, und seine gebrechliche Mutter, die schon an die Neunzig heranreichte, wusste ebenfalls nicht, wo er sich aufhalten oder was passiert sein könnte.

Helgers lebte, abgesehen von seiner Mutter, allein in dem kleinen Anwesen. Seine Frau hatte sich bereits vor acht Jahren von ihm getrennt. Ansonsten gab es noch zwei Mitarbeiter, die aber auch nichts über den Verbleib ihres Chefs wussten, denn sie hatten heute auf einer Baustelle bei Neubukow zu tun gehabt und den zweiten Firmenwagen mit nach Hause genommen, denn morgen sollte es auf der Baustelle weitergehen.

»Was machen wir denn jetzt?«, fragte der Hundeführer, nachdem sie zum wiederholten Male das Gestüt abgesucht hatten.

»Das ist verdammt viel Blut im Wagen«, bemerkte Rönning.

Der Hundeführer warf im Dämmerlicht des beginnenden Abends einen skeptischen Blick auf das graue Velours.

»Verdammt viel, würde ich auch sagen.«

»Meinst du, der lebt noch?«

Der Kollege zuckte mit der Schulter.

»So eine verdammte Scheiße, was ist bloß los hier auf der Insel? Zuerst der Pohl, dann Sydlow und jetzt auch noch Helgers, das ist ja wie in einem Horrorfilm.«

»Ich denke, du solltest die Kripo rufen.«

Rönning schaute auf seine Uhr, nickte und griff nach seinem Handy.

Als er auflegte, schüttelte er den Kopf.

»Kommen die?«

»Ja, klar, und einen Anschiss haben sie mir auch verpasst. Sie sind sauer, dass ich erst jetzt anrufe.«

»Die sollen sich nicht so haben«, beruhigte ihn der Hundeführer. »Wenn er sich nur geschnitten hat und hier irgendwo liegt, dann hätten sie sich auch beschwert, da kannst du machen, was du willst, für die Kriponesen machen wir sowieso alles falsch.«

Rönning nickte.

»Sollen wir bleiben?«

»Ja, und es kommen noch mehr, sagte der Kommissar vom Dienst. Die wollen die ganze Insel auf den Kopf stellen. Das gibt einen späten Feierabend.«

Der Hundeführer seufzte. »Die sind nervös«, resümierte er. »Zwei Leichen, und jetzt fehlt noch einer, das ist doch klar, das schlägt aufs Gemüt. Mir ist es egal, ich hab sowieso Nachtdienst.«

Einer der Spaziergänger, ein kleiner, untersetzter Mann mit Glatze und goldener Brille trat einen Schritt näher. Er zog einen störrischen Dackel hinter sich her. »Müssen wir hier noch warten?«

Rönning warf ihm einen missmutigen Blick zu. »Und Sie haben den Wagen wirklich nicht angefasst?«

Der Spaziergänger schüttelte den Kopf. »Nein, natürlich nicht. Das Blut sieht man ja durch die Scheibe. Flocki hat angeschlagen, und wir haben nachgeschaut, da haben wir es gesehen.«

»Flocki?«

»Der kleine Münsterländer«, erklärte der Spaziergänger.

»Der muss das Blut gerochen haben, deswegen hat er angeschlagen. Wir wären sicherlich am Auto vorbeimarschiert, wenn sich Flocki nicht so angestellt hätte.«

Rönning atmete tief ein. »Okay, den Namen und die Erreichbarkeit habe ich, wir kommen sicher noch mal auf Sie zu.«

»Aber dann bitte nicht zu früh am Morgen, ich bin hier auf Urlaub, und Stress kann ich keinen gebrauchen.«

*

Die Suche nach Helgers lief auf vollen Touren. Willig, Vicki Sauter und Theo Brunner waren heute schon das zweite Mal auf der Insel, und der Grund war nicht viel erfreulicher als am heutigen Morgen, denn der hinzugerufene Rechtsmediziner stufte die Menge des Blutverlusts als lebensbedrohlich ein. Angesichts zweier Mordopfer, die hier im Umkreis von ein paar Kilometer aufgefunden worden waren, schien diese Vermisstensache genau ins Muster zu passen.

»Der Täter muss ihn mit einem Fahrzeug abtransportiert haben«, folgerte Brunner angesichts der Entfernung zu den nächsten Gebäuden.

Die dritte Suche, mit Kräften der Bereitschaftspolizei und weiteren Polizei- und Rettungshunden, hatte keine neuen Erkenntnisse erbracht.

»Wohin führt der Weg?«

Rönning wies nach Osten. »Das sind die Lichter von Kirchdorf.«

»Und da drüben?«

»Timmendorf.«

Das Aggregat der Feuerwehr brummte durch die Nacht und speiste die großen Scheinwerfer, die die Szenerie hell erleuchteten. Spurensicherungsbeamte arbeiteten am Kleintransporter, während sich Willig und seine Kollegin in der Umgebung umschauten. Rönning übernahm die Führung.

»Auf dem Gestüt war er sicher nicht?«

Rönning schüttelte den Kopf. »Nein, hier weiß keiner was. Und einen Auftrag hatte er nicht.«

»Weiß denn überhaupt jemand, was er heute gemacht hat?« Willig fluchte leise in sich hinein.

»Seine Mutter sagt, er hat gegen sieben das Haus verlassen«, warf Rönning ein. »Wohin er ging und was er vorhatte, das konnte sie nicht sagen. Die Frau ist fast neunzig, und um das Geschäft kümmert sie sich schon lange nicht mehr. Sie hat nur den Wagen gehört, mehr nicht.«

Willig schüttelte den Kopf. »Das ist ja wie verhext. Wo sind wir da nur reingeraten. Zwei Leichen, und die dritte liegt wahrscheinlich irgendwo in der Pampa rum. Was ist denn bloß los? Läuft hier jemand Amok?«

»Noch ist nicht sicher, dass er wirklich tot ist«, warf Vicki Sauter ein.

»Du hast den Doc gehört, der zumindest scheint sich ziemlich sicher zu sein.«

Ein Kollege von der Streife kam auf Willig zu. »Der Hubschrauber ist auf dem Weg, er wird in zwanzig Minuten hier sein und hätte gerne jemanden an Bord, der sich in der Gegend auskennt.«

Willig nickte. »Rönning, das übernehmen Sie.«

»Aber ich … wir sind seit zwölf Stunden auf den Beinen …«

Willig wischte Rönnings Einwände mit einer Handbewegung weg. »Hier geht es ziemlich sicher um einen Dreifachmord, und noch haben wir keine Spur vom Täter. Wenn das so weitergeht, dann gibt es bald nur noch Leichen hier auf der Insel. Reißen Sie sich zusammen!«

Rönning machte ein betretenes Gesicht. »Ist ja schon gut«, murmelte er.

»Also, warten Sie, bis sich der Helikopter meldet, und richten Sie einen Landeplatz ein. Sie wissen schon, ausleuchten, keine Strommasten in der Nähe und ein großes, freies und ausreichend festes Feld. Haben Sie mich verstanden?«

Rönning nickte und wandte sich um.

»Wo zum Teufel ist Modrow?«, fluchte Willig.

»Der teilt gerade die Leute von der Feuerwehr ein.«

Willig schaute auf die Uhr. »Er soll sich beeilen, die schlafen sonst alle ein. Und wir brauchen hier so etwas wie eine Leitstelle, damit wir die Suche richtig koordinieren können. Du weißt schon, wie bei geschlossenen Einsätzen oder so.«

Vicki Sauter wusste, was Willig damit meinte, und sie spürte deutlich, dass er von der Situation zunehmend überfordert war. Dieser Tag war wirklich nichts für schwache Nerven. Was passierte hier nur, welcher Albtraum lief hier ab? Sie riss sich zusammen. Irgendjemand musste einen kühlen Kopf bewahren, und Willigs Kopf glühte bereits.

»Die Polizeistation ist zu klein«, erklärte sie mit ruhiger Stimme, »aber die Bereitschaftspolizei bringt eine mobile Einsatzleitung mit, die sind in einer halben Stunde hier. Ich lotse sie hier an das Gestüt.«

»Gut, tu das«, seufzte Willig, ehe er von einem Hustenanfall durchgeschüttelt wurde. »Und diese verdammte Erkältung nervt noch obendrein. Eigentlich sollte ich im Bett liegen und mich auskurieren.«

Noch bevor er seinen Satz richtig beendet hatte, klingelte sein Handy.

Willig zog es aus der Jackentasche und warf einen Blick auf das Display.

»Die Reimann, ausgerechnet jetzt«, murmelte er, bevor er das Gespräch annahm.

Polizeidirektorin Katja Reimann, Inspektionsleiterin der Polizeiinspektion Wismar. Ihre Hoheit, wie sie von den Kollegen nur scherzhaft genannt wurde. Willig meldete sich.

»Reimann hier, was ist da oben bei Ihnen los, Herr Willig?«, fragte sie.

Willig räusperte sich. »Hier läuft gerade eine Suchaktion«, berichtete er. »Möglicherweise gibt es einen weiteren Toten.«

»Möglicherweise, was bedeutet das?«, fragte die Inspektionsleiterin.

Willig berichtete ihr von dem verlassenen Kleinlaster und dem Blut, das im Wagen vorgefunden worden war. Über die beiden Mordfälle an Pohl und Sydlow hatte er sie bereits am späten Nachmittag informiert.

»Der Polizeipräsident hat mich vor zehn Minuten angerufen und nachgefragt, weswegen der Einsatzzug aus Waldeck abberufen und in den Einsatz aufgenommen wurde. Ich konnte ihm keine Auskunft geben.« Ihre Stimme klang vorwurfsvoll.

»Tut mir leid«, entgegnete Willig, »aber ich musste hier zuerst einmal die Suche organisieren und Kräfte mobilisieren.«

»Ein Hubschrauber ist auch auf dem Weg?«

»Mit Wärmebildkamera«, bestätigte Willig. »Vielleicht haben wir ja noch eine Chance, ihn aufzufinden, bevor der Körper endgültig auskühlt.«

»Weiß man, seit wann der Mann fehlt?«

»Das letzte Mal wurde er morgens gegen sieben Uhr gesehen, seither fehlt jede Spur von ihm.«

»Das sind siebzehn Stunden.«

Willig zuckte mit der Schulter. »Ist mir klar, aber was soll ich tun?«

Einen kurzen Augenblick herrschte Schweigen.

»Haben Sie die Lage im Griff?«, fragte Reimann mit ernster Stimme.

Willig verdrehte sie Augen. »Wir tun, was wir können.«

»Gut, machen Sie weiter. Morgen früh erwarte ich Ihren Bericht. Pünktlich, wenn's geht.«

»Ja, klar«, bestätigte er.

»Falls Sie noch Kräfte benötigen, dann rufen Sie mich an. Ich werde heute noch das LKA verständigen. Drei Tote, das übersteigt unsere Möglichkeiten.«

Damit hatte Willig gerechnet und war irgendwie sogar ein klein wenig erleichtert, denn er fühlte, dass ihn dieser Fall zunehmend an die Grenzen seiner Leistungsfähigkeit brachte.

»Also, Willig, machen Sie weiter, ich hoffe, die Suche hat Erfolg.«

4

LKA Mecklenburg-Vorpommern, Retgendorfer Straße, Rampe

Er wurde Vito genannt, aber eigentlich hieß er Vittorio. Vittorio Emanuele Falk. Vittorio auf Wunsch seiner italienischen Mutter, Emanuele nach seinem Großvater, und Falk wegen seines deutschen Vaters, der Ermittler bei der Kripo in Kiel gewesen und inzwischen im Ruhestand war. Er war mit vier älteren Schwestern aufgewachsen, was das Leben in seiner Kinder- und Jugendzeit nicht unbedingt einfach gemacht hatte. Vor allem Stella, die Älteste, hatte ein strenges Regiment geführt und immer gut auf den kleinen Bruder aufgepasst. Manchmal tat sie das noch heute. Geschadet hatte es ihm bis jetzt nicht.

Er arbeitete beim Landeskriminalamt, aber seine Karriere hatte in Mürwik begonnen, auf der Marineoffiziersschule der Bundesmarine als Offiziersanwärter. Das Offizierspatent war kein Problem, er bekam es mehr oder minder geschenkt, denn man brauchte seine Fertigkeiten an anderer Stelle. Er sprach fließend italienisch, englisch, französisch, russisch und darüber hinaus sogar arabisch, doch das allein war es nicht: Sein fotografisches Gedächtnis und sein analytischer Verstand erregten das Interesse der Marineführung. Nur aus diesem Grund versetzte man ihn nach Köln, beförderte ihn zum Leutnant zur See, ohne dass er als Seemann jemals auf einem Kriegsschiff der Bundesmarine unterwegs gewesen war. Der Militärische Abschirmdienst wurde sein neues Zuhause. In der Analyseabteilung versah er den größten Teil seines Dienstes, strategische und operative Einsatzplanung war sein Metier, bis er nach zehn Jahren als Kapitänleutnant zur See den Dienst quittieren musste und in die Berufsförderung der Bundeswehr übergeleitet wurde.

Der Grund für den Wechsel? Ein Fehler war ihm unterlaufen, nur eine Kleinigkeit, doch diese vermeintliche Bagatelle kostete drei seiner Kameraden das Leben. *Operation Empty Quarter* nannte sich der Einsatz, mehr oder weniger Routine. Doch was war schon Routine im Nahen Osten, in einem vom Bürgerkrieg gezeichneten Land.

Es war ein schwerer Schlag für ihn, der ihn über ein Jahr außer Gefecht setzte. Die psychologische Abteilung in Wandsbek leistete ganze Arbeit, aber mit der Bundeswehr und dem Abschirmdienst war es vorbei. Er willigte ein, als ihm damals ein Stabsoffizier erklärte, dass es besser für ihn sei, die Bundeswehr zu verlassen und sich über eine mehrjährige Berufsförderung für neue Aufgaben außerhalb des Wehrdienstes zu qualifizieren. Er reichte seinen Abschied ein. Über den Vorfall, der ihn damals zu diesem Schritt bewog, sprach er nie wieder.

Er entschied sich für die Polizeiarbeit, allerdings nicht im Streifen- oder Kriminaldienst. Ein ganz spezielles, noch weitgehend stiefmütterlich behandeltes Betätigungsfeld hatte es ihm angetan, in dem ihm seine besonderen Fähigkeiten von Nutzen sein würden. Die Operative Fallanalyse steckte in Deutschland noch in den Kinderschuhen. Noch stand man dem Profiling in den Reihen der Führungskräfte skeptisch gegenüber. Andere Länder waren auf diesem Gebiet schon viel weiter. Neben dem Studium der Psychologie besuchte er mehrere Lehrgänge beim FBI in den USA und hospitierte ein ganzes Jahr bei der schwedischen Rikspolis in Stockholm, die auf diesem Gebiet führend in ganz Europa war. Dort lernte er viel über das Verbrechen, die Opfer und die Tätertypen und schloss sein Studium mit Bravour ab.

Dennoch dauerte es fast zwei Jahre, bis er eine Anstellung fand. Ausschlaggebend dafür war seine erfolgreiche Mitarbeit bei der Aufklärung eines grausamen Mordes an einer Neunjährigen, deren Leiche – oder das, was davon noch übrig war – sieben Jahre später in einem Mühlkanal aufgefunden worden war. Acht Jahre nach der Tat gelang es dank seiner Mithilfe und seines breit gefächerten Wissens, den Täter zu überführen. Seither arbeitete er beim LKA in Mecklenburg-Vorpommern in der Kriminaltechnischen Abteilung, und seine Erfolge konnten sich sehen lassen.

Einen kleinen Wermutstropfen gab es allerdings, denn das Referat OFA – Operative Fallanalyse – bestand aus genau einem Mitarbeiter: aus Falk selbst, denn seine Teamfähigkeit ließ schwer zu wünschen übrig, und niemand hatte großes Interesse daran, mit dem introvertierten, meist düster und abweisend wirkenden und vor allem misanthropisch veranlagten Kollegen zusammenzuarbeiten.

Falk störte dies nicht weiter, er war gerne Einzelgänger. Vielleicht lag es auch ein klein wenig daran, dass er in seiner Kindheit durch die vier Schwestern so viel Gesellschaft abbekommen hatte, dass es für ein ganzes Leben reichte.

»Setzen Sie sich!«, forderte ihn die leitende Kriminaldirektorin Pauli auf, als er kurz nach acht Uhr ihr Büro betrat.

Falk nickte und zog sich einen Stuhl heran.

»Einen Kaffee?«

Falk lehnte das Angebot ab und blickte sie fragend an.

»Haben Sie von den Morden gestern auf Poel gehört?«

Falk zuckte mit der Schulter. »Ich hatte meinen freien Tag. Überstundenabbau.«

Pauli hob die Akte in die Höhe, die vor ihr auf dem Schreibtisch lag. »Gestern früh wurden auf Poel und in der Nähe von Alt Farpen zwei Leichen mit durchschnittener Kehle aufgefunden«, berichtete sie. »Am Abend fand man dann auch noch den verlassenen Kleintransporter eines Heizungsmonteurs. Das Auto war voller Blut. Die Leiche wurde in der Nacht in einem Entwässerungsgraben unweit seiner Firma bei Malchow auf Poel aufgefunden. Ebenfalls mit durchschnittener Kehle. Auf der Insel läuft ein irrer Mörder frei herum, und die Kollegen haben nicht die geringste Spur.«

Falk blickte beinahe gelangweilt aus dem Fenster in den blauen Himmel. Er verzog keine Miene.

»Die Kollegen haben eine Sonderkommission installiert und fordern unsere Unterstützung an. Die KT ist bereits auf dem Weg.«

»Und was soll ich dabei?«, fragte Falk.

Pauli reichte ihm die Akte. »Sie werden die Kollegen dort unterstützen! Packen Sie einen Koffer, ich will, dass wir den Täter schnappen, bevor er die gesamte Insel entvölkert. Für die Ferienregion ist das eine Katastrophe.«

»… den Täter …«, wiederholte Falk betont.

Die Kriminaldirektorin runzelte die Stirn. »Was sagen Sie?«

Falk lächelte knapp. »Sie sagten, ›den Täter‹. Es können aber auch mehrere Täter oder eine Frau gewesen sein.«

Pauli winkte ab. »Und wenn es eine ganze Kompanie gewesen ist … Finden Sie heraus, was dort vor sich geht, und unterstützen Sie die Arbeit der Kollegen. Und Falk, versuchen Sie es mal mit ein klein wenig Freundlichkeit, das würde uns allen weiterhelfen.«

*

Kirchdorf, Insel Poel …

Ronny Rönning fiel aus allen Wolken, als es an seiner Tür Sturm läutete. Er hatte gerade mal zwei Stunden geschlafen. Bis zum frühen Morgen hatten sie die Insel nach Bernd Helgers abgesucht, bis sie ihn schließlich tot in einem Entwässerungsgraben an einem Feldweg aufgefunden hatten, keine 600 Meter von seinem Haus entfernt. Es dämmerte, als er nach Hause kam. Beinahe zwanzig Stunden war er auf den Beinen gewesen und wie ein Toter in sein Bett gefallen, und jetzt klingelte es an der Tür. Der mitleidlose Ton schmerzte in seinen Ohren.

Er warf einen Blick auf den Radiowecker: Viertel nach acht. Er lupfte seine Decke und erhob sich. Wut stieg in ihm auf. Er griff nach seinem Morgenmantel und hastete zur Tür. Erneut klingelte es.

»Verdammt … ich komm ja schon!«, rief er. Er musste zuerst die Wohnungstür aufschließen, bevor er öffnen konnte. Als die Tür aufschwang, traute er seinen Augen kaum. Pia Stein stand vor der Tür. Sie lächelte verschmitzt und hielt einen Pappkarton in der Hand, in dem zwei braune Kaffeebecher standen, außerdem hatte sie noch zwei in Plastikfolie verpackte Brötchen dabei, die sie geradezu stolz präsentierte.

»Pia … was machst du denn hier?«, fragte er verdutzt.

»Frühstück!«, rief sie ihm freundlich zu. »Ich dachte, ich tue dir mal was Gutes, nachdem du dir die halbe Nacht um die Ohren schlagen musstest.«

Ronny trat einen kurzen Schritt ins Treppenhaus und blickte sich argwöhnisch um, bevor er Pia an ihrer Schulter fasste und zu sich in die Wohnung zog.

»Hey, nicht so stürmisch, junger Mann«, protestierte sie mit gespielter Empörung.

»Bist du verrückt geworden? Wenn dich jemand hier sieht!«

Sie blickte ihn mit unverständiger Miene an. »Wieso, wir sind doch erwachsen«, flachste sie.

Er schüttelte den Kopf und fuhr sich durch das wirre Haar. »Du weißt doch genau, es gibt eine Nachrichtensperre. Ich kriege Ärger, wenn ich mit dir rede.«

Er bugsierte die junge Frau in das Wohnzimmer und bot ihr einen Platz an, nachdem er das Sofa von Teilen seiner Uniform befreit hatte.

Pia lächelte noch immer wie ein übermütiger Teenager. »Wieso solltest du Ärger bekommen, ich weiß doch schon alles. Ihr habt Helgers gefunden, ganz in der Nähe seines Hauses und genauso tot wie die anderen beiden. Glaubst du, das lässt sich auf dieser Insel geheim halten? Was denkt ihr euch denn, wenn die halbe Nacht ein Hubschrauber über die Insel rattert. Meinst du, die Leute sind bescheuert? Außerdem habe ich nichts mit der Sache zu tun. Die RMZ hat ihren besten Reporter auf die Sache angesetzt. Ich dachte, ich mach dir eine Freude, wenn ich dich mit einem heißen Kaffee überrasche, aber gut, ich kann ja auch wieder gehen.«

»Jetzt setz dich schon«, beruhigte er sie. »Ein Kaffee kann zumindest nicht schaden.«

Pia schob ihm einen Becher zu, nachdem er sich auf dem Sessel gegenüber niedergelassen hatte. »Ihr habt aber ganz schön lange nach Helgers gesucht«, sagte sie, nachdem sie beide einen Schluck aus ihren Bechern genommen hatten.

Rönning nickte. »Kurz nach drei hat ihn die Hundestaffel gefunden«, entgegnete er. »Ich hätte nichts dagegen gehabt, wenn die Köter ein bisschen schneller gewesen wären.«

Pia schob Rönning eines der eingepackten Brötchen zu. »Salami«, sagte sie. »Ich denke, das magst du bestimmt.«

Rönning wehrte mit einer Handbewegung ab. »Ich muss erst mal richtig ausschlafen.«

»Hast du heute keinen Dienst mehr?«

»Später.«

»Muss ja ganz schön grausig ausgesehen haben«, bemerkte Pia beiläufig. »So ein durchschnittener Hals ist bestimmt kein toller Anblick.«

Rönning nickte und fuhr mit dem Zeigefinger an seiner Kehle entlang. »Glatt durch, von hüben bis drüben. Nicht sehr appetitlich.«

»Das muss man können, stimmt´s?«

Rönning zuckte mit der Schulter. »Brunner, der Boss von der Spusi, meint, dass sich da jemand gut mit dem Messer auskennt.«

»Tja, Sydlow war ja Metzger«, bemerkte Pia.

Rönning lachte. »Ja, vielleicht will Metzgermeister Schweling aus Neubukow die Konkurrenz ausschalten.«

»… und hat sich mit einem Bäcker und einem Installateur verbündet. Brötchen und Wurst statt Bonny und Clyde, hä?«

»Und Warmwasser«, ergänzte Rönning den schlechten Scherz.

Pias Gesichtsausdruck wurde mit einem Mal ernst. »Nee, Spaß beiseite. Gibt es denn schon was, eine Spur, einen Verdacht? Das kann doch nicht so weitergehen.«

Rönning fuhr sich über das Gesicht, ehe er erneut am Kaffee nippte. »Die baldowern was aus, ein Sicherheitskonzept oder so, Bereitschaftspolizei und Streifen aus anderen Revieren. Die Chefin persönlich leitet die Soko. Aber was Konkretes haben die nicht. Die tappen im Dunkeln. Brunner meint, ein Soldat könnte das gewesen sein. Einer mit einer Nahkampfausbildung.«

Pia verzog ihre Mundwinkel. »Wieso ein Soldat?«

»Na, ich sagte doch schon, Brunner meint, das ist einer, der sich mit dem Messer auskennt. Der hat das nicht zum ersten Mal gemacht, verstehst du?«

»Ein Serienkiller?«

Rönning zuckte mit der Schulter. »Du weißt doch, ich darf nicht darüber reden.«

Pia winkte ab. »Ja, du hast recht. Lassen wir das. Aber mal was anderes. Wie viele von euch streifen da jetzt in der Gegend herum? Heißt das, dass bald an jeder Ecke die Polizei steht?«

»Tja, so zwei- bis dreihundert Mann werden jetzt erst mal hier Präsenz zeigen. Straßensperren, Fahndungsstreifen, Ermittler, das ganze Programm.«

»Woher kriegt man denn so viele Leute auf die Schnelle?«

»Ich sagte doch schon, Bereitschaftspolizei, andere Reviere

und Zivilfahnder. Das LKA ist auch mit an Bord. Ist ja auch klar, bei einer solchen Sache.«

Pia kratzte sich am Kinn. »Aber sag mal, du bist doch selbst Polizist. Da muss es doch einen Zusammenhang geben.«

»Klar gibt es den.«

»Da rennt doch keiner durch die Gegend und bringt wahllos Leute um, der hat doch gewusst, wen er da vor sich hat, oder?«

Rönning plusterte seine Backen auf. »Zuerst dachten die wirklich, dass das reine Willkür war. Bei den ersten beiden Leichen, meine ich. Irgendein Psycho oder vielleicht sogar ein Terrorist. Die Araber haben doch gesagt, dass sie Ungläubige umbringen. Aber bei Helgers ist es anders. Der war ja mit seinem Laster unterwegs. Außerdem muss der ja irgendwie in den Graben gekommen sein. Der Wagen war voller Blut, aber da hat später niemand mehr drin gesessen, und ferngesteuert wird der Mörder den LKW wohl kaum haben.«

»Also wusste er, wo Helgers wohnte«, folgerte Pia.

»Ja, das hat Willig auch gemeint.«

»Willig vom Kommissariat? Leitet der die Ermittlungen? Ich dachte, da gibt es eine Soko und das LKA ist unterwegs.«

Rönning gähnte. »Ja, schon, aber Willig soll die Ermittlungen vor Ort machen, die Chefin kümmert sich derweil um die Sicherheit, und die LKA-Leute helfen Brunners Mannschaft. Das muss ja irgendwie ineinandergreifen.«

»Ja, klar, verstehe ich.«

Rönning gähnte erneut. Sein Kaffeebecher war inzwischen leer.

»Sei mir bitte nicht böse, aber ich würde gerne noch ein paar Stunden schlafen, bevor ich wieder aufs Revier muss.«

Pia nickte verständnisvoll. Sie erhob sich. »Ich finde schon allein raus.«

Rönning nickte. »Es wäre schön, wenn du vorsichtig bist und dich keiner sieht, wenn du jetzt gehst. Ich möchte nicht, dass es die Chefin oder Willig in den falschen Hals kriegen. Du weißt schon, wegen der Nachrichtensperre.«

»Klar bin ich vorsichtig und wir haben uns heute noch nicht gesehen«, versprach Pia, bevor sie die Wohnung verließ und die Tür ins Schloss zog.

Draußen auf der Straße griff sie nach ihrem Handy und wählte die Nummer der Redaktion. Scheu meldete sich nach dreimaligem Klingeln. »Ich habe Neuigkeiten«, sagte sie. »Weißt du, wo sich Schleicher herumtreibt?«

5

Kriminalpolizei Wismar, Rostocker Straße

Er stand vor der Pinnwand, auf der sie noch in der Nacht in aller Eile die Fotos der drei Tatorte angebracht hatten, und hielt ein Handy in der Hand. Die Akte mit dem vorläufigen Polizeibericht lag aufgeschlagen auf dem großen Tisch.

Er trug weiße Turnschuhe, eine hellblaue verwaschene Jeans, ein weißes Hemd und darüber eine dunkelblaue Jacke. Als Vicki Sauter den Soko-Raum im dritten Stock der Polizeiinspektion betrat, blickte er kurz auf, bevor er sich mit der Hand über seinen stoppeligen Dreitagesbart fuhr und sich wieder der Pinnwand zuwandte.

»Was zum Teufel machen Sie da?«, fragte Vicki überrascht. »Was soll das, wer hat Sie hier reingelassen, verdammt?«

Er hob das Handy in die Höhe, richtete es auf die Pinnwand und fotografierte eines der Tatortfotos damit ab.

»Das sind drei Fragen auf einmal«, knurrte er. »Welche soll ich zuerst beantworten?«

Vicki ging auf ihn zu, griff nach dem Arm, in dem er das Handy hielt und drückte ihn nach unten.

»Falk, Landeskriminalamt«, sagte er mit sonorer Stimme. »Ich bin über den Haupteingang hier hereingekommen, der Beamte an der Schleuse hat mich reingelassen, und ich sehe mir die Fotos vom Tatort an. Sind Sie mit den Antworten zufrieden?«

Vicki zog ihre Hand zurück. »Die Verstärkung aus Rostock, ach so. Sind Sie allein?«

»Ich arbeite immer allein.«

»Ich dachte, da kommen noch mehr.«

Falk zuckte mit der Schulter. »Davon weiß ich nichts.«

Vicki Sauter runzelte die Stirn, beugte sich über einen Stuhl und zog den Aktenordner zu sich heran. »Ah, wie ich sehe, haben Sie sich schon eingelesen«, sagte sie. »Um zehn Uhr ist Besprechung, Direktorin Reimann leitet die Soko.«

»Ich weiß«, entgegnete Falk, machte ein letztes Foto und steckte sein Handy in die Jackentasche. Vicki richtete sich auf und reichte ihm die Hand. »Vicki Sauter, Kripo Wismar.«

Falk nickte nur. »Die Opfer kannten sich«, sagte er, und es klang nicht nach einer Frage, eher nach einer Feststellung.

Vicki wies auf einen Stuhl freien Stuhl und setzte sich. Falk ignorierte die Geste und blieb einfach stehen.

»Wir leben hier auf dem Land«, entgegnete sie. »Hier kennt jeder jeden. Das ist also nichts Neues. Aber ich denke, wir sollten warten, bis Hauptkommissar Willig kommt; er leitet die kriminalpolizeilichen Ermittlungen.«

»Schon eine Theorie?«, fragte Falk weiter, ohne näher auf Vickis Einwand einzugehen.

Vicki seufzte und amtete tief ein. »Nichts Genaues, ich meine, wir sind uns da noch nicht ganz einig. Willig und einige anderen glauben, dass der Täter seine Opfer gezielt ausgesucht hat, und die Chefin meint, wir sollten den Terror nicht außer Acht lassen. Diese Islamisten sagen doch immer, ihre Gefolgsleute auf der ganzen Welt sollen den Ungläubigen die Hälse aufschlitzen.«

»Und was glauben Sie, Vicki Sauter von der Kripo Wismar?«

Vicki Sauter zuckte mit der Schulter. »Ich weiß nicht. Ich kannte Pohl und Sydlow, seit ich ein kleines Mädchen war.

Bei Pohl kauften wir Brot und bei Sydlow Wurst und Fleisch. Sydlow schenkte den Kindern immer eine Scheibe Wurst. Und Helgers hat mir im letzten Jahr meinen Boiler im Bad erneuert. Das waren alles nette ältere Herren, freundlich, immer ein Lächeln auf den Lippen, ich wüsste nicht, warum man sie auf diese schreckliche Art und Weise umbringen sollte.«

»Das beantwortet nicht meine Frage«, entgegnete Falk. »Waren Sie an den Tatorten oder sind Sie nur eine Bürokraft?«

Vicki wurde ungehalten. »Klar war ich an den Tatorten, was soll denn die Frage?«

»Also, wie war der erste Eindruck?«, fiel ihr Falk ins Wort.

Vicki schaute nachdenklich an die Pinnwand. »Na ja, zuerst, als wir Pohl fanden, da dachte ich, dass irgendein Irrer …«

»Und bei Sydlow?«

Vicki überlegte. »Ähnlich … da war es ähnlich. Nur bei Helgers, da war es anders, der Bus voller Blut und keine Leiche. Wir haben bis in die Nacht hinein gesucht und sie dann in einem Wassergraben in der Nähe seines Hauses gefunden. Der Mörder hat die Leiche mitgenommen, warum auch immer.«

Falk breitete lächelnd seine offenen Hände aus. »Dann ist ja alles klar«, sagte er wie selbstverständlich. »Zweimal Gelegenheit vorhanden, einmal Gelegenheit geschaffen. So wie es aussieht, ist er gerne noch etwas mit den Leichen zusammen, ehe er seines Weges geht.«

Vicki zog die Augenbrauen hoch. »Weshalb sollte er das tun?«

Falk zuckte mit der Schulter. »Vielleicht ein Ritual«, antwortete er beiläufig.

»Wie war noch mal Ihr Name?«, fragte Vicki.

»Falk, Erster Kriminalhauptkommissar.«

Vicki nickte. »Und was machen Sie so beim LKA, Herr Falk?«

Falk wischte sich eine Wollfaser vom Jackenkragen. »Operative Fallanalyse.«

Vicki kratzte sich an der Stirn. »So was wie Profiling?«

»Mehr noch«, stellte Falk klar. »Ich versuche anhand des Opferprofils und des Modus operandi der Tat, Rückschlüsse auf den Täter zu ziehen und Verbindungen herzustellen. Dazu muss man natürlich einen besonderen Blick für die Dinge entwickeln und mit offenen Augen durchs Leben gehen.«

Vicki verkniff sich ein spöttisches Lächeln und zeigte auf die Pinnwand, auf der die Fotos der drei Leichen an oberster Stelle angeordnet waren.

»Und was schließt der Analytiker aus den grausigen Bildern, die er hier sieht?«, fragte sie spöttisch.

Falk trat an die Pinnwand und wies auf die drei Leichen. Mit dem Zeigefinger fuhr er auf den Bildern den Schnitten an den Hälsen der Opfer entlang.

»Ist Ihnen etwas an den Schnitten aufgefallen?«, fragte er.

Vicki schüttelte den Kopf. »Was schon, da hat ein Irrer seinen Opfern den Hals durchgeschnitten«, antwortete sie genervt.

»Richtig«, bestätigte Falk. »Aber wie, das ist die Frage.«

Vicki erhob sich und trat näher. Sie warf einen langen Blick auf die Bilder. »Mit einem Messer, wie sonst.«

Falk lächelte. »Richtig, aber sehen Sie auch, wie er das Messer führt?«

Vicki trat vor die Bilder und betrachtete sie eingehend. Schließlich zuckte sie mit der Schulter.

Falk nahm einen Kugelschreiber aus seiner Innentasche und griff ihn mit der Faust, sodass die Spitze des Kulis auf der Seite des Daumens hervorstand. »Die meisten Menschen nehmen ein Messer auf diese Weise in die Hand.«

Vicki schaute auf Falks Hand und nickte. »Ja, und?«

Falk drehte den Kugelschreiber um,so dass die Spitze nun auf der gegenüberliegenden Seite herausragte. »Unser Täter führte es so. Und er kam von hinten. Er umklammert die Opfer, dann sticht er zu. Sehen Sie, der Schnitt verläuft von oben nach unten. Leicht schräg.«

Vicki schaute noch einmal auf die Fotos. »Stimmt. Aber … was hat das zu bedeuten?«

»Zuerst einmal nur, dass der Täter Rechtshänder ist«, erklärte Falk und zeigte auf einem der Fotos an das Ende des Schnittes. »Und hier, am Ende des Schnittes, geht ein Bogen steil nach oben, so, als würde er einen Haken machen, sehen Sie das?«

Vicki war überrascht. »Ja, das … das sehe ich…«, stammelte sie.

»Er führt das Messer noch Mal nach oben, bevor er es aus der Wunde zieht.«

»Was schließen Sie daraus?«, fragte sie.

»Ich schließe daraus«, entgegnete Falk nach einer kurzen Pause, »dass unser Täter mit einem Messer umzugehen weiß. Ich würde sagen, er hält es nicht zum ersten Mal in der Hand.«

Vicki nickte anerkennend. »Das sieht Brunner ebenfalls so.«

»Brunner?«

»Guten Morgen!«, tönte es plötzlich in ihrem Rücken. Ein Hustenanfall folgte.

»Guten Morgen, Ralf«, begrüßte Vicki ihren Chef. »Du siehst nicht gut aus, du gehörst eigentlich ins Bett.«

»Wer ist das?«, fragte Willig ohne auf Vickis gut gemeinten Rat einzugehen und wies auf Falk.

»Das ist Kollege Falk vom Landeskriminalamt«, stellte sie ihren Gesprächspartner vor.

»Ah, LKA«, wiederholte Willig. »Dann sollten Sie einen Stock tiefer gehen, dort ist die Spurensicherung. Ihre Kollegen sind schon unten und besprechen sich mit Brunner.«

*

Rostocker Morgen Zeitung, Augustenstraße

»Du bist dir ganz sicher?«

»Wenn ich es doch sage.«

Albert Scheu, Chefredakteur der RMZ, saß bei offenem Fenster hinter dem Schreibtisch seines Büros und rauchte ein Zigarillo. Peter Schleicher, der ihm gegenübersaß, hüstelte gekünstelt. »Ich weiß nicht, immerhin gibt es eine Nachrichtensperre.«

Neben ihm saß Pia Stein und warf ihm einen bissigen Blick zu. »Du hast ein paar Bilder vom Tatort gemacht und die Verlautbarung der Polizei abgeschrieben, mehr ist das nicht.«

Sie wies auf den Bogen Papier, der vor Scheu auf dem Schreibtisch lag.

»Ich halte mich eben an die Absprachen mit der Polizei«, antwortete er schnippisch.

»Deine Quelle ist absolut zuverlässig?«, fragte Scheu noch einmal eindringlich an Pia gewandt.

»Absolut zuverlässig«, versicherte sie.

»Gut«, entgegnete Scheu entschlossen. »Dann bringen wir es in der morgigen Ausgabe.«

»Aber …«, wandte Schleicher ein.

Scheu wischte seinen Einwand mit einer Geste weg. »Es geht hier um Auflage. Wir sind vor Ort, wir sind die Zeitung hier oben an der Küste. Unsere Leser erwarten von uns mehr, als sie aus dem Internet lesen können. Ihr arbeitet ab sofort zusammen. Pia macht die Zeilen und du die Bilder. So lange dieser Irre da draußen herumläuft, will ich jeden Tag auf der ersten Seite etwas Neues über den Fall erfahren. Klar?«

Pia lächelte. »Klar.«

»Und ich will Bilder. Bilder von der Familie, von der Umgebung, von den Tatorten und von der Polizei. Dazu gefühlvolle Worte, du weißt, was ich meine. Nehmt euch die Opfer vor, sprecht mit den Angehörigen, versucht verdammt noch mal herauszufinden, was dort draußen läuft. Und noch eins: Ich will erfahren, was die Polizei denkt, was sie tut und wie sie vorgeht, um den Killer festzunehmen.«

»Aber es gibt doch eine Nachrichtensperre«, wandte Schleicher noch einmal leise ein. »Wenn wir es uns mit der Polizei verscherzen, dann kriegen wir nie mehr was von denen auf den Tisch.«

»Quatsch«, entgegnete Scheu scharf. »Die brauchen uns

mehr, als wir sie brauchen. Auf die üblichen Dreizeiler wegen eines Auffahrunfalls in Blowatz oder eines überfahrenen Hasen in Poppendorf können wir erst mal verzichten. Ich will, dass ihr euch den Arsch aufreißt. Pia, nutz deine Kontakte. Bring heraus, was unsere Polizei weiß und was sie tut. Und du, Schleicher, du kümmerst dich um den Rahmen. Ein bisschen Urlauber, ein bisschen Lokalkolorit. Wir ziehen das groß auf. Und jetzt macht euch an die Arbeit, wir haben keine Zeit zu verlieren.«

Pia erhob sich.

»Ach ja, Pia, noch eins«, hielt sie Scheu zurück. »Du arbeitest eng mit Schleicher zusammen. Ihr stimmt euch ab. Alles geht direkt über meinen Schreibtisch und keine gefährlichen Alleingänge. Und vergiss nicht, schütze deine Quelle, hörst du!«

Pia nickte. »Klar. Er ist ja nicht meine einzige Quelle, ich hab da noch jemanden in der Hinterhand.«

Scheu nickte zufrieden. »Das ist gut. Also, ihr wisst, was ich erwarte.«

Pia erhob sich und ging zur Tür. Peter Schleicher folgte ihr.

»Ach ja, Schleicher, warten Sie, ich hab da noch was.«

Schleicher wandte sich um. Scheu wartete, bis Pia das Büro verlassen hatte.

»Albert, ich finde das nicht gut«, sagte Peter Schleicher, nachdem er erneut auf Scheus Weisung vor dem Schreibtisch Platz genommen hatte.

»Deshalb will ich ja auch, dass du auf sie aufpasst«, erklärte Albert Scheu. »Alles geht über meinen Schreibtisch, und wir streichen die Passagen, die uns die Polizei übelnehmen könnte, aber wir segeln hart am Wind. Du weißt, wie es bei uns aussieht. Wir verlieren immer mehr Abos, und die Firmen machen ihre Werbung schon lange über das Internet. Das hier ist eine Chance, uns wieder nach vorne zu bringen, und die will ich nicht einfach so sausen lassen.«

»Was soll ich dabei tun?«, fragte Schleicher.

»Ich sagte doch schon, du wirfst ein Auge auf sie und berichtest mir, wenn etwas in Schräglage kommt. Ich will das nicht vom Verleger erfahren, verstehst du?«

»Jetzt darf ich auch noch Kindermädchen spielen«, beschwerte sich Schleicher.

»Du hängst ebenso wie ich am Tropf dieses Blattes«, entgegnete Scheu. »Vergiss das nicht!«

6

Kriminalpolizei Wismar, Rostocker Straße

Der große Lehrsaal im ersten Stock des Dienstgebäudes war zum Bersten gefüllt. Einige der Anwesenden hatten keinen Platz mehr auf den Stühlen gefunden und lehnten sich gegen die Wände. Auch Falk hatte lediglich einen Stehplatz rechts neben der Eingangstür ergattert. Vorne an der Stirnseite des Raumes waren drei Tische zusammengeschoben, hinter denen die Verantwortlichen Platz genommen hatten. Sogar der Polizeipräsident aus Rostock hatte sich eingefunden und thronte jetzt in der Mitte. Rechts neben ihm hatte Polizeidirektorin Reimann, Inspektionsleiterin aus Wismar und Leiterin der Sonderkommission *Plastbach,* Platz genommen. Den Abschluss auf dieser Seite machte Hauptkommissar Willig, der in seiner zivilen, zerknitterten blauen Jacke neben all den Uniformträgern mit goldenen Rangabzeichen ein klein wenig deplatziert wirkte. Links neben dem Präsidenten saß Polizeirat Michalski, der Pressesprecher des Polizeipräsidiums, daneben hatte sich Oberrat Roth von der Bereitschaftspolizeiabteilung eingefunden.

Falk schätzte die Zahl der Anwesenden auf über einhundert Polizisten. Hundertschaftsführer, Abschnittsleiter, Referenten, Unterabschnittsleiter, Zugführer und Gruppenführer, Spurensicherungsexperten, Bereitschaftspolizisten und mitten drinnen Falks ungeliebter Kollege und eigentlicher Vorgesetzter: Kriminalrat Reutter vom LKA, Abteilung KT.

Kontakt gab es zwischen den beiden keinen mehr, denn seit zwei Jahren war Falk nach einem deftigen Streit mit Reutter direkt der Abteilungsleiterin Direktorin Pauli unterstellt. Die Claims waren ein für alle Mal abgesteckt, nachdem Falk über das Verwaltungsgericht eine Verfügung gegen Reutter erwirkt hatte, dass dieser nur noch über Falks Anwalt mit seinem Untergebenen reden dürfe. Damals ging es im Streit um unterschiedliche Auffassungen über die Ermittlungsmethoden und Falks andauernde Alleingänge, doch der Erfolg gab Falk letztendlich Recht. Nachdem er einen jahrelang gesuchten Kinderschänder überführte, der bei Greifswald sein Unwesen trieb, sprach ein Verwaltungsrichter ein Machtwort. Dies kam natürlich weder in der Führungsetage noch im Kollegenkreis gut an, doch die Direktorin handelte, gliederte die Abteilung Operative Fallanalyse aus dem Verbund der Kriminaltechnik aus und unterstellte Falk direkt ihrer Aufsicht. Reutter hatte ihm das nie verziehen und war auch heute grußlos an ihm vorbeigegangen, als er den Raum betreten hatte. Falk war das egal, er legte keinen Wert auf den Austausch von geheuchelten Freundlichkeiten.

»Meine Damen und Herren«, eröffnete der Polizeipräsident die Arbeitssitzung, nachdem er sich erhoben hatte und Michalski laut auf den Tisch klopfte, damit Ruhe im Saal einkehrte.

Pastor wurde Polizeipräsident Schmitt im Kreise der Kollegen genannt und Falk wusste sofort, weshalb er diesen Spitznamen abbekommen hatte. Nicht nur, dass seine Stimme sanft und zurückhaltend klang, er faltete auch seine Hände vor dem Bauch, als wollte er zu einem Gebet ansetzen.

»Wir alle wissen, weshalb wir uns hier eingefunden haben, und das ist kein schöner Anlass«, fuhr Schmitt fort, nachdem das letzte Gemurmel im Raum verstummt war. »Drei Leichen, drei Getötete, innerhalb eines Tages und im Umkreis von wenigen Kilometern. Dies ist kein normaler Fall. Hier ist ein kaltblütiger Killer am Werk, der vor nichts und niemanden zurückschreckt und grausam tötet.«

Falk blickte sich im Saal um. Viele Gesichter kamen ihm bekannt vor, mit einigen hatte er bereits zusammengearbeitet, andere kannte er von gemeinsamen Fortbildungen oder Vorträgen. Der Polizeipräsident hatte das Wort inzwischen an die Soko-Leiterin übergeben, doch Falk hörte schon lange nicht mehr zu. Er kannte diese Art der Ansprachen, sie glichen sich, und Neuigkeiten würde er hier nicht erfahren. Aus den vorderen Rängen erhob sich eine blonde Frau: Vicki Sauter, der er bereits im Soko-Raum begegnet war. Ein smarter Typ in Lederjacke mit dunklem Dreitagebart folgte ihr. Sie schlängelten sich durch den engen Gang und strebten dem Ausgang zu. Als sie Falk passierten, schloss er sich dem ungleichen Paar einfach an.

»Sie haben wohl auch genug von diesem Vortrag?«, rief er ihnen nach, nachdem sie den Raum verlassen hatten und er die Tür schloss.

Vicki Sauter und ihr Begleiter, Simon Modrow, blieben stehen. Die junge Frau wandte sich Falk zu. »Im Gegenteil, wir fanden es gerade ausgesprochen spannend, aber wir haben leider zu tun.«

Modrow warf seiner Kollegin einen fragenden Blick zu, der ihr nicht verborgen blieb. Sie wies mit der Hand auf Falk. »Das ist Erster Hauptkommissar Falk vom LKA«, sagte sie und schaute auf ihren Begleiter. »Simon Modrow, mein Kollege.«

Falk nickte ihm zu. »Was haben Sie jetzt vor?«

»Wir fahren nach Kirchdorf; Sydlows ältester Sohn ist dort angekommen, und wir wollen mit ihm sprechen. Vielleicht hat er eine Idee, weshalb es jemand auf seinen Vater abgesehen hat.«

»Stört es, wenn ich Sie begleite?«

Vicki Sauter warf Modrow einen fragenden Blick zu, doch der zuckte nur mit der Schulter.

Falk lächelte. »Also dann, ich fahr hinter euch her, mein Wagen steht vor der Inspektion, ein grauer X5.«

Möwenweg, Kirchdorf, Insel Poel

Das Wohnhaus der Sydlows lag unweit des Gemeindezentrums am Möwenweg, der Hauptstraße, die entlang des Kirchsees von Niendorf nach Wangern führte. Das Haus war weiß gestrichen, ein knapp einen Meter breiter Grünstreifen trennte das Grundstück vom Gehweg, eine Umzäunung gab es nicht. Graue Steinplatten führten über den Grünstreifen zur Tür. In der Einfahrt, links neben dem Haus, stand ein dunkelgrüner Jaguar mit Hamburger Kennzeichen.

Vicki Sauter und Simon Modrow parkten ihren weißen Passat auf dem Parkplatz des Gemeindezentrums und warteten, bis auch Falk einen Parkplatz gefunden hatte. Gemeinsam gingen sie über die Straße zum Haus.

»Sydlows Frau ist vor sieben Jahren gestorben«, erklärte

Vicki an Falk gewandt. »Sein jüngerer Sohn Thomas führt die Metzgerei weiter und der ältere, Andreas Sydlow, hat studiert und arbeitet als Ingenieur bei Blohm und Voss in Hamburg.«

»Ich weiß«, entgegnete Falk. »Wie hat Thomas Sydlow die Nachricht vom Tod seines Vaters aufgenommen?«

Vicki blieb kurz vor dem Eingang stehen, ehe sie die Klingel betätigte. »Ich hatte gestern den Eindruck, dass die Nachricht die ganze Familie erschütterte, was meinst du?«

Modrow nickte. »Ja … ja, das denke ich auch. Er war auch stark in der Gemeinde engagiert. Mitglied in mehreren Vereinen, langjähriger Gemeindevertreter und Träger der Bürgermedaille für mehrjähriges ehrenamtliches Engagement. Außerdem half er immer noch in der Metzgerei. Die haben sogar drei Filialen hier in der Region.«

Falk nickte, und Vicki Sauter betätigte die Klingel.

Kurz darauf öffnete eine kleine, untersetzte Frau mit kräftiger Statur und dunkelbraunen Haaren, die zu einem Zopf gebunden waren. Ihre Hände waren grobschlächtig, ihre Augen gerötet.

»Moin, Frau Sydlow«, grüßte Vicki. »Wir würden uns gerne noch einmal mit Ihrem Mann und Ihrem Schwager unterhalten.«

Die Frau trat wortlos zur Seite und gab den Weg frei. Sie führte ihre Besucher in die Stube, wo Thomas Sydlow und sein Bruder an einem Tisch saßen. Eine junge Frau mit blonden Haaren, in Jeans und weißer Bluse saß ihnen gegenüber auf einem Sessel. Ein kleines Aufnahmegerät stand auf dem Tisch.

»Die Polizei«, kündigte Frau Sydlow die Besucher an.

Noch bevor Vicki Sauter die Stube betreten hatte, erhob sich die blonde Frau, griff nach ihrem Aufnahmegerät und steckte es in ihre Handtasche.

»Dann will ich mal nicht weiter stören«, sagte sie. »Ich wünsche Ihnen allen viel Kraft. Lassen Sie nur, ich finde allein hinaus.«

Eilig strebte sie zur Tür und nickte Vicki Sauter und ihren Kollegen kurz zu, ehe sie hastig verschwand.

Die beiden Männer erhoben sich vom Sofa und wiesen auf die beiden freien Sessel.

»Ich hole noch einen Stuhl«, murmelte Frau Sydlow und verschwand. Vicki Sauter und Falk nahmen Platz, während Modrow wartete, bis es auch für ihn eine Sitzgelegenheit gab. Falk schaute sich im Wohnzimmer um. An den Wänden hingen neben einem großen Ölgemälde mit Strand und Dünen mehrere Familienfotos. Auf einer Kommode links neben der Tür stand ein Bild des Ermordeten, umrandet von einer schwarzen Trauerschleife, daneben brannte eine Kerze.

»Sie sind Andreas Sydlow?«, eröffnete Vicki die Befragung. Thomas Sydlow und seine Frau kannte sie bereits, da sie am gestrigen Abend die Todesnachricht überbracht hatte.

Andreas Sydlow, der seinem Bruder bis auf den Oberlippenbart wie aus dem Gesicht geschnitten ähnelte, nickte, ehe er sich wieder neben seinem Bruder auf die Couch setzte.

»Wissen Sie schon, wer es war?«, fragte er.

Vicki Sauter schüttelte den Kopf. »Wir stehen erst am Anfang der Ermittlungen.«

»Pohl und Helgers wurden ebenfalls umgebracht«, fügte Thomas Sydlow hinzu. »Das muss ein Irrer sein, der hier frei herumläuft. Das ist doch nicht normal!«

»Sie können uns glauben, wir arbeiten Tag und Nacht daran, den Mörder zu finden«, entgegnete Modrow.

»Deshalb würden wir Ihnen gerne noch ein paar Fragen stellen«, fuhr Vicki Sauter fort. »Auch Ihnen, Frau Sydlow.«

»Ich … ich weiß doch nichts…«, stammelte die Frau, nahm aber schließlich neben ihrem Mann auf der Couch Platz.

Sie wandte sich Thomas Sydlow zu. »Wissen Sie, wann Ihr Vater gestern das Haus verlassen hat?«

Thomas Sydlow zuckte mit der Schulter und wandte sich seiner Frau zu. »Ich bin um halb sieben zur Arbeit, da war er noch da.«

»Ich glaube, es war so gegen halb acht, als er ging«, fügte die Frau hinzu. »Ich habe nur den Einachser gehört, gesehen habe ich ihn nicht.«

»Was hatte er denn vor?«

Thomas Sydlow kratzte sich an der Stirn. »Der Sturm letzte Woche«, sagte er. »Einige Äste wurden abgeknickt. Er war auch schon vorgestern auf dem Grundstück, ist aber nicht fertig geworden.«

Vicki Sauter notierte die Antwort stichpunktartig in ihrem kleinen Notizbuch. »Hat er mit jemanden außerhalb der Familie darüber gesprochen, dass er auf das Grundstück am Plastbach fährt?«

Thomas Sydlow warf seiner Frau einen fragenden Blick zu. »Das weiß ich nicht, er war gestern Abend nicht hier, er war auf einer Sitzung im *Ostseeblick* und kam erst spät zurück.«

Vicki runzelte die Stirn. »Eine Sitzung?«

Thomas Sauter nickte. »Ja, von der Investorengemeinschaft. Im *Ostseeblick.* Da waren bestimmt auch Pohl und Helgers dabei, die gehören ebenfalls dazu.«

»Eine Investorengemeinschaft, das müssen Sie uns erklären«, mischte sich Falk in die Unterhaltung ein, der bislang geschwiegen hatte.

Thomas Sydlow räusperte sich. »Das ist eine kleine Gruppe von zehn Leuten. Die wollen einen Windpark bauen, im Salzhaff, oben bei Rakow. Mein Vater war der Vorsitzende und Pohl sein Stellvertreter.«

Vicki Sauter schaute von ihrem Notizblock auf. »Ich hab davon schon gehört«, sagte sie. »Das Projekt ist sehr umstritten.«

»Die ersten Genehmigungen sind erteilt, es fehlt nur noch ein einziges Grundstück für die Zufahrt, damit mit dem Bau begonnen werden kann.«, widersprach Thomas Sydlow.

»Es stimmt, es war umstritten und es gab immer wieder Probleme«, meldete sich sein Bruder Andreas zu Wort. »Ich habe manchmal, wenn wir telefonierten, mit ihm darüber gesprochen. Er hat sich zuweilen sehr geärgert. Erst letzte Woche sagte er mir, dass er große Lust hätte, aus dem Projekt auszusteigen, denn die Verzögerungen kosteten jeden Tag Geld.«

»Weshalb kam es zu Verzögerungen?«, fragte Falk.

Thomas Sydlow holte tief Luft. »Da … da gibt es einen Landwirt, Niemann aus Rakow, der hat zwei Wiesen dort im direkten Anschluss. Sie wollten ihm einen Teil abkaufen, wegen der Zufahrtsstraße. Aber Niemann verkauft nicht. Vater sagte, der will nur den Preis in die Höhe treiben. Er war zuversichtlich. Sie haben ihm in der vergangenen Woche ein Angebot vorgelegt, das er nicht ablehnen konnte. Sie boten sieben Euro für den Quadratmeter, das liegt weit über dem normalen Preis für Grünland hier in der Gegend.«

»Gab es denn keine andere Möglichkeit für eine Zufahrtstraße?«, fragte Modrow.

»Doch, schon«, antwortete Thomas Sydlow. »Aber die wäre einen ganzen Kilometer länger, teils durch Marschland, das hätte das Projekt um beinahe zweihunderttausend Euro verteuert. Grünland liegt hier unter zwei Euro, sieben Euro sind da sehr gut bezahlt.«

»Die Bürgerinitiative und dieser Ökoaktivist haben ihm ebenfalls das Leben schwer gemacht«, fügte Andreas Sydlow hinzu.

»Das müssen Sie mir erklären«, entgegnete Vicki Sauter.

»Sie wissen doch, wie das ist«, sagte Thomas Sydlow. »Manche stehen eben aus reiner Boshaftigkeit dem Fortschritt im Weg. Da gibt es einen Lehrer namens Plettenberg aus Neubukow. Der fühlt sich als Vogelschützer berufen und ist der Meinung, diese drei Anlagen würden das Brutverhalten der Heringsmöwen beeinflussen. Die Möwe steht unter Naturschutz, aber das wurde vom Amt geprüft, da ist nichts dran, sonst hätte es nie eine Genehmigung gegeben.«

»Und dieser Ökoaktivist?«, fragte Falk.

»Wackernagel?«

»Wenn Sie es sagen. Was ist mit dem?«

Thomas Sydlow winkte ab. »Wackernagel ist ein Fantast. Der hatte den Glüderhof am Salzhaff auf Pump gekauft und ein paar Felder dort draußen bewirtschaftet. Er machte Pleite und konnte die Raten nicht mehr bezahlen. Der machte so ökologisches Zeug, aber das hat nicht funktioniert, der Ertrag war zu gering und er verkaufte viel zu teuer. Der lebt jetzt irgendwo bei Tessmannsdorf in einem Bauwagen und hütet Schafe. Der ist harmlos, ein Spinner, den keiner für voll nimmt, eben ein Ökofreak und ewig Gestriger.«

»Was hatte Ihr Vater mit ihm zu tun?«

»Das ist schnell erklärt«, warf Andreas Sydlow ein. »Diese Investorengemeinschaft gibt es eigentlich nur wegen Wackernagels Pleite. Mein Vater und ein paar seiner Bekannten kauften den Glüderhof aus der Konkursmasse auf.«

Vicki Sauter nickte. »Hat Wackernagel Ihrem Vater jemals gedroht oder ihm den Kauf verübelt?«

Andreas Sydlow richtete sich auf. »Ja, das hat er. Ich war zufällig hier, wir waren zusammen im Gottesdienst. Als wir danach rausgingen, stand Wackernagel da. Breitbeinig, mit einer langen Stange in der Hand. Er hat meinen Vater beschimpft und ihm Schläge angedroht. Er hat behauptet, mein Vater und seine Brut von Freunden wären überhaupt erst daran schuld, dass er seinen Hof verloren hatte. Er kam mir damals ganz und gar nicht wie ein harmloser Spinner vor, im Gegenteil. Ich dachte, der schlägt uns gleich tot. Ich weiß nicht, wie die Sache geendet hätte, wenn nicht der Pastor dazwischengegangen wäre. Der hat ihn irgendwie beruhigt. Also, ich glaube, den sollten sie sich auf alle Fälle näher ansehen.«

»Wann war das?«

Andreas Sydlow überlegte und kratzte sich am Kinn. »Ich glaube, das ist jetzt etwa ein Jahr her.«

»Gab es noch einmal einen Vorfall mit Wackernagel, in der letzten Zeit vielleicht?«

Andreas Sydlow zuckte mit der Schulter, und sein Bruder

schaute seine Ehefrau fragend an. Schließlich schüttelten beide den Kopf.

Sie sprachen noch eine ganze Weile miteinander. Ganz wie zu vermuten war, entstand vom getöteten Metzgermeister Sydlow das Bild eines überaus honorigen und engagierten Bewohners der Gemeinde. Eingebunden in die Gemeindearbeit, langjähriges Mitglied im Angelsportverein und dem örtlichen Landwirtschaftsverband, und vor allem trotz seines Alters noch immer mitten im Leben. Natürlich war es über all die Jahre nicht ausgeblieben, dass er dem einen oder anderen auf die Zehen getreten hatte, doch das brachte seine Stellung eben mit sich. Außer der Sache mit dem Ökofreak Wackernagel ergaben sich keine weiteren Ansatzpunkte aus dem Gespräch. Im Anschluss durchsuchten Falk, Vicki Sauter und Modrow mit Zustimmung der Söhne die Zweizimmerwohnung im Parterre, in der Rudolf Sydlow seit dem Tod seiner Ehefrau gelebt hatte. Vor allem die Unterlagen über die Investorengemeinschaft fanden ihr Interesse. Kurz vor Mittag verließen sie mit zwei vollen Körben das Haus der Sydlows.

Falk half noch beim Verladen des Materials, ehe er sich verabschiedete.

»Fahren Sie zurück nach Wismar?«, fragte Vicki Sauter.

Falk schüttelte den Kopf. »Ich muss mir erst mal eine Bleibe suchen«, entgegnete er.

»Hier auf der Insel?«

»Ja, warum nicht. Hier bin ich doch mitten im Ort des Geschehens und freie Zimmer soll es inzwischen wieder geben.«

Vicki Sauter lächelte und wandte sich um.

»Ähm, eine Frage noch«, hielt sie Falk zurück. »Wissen Sie, wer die blonde Frau war, die es plötzlich so eilig hatte, als wir in die Stube kamen?«

Vicki nickte. »Ja, die ist von hier, Pia Stein. Sie arbeitet für den Rostocker Morgen.«

»Danke«, entgegnete Falk, ehe er sich in seinen Wagen setzte und den Motor startete.

7

Kriminalpolizei Wismar, Rostocker Straße

Vicki Sauter saß hinter ihrem Schreibtisch, von zwei großen grauen Kisten verdeckt, die vor ihr auf dem Schreibtisch standen. Als Willig in das Büro stürmte, wollte er fast schon wieder umdrehen, weil er niemand im Raum sah.

»Hier bin ich«, rief ihm Vicki Sauter zu.

Willig umrundete den Schreibtisch. »Habt ihr was bei Sydlow herausgefunden?«, fragte er, bevor er nach einem Taschentuch griff und sich schnäuzte.

»Klar haben wir das«, entgegnete Vicki und wies auf die Kisten.

»Ich brauche was für die Chefin, um drei ist Besprechung«, sagte er. »Die Leichen sind noch nicht mal richtig kalt, und die sind alle schon ungeduldig.«

»Warst du heute früh bei der Obduktion?«, fragte Vicki.

Willig hustete, bevor er antwortete. »Ja, und es gibt Neuigkeiten. Sydlow und auch Pohl wurden zuvor niedergeschlagen und waren bewegungsunfähig. Getötet wurden sie durch den Schnitt in den Hals. Doktor Schneiderjahn ist der gleichen Meinung wie unser Klugscheißer, der Täter kann mit einem Messer umgehen.«

»Falk hat das gesehen, nachdem er sich die Bilder angeschaut hat«, entgegnete Vicki Sauter.

»Wo steckt der Kerl überhaupt, ich dachte, er hat euch zu den Sydlows begleitet?«

»Ja, aber dann ist er auf der Insel geblieben. Er sucht sich eine Bleibe.«

Willig runzelte die Stirn, bevor er erneut zum Taschentuch griff und kräftig nieste. »Eine Bleibe, wieso eine Bleibe, kann er nicht wie alle seine Kollegen im Bertramshof wohnen, die haben dort doch Zimmer reserviert.«

Vicki schüttelte den Kopf. »Wenn ich ihn recht verstanden habe, dann findet er es besser, wenn er mitten im Geschehen bleibt.«

»Das ist sowieso ein verrückter Kerl«, krächzte Willig. »Seine eigenen Kollegen können ihn nicht leiden. Er leitet ein Referat, das aus einem einzigen Mann besteht, aus ihm selbst. Und er ist direkt der Direktorin unterstellt, das ist doch komisch, oder?«

Vicki zuckte mit der Schulter.

Willig warf einen Blick auf seine Armbanduhr. »Egal, raus mit der Sprache, was habt ihr herausgefunden?«

»Sydlow, Pohl und Helgers gehören mit sieben weiteren Bewohnern der Insel der Investorengemeinschaft Salzhaff an. Du hast sicherlich schon davon gehört?«

Willig schüttelte den Kopf.

»Das ging vor einem halben Jahr durch die Presse«, erklärte Vicki. »Die wollen einen Windpark im Salzhaff bei Neubukow bauen. Fünf Türme mit jeweils drei Megawatt. Die Türme werden 150 Meter hoch. Drei Millionen sind veranschlagt. Das Projekt ist umstritten, da wehrt sich sogar eine Bürgerinitiative dagegen. Sydlow war der Vorsitzende der Investoren und Pohl sein Stellvertreter.«

»Und du meinst, diese Bürgerinitiative hat damit was zu tun?«

Vicki schüttelte den Kopf. »Nicht direkt, aber da gibt es einen Ökobauern, der Pleite ging. Das Land, auf dem die Anlage entstehen soll, stammt aus der Konkursmasse. Übrigens bin ich bei der Durchsicht der Akten auf eine Ungereimtheit gestoßen.«

»Eine Ungereimtheit?«

»Dieser Ökobauer, Florian Wackernagel, hat vor vier Jahren den Glüderhof bei Rakow gekauft und über die Ostseebank finanziert. Zweihunderttausend Euro. Am Ende konnte er die Raten nicht mehr bezahlen und machte Pleite. Ich hab das überprüft. Die Ostseebank stellte am 2. Februar 2016 Insolvenzantrag. Aber bereits am 20. Januar hat der Direktor der zuständigen Filiale der Ostseebank in Wismar, ein gewisser Hartmut Zehr, in einem Schreiben Rudolf Sydlow die Restschuld und die Abschlagszahlung übermittelt. Wenn das kein Insidergeschäft ist, dann weiß ich es nicht.«

Willig wurde hellhörig. »Das klingt ja sehr interessant«, sagte er.

»Es kommt noch besser«, entgegnete Vicki Sauter. »Wackernagel hat bei uns Datenbestand. Er ist ein Junkie, außerdem hat er Bestand wegen Körperverletzung und Verstoßes gegen das Tierschutzgesetz. Er wurde dreimal verurteilt, Geldstrafe und Haft. Zuletzt saß er neun Monate in Hoheneck, weil er vor der Wismarer Kaminstube einen Mann zusammengeschlagen hat. Und dieser Mann war Hartmut Zehr, inzwischen in die Direktion der Bank aufgestiegen und nach Rostock ins Haupthaus versetzt.«

»Gibt es Hinweise, dass sich Sydlow und Zehr näher kannten?«

»Bei Sydlow und Zehr ist es zu vermuten, aber Pohl und

Zehr kannten sich auf jeden Fall«, entgegnete Vicki. »Die waren zusammen im Bürger- und Kulturverein. Zehr stammt ebenfalls von der Insel.«

Willig nickte zufrieden. »Dann sollten wir uns diesen Wackernagel einmal genauer anschauen. Wo können wir ihn finden?«

»In der Nähe von Tessmannsdorf. Er lebt in einem alten Bauwagen und verdingt sich derzeit als Schäfer. Die Schafe gehören offiziell einem Onkel, denn er darf nichts mehr besitzen. Er hat Schulden in Höhe von dreihunderttausend Euro und einen Offenbarungseid geleistet.«

»Ein guter Ansatz. Jetzt müssen wir nur noch feststellen, ob er auch mit einem Messer umgehen kann.«

Vicki lächelte. »Denke ich schon, er wurde nämlich zweimal angezeigt, weil er ein Schaf ohne Betäubung geschlachtet hat. Er hat dem armen Tier einfach die Kehle durchgeschnitten.«

Willig grinste und erhob sich. »Wirklich sehr gute Arbeit, Vicki«, sagte er.

»Noch mehr wird dich erfreuen, dass er vor einem Jahr etwa Sydlow nach einem Kirchgang bedroht hat. Er stand mit einem Prügel vor der Kirche. Sydlows älterer Sohn meint, dass es schlimm hätte ausgehen können, wenn der Pfarrer nicht eingegriffen hätte.«

»Okay, schreib mir bitte alles zusammen, ich gehe jetzt zur Besprechung. Anschließend sprechen wir mit dem Staatsanwalt.«

»Sollten wir nicht warten, bis …«

»Bis wir eine weitere Leiche haben?«

Vicki schüttelte den Kopf. »Nein, ich meine, es wäre besser, wenn wir Wackernagel erst einmal beobachten. Vielleicht ist er tatsächlich auf einem Rachefeldzug und unternimmt einen weiteren Versuch.«

»Reden wir später darüber«. sagte Willig und verließ das Büro. Es war kurz vor drei.

RMZ-Lokalredaktion Wismar, Krämerstraße

Pia Stein war zufrieden. Vor einer halben Stunde war sie von ihrem Ausflug auf die Insel Poel zurückgekehrt. Der Besuch bei den Sydlows war durch das Auftauchen der Polizei jäh unterbrochen worden, dafür war die Visite im Hause Pohl umso ergiebiger gewesen. Genügend Material für eine halbseitige Reportage über die drei Mordopfer war vorhanden. Zusammen mit den Neuigkeiten, die sie bei ihrem morgendlichen Besuch bei Ronny Rönning erfahren hatte, würde es eine runde Sache werden. Auch sie war inzwischen auf den Namen Wackernagel gestoßen, der Pohl vor etwa einem Jahr im Beisein seines Sohnes Tobias in der Bäckerei übel beschimpft und bedroht hatte. Tobias Pohl, der nicht gerade schwächlich war und seit seinem siebten Lebensjahr dem Dojo Wismar angehörte, den schwarzen Gurt trug und dort als Aikidotrainer fungierte, hatte den Störenfried kurzerhand unsanft aus der Bäckerei entfernt. Betrug und Klüngelei mit seinem »verbrecherischen Kumpel« Zehr von der Ostseebank hatte Wackernagel dem alten Pohl und seinen »verbrecherischen Freunden« vorgeworfen. Sie waren seiner Meinung nach Schuld an seinem Untergang und hätten den Konkurs erst herbeigeführt, weil sie hinter dem Glüderhof her gewesen wären, um diesen unseligen Windpark zu bauen. Ein schwerwiegender Vorwurf, an dem überhaupt nichts dran war, hatte Tobias Pohl gesagt. Anzeige hätte man damals nicht erstattet, schließlich gab es schon genügend Ärger wegen der Windkraftanlage. Wackernagel war ein Spinner, der sich in seinen Verschwörungstheorien verlor und nicht wahrhaben wollte, dass er einfach nur unfähig war. Unfähig als Landwirt und noch unfähiger als Geschäftsmann. Fest stand jedoch, dass Pohl, Sydlow und Helgers einer Investorengemeinschaft angehörten, die auf dem Gelände des Glüderhofs einen Windpark errichten wollte. Erste Genehmigungen lagen bereits vor, das Projekt stand kurz vor Baubeginn.

Pia startete ihren Computer und überspielte die Bilder, die sie in den beiden Trauerhäusern geknipst hatte. Einen Besuch bei der alten Frau Helgers, der Mutter des dritten Opfers, hatte sie sich erspart. Dafür hatte sie mit einem Mitarbeiter der Installationsfirma gesprochen, der bestätigte, dass Helgers nicht nur an dem Windpark beteiligt war, sondern auch bereits einen Auftrag zur Verlegung der Stromtrasse bis zum Übergabepunkt in der Tasche hatte. Die Arbeiten sollten in den nächsten Wochen starten. War Wackernagel nun endgültig durchgedreht, nachdem er davon erfahren hatte?

Pias Recherche bei Rönning, ein Anruf hatte genügt, war fast so ergiebig wie ihre Rundreise über die Insel. Wackernagel war mehrfach vorbestraft, galt als gewalttätig und war schon dreimal in Haft gewesen.

Der Bildschirm erhellte sich, und Pia startete das Programm. Sie wechselte in den Writers Room, ein Programm für Autoren und Journalisten, in dem bereits die entsprechenden Formatierungen vorhanden waren, um den Text und die Fotos in die Zeilen zu setzen. Eine halbe Seite hatte ihr Scheu zugestanden. Während Schleicher den ganz normalen Polizeibericht anfertigte, war sie für die Hintergrundinformationen zuständig. Die Morde von Poel sollten nicht nur die Schlagzeilen beherrschen, sondern auch die zweite Seite der morgigen Ausgabe.

Das Programm war gerade gestartet, als das Telefon klingelte. Scheu war am Apparat. »Hast du genug interessantes Material?«, fragte er.

Pia lächelte. »Mehr, als in die Zeilen passt«, sagte sie. »Ich habe vielleicht sogar schon den Mörder.«

Sie berichtete ihrem Chefredakteur, was sie bei ihrer Recherche erfahren hatte.

»Hast du mit der Polizei darüber gesprochen?«

»Die waren ebenfalls unterwegs, die wissen inzwischen genauso viel.«

Einen Augenblick herrschte Schweigen. Sie hörte lediglich Scheus Atemzüge. Schließlich seufzte der Chefredakteur ins Telefon. »Du weißt, wir wandeln auf dünnem Eis. Die Nachrichtensperre ist ein Problem. Wir wollen es uns nicht mit der Polizei verscherzen, irgendwann brauchen wir sie wieder. Ich will eine klare Mitleidsstory. Wer waren die Opfer, was ist mit den Hinterbliebenen, ein paar Anspielungen, nicht mehr. Halt es in der Schwebe. Wenn wir es geschickt angehen, dann trägt uns die Story durch die ganze Woche, klar?«

»Ja, ich weiß was du meinst.«

»Bis sechs Uhr hast du Zeit, dann will ich es lesen. Hast du gute Fotos?«

»Ein Bild mit Trauerflor und brennender Kerze.«

»Das ist gut, damit eröffnen wir. Pohl oder Sydlow?«

»Sydlow.«

»Noch besser«, entgegnete Scheu. »Den können wir offen zeigen. Als Träger des Ehrenamtspreises der Gemeinde Insel Poel gilt er als öffentliche Person, bei Pohl wird es schwieriger.«

»Bei Pohl habe ich eine Kerze im Laden.«

»Nicht zu viele Kerzen. Die Bäckerei reicht, sonst werden wir zum Trauerblatt. Wir machen schließlich keine Todesanzeigen auf die ersten Seiten. Schleicher hat auch schon Kerzen fotografiert. Die stehen an der Stelle, an der Pohl gefunden wurde.«

»Okay«, bestätigte Pia. »Hintergrund, Trauer, Schmerz, ein bisschen Ungewissheit und alles in der Schwebe halten. Ein paar rhetorische Fragen sind erlaubt?«

»Sicher doch, ich bin gespannt. Sei pünktlich, Schleicher schickt mir seine Story um fünf. Ich will morgen beides in unserer Zeitung haben.«

»Kein Problem, wenn ich nicht noch länger mit dir telefonieren muss.«

»Sechs Uhr!«, wiederholte Scheu entschieden, bevor er auflegte.

Pia lächelte, schrieb die ersten Zeilen und kam in einen Schreibfluss, der sie in der Geschichte gefangen hielt. Es war kurz nach vier, als sie die letzte Zeile schrieb. Sie endete mit einer rhetorischen Frage.

Nachdem sie den Text noch zweimal überarbeitet hatte, war sie zufrieden. Als sie den Senden-Button gedrückt hatte, klingelte das Telefon erneut. Sie hob ab. »Was ist denn jetzt noch?«, fragte sie genervt, in der Annahme, dass erneut Albert Scheu in der Leitung war, doch diesmal meldete sich die Stimme ihrer Mutter.

»Ist das neuerdings deine Begrüßung für mich?«, beschwerte sie sich.

»Mama, nein … ich dachte … es wäre jemand anders…«

»Dein Glück. Ich hoffe nicht, dass dir deine Mutter inzwischen auf die Nerven geht.«

»Was ist los?«, wechselte Pia das Thema.

»Ich will dich nur zum Essen einladen«, erklärte ihre Mutter. »Ich habe einen Tisch für zwei Personen in der Schwedenwache bestellt. Ich hole dich um acht Uhr ab.«

Dem Tonfall der Stimme entnahm Pia, dass ihre Mutter keinen Widerspruch duldete.

»Okay, aber du bezahlst.«

»Gut, aber nur wenn du ein paar Neuigkeiten für mich hast.«

»Neuigkeiten?«

»Sicher, du bist doch bei der Presse und es gibt diese schrecklichen Morde auf Poel. Du weißt sicher mehr als meine Kunden.«

»Das stimmt. Ich glaube, das ist ein Abendessen wert«, entgegnete Pia.

8

Kirchdorf, Insel Poel, Gasthaus & Pension Ostseeblick

Vito Falk hatte sich im Ostseeblick eingemietet. Die Zimmer waren klein, das Gasthaus ein wenig heruntergekommen, doch nach seinen Informationen wurde diese Gastwirtschaft vorwiegend von Insulanern besucht, während die anderen Hotels und Pensionen komfortabler und weitaus besser bewertet, aber letztlich den Feriengästen vorbehalten waren. Für seine Zwecke war er im *Ostseeblick* genau richtig. Er war hier mitten im Geschehen, ganz so, wie er es beabsichtigt hatte. Die Wirtin war freundlich, aber wortkarg, der Service annehmbar und die Scholle nebst Bratkartoffeln günstig und ebenso wie der Weißwein, den er unweit des Stammtisches zu sich nahm, durchaus genießbar. Es war Abend geworden, und am Stammtisch hatten sich inzwischen sechs Personen eingefunden. Die Gäste dort waren allesamt männlich, und das beherrschende Thema war natürlich der Dreifachmord auf der Insel.

Falk saß nahe genug, dass ihm das Gespräch der Stammtischgäste nicht entging. Lediglich zwei weitere Gäste, ein älteres Ehepaar, hielten sich im Gastraum auf.

»… der Rudolf soll auch ausgeraubt worden sein«, behauptete ein grauhaariger Mann um die Sechzig mit einem karierten Hemd.

»Quatsch!«, widersprach ein anderer, beleibter, kaum jüngerer Mann in einem weiten blauen Fischhemd. »Der war doch am Plastbach, zum Bäume schneiden, der hatte doch nichts bei sich, das sich lohnt.«

Ein Glatzköpfiger meldete sich zu Wort. »Das waren Terroristen, heißt es. Die Araber dort in Syrien haben doch gesagt, die sollen den Leuten hier die Hälse durchschneiden, weil wir alle Ungläubige sind. Was meinen Sie, Herr Pastor?«

Ein weiterer Mann, älter als die anderen, saß an der Stirnseite des Tisches. Er trug einen dunklen Anzug und hatte ein goldenes Kreuz am Revers seines Jacketts. Jetzt zuckte er mit der Schulter. »Das könnte gut sein, man weiß ja nie, wozu diese Fanatiker fähig sind.« In seiner Stimme lag ein deutlich östlicher Akzent.

»Terroristen bei uns, das glaub ich nicht«, entgegnete der Mann im blauen Hemd.

»Wer weiß, vielleicht ist es auch wegen dem Windparks. Du bist auch daran beteiligt, oder?«, fragte der Glatzköpfige.

»Willi auch«, entgegnete der Beleibte im blauen Hemd.

»Ich lebe aber noch«, meldete sich ein weiterer Stammtischbruder zu Wort, ein Mann von großer, kräftiger Statur mit einem dunklen Vollbart. »Und wenn einer kommt, dann schlag ich ihn zu Brei.«

Zum Zeichen, dass er es ernst meinte, ballte er die rechte Faust und schlug damit in die Handfläche seiner linken Hand.

Ein weiterer Mann in Cordhose und hellem Pulli griff nach seinem Glas. »Vielleicht hat Eike ja recht. Es gibt ein paar Leute die behaupten, dass ihr den Ökospinner ganz schön über den Tisch gezogen habt. Du hast ja gute Beziehungen in der Politik, so als Kreistagsabgeordneter.«

»Du spinnst wohl«, entgegnete der Vollbärtige unwirsch. »Das ist alles ganz korrekt gelaufen, mit Notar und sogar über das Gericht. Es war doch klar, dass dieser Ökofuzzi nichts zuwege bringt. Der Spinner hätte Mohn anbauen sollen, das wäre eher was geworden.«

»Oder Hanf«, fügte der Glatzköpfige hinzu, und der Tisch brach in schallendes Gelächter aus.

»Gabi, noch ne Runde«, rief der im karierten Hemd der Wirtin zu.

Die Tür zur Gaststube wurde geöffnet, und eine kleine, untersetzte Frau mit hochgesteckten Haaren, in schwarzen Leggings und einer leichten Langjacke, die ihre Fülle eher betonte als kaschierte, betrat den Raum. Sie setzte sich an den Tresen, hinter dem die Wirtin stand. Ohne Worte wandte sich die Wirtin dem Kaffeeautomaten zu und stellte eine Tasse unter den Ausgießer.

»Hallo, Anja, schon Feierabend?«, rief der Mann im karierten Hemd.

»Ich mach Schluss für heute«, entgegnete die Frau. »Fünf Fuhren, alle zum Bahnhof nach Wismar. Die Touris reisen ab. Es wird nur noch von einem Terroranschlag gesprochen. Wenn das so weitergeht, dann sind bald alle weg.«

»Pah, Terroranschlag«, wiederholte der Mann im karierten Hemd. »Das war ein Irrer, der ist doch längst schon über alle Berge.«

»Wenn er überhaupt hier wegkommt«, entgegnete die Frau. »Ich bin heute sieben Mal von der Polizei kontrolliert worden. An jeder Ecke steht ein Streifenwagen, und fast in jedem Ort bin ich einer Streife begegnet. Das macht bald keinen Spaß mehr.«

»Wer sagt denn, dass Taxi fahren Spaß machen soll«, unkte der Mann im blauen Hemd. »Komm, setz dich zu uns!«

Falk schmunzelte. Hier war er tatsächlich mitten im Geschehen. Er erhob sich und trat an die Stirnseite des Stammtisches. »Entschuldigung«, sagte er. »Ich bin heute erst hier angekommen. Stört es, wenn ich mich zu Ihnen setze?«

Die Männer schauten sich fragend an und zuckten mit der Schulter. Falk nahm diese Geste als Zustimmung und zog den Stuhl neben der Taxifahrerin zu sich heran.

»Sie fahren Taxi?«, fragte er die Frau.

»Seit über dreißig Jahren«, entgegnete sie und stellte ihre Tasse Kaffee vor sich auf den Tisch.

»Entschuldigung, Vito ist mein Name, Vito Falk, ich komme aus Schwerin und habe gehört, dass es hier einen Mord gab.«

Die Frau nickte. »Anja«, stellte sie sich vor. »Es stimmt, hier wurden drei Menschen bestialisch ermordet.«

»Hier auf der Insel?«

»Sind Sie Reporter?«, fragte argwöhnisch der Mann im blauen Hemd.

Falk lächelte. »So was ähnliches.«

»Mit der Presse reden wir nicht«, fügte der Glatzköpfige hinzu.

»O nein, Gott behüte, ich bin nicht von der Presse. Ich erstelle so etwas wie Gutachten …«

»Ah, Gutachter«, fiel ihm die Taxifahrerin ins Wort.

»Hier in der Nähe soll eine Windkraftanlage entstehen«, fuhr Falk fort.

»Sind Sie deswegen hier?«, fragte der Vollbärtige.

»Könnte man sagen.«

»Wegen dem Salzhaff?«, fragte der Mann im blauen Hemd.

»Die Windwerte sind hier sehr stabil, das könnte einen guten Ertrag geben«, wich Falk der direkten Frage aus.

»Das wissen wir!«, antwortete der Vollbärtige.

»Das ist Willi Arnold«, stellte die Taxifahrerin ihren Tischnachbarn vor. »Er ist an dem Windpark beteiligt. Außerdem ist er Abgeordneter im Kreistag und bald vielleicht sogar Landtagsabgeordneter.«

Arnold schüttelte den Kopf. »Trag nicht so dick auf, Anja.«

»Ich gehe von 150 Metern Höhe aus. Drei Megawatt Leistungsvolumen«, bemerkte Falk beiläufig.

Arnold warf ihm einen misstrauischen Blick zu. »Für wen arbeiten Sie denn eigentlich?«, fragte er argwöhnisch.

»Für die Landesregierung«, entgegnete Falk. »Sagen wir mal so, ich soll herausfinden, von wo der Wind weht und was er alles wegbläst.«

Arnold lächelte und strich sich mit der flachen Hand über seinen Bart. »Windzone 3, Windklasse 2b, das ist hier oben in der Wismarer Bucht überall so.«

»Richtig, aber das Gebiet dort gehört sicherlich zum Mischprofil Küste, da kommt es auch auf den Windlastwert an«, antwortete Falk. Diese Schlagworte waren ihm noch bekannt, weil er vor über einem Jahr an einem Fall mitgearbeitet hatte, bei dem ein Mann in einer Windkraftanlage bei Stavenhagen tot aufgefunden worden war. Letztlich hatte sich herausgestellt, dass der Mann bei einem Unfall zu Tode gekommen war.

Arnolds zufriedener Gesichtsausdruck sprach dafür, dass das Misstrauen gegen Falk schwand.

»Alles berechnet«, entgegnete Arnold. »Wir sind ja keine

Anfänger. Das überlassen wir komplett unserem Planungsbüro.«

»Das ist auch sinnvoll, sonst steht man am Ende ohne Genehmigung da«, bestätigte Falk. »Aber was hat der Windpark mit diesen Toten zu tun?«

»Rudolf, Bernd und Hans Jürgen, also die Mordopfer, gehörten zu den Gesellschaftern. Rudolf war sogar der Vorsitzende, vor drei Tagen saßen sie noch an diesem Tisch und …«

»Lass gut sein, Anja«, schnitt ihr Arnold das Wort ab. »Das interessiert unseren Gast sicher nicht.«

»Wieso nicht, er hat doch gefragt«, beschwerte sich Anja beleidigt.

»Ich komm ja viel herum«, heizte Falk das Gespräch erneut an. »Ich glaube, das war vor drei Jahren, oben bei Stralsund. Da gab es ebenfalls einen Toten wegen einer Windkraftanlage. Wir waren dort im Einsatz, Vermessungen und so und haben alles hautnah miterlebt. Die Polizei konnte den Täter schnell überführen. Das war damals auch so ein Windkraftgegner.«

»Siehst du, ich traue Wackernagel alles zu, schließlich ist er erst vor ein paar Wochen wieder aus dem Gefängnis frei gekommen«, sagte der Mann mit dem blauen Hemd.

»Wir sollten niemanden verurteilen, solange wir keine klaren Beweise haben«, beschwichtigte der Pastor.

Falk nickte zustimmend. »Weshalb war er denn im Knast?«

»Körperverletzung«, erwiderte die Taxifahrerin.

»Er hat seinen ehemaligen Kreditgeber zusammengeschlagen«, ergänzte der Mann im karierten Hemd.

»Eike, halt dich zurück!«, mahnte Arnold.

»Doch, so war es!«, fuhr der Mann namens Eike unbeirrt

fort. »Er hat Zehr aufgelauert und ihm ein paar saftige Ohrfeigen verpasst.«

»Zehr?«

»Unser ehemaliger Filialleiter bei der Ostseebank.«, erklärte Anja, die Taxifahrerin.

»Zuerst hat er Wackernagel in die Pleite gejagt, dann wurde er in die Chefetage nach Rostock berufen«, fügte Eike hinzu.

»Tja, steile Karriere für einen faulen Kredit«, bemerkte Falk süffisant.

»Wieso fauler Kredit?«, warf der Mann im blauen Hemd ein. »Die Bank bekam die Grundstücke und verkaufte sie mit Gewinn, und Wackernagel muss noch immer an den Zinsen zahlen. Für die Bank war das ein gutes Geschäft. Nur für Wackernagel nicht, der hat jetzt Schulden bis ans Lebensende, und die Bank holt sich ihr Geld, da machen Sie sich mal keine Sorgen.«

Arnold lachte. »Falls er jemals wieder zu Geld kommt. Ich hörte, dass er nen Offenbarungseid geleistet hat.«

»Jetzt züchtet er Schafe«, fügte der Mann im blauen Hemd hinzu.

»Das ist doch Quatsch, Uwe«, widersprach Eike im karierten Hemd. »Woher willst du das denn wissen? Wenn er einen Offenbarungseid geleistet hat, dann darf er nichts mehr besitzen.«

»Macht er aber«, behauptete der Mann im blauen Fischerhemd, der Uwe genannt wurde.

Die Wirtin kam an den Tisch und servierte jedem am Tisch, außer Falk und der Taxifahrerin ein weiteres Glas Bier. Sie warf einen Blick auf Falks Weinglas, in dem sich nur noch die Neige befand. »Noch einen Wein?«, fragte sie.

Falk nickte. »Ja, ich denke wir sitzen noch eine Weile. Alleine trinken ist ungesund.«

Sie prosteten sich zu, und auch Falk hielt sein Weinglas in die Runde.

Der Abend zog sich hin, und aus dem einen Glas Wein wurden drei. Am Ende saß er mit der Taxifahrerin allein am Tisch. Aber immerhin erfuhr er von ihr, wer die anderen am Tisch gewesen waren und dass es das Gerücht gab, der Bankbeamte und einige aus der Investorengruppe hätten gemeinsame Sache gemacht, Wackernagel in die Pleite getrieben und anschließend günstig das Land im Salzhaff erstanden. Es war kurz nach Mitternacht, als Falk müde in sein Bett fiel.

Kriminalpolizei Wismar, Rostocker Straße

Willig stürmte wutentbrannt in den Soko-Raum in dem sich neben Vicki auch noch Sauter, Modrow und Falk befanden, und warf die Tageszeitung vor Vicki Sauter auf den Tisch. Er fluchte laut, bevor ihn ein Hustenanfall ordentlich durchschüttelte.

»Lies!«, krächzte er.

Vicki Sauter griff nach der Zeitung und überflog die Schlagzeile der Rostocker Morgenzeitung.

Dreifacher Mord auf Poel und am Plastbach. Wer ist der unheimliche Plastbachschlitzer?

Ein Bild vom Fundort Pohls prangte direkt darunter. Kerzen und Blumen standen bzw. lagen im Sand. Sie überflog die ersten Zeilen des Berichts.

»Das ist unsere Pressemitteilung«, sagte sie.

»Die zweite Seite«, polterte Willig ungeduldig.

Vicki blätterte um. »Auf grausame Art und Weise mitten aus dem Leben gerissen«, las sie laut vor. Auch auf dieser Seite gab es ein Bild. Ein Bild, das sie selbst schon gesehen hatte. Das Foto von Rudolf Sydlow umrahmt von Trauerflor, daneben eine brennende Kerze.

»Weiter!«, forderte Willig seine Kollegin auf.

Der Bericht erstreckte sich über die halbe Seite. In ihm wurden die Opfer des grausamen Verbrechens vorgestellt. Ihr schicksalhafter und grausamer Tod und das Leid der Hinterbliebenen. Mutter, Ehefrau, Kinder. Als sich Vicki dem Ende näherte, stutzte sie.

… so hat unsere Region mit dem Tod von Rudolf Sydlow auf grausame und bestialische Art und Weise einen verdienten Bürger verloren, einen langjährigen Bürgervertreter und Träger des Ehrenamtspreises der Gemeinde Insel Poel. Oder ist am Ende doch alles ganz anders? Wer war Rudolf Sydlow wirklich?

Zumindest einige sind der Meinung, dass nicht immer alles in seinem Leben mit rechten Dingen zuging. Vor allem der Kauf von Grundstücken im Salzhaff und die Errichtung eines Windparks sind da sehr umstritten und brachten ihn schon einmal in Schwierigkeiten, denen er nur durch das Eingreifen des Pastors entgehen konnte. Für viele von uns war Rudolf Sydlow ein Gewinn, der uns auf schmerzhafte Art und Weise genommen wurde. Doch dort, wo es Gewinner gibt, da stößt man immer auch auf Verlierer. Und sicher wird sich auch die Polizei bald dafür interessieren.

Wir bleiben für Sie am Ball.

»Das gibt es doch gar nicht«, seufzte Vicki Sauter und schaute betroffen auf. Geschrieben hatte den Artikel die Lokalredakteurin Pia Stein.

»Doch, das gibt es. Diese Pressefuzzis halten sich nicht an die Abmachung. Noch schlimmer, nach diesem Bericht weiß doch jeder, wer dort als Verlierer gemeint ist.«

»Wackernagel«, bestätigte Falk.

»Ja, genau, Florian Wackernagel, und wenn er das liest, dann weiß er auch, was wir alles wissen.«

»Wir sollten ihn festnehmen, bevor er die Kurve kratzt«, fügte Modrow hinzu.

Willig schüttelte den Kopf. »Das können wir nicht, da spielt der Amtsrichter nicht mit.«

»Aber wir haben doch die Aussage von Andreas Sydlow und …«

»Keine Chance«, wies Willig Modrows Einwand zurück. »Der Richter hält die Indizien für zu schwach. Nicht ausreichend für einen Beschluss. Ohne schlüssigen Beweis gibt es keinen Haftbefehl.«

Vicki warf die Zeitung auf den Tisch. »Dieses Biest. Deshalb hatte sie es gestern plötzlich so eilig.«

»Ihr habt mit ihr gesprochen?«, fragte Willig fassungslos. »Und das erfahr ich erst jetzt?«

Vicki schüttelte den Kopf. »Nein, haben wir nicht, zumindest nicht direkt. Sie war bei den Sydlows, als wir dort ankamen. Sie ist aber sofort verschwunden.«

Willig wies auf die Zeitung. »Da werden Dinge angesprochen, die unsere Ermittlungen betreffen. Irgendeiner von uns redet mit der Presse und plaudert Dinge aus, die nicht für die Zeitung bestimmt sind. Ich will wissen, wer das ist!«

Falk lehnte sich auf seinem Stuhl zurück. »Das lässt sich bei einer so großen Ermittlungsgruppe wohl kaum vermeiden«, sagte er. »Einer kennt einen und der kennt wieder einen anderen und so weiter und so fort.«

»Ach ja, ist das so?«, polterte Willig lauthals, bevor er erneut hustete. »Bei uns nicht, zumindest nicht, solange ich die Ermittlungen leite. Wenn ich den Kerl kriege, dem hetze ich die Internen auf den Hals, dass ihm Hören und Sehen vergeht.«

Falk schaute auf seine Armbanduhr und erhob sich. »Tut mir leid, ich muss los.«

»Los?«, wiederholte Willig ungläubig. »Wir haben hier Besprechung und ich …«

»Tut mir leid, es ist wichtig«, entgegnete Falk, bevor Willig seinen Satz zu Ende bringen konnte.

Willig war puterrot im Gesicht. »Falk, ich will, dass Sie hier bleiben!«

»Ich sagte schon, ich habe einen wichtigen Termin, der sich leider nicht aufschieben lässt.«

»Solange Sie zu meiner Ermittlungsgruppe gehören, tun Sie, was ich sage!«

Erneut wurde Willig von einem Hustenanfall durchgerüttelt. Falk trat an seine Seite und klopfte auf Willigs Rücken. »Sie gehören ins Bett und sollten sich erst einmal auskurieren«, sagte er, bevor er ohne ein weiteres Wort den Raum verließ.

9

Rechtsmedizinisches Institut, Rostock, St. Georg-Straße

Doktor Schneiderjahn schob Helgers Leiche zurück in das Kühlfach und schloss die Tür. Falk schob sein Handy zurück in die Jackentasche und rümpfte die Nase.

Helgers war ebenfalls durch einen Halsschnitt zu Tode gekommen, aber diesmal hatte man noch eine Stichwunde in der Bauchgegend festgestellt. Höchstwahrscheinlich stammte das Blut in Helgers Wagen von dieser Verletzung.

»Tja, wie gesagt, eindeutig dieselbe Handschrift, was den Hals betrifft«, sagte der Gerichtsmediziner und streifte seine Einweghandschuhe ab, die er anschließend in einen Mülleimer neben der Tür warf.

Sie verließen den Vorraum, der zu den Kühlkammern führte, und betraten den eigentlichen Obduktionsraum, wo in der Mitte des Raumes der Obduktionstisch aus Metall stand und der große Scheinwerfer darüber noch immer leuchtete.

»Ich tippe auf ein herkömmliches Schlachtermesser«, fuhr Dr. Schneiderjahn fort. »Einseitig geschliffen, Klingenbreite etwa vier Zentimeter, und die Länge der Schneide dürfte zwanzig Zentimeter betragen. Allerdings haben wir diesmal blaue Partikel an den Wundrändern der Bauchwunde gefunden. Ihr Kollege Brunner ist informiert. Die Partikel gingen direkt ins Labor. Der Bericht folgt, sobald ich ihn diktiert habe.«

»Was glauben Sie, um was handelt es sich bei diesen Partikeln?«

Schneiderjahn zuckte mit der Schulter. »Ich schätze, es ist Kunststoff. Das Messer könnte einen blauen Kunststoffgriff haben, wenn Sie mich fragen.«

Falk nickte. »Das ist immerhin etwas«, murmelte er.

Schneiderjahn schaltete den großen Scheinwerfer über dem Metalltisch aus und ließ sich auf einem Stuhl am Schreibtisch in der Ecke nieder. »Ich stimme Ihnen natürlich zu. Der Schnitt wird ordentlich und kräftig geführt. Er weiß, wie und wo man ansetzen muss, damit man durch die Haut und die Muskeln kommt, ohne an der Wirbelsäule abzurutschen. Er versteht was von Anatomie.«

Falk lehnte sich locker neben dem Schreibtisch an die Wand und lächelte. »Ich hoffe nicht, dass es einer Ihrer Kollegen ist, Herr Doktor.«

Schneiderjahn winkte ab. »Es gibt viele Leute, die sich auf Anatomie verstehen. Soldaten lernen es in Spezialausbildungen, Jäger, Metzger, aber auch Ärzte. Und heutzutage reicht oft ein Blick in das Internet, damit man sich informieren kann. Auf alle Fälle geht der Täter sehr versiert zu Werke und, auch da gebe ich Ihnen recht, er tötet nicht sofort und überfallartig, sondern macht seine Opfer bewegungsunfähig, bevor er sie tötet. Warum er das tut, das müssen Sie herausfinden.«

Falk fuhr sich mit der Hand über das Kinn und blickte nachdenklich auf den Metalltisch in der Mitte des Raumes. »Ich glaube, er will, dass seine Opfer wissen, weshalb er ihnen das Leben nimmt.«

Schneiderjahn nickte. »Motivationen und Tatausführungen sind ihr Metier, Herr Falk. Ich halte mich da eher an die puren Fakten. Und Fakt ist, alle drei Opfer wurden vor ihrem Tod bewegungsunfähig gemacht und nicht sofort getötet. Sydlow und Pohl hatten eine Kopfplatzwunde, und bei Helgers gab es einen Messerstich in den Bauchraum, der zwar nicht zwingend zum Tod geführt hätte, wenn die Blutung rechtzeitig gestoppt worden wäre, ihn aber zumindest kampfunfähig machte.«

»Können Sie aufgrund der Verletzungen sagen, ob die Opfer bewusstlos waren, bevor sie getötet wurden?«, fragte Falk.

Schneiderjahn zuckte mit der Schulter. »Hm, das ist schwer zu sagen«, antwortete er. »Die Schläge waren heftig, führten aber nicht zu tieferen Verletzungen oder Schädelfrakturen, wenn Sie das meinen. Bewegungsunfähig heißt ja auch nicht zwingend Bewusstlosigkeit. Bei Helgers bin ich mir sicher, dass er durch den Stich in den Bauch nicht ohnmächtig wurde, wenn Ihnen das weiterhilft, und Sydlow und Pohl wären sicherlich früher oder später wieder zu sich gekommen.«

»Danke, das wollte ich hören«, entgegnete Falk.

»Woran denken Sie?«

Falk stieß sich von der Wand ab und wiegte den Kopf hin und her. »Ich denke an so etwas wie Vergeltung«, sagte er, bevor er dem Gerichtsmediziner die Hand reichte.

Tessmannsdorfer Haff

Wie observiert man einen Mann, der mitten auf einem freien Feld, abseits jeglichen Verkehrs mitten in einer Einöde in einem Bauwagen haust und zwei Hütehunde sowie eine Herde blökender Schafe um sich versammelt hat? Wie kriegt man mit, was der Beobachtete gerade tut oder vorhat, ohne dass man auffällt?

Diese Fragen stellte sich Oberkommissar Modrow, als er seine Kollegen ablöste, die sich unweit des Hellbachs in einem kleinen Wäldchen aufhielten und auf einem Jägerhochsitz Position bezogen hatten.

»Ich kann doch nicht die ganze Nacht hier oben auf dem Hochsitz bleiben«, beschwerte er sich bei den Kollegen der Fahndung. »Es wird verdammt kalt und ungemütlich hier oben.«

»Ihr könnt euch ja ein paar warme Gedanken machen«, ulkte der Kollege, als Modrows junge Kollegin aus dem Wagen stieg, die ihn schon zum Fundort von Sydlows Leiche begleitet hatte. »Wenn du näher ran willst, dann auf eigene Gefahr. Die Hunde sind gut und wittern jeden, der sich der Herde nähert.«

»So eine verdammte Scheiße«, fluchte Modrow und wartete, bis die beiden Kollegen der Fahndung vom Hochsitz geklettert waren.

»Gab es was?«, fragte er, als die Kollegen an ihm vorübergingen und ihm ein Fernglas in die Hand drückten. Der große Blonde schüttelte den Kopf. »Er war den ganzen Tag allein, saß draußen auf seinem Hackklotz und raucht ab und an einen Joint, mehr war nicht.«

Die beiden Kollegen stiegen in ihren auf dem Feldweg abgestellten zivilen Dienstwagen und fuhren in Richtung Tessmannsdorf davon.

Modrows junge Kollegin, von der er sich inzwischen zumindest gemerkt hatte, dass sie Klara hieß, gesellte sich an seine Seite und schaute die Leiter hinauf auf den Hochsitz.

Es dämmerte bereits und hatte deutlich abgekühlt.

Modrow verzog die Mundwinkel. Er hasste diese stupiden und langweiligen Einsätze, und jetzt sollte er überdies auch noch eine kalte und dunkle Nacht in einem Wald auf einem Hochsitz verbringen. Ihn schauderte bei diesem Gedanken. »Es reicht, wenn sich einer von uns da oben den Arsch abfriert«, sagte er zur seiner Begleiterin und reichte ihr das Fernglas. »Ich würde sagen, du gehst zuerst und ich löse dich in vier Stunden ab. Was meinst du?«

Klara griff nach dem Fernglas, nickte und stieg die Leiter empor.

»Wenn sich was rührt, gibst du mir sofort Bescheid, ich bin im Wagen, klar?«

»Okay«, bestätigte Klara den Auftrag ihres Vorgesetzten, nachdem sie die Leiter erklommen hatte.

»Hast du ein Funkgerät?«

Wieder nickte die junge Kollegin.

»Nimm Kanal neun, wenn sich was tut, melde dich, ich bin im Wagen!«

»Alles klar«, bestätigte Klara und nahm auf dem einfachen Hochsitz Platz. Modrow wartete noch einen Moment. »Siehst du ihn, was macht er?«, fragte er.

Klara nahm das Fernglas vor die Augen und spähte in die Richtung, in der ein blauer Bauwagen mitten auf einer grünen Wiese stand.

»Da sitzt einer vor dem Bauwagen und raucht«, sagte sie nach einem kurzen Moment. »Zwei Hunde liegen vor ihm auf dem Boden, ein heller und …«

»Schon gut, schon gut, du musst mir nicht alles erzählen, nur das Wichtigste«, fiel er ihr ins Wort. »Der Kerl, das ist

Wackernagel, und den lässt du jetzt nicht mehr aus den Augen, klar?«

»Ja, klar!«

Modrow grinste. »Und schau, dass dich der Kerl nicht bemerkt«, sagte er, bevor er zum Dienstwagen ging und sich auf dem Fahrersitz niederließ.

Er kurbelte den Sitz zurück, stellte das zweite Handfunkgerät auf Kanal neun ein und schaltete den Radio an. Leise Musik dudelte aus dem Lautsprecher.

…since you been gone I can do whatever I want I can see whomever I choose I can eat my dinner in a fancy restaurant But nothing I said nothing can take away these blues…

Er schloss die Augen und summte die Melodie. Als das Lied zu Ende war, griff er nach dem Handfunkgerät. »Und, Klara, noch alles klar bei dir?«

Ihn trennten knapp dreißig Meter vom Hochsitz Der Dienstwagen war rückwärts in einen engen Feldweg eingeparkt.

»Alles klar, keine Änderung«, antwortete seine Kollegin.

Modrow atmete tief ein und legte das Funkgerät auf die Mittelkonsole. Ein weiteres Lied, das er kannte, wurde gespielt und er summte leise die Melodie mit.

And then, the moment I met you, again. I knew in my heart that we were friends. It had to be so, it couldn't be no. But try as hard as I might do, I don't know why. You get to me in a way I can't describe.

Den Rest der Zeilen bekam er nicht mehr mit, er dämmerte ein. Die leisen Atemzüge gingen ins Schnarchen über, und er kam erst wieder zu sich, als ihn Klaras besorgte, ja fast schon hysterische Stimme aus dem Lautsprecher des kleinen Funkgeräts weckte.

... was soll ich tun ... der fährt einfach weg ... bitte ... bitte melden ...

Er schreckte auf und griff zum Funkgerät. »Was ist los?«, blökte er. Draußen war es inzwischen stockdunkel geworden.

»Er fährt weg ...«

»Was soll das heißen, mit was fährt er weg?« Seine Stimme überschlug sich fast.

»Sagte ich doch schon, mit einem Motorrad«, entgegnete Klara.

»Welche Richtung?«

»Nach rechts.«

»Was heißt rechts, ins Dorf?«, schrie Modrow verärgert in das Gerät angesichts der Ungenauigkeit der Meldung.

»Ja ... ich glaube schon, Richtung Dorf«, bestätigte Klara per Funk.

»Okay, du bleibst hier, ich schau, ob ich ihn kriegen kann«, rief er und warf das Funkgerät auf den Beifahrersitz. Er startete den Motor des Dienstwagens und gab Gas. Die Reifen drehten durch, bevor sich der Wagen in Bewegung setzte und er mit zunehmender Geschwindigkeit in Richtung Tessmannsdorf über den Waldweg fuhr. Er spähte hinaus ins Dunkel und hoffte, dass durch die Büsche und Bäume der Scheinwerfer eines Motorrads auftauchte, doch er hoffte vergebens. Erst nachdem er die Waldgrenze erreichte, konnte er das weitläufige Wiesengelände überblicken, doch das Licht eines Motorrads entdeckte er nicht. Er beschleunigte, und der Wagen schlingerte durch die Kurve. Als er aus dem Waldweg geschossen kam und auf den geteerten Feldweg abbog, der in Richtung des Dorfes führte, drehte sich der Wagen. Mit heftigem Bremsen und Gegenlenken fing er den schleudernden Passat ab. Er gab erneut Gas, und als er die ersten Häuser des Dorfes erreichte, erkannte er aus dem linken Seitenfenster einen Lichtschein, der mehrere hundert Meter von ihm entfernt durch die Dunkelheit huschte. Keine Zweifel, das war er, das war Wackernagel auf einem Motorrad und, der Geschwindigkeit nach zu urteilen, war es keine langsame Maschine, auf der die Zielperson über die Felder raste. Modrow passierte eine Siedlung, und als er ins Dorf kam und der Feldweg zu einer gut ausgebauten Straße wurde, verlor er den Scheinwerfer des Motorrades aus den Augen. In der Mitte des Dorfs stieß er auf eine Kreuzung. Er bremste ab, dass die Reifen jammerten, und hielt an. Er schaute sich um. Links ging es nach Bastorf, rechts nach Blowatz. Er beschloss, in Richtung Bastorf weiterzufahren, und schaltete in den ersten Gang. Er hatte kaum das Dorf hinter sich gelassen, als direkt vor ihm ein einzelner Scheinwerfer auftauchte und mit irrsinniger Geschwindigkeit an ihm in die Gegenrichtung vorbeizischte. Er trat auf die Bremse und wendete den Passat, dann beschleunigte er wieder. Wackernagel, so schätzte er, fuhr über hundert Sachen und raste mitten durch den Ort. Wenn er ihn einholen wollte, musste er ordentlich Gas geben. Er trat das Gaspedal durch und der Motor heulte auf. Mit zunehmender Geschwindigkeit schoss er durch den Ort. Die Tachonadel erreichte die Hundert, und nachdem das Dorf hinter ihm lag, kletterte sie weiter auf einhundertvierzig. Das Motorrad war nicht mehr zu sehen, Wackernagel musste wohl schon einen ordentlichen Vorsprung herausgefahren haben. Erst kurz vor Rakow, nach einer langen Geraden, tauchte das Rücklicht eines Motorrads weit vor ihm auf der

Straße auf. Er fuhr mittlerweile einhundertachtzig, näherte sich aber nur langsam dem einzelnen roten Rücklicht. Dann erkannte er das aufleuchtende Bremslicht und nahm den Fuß vom Gas. Auf dem Tacho standen einhundertzwanzig Kilometer, als er nach Rakow hineinfuhr. Das Motorrad war nur noch wenige Meter vor ihm. Wackernagel fuhr jetzt etwa achtzig. Bestimmt hatte er seinen Verfolger schon bemerkt. Modrow bremste erneut ab und fuhr knapp über siebzig, als sie sich beide einer Einmündung näherten. Wackernagel beschleunigte und fuhr geradeaus weiter über die Einmündung hinweg. Modrow war nahe genug, dass er das Kennzeichen an der Geländemaschine ablesen konnte, mit der Wackernagel durch die Nacht düste. Er bremste an der Einmündung kurz ab und beschleunigte wieder, als plötzlich von rechts Scheinwerfer auftauchten. Instinktiv trat er auf die Bremse und wich nach links aus, doch es war zu spät. Es krachte fürchterlich. Modrow hatte das Gefühl in einem Karussell zu sitzen, das sich immer schneller drehte. Erneut krachte es, und das Karussell stoppte abrupt. Modrows Oberkörper wurde nach vorne geschleudert und prallte mit voller Wucht in das aufblasbare Kissen des Airbags. Er verspürte einen stechenden Schmerz im linken Handgelenk und bemerkte, wie sich der Wagen aufbäumte, bevor er mit dem Kopf gegen den Seitenholm prallte und alles schwarz um ihn herum wurde.

Als er wieder zu sich kam, lag er eingehüllt in eine knisternde goldene Decke in einer Hofeinfahrt. Er hob seinen Kopf ein klein wenig an. Blaulichter zuckten durch die Nacht, und eine Frau in weißer Kleidung und roter Jacke kauerte vor ihm, während zwei Sanitäter in orangefarbener Uniform neben ihm eine Trage richteten.

»Was … was ist passiert?«, stammelte er.

»Sie hatten ganz großes Glück«, entgegnete die Frau. »Wir kümmern uns um Sie.«

Als ihn die kräftigen Sanitäter auf die Trage hoben, streifte sein trüber Blick aus den Augenwinkeln das Dienstfahrzeug. Der Wagen lag neben einer Hauswand auf dem Dach und war nur noch ein Schrotthaufen.

»Meine Kollegin … meine Kollegin … ich muss dringend telefonieren«, stammelte er, doch die Frau legte ihm beruhigend die Hand auf die Schulter. »Im Wagen ist niemand mehr und zum Telefonieren haben Sie morgen noch Zeit. Jetzt müssen wir uns erst einmal um Sie kümmern.«

10

Rostock-Peez, Seehafen, Ost-Weststraße

Das durfte nicht sein, das war eine klare Missachtung seiner Mission und seiner Botschaft. Er zerknüllte die Zeitung und warf sie in eine Ecke des Containers. Das durfte er nicht auf sich beruhen lassen.

Von Morden war die Rede, von grausamen Taten eines irren Mörders und von Habgier, von Betrug und von einem eiskalten Menschen, dem das Leben anderer nichts bedeutet.

Alles hatten sie falsch verstanden, alles. An Stelle von Mord gehörte Gerechtigkeit, an Stelle von *grausam* gehörte das Wort *gebührend* und Habgier und Betrug hatten nichts mit der Sache zu tun. Ihn als eiskalten Mörder zu bezeichnen war eine Beleidigung. Er war ein Erzengel! Wer sollte sonst Gerechtigkeit üben, wenn es niemanden gab, der sich der Menschheit annahm?

»Archaniol«, murmelte er leise, ehe er sich erhob, an seinen Spind ging und aus seinem Rucksack das kleine blaue Heft hervorkramte. Er setzte sich auf sein Bett und schlug es auf. Was kostet ein Menschenleben, was kostet das Schicksal eines Menschen? Er blätterte weiter, bis er die richtige Stelle fand. Hier stand es geschrieben, 2788,22 Mark waren es, geschrieben mit blauer Tinte und zitternder Hand. Und es war die Wahrheit. 2788,22 Mark für ein gestohlenes Leben.

Nein, es durfte nicht schon wieder gelogen werden, keine neuen Lügen, keine neuen Verschleierungen, Unklarheiten und Falschmeldungen, die Welt musste erfahren, wie sündig die Menschen sind. Menschen, die direkt neben dir leben, die dir ein Lächeln schenken, ein paar gute Worte, aber ehe du dich versiehst, Leid, Pein und Elend über dich bringen, ohne jemals eine Spur von Reue zu zeigen. Diese Welt musste erfahren, was passiert war. Aber auf seine Weise.

»Archaniol«, murmelte er erneut und ließ seinen Oberkörper auf das Bett sinken. Für einen Moment schloss er seine Augen, das Heft hielt er fest umklammert in der rechten Hand. Schließlich richtete er sich auf. Seine Gedanken kreisten um sein verkorkstes Leben, und ein Gesicht tauchte vor ihm auf. Eine Frau mit langen blonden Haaren. Sie hielt Blumen in der Hand, Gänseblümchen, und sie lächelte. Er hatte diese Blümchen gepflückt, einen ganzen Strauß, und er würde ihr jeden Tag einen solchen Strauß schenken, damit sie lächelte, denn sie lächelte nur selten, nicht oft, eigentlich nie. Das Gesicht zerfloss in Düsternis.

»Piękne kwiaty«, seufzte er, ehe er sich wieder aufrichtete. Er erhob sich, ging zum Spind und verstaute das Heft tief in seinem Rucksack. Dann ging er in die Ecke, in der die zerknüllte Zeitung lag. Er faltete sie auseinander und überflog den Bericht erneut.

Wer ist der unheimliche Plastbachschlitzer?

von unserer Redakteurin Pia Stein, Lokalredaktion Wismar

»Pia Stein, Wismar«, murmelte er, ehe er die Zeitung erneut zerknüllte, diesmal aber in einen Mülleimer warf.

Als es an seiner Tür klopfte, zuckte er zusammen.

»Tak«, rief er.

»Mihail, ich bin es, Jozef, kommst du mit in Stadt?«

Jozef war aus Weißrussland, eigentlich kein schlechter Kerl, aber mit ihm kam man allzu oft in Schwierigkeiten, wenn er zu tief ins Glas schaute, und das machte er meistens.

Er öffnete die Tür. »Ich habe keine Zeit, ich muss was Dringendes erledigen«, sagte er zu seinem Besucher.

»Wir haben frei heute, erst wieder am Abend, komm, fahr mit, wir gehen in Stadt, mit Bus.«

»Tut mir leid, ich muss Amt, wegen Arbeit, kannst du mir Wagen leihen?«

Jozef grinste und griff in die Hosentasche. Er war schon wieder gut beieinander und hatte sicher bereits eine Flasche geleert. Und dabei war es noch nicht einmal neun Uhr.

Jozef streckte ihm den Autoschlüssel entgegen. »Klar, aber fahr nicht in Schrott«, sagte er, ehe er sich umwandte und mit polternden Schritten den Flur entlangging.

Er wartete noch eine Weile, bis Stille im Container einkehrte und er sich sicher war, dass Jozef und die anderen längst im Bus in die Nördliche Altstadt saßen. Dann zog er sich seine Jacke an und verließ den Container. Jozefs Wagen, ein grauer Škoda Fabia, war vollgetankt, und genau so würde er den Wagen wieder auf den Hof stellen. Er fuhr vorsichtig und achtete auf jedes Verkehrszeichen, denn er wusste, dass die deutsche Polizei gerne Autos kontrollierte, die mit ausländischen Kennzeichen durch die Gegend fuhren. Vor allem, wenn diese Kennzeichen aus dem östlichen Teil Europas stammten. Er erreichte Wismar ohne Kontrolle, doch kurz vor der Stadt, der kleine Ort hieß Kritzow, standen mehrere Polizisten am Straßenrand und beobachteten den Verkehr.

Schrittgeschwindigkeit war vorgeschrieben, und er und die anderen hielten sich daran, schließlich hatte beinahe jeder zweite Polizist eine Maschinenpistole dabei. Als er an einem der Uniformierten vorbeifuhr, der aufmerksam ins Innere des Wagens schaute, nickte er kurz. Dennoch blieb ihm die Kontrolle nicht erspart.

»Was machen Sie hier in dieser Gegend, Herr Cionek?«, fragte der Polizist, nachdem er akribisch die Papiere überprüft hatte.

»Ich arbeiten Brede, Fleischfabrik, muss machen mit Vertrag bei Chef«, erklärte er.

Der Polizist nickte. »Hier in Wismar?«

Er schüttelte den Kopf. »Nicht Wismar, ich Rostock und fahren in ganze Welt, aber Biro ist Wismar.«

»Biro«, wiederholte der Polizist fragend.

»Biro wo ist Chef.«

»Ach, Büro meinen Sie.«

Er nickte und ein Lächeln huschte über sein Gesicht.

Auch der Polizist zeigte ein Lächeln, als er die Papiere zurückgab. »Also dann, fahren Sie weiter und viel Glück mit dem Vertrag.«

In Wismar parkte er unweit der Marienkirche. Die Krämerstraße war nur ein paar Straßenzüge von hier entfernt.

Wismar, Hanse-Klinikum

Vicki Sauter parkte den Dienstwagen auf dem Parkplatz der Hanse-Klinik und warf einen Blick auf die Armbanduhr. Es war kurz vor zehn. Abholung um zehn, hatte Simon Modrow am Telefon gesagt. Vicki nahm die Tüte mit Ersatzkleidung aus dem Fond, schloss den blauen Audi ab und lief den Fußweg entlang auf das Hauptportal der Klinik zu. Es war ein schöner, sonniger und warmer Morgen. Der Himmel war stahlblau, und das strahlende Sonnenlicht spiegelte sich auf dem Blech der anderen geparkten Wagen.

Simon Modrow hatte die Nacht zur Beobachtung in der Klinik verbringen müssen, doch außer einem gebrochenen Handgelenk, Prellungen am ganzen Körper und ein paar Blutergüssen hatte er keine weiteren Verletzungen erlitten. Er hatte Glück im Unglück gehabt; seine Unfallgegner, ein Rentner aus Neubukow und dessen Tochter, die nach einer Familienfeier auf dem Heimweg waren, hatten weniger Glück. Beide lagen schwer verletzt in der Klinik. Die Autos hatten nur noch Schrottwert.

Wackernagel blieb verschwunden. Trotz einer Großfahndung nach dem Mann und dem Motorrad war er bislang nicht wieder aufgetaucht. Auch im Bauwagen war er nicht. Klara hatte auf dem Hochsitz bis drei Uhr ausgeharrt. Als Modrow nicht zurückkehrte, informierte sie über Handy die Dienststelle. Inzwischen hatte der Bereitschaftsrichter einen Haftbefehl gegen Wackernagel ausgestellt, denn er wertete den nächtlichen Ausflug des Ökofreaks als Flucht. Auch das Kennzeichen des Motorrades, das Modrow den Kollegen über die Sanitäter weitergegeben hatte, war nicht auf Wackernagel oder das Motorrad registriert. Offiziell war es für den VW Golf eines Autohauses aus Wismar ausgegeben. Entweder hatte Wackernagel das Kennzeichen gefälscht, denn beim Golf waren noch beide Nummernschilder vorhanden, oder es war das Kennzeichen einer stillgelegten und inzwischen längst verschrotteten Kawasaki, die einst einem Ladenbesitzer aus Zierow gehörte und vor vier Jahren auf einem Schrottplatz bei Neuburg gelandet war. Wie dem auch sei, Wackernagel blieb wie vom Erdboden verschluckt und es gab keine Spur.

Noch bevor Vicki Sauter das Gebäude aus Glas, Stahl und weißem Putz erreicht hatte, kam ihr Pia Stein aus dem Zugangsportal entgegen. Die Journalistin zuckte zusammen, als sie Vicki erblickte. Es war unübersehbar, dass diese Begegnung der jungen Journalistin sichtlich peinlich war.

»Ah, guten Morgen, Frau Stein, wohl einen kleinen Krankenbesuch gemacht«, grüßte Vicki die junge Frau.

Pia Stein lächelte freundlich. »Ja, sicher.«

»Jemand aus der Verwandtschaft?«

»Bitte?«, fragte Pia Stein und runzelte die Stirn.

»Ich meine den Krankenbesuch«, stellte Vicki Sauter klar.

»Eher Bekanntschaft, würde ich sagen.«

»Oder wieder auf der Jagd nach Sensationen?«, überging Vicki die Antwort.

Pia zuckte mit den Schultern.

»Eigentlich egal. Ihr gestriger Artikel war nicht gerade sehr polizeifreundlich. Es stört Sie wohl kaum, dass der Staatsanwalt eine Nachrichtensperre verhängt hat?«

Pia verzog ihre Mundwinkel. »Ich mache nur meine Arbeit.«

»So wie Ihre Kolleginnen und Kollegen auch, aber die halten sich an Absprachen und verbreiten keine Halbwahrheiten.«

Pia trat ein Stück zur Seite und schickte sich an, ihren Weg fortzusetzen.

»Vielleicht liegt er Ihretwegen dort oben«, sagte Vicki trocken.

Pia blieb stehen und wandte sich um. »Drei Menschen wurden bestialisch ermordet. Ich finde, die Leute hier haben ein Recht zu erfahren, was passiert ist.«

»Zumal, wenn es der Auflage nützt«, entgegnete Vicki spöttisch.

Pia schüttelte den Kopf. »Ich verstehe nicht, was Sie damit meinen.«

Vicki kam einen Schritt näher. Sie war etwa einen halben Kopf größer als die Journalistin von der RMZ. »Sie wissen ganz gut, was ich meine. Sie sehen es doch selbst, Ihre Spekulationen über den Täter sind lebensgefährlich. Wegen Ihres Artikels liegen jetzt drei Menschen hier in der Klinik, und sie haben sogar noch Glück gehabt, dass sie überhaupt hier gelandet sind. Sie könnten jetzt auch tot sein.«

Pia ging einen Schritt zurück. »Blödsinn«, zischte sie.

»Das ist kein Blödsinn, das ist mein purer Ernst«, mahnte Vicki mit klarer Stimme. »Glauben Sie, dieser Ökofreak hat nicht geschnallt, auf wen Sie in Ihrem Artikel anspielen? Weshalb, glauben Sie, hat er mitten in der Nacht die Fliege gemacht? Sie spielen mit Menschenleben, Frau Stein und das lasse ich Ihnen nicht durchgehen.«

In Pias Gesicht breitete sich die Zornesröte aus. »Noch gibt es in diesem Land so etwas wie Pressefreiheit«, protestierte sie.

»Ja, die gibt es, aber man muss verantwortungsvoll damit umgehen, und Sie tun das nicht«, entgegnete Vicki Sauter. »Ihr Käseblatt wird noch von uns hören.«

»Da bin ich aber gespannt.«

»Ja, das dürfen Sie auch, einen schönen Tag noch«, entgegnete Vicki und ließ die Journalistin einfach stehen.

Mit dem Fahrstuhl fuhr sie in den zweiten Stock. Simon Modrow wartete in seinem Zimmer bereits ungeduldig auf ihre Ankunft. Er saß im Nachthemd auf seinem Bett. Eine Schiene umhüllte sein linkes Handgelenk. Ansonsten war das Zimmer leer.

Vicki Sauter verzichtete auf eine Begrüßung und warf die Tüte mit den Ersatzklamotten auf das Bett. »War sie bei dir?«

Modrow runzelte die Stirn und warf seiner Kollegin einen fragenden Blick zu.

»Diese Journalistin vom Rostocker Morgen, war sie bei dir?«

Modrow zuckte mit der Schulter. »Ich … sie ist … wir kennen uns eben.«

»Was hast du ihr erzählt?«, fragte Vicki eindringlich.

»Nichts, ich … sie war nur hier, weil sie wissen wollte, wie es mir geht«, erklärte Modrow.

»Hast du ihr auch erzählt, dass wir Wackernagel auf dem Schirm haben?«

Modrow richtete sich auf. »Was … nein, wie kommst du darauf, ich habe ihr nichts dergleichen gesagt.«

»Wenn Willig erfährt, dass du mit ihr gesprochen hast, dann zerreißt er dich in der Luft.«

Modrow winkte mit der gesunden Hand ab. Er war sichtlich erzürnt. »Das ist Bullshit, was du hier von dir gibst«, entgegnete er erregt. »Ich habe sie vor einem Jahr auf einer Party kennengelernt. Und heute war sie da, um sich zu erkundigen, wie es mir geht. Von dem Unfall und von Wackernagels Flucht hat sie bereits gewusst.«

Vicki schüttelte den Kopf und lächelte. »Sie hat dich ausgefragt, und du Blödmann hast es nicht einmal bemerkt. Ihr Kerle seid doch alle schwanzgesteuert. Kaum macht euch eine schöne Augen, schon plaudert ihr wie Marktschreier, ich fasse es nicht. Hast du ihren Artikel schon vergessen?«

Modrows Zorn wich der Unsicherheit. Er überlegte, was er mit Pia Stein gesprochen hatte. Was an Fakten stammte tatsächlich von ihr und was hatte er auf ihre scheinbar belanglosen Fragen geantwortet? In seinem Kopf verschwammen die Grenzen. Er schüttelte den Kopf. »Hab ich nicht«, sagte er trotzig.

»Dann musst du dir darüber im Klaren sein, dass sie daran schuld ist, dass du hier gelandet bist. Auf der Dienststelle sind gerade nicht so viele gut auf dich zu sprechen. Du bist mit einer irrsinnigen Geschwindigkeit ohne Blaulicht und Signal durch einen Ort gerast und hast einen schweren Unfall verursacht. Und Klara hast du allein mitten in der Wildnis zurückgelassen. Glaub mir, wenn die dort jetzt auch noch erfahren, dass du mit der Stein geplaudert hast, dann verteilst du ab morgen Strafzettel im Salzhaff. Verstehst du mich?«

Modrow nickte. Die Ratlosigkeit stand ihm ins Gesicht geschrieben.

Vicki schaute ihn an. »Ach«, zischte sie wütend, ehe sie sich umwandte. »Zieh dich an, ich warte draußen!«

Ohne auf eine Antwort zu warten, stürmte sie aus dem Zimmer.

11

Rostocker Morgen Zeitung, Lokalbüro Wismar, Krämerstraße

Pia parkte ihren Wagen auf dem gemieteten Stellplatz hinter dem Gebäude und betrat den ehrwürdigen und geschichtsträchtigen Bau durch den Hintereingang. Ihr Büro lag im dritten Stock des alten, im Jugendstil erbauten Karstadt-Stammhauses, und sie hatte es sich zur Gewohnheit gemacht, die Treppen zu nutzen. Zuvor leerte sie den Briefkasten, in dem sich neben diversen Zeitschriften und Werbeflyern mehrere Briefe befanden.

Die Begegnung mit der Kriminalpolizistin vor dem Krankenhaus beschäftigte sie noch immer. Sie konnte diese dienstbeflissene und karrieresüchtige junge Frau nicht leiden, die sie meist mit einer überheblichen Arroganz abfertigte und offenbar keinen besonders guten Draht zur Presse hatte. Sollte sie tatsächlich über den Unfall bei der Verfolgungsjagd nach dem flüchtigen Verdächtigen berichten oder sollte sie diesen Umstand nur am Rande erwähnen? Modrow könnte ernsthafte Schwierigkeiten bekommen, wenn herauskäme, dass er mit der Presse gesprochen hatte.

Sie hatte Modrow vor einem Jahr auf der Party einer guten Freundin kennengelernt. Als sie damals erfuhr, dass der junge Mann bei der Kripo in Wismar arbeitete, hatte sie bewusst den Kontakt zu ihm gesucht. Schließlich war ein guter Draht zur Polizei in ihrem Geschäft nicht schädlich, und Rönning war als einfacher Schutzpolizist nicht in alles eingeweiht, was für sie von Interesse war. Modrow war ihr recht schnell auf dem Leim gegangen, denn Pia war nicht nur hübsch, sondern beherrschte überdies auch alle Tricks, die eine Frau beherrschen sollte, um in dieser männerdominierten Welt ihre Ziele zu erreichen.

Sie legte die Post in den Eingangspostkorb, schaltete den Kaffeeautomaten an und startete den Computer. Sollte sie das Bild, das sie mit ihrem Handy heimlich von Modrow im Krankenbett gemacht hatte, in den Bericht einfügen? Wohl eher nicht, das war vielleicht ein doch klein wenig zu dick aufgetragen. Das Bild von den beiden Unfallwagen an der Einmündung in Rakow würde wohl genügen. Modrow sollte nicht noch mehr Schwierigkeiten bekommen.

Nachdem sie sich ein Tasse Kaffee aus dem Automaten geholt hatte, setzte sie sich hinter den Schreibtisch und aktivierte das Schreibprogramm. Halbseitig mit zwei Fotos hatte sie Scheu zugesagt, drei Spalten mit jeweils fünfzig Zeilen, dazu noch die Bilder und die Bildtitel. Sie warf einen Blick auf die Uhr, die über der Tür hing. Es war kurz vor Mittag. Zwei Stunden blieben ihr.

Polizeibeamter bei Verfolgungsjagd schwer verletzt, betitelte sie ihren Bericht, und die Zeilen flossen ihr in Windeseile aus den Fingern. Sie berichtete von der Überprüfung eines dringend Tatverdächtigen im Fall der Plastbach-Morde und dessen waghalsiger Flucht mit dem Motorrad durch die kleinen Ortschaften entlang der Küste.

… und während ein Polizeibeamter schwer verletzt in einer Wismarer Klinik liegt, ist der Verdächtige untergetaucht und spurlos verschwunden …, endete ihre Story. Noch nicht ein-

mal eine Stunde war vergangen. Sie passte die beiden Bilder von Autowracks in die Maske ein, die ihr Schleicher per E-Mail zugesandt hatte, und überflog noch einmal ihre Zeilen. Sie war zufrieden. Die Worte waren gut gewählt und genau richtig dosiert. Unverbindlich, wo es um Tatsachen ging, und zielführend, um die Leser in die gewünschte Richtung zu dirigieren. Übertreibungen und Überzeichnungen dort, wo es angebracht war, leise Töne an den Stellen, an denen es notwendig war, um rechtlich unbestimmt und vage zu bleiben.

Zufrieden nickte sie, nachdem sie noch ein paar kleine Korrekturen angebracht hatte. Sie speicherte ihren Bericht und legte damit das Layout des Berichts fest. Anschließend schickte sie die Datei zur Redaktion. Ein zufriedenes Lächeln huschte über ihre Lippen, als sie die Sendebestätigung erhielt.

Sie lehnte sich in ihrem Stuhl zurück und streckte sich erst einmal, bevor sie die Post aus dem Postkorb holte. Die Werbebroschüren landeten sofort im Mülleimer, die Zeitschriften, Ausgaben anderer Blätter, überflog sie, ehe sie sie entsorgte und sich der drei Briefe annahm, die ebenfalls im Briefkasten gesteckt hatten. Der erste Brief war ein Schreiben des Vermieters, der sie darüber informierte, dass die Wasseruhren in der nächsten Zeit abgelesen und durch moderne elektronische ausgetauscht würden. Das zweite Schreiben war ein Druckauftrag für eine Heiratsanzeige in der nächsten Wochenendausgabe. Das dritte Schreiben, ein braunes Kuvert im Format DIN-A-5, enthielt weder Anschrift noch Adresse. Sie runzelte die Stirn, ehe sie zum Brieföffner griff und das Kuvert öffnete. Zwei Blätter lagen darin. Das erste Blatt enthielt eine Kopie ihres gestrigen Zeitungsberichts über den Plastbachschlitzer. Handschriftliche Anmerkungen in Druckbuchstaben waren an der Seite angebracht. Unter anderem war im Bericht das Wort *grausam* in Bezug auf die Taten gestrichen und am Rand durch das Wort *angemessen* ersetzt. Sie schüttelte den Kopf. Auch das Wort *Morde* war ersetzt worden. Hierfür stand am Rand *Gerechtigkeit.* Pia faltete das zweite Blatt auseinander. Darauf stand in Druckbuchstaben geschrieben:

Ihr, die ihr unter uns lebt und euer wahres Ich hinter Masken verbergt, der Zorn Gottes kommt über euch, egal wo ihr euch versteckt … niemand wird seiner Gerechtigkeit entkommen …

Pia schluckte. Kein Zweifel, dieser Spruch bezog sich auf die Morde am Plastbach und auf Poel. War es ein Bibelspruch? Stammte dieser Brief vom Mörder oder versteckte sich irgendein Spinner hinter diesen Zeilen?

Sie überlegte, was sie tun sollte. Die Polizei verständigen? Aber was, wenn es sich bei dem Verfasser dieser Zeilen tatsächlich nur um einen Spinner handelte, der einfach Aufmerksamkeit erregen wollte? Sie faltete das Blatt zusammen und legte es auf den Schreibtisch, ehe sie zum Telefonhörer griff und die Nummer von Albert Scheu in der Redaktion in Rostock wählte.

Kriminalpolizei Wismar, Rostocker Straße

»Und dann natürlich noch das Laboratorium«, schwärmte Brunner in höchsten Tönen. »Dagegen sieht unsere KTU wie eine Hinterhofwerkstatt aus. Dort drüben gibt es alles, was das Herz begehrt.«

»Wie lange waren Sie in Quantico?«, fragte Falk.

»Neun Monate«, antwortete Brunner. »Und jeder Tag hat sich gelohnt. Ich finde, jeder, der sich ernsthaft mit dem Thema Spuren befasst, sollte einmal dort gewesen sein.«

Falk nickte zustimmend. »Tja, dem kann ich nur zustimmen. Keine Frage, auch das BKA hat sehr gute Möglichkeiten, aber an das FBI reicht es nicht heran. Es ist eben alles eine Frage des Geldes.«

Brunner trank einen Schluck aus der Kaffeetasse und schüttelte lächelnd den Kopf. »Nein, ich würde sagen, es ist eine Frage, wie wichtig man die Verbrechensbekämpfung nimmt. Ich bin mir sicher, beinahe jeder Fall wäre zu klären, wenn wir hier in Deutschland andere Mittel zur Verfügung hätten. Aber offenbar steht hier die Strafverfolgung nicht an erster Stelle. Wie lange waren Sie eigentlich in den Staaten?«

Falk wiegte den Kopf hin und her. »Insgesamt war ich zweieinhalb Jahre unterwegs. Ein Jahr beim FBI und ein Jahr beim NFC in Linköping, danach ein halbes Jahr bei der Rikspolis in Stockholm. Ich muss sagen, die Schweden sind auch nicht zu verachten. Vor allem in Sachen Täterprofilerstellung haben sie den Amis sogar etwas voraus.«

Brunner nickte zustimmend und drehte Falk den Computerbildschirm zu. »Also gut, widmen wir uns wieder dem Tagesgeschäft«, seufzte er und vergrößerte ein Foto auf dem Bildschirm, auf dem ein Schlachtermesser abgebildet war. »Die Partikel in der Stichwunde unseres dritten Opfers dürften von einem Messer dieser Art stammen. Die Dinger kann man überall kaufen, einzeln und als Set. Im Internet findet man unzählige Angebote. Das wird uns leider nicht viel weiterhelfen.«

»Der Wagen des Heizungsmonteurs ist überprüft?«

Brunner nickte. »Ja, wir sind durch. Leider ohne Erfolg. Keine Fingerabdrücke, keine DNA-Muster, die wir eindeutig zuordnen können. Natürlich findet sich reichlich Material im Wagen, aber keines, von dem wir sicher auf den Täter schließen könnten. Das ist ein Geschäftswagen, der wird von allen Mitarbeitern benutzt. Wir gleichen zwar die Spuren noch ab, doch das wird dauern, und einen Erfolg verspreche ich mir nicht davon, wenn ich ehrlich bin.«

»Was ist mit Fasern?«

»Jede Menge, die Analyse läuft noch, aber bislang nichts Verwertbares.«

Falk kratzte sich den der Stirn. »Dann weiß er wohl, wie er solche Spuren vermeiden kann, denn er muss seinen Opfern sehr nahe kommen, wenn er seinen Schnitt ansetzt.«

Brunner stimmte zu. »Wahrscheinlich trägt er Handschuhe und darüber hinaus noch einen Schutzanzug.«

Falk zuckte mit der Schulter. »Aber wer fährt mit einem Schutzanzug durch die Gegend, ohne dass es allzu sehr auffällt?«

Brunner zuckte mit der Schulter.

»Bei allem, was wir derzeit über den Täter wissen, tippe ich auf einen Jäger oder einen Metzger«, vervollständigte Falk seinen Gedanken. »Niemand schöpft Verdacht, wenn ihm ein Jäger oder ein Metzger begegnet, der blutverschmierte Schürzen trägt.«

Brunner überlegte kurz. »Richtig, und da passt Willigs Hauptverdächtiger ganz gut ins Bild.«

»Der Schäfer?«

»Genau der«, bestätigte Brunner. »Der bietet auch Schlachtlämmer zum Verkauf an. Und bei der Durchsuchung seines Bauwagens haben wir jede Menge Messer und Schlachtutensilien gefunden. Auch zwei Schürzen aus Kunststoff lagen dort. Die sind gerade im Labor. Und nicht zu vergessen, eine aktuelle Ausgabe der RMZ. Kein Wunder, dass der Kerl abgehauen ist.«

»Hat man schon eine Spur?«

Brunner schüttelte den Kopf. »Der ist wie vom Erdboden verschluckt. Die Fahndung läuft überregional, wer weiß, wo der abgeblieben ist.«

Kirchdorf, Insel Poel, Inselkirche

Es war bereits dunkel draußen, ein warmer Maitag war zu Ende gegangen, und Pfarrer Lipinski hatte zusammen mit der Küsterin die Vorbereitungen für die bevorstehenden Pfingstfeiertage abgeschlossen. Blumen schmückten den Altarraum und den Ambo und die beiden Flügelaltäre erstrahlten im polierten Glanz des großen Leuchters, der im Altarraum von der Decke hängte.

Das Feuer des Glaubens entfachen, unter diesem Motto stand das Pfingstfest in diesem Jahr und der evangelisch-lutherische Kirchenkreis Mecklenburg legte sehr viel Wert darauf, die Botschaft, die in diesem Jahr im Mittelpunkt stand, in angemessener Weise den Menschen nahe zu bringen. Kerzenständer und Leuchter hatten die Küsterin und die vielen zahlreichen Helfer auf Hochglanz poliert und entlang des Mittelgangs platziert. Zusammen mit den Blumenarrangements bildeten sie ein feierliches Spalier, und Pfarrer Lipinski war sich sicher, dass die Kirche trotz der widrigen

Umstände und der grausamen Morde hier auf der Insel und im Umland am kommenden Pfingstfest bis auf den letzten Platz gefüllt sein würde. Die Küsterin war längst gegangen, doch der Pfarrer war mit seinen Vorbereitungen noch nicht fertig. Akribisch ordnete er die Texte, die an diesem Tag gesprochen werden sollten und markierte sie mit verschiedenfarbigen Aufklebern.

Miroslav Lipinski stammte aus Polen, wo er zur lutherischen Minderheit, den sogenannten »Augsburgskis« gehört hatte, doch er lebte bereits seit über vierzig Jahren hier in der Pfarrei. Er war schon über siebzig, und eigentlich hätte er sich längst in den wohlverdienten Ruhestand verabschieden können, doch die Kirche war in diesen Zeiten nicht gerade mit Nachwuchs gesegnet, sodass er trotz seines Alters noch immer in der Gemeinde wirkte und den neuen Pfarrer unterstützte, wo er nur konnte. Auch dieses Mal war es an ihm, den Gottesdienst in der Inselkirche zu halten, denn die Gemeinde war groß, und auch in Kühlungsborn fand zeitgleich ein Pfingstgottesdienst statt, den der neue Pfarrer feiern sollte.

Lipinski freute sich auf den Sonntag, denn die frohe Botschaft war seine Passion und sein Lebensinhalt, und er wurde nicht müde, sie zu verkündigen.

Er deponierte die Schriften in der richtigen Reihenfolge auf dem Ambo, der bereits mit dem roten Antependium geschmückt war, wie es sich für das Pfingstfest gehörte. Bevor er den Schrank schloss, ordnete er noch einmal den Talar, den er am Sonntag tragen würde. Zufrieden nickte er, die Vorbereitungen waren abgeschlossen, der Sonntag konnte kommen. Er löschte das Licht in der Sakristei und verließ die Kirche durch das Hauptportal.

Als er hinaus in die frische Luft trat, atmete er erst einmal kräftig durch. Die Nacht war dunkel, und die Sterne funkelten in dieser mondlosen Nacht hoch am Himmel. Sein Weg führte entlang der alten Grabsteine zum Zugangstor, doch noch bevor er die schmiedeeiserne Gartentür erreichte, hörte er das Knirschen von Schritten auf dem Kies. Irgendjemand folgte ihm in der Dunkelheit. Pfarrer Lipinski hatte seinen alten blauen Polo auf dem Parkplatz an der Landstraße geparkt, knappe einhundert Schritte von der Kirche entfernt. Er schaute sich um. In der Dunkelheit war niemand zu sehen. Er blieb stehen und lauschte. Die Schritte waren verstummt. Er schaltete die kleine Taschenlampe ein, die an seinem Schlüsselbund hing, und leuchtete in die Umgebung. Er war umgeben von steinernen Schatten.

»Hallo, ist da jemand?«, rief er, doch eine Antwort blieb aus. Seine Nackenhaare richteten sich auf, und eine Gänsehaut lief über seinen Rücken. Zögernd ging er weiter, nichts war zu hören. Hatte er sich getäuscht, hatte er sich die Schritte auf dem Kiesweg nur eingebildet? Als er das Törchen erreichte, hörte er ein Rascheln unmittelbar in seiner Nähe. Er fuhr herum, doch noch bevor er die kleine Taschenlampe in die Höhe gerissen hatte, spürte er einen heftigen Schlag in seinem Nacken. Er wollte schreien, doch sein Laut wurde durch einen zweiten Schlag gedämpft und endete in einem beinahe unhörbaren Gurgeln. Er war schon bewusstlos, als sein Körper hart auf dem Boden aufschlug. Der Schlüsselbund mit der Taschenlampe fiel ihm aus der Hand und das Licht erlosch.

12

Kriminalpolizei Wismar, Rostocker Straße

Als Falk kurz nach acht Uhr den Raum der Sonderkommission *Plastbach* betrat, verstummten die Gespräche. Modrow saß in einer Ecke und blickte in betretenem Schweigen auf die Zeitung, die vor ihm auf dem Tisch lag. Vicki Sauter stand neben der Tür und nickte Falk zu, während Willig neben Polizeidirektorin Reimann stand und fassungslos den Kopf schüttelte.

»Moin, störe ich?«, fragte Falk, nachdem er in die schweigenden Gesichter der Anwesenden blickte.

»Guten Morgen, Kollege Falk«, grüßte Willig mit nasalem Unterton in seiner Stimme. Seine Augen waren gerötet und von der Erkältung angeschwollen. »Mit Ihnen haben wir so früh gar nicht gerechnet. Schon gelesen?«

Willig ging zum Tisch, nahm die Zeitung in die Hand und reichte sie an Falk weiter.

Polizist bei Verfolgungsjagd schwer verletzt, lautete die Schlagzeile des Rostocker Morgens. In der Tat hatte Falk den Artikel bereits gelesen. Er wandte sich Modrow zu, der mit seinem verbundenen Arm in der Ecke saß.

»Tja, Reporterinnen kann man nicht trauen, vor allem, wenn sie hübsch sind«, bemerkte er, ehe er die Zeitung wieder auf den Tisch legte.

Modrow schwieg und verzog keine Miene.

Die Polizeidirektorin breitete ihre Hände aus. »Na ja, wie

dem auch sei. Sie haben sicher bereits gehört, dass wir bei der Durchsuchung von Wackernagels Bauwagen mehrere Schlachtermesser und Metzgerschürzen sichergestellt haben.«

Falk zuckte mit der Schulter. »Brunner hat es mir erzählt, aber das macht ihn noch nicht zum Mörder.«

»Ha!«, entfuhr es Willig und er zeigte mit dem ausgestreckten Zeigefinger auf Falk. »Ich wusste es, dass Sie das sagen. Aber ich halte mich da lieber an die Fakten. Er hat ein Motiv, er ist geflüchtet und er verfügt über die notwendigen Tatmittel. Außerdem ist er versiert im Umgang mit dem Messer. Haben Sie nicht selbst gesagt, dass der Mörder mit einem Messer umgehen kann?«

Falk lächelte und zog sich einen Stuhl heran. »Ja, das habe ich gesagt«, antwortete er, bevor er sich setzte. »Gibt es schon eine Spur von ihm?«

»Die Fahndung läuft auf Hochtouren«, warf Vicki Sauter ein.

Die Polizeidirektorin nickte den Anwesenden kurz zu, ehe sie sich zur Tür begab. »Also dann, schauen wir, dass wir ihn schnellst möglichst dingfest machen, bevor er noch einmal zuschlägt, schließlich gibt es noch ein paar Leute, die auf seiner Liste stehen könnten. Der Oberstaatsanwalt erwartet meinen Anruf. Vicki, meine Herren.«

Falk wartete, bis die Inspektionsleiterin den Raum verlassen hatte, ehe er sich erneut Willig zuwandte, der ein Taschentuch aus seiner Hosentasche kramte und sich kräftig schnäuzte. »Ich gebe zu, die Indizien sprechen gegen ihn, aber das allein genügt nicht.«

»Es gibt einen Zeugen«, raunte Willig, nachdem er das Taschentuch wieder eingesteckt hatte.

»Einen Tatzeugen?«

Willig nickte Vicki zu, ehe er sich erhob. »Klär ihn auf!«, sagte er zu seiner Kollegin. Vicki Sauter räusperte sich, ehe sie Falks Frage beantwortete. »Ein Mann hat sich gemeldet, der war mit seinem Hund im Waldstück bei Alt Farpen unterwegs«, berichtete die Kriminalbeamtin. »Er hat so gegen neun einen Motorradfahrer gesehen, der vom Plastbach kam und durch den Wald in Richtung Krusenhagen fuhr. Der Zeitpunkt deckt sich etwa mit der festgestellten Tatzeit des Mordes an Sydlow. Es war eine Geländemaschine, und der Motorradfahrer trug dunkle Kleidung und einen schwarzen Helm.«

Falk zuckte mit der Schulter. »Es ist Urlaubssaison, da sind um diese Zeit bestimmt mehrere Leute unterwegs.«

»Wackernagel hat eine Geländemaschine, und er trug dunkle Lederklamotten und einen schwarzen Helm, als er Modrow durch die Lappen ging«, ergänzte Vicki Sauter.

Falk kratzte sich am Kinn. »Ich sagte schon, das ist eine Indizienkette, die schlüssig klingt, aber weshalb sollte Wackernagel ausgerechnet jetzt, über ein Jahr nach seiner Pleite, seinen Rachefeldzug beginnen? Das hätte er doch schon damals machen können, als man ihm den Hof wegnahm.«

Vicki Sauter lächelte. »Ja, das haben wir uns auch schon gefragt. Und vielleicht haben wir sogar die Lösung.«

Falk schaute gespannt. »Ich bin ganz Ohr.«

»Vor einer Woche wurde vom Kreisverwaltungsamt die Baugenehmigung für die Zufahrtsstraße erteilt. Ich denke, das ist für diesen Fall nicht uninteressant, finden Sie nicht auch, Kollege Falk?«, bemerkte Willig und zog erneut sein Taschentuch aus der Hosentasche. »Vicki hat bei den Ämtern nachgefragt. Wir sind nicht untätig, während Sie … ich sage mal vorsichtig … im Dorf auf den Busch klopfen.«

Falk nickte anerkennend. »Gute Arbeit, Frau Sauter, gute Arbeit.«

Vicki Sauter neigte verlegen ihren Kopf zur Seite. »Ich danke Ihnen. So und jetzt müssen wir uns wieder an die Arbeit machen, Sie entschuldigen uns.«

Falk runzelte die Stirn. »Welche Arbeit, ich dachte, es gibt keine Spur von Wackernagel?«

»Das ist schon richtig«, bestätigte Willig. »Aber Sie vergessen, dass es noch mehr potenzielle Opfer gibt. Für Zehr und die anderen Mitglieder des Konsortiums wurde Personenschutz angeordnet. Wir gehen davon aus, dass Wackernagel seine Liste noch nicht abgearbeitet hat und erneut zuschlagen wird. Das wäre auch eine gute Gelegenheit, ihn auf frischer Tat zu erwischen.«

Falk verstand. »Ah, sie wollen ihm eine Falle stellen?«

»Richtig. Vicki und ich koordinieren den Einsatz; Modrow ist erst einmal zum Innendienst verdammt«, erklärte Willig.

Falk lächelte. »Gut, dann will ich Sie nicht weiter von der Arbeit abhalten. Ich denke, das ist jetzt Sache der örtlichen Polizei. Ich werde ja anscheinend nicht mehr gebraucht.«

Noch bevor Willig antworten konnte, wurde die Tür geöffnet und ein uniformierter Kollege betrat den Raum.

»Guten Morgen, Herr Willig«, grüßte der Oberkommissar. »Gut, dass ich Sie hier treffe. Die Kollegen aus Poel haben eine Leiche.«

Willig runzelte die Stirn. »Eine Leiche? Wo denn, und was ist passiert?«

»Wir wissen noch keine Einzelheiten«, erklärte der Kollege. »Die Leiche liegt auf dem Friedhof der Inselkirche. Offenbar wurde der Mann ermordet. Es soll sich um den Pastor von Kirchdorf handeln.«

»Der Pastor?«

»Richtig, der Pastor. Rönning meint, dem Mann wurde die Kehle aufgeschlitzt, so wie bei den drei anderen Toten.«

Willig wurde blass. Er atmete tief ein und schüttelte den Kopf. »So eine verdammte Scheiße, geben Sie Brunner Bescheid!«

Der Kollege nickte. »Brunner ist schon auf dem Weg. Er sagte mir, dass ich Sie hier finde.«

Der Kollege nickte Falk zu, ehe er den Soko-Raum verließ.

»Was dagegen, wenn ich mitkomme?«, fragte Falk.

Hauptkommissar Willig schüttelte den Kopf.

Inselkirche Poel, Kirchdorf

Er lag mit dem Rücken auf dem Doppelgrab der Familie Hohnstein, direkt auf der Grabplatte, und sein Kopf hing über den Rand, sodass er nicht zu sehen war. Der blutige Schnitt, der durch seinen Hals verlief, war allerdings unverkennbar. Das Blut an der Wunde, auf der Grabplatte und dem kleinen Fußweg neben dem Grab war bereits getrocknet. Die Nacht war lau und trocken gewesen.

Falk erkannte sofort, dass der Schnitt am Hals des Toten den Wunden ähnelte, die auch die drei anderen Leichen aufgewiesen hatten.

»Der gleiche Täter, unbestritten«, knurrte Brunner. »Dort hinten am Zugang muss es losgegangen sein. So wie es aussieht, wurde er hinterrücks angegriffen, niedergeschlagen und dann über den Boden hierher geschleift. Hier auf dem Grab hat der Täter seine Tat dann vollendet.«

»Wann etwa?«

»Zwischen elf und eins. Es war dunkel, und der ganze Platz ist von Büschen umrahmt. Ein idealer Ort, um jemanden ungesehen um die Ecke zu bringen.«

»Und dazu noch weit genug vom Dorf entfernt«, bemerkte Falk. »Wer hat ihn gefunden?«

»Die Küsterin, Frau May«, entgegnete Brunner. »Heute früh. Sie sitzt in der Sakristei der Kirche, ein Arzt ist bei ihr. Die Sache hat sie ganz schön mitgenommen.«

Falk nickte und wandte sich ab. Vicki Sauter unterhielt sich abseits der Grabsteine mit dem Kollegen Rönning von der Poeler Polizeistation. Falk schaute sich um. Auf dem Parkplatz vor dem Friedhof hatten zwei Streifenwagen, ein Notarztwagen und ein Rettungswagen sowie der weiße VW-Bus der Spurensicherung gestanden, dazu zwei weitere Wagen, ein alter blauer Polo und ein roter Fiat. Der Polo gehörte dem Pastor, der Fiat der Küsterin. Andere Fahrzeuge, abgesehen von ihren eigenen, gab es im näheren Umfeld nicht. Während Brunner sich mit vier seiner Mitarbeiter um den Fundort der Leiche kümmerte, suchten weitere Polizisten das Umfeld nach Spuren ab.

Falk nutzte die Gelegenheit und ging zur Sakristei. Er warf einen kurzen Blick hinein. Eine Frau saß auf einem Stuhl, während der Notarzt neben ihr stand und ihren Blutdruck überprüfte. Ein Rettungssanitäter hockte vor ihr und verband ihr das linke Knie.

»Kann ich kurz?«, sagte Falk, zeigte seine Dienstmarke und trat näher.

»Kurz«, bestätigte der Arzt. »Wenn Sie stabil ist, bringen wir sie in die Klinik.«

Falk nickte. »Guten Tag, Frau May. Ich bin von der Polizei und hätte ein paar Fragen. Fühlen Sie sich ...«

»Ich habe ... doch ... ich hab Ronny schon alles erzählt«, stammelte die Küsterin. Ihre Augen waren rotgeweint und geschwollen, die braunen Haare hingen ihr wirr in die Stirn, und ihre Kleidung war schmutzig.

»Ich bin von der Kripo«, erklärte Falk.

Die Frau seufzte. »Wir haben gestern zusammen die Kirche für den Pfingstgottesdienst vorbereitet«, schluchzte sie. »Wer tut denn bloß so etwas, er war ein guter Mensch.«

»Sie waren gestern zusammen?«

Die Frau nickte.

»Hier in der Kirche?«

»Wir haben den Altar und den Kirchenraum geschmückt, der Pfarrer, ein paar Gemeindemitglieder und ich«, erklärte die Küsterin.

»Haben sie die Kirche zusammen verlassen?«

Der Arzt löste die Manschette am Arm der Frau. Falk wartete kurz, bevor er seine Frage wiederholte.

»Nein, die Gemeindemitglieder gingen zuerst«, erklärte die Frau. »Ich ging kurz vor elf, und der Pfarrer blieb noch eine Weile da. Er wollte wohl noch mal nach seinem Talar sehen.«

Die Frau griff in ihre Jackentasche und zog ein Taschentuch hervor, mit dem sie sich die Tränen trocknete.

»So, das müsste jetzt halten«, sagte der Rettungssanitäter,

nachdem er die Binde um das Knie der Frau ordentlich verklebt hatte. »Ist hoffentlich nicht zu fest?«

Die Küsterin schüttelte den Kopf.

»Als Sie gestern gegangen sind, haben Sie da etwas Ungewöhnliches bemerkt?«, fuhr Falk mit der Befragung fort.

Erneut schüttelte Frau May den Kopf. »Es war dunkel, ich … wir waren alleine hier … nur noch der Pfarrer und ich.«

»Und heute Morgen?«

Der Sanitäter erhob sich und zog sein vibrierendes Handy aus der Tasche, bevor er in die gegenüberliegende Ecke des Raumes ging.

»Heute Morgen wollte ich zum Weitendorfer Hof«, berichtete die Küsterin. »Als ich hier vorbeifuhr, da sah ich den Wagen des Pfarrers auf dem Parkplatz. Der stand dort noch genauso wie gestern. Ich dachte mir, da wird doch nichts passiert sein, der Pastor ist nämlich schon weit über siebzig.«

»Sie hielten an?«

»Ja, ich fuhr auf den Parkplatz und ging zur Kirche. Ich wunderte mich noch, weil das Hauptportal verschlossen war. Als ich dann zur Sakristei ging, da sah ich … ich sah…«

»Da sahen Sie ihn auf dem Grab liegen«, vervollständigte Falk den Satz der Küsterin.

Die Frau sackte für einen kurzen Moment in sich zusammen. »Ich … ich wusste nicht mal… ich hab ihn zuerst … ich hab ihn gar nicht erkannt«, schluchzte sie. »Er lag da, auf dem Grab, mit dem dunklen Jackett, aber ich wusste zuerst gar nicht, dass es der Pfarrer ist. Ich sah sein Gesicht nicht und das Kreuz … ich weiß gar nicht mehr … dann bin ich gestürzt.«

Falk runzelte die Stirn. »Welches Kreuz, was meinen Sie damit?«, hakte er nach.

Die Frau zeigte an den Kragen ihrer Bluse.

Der Sanitäter hatte sein Telefonat beendet und kam aus seiner Ecke. »Wir können fahren«, sagte er zum Notarzt gewandt. »Wismar nimmt sie auf.«

Falk hob beschwichtigend die Hände. »Bitte, einen kurzen Moment noch«, sagte er zu den beiden Männern. »Welches Kreuz meinten Sie, Frau May.«

Erneut griff die Frau mit der rechten Hand an Kragen ihrer Bluse. »Er hatte doch das Kreuz an seinem Revers, ein kleines goldenes Kreuz. Immer wenn er seinen Anzug trug. Auch gestern.«

Falk erinnerte sich an seine Begegnung mit dem Pfarrer am Stammtisch im Ostseeblick und verstand, was die Frau meinte. »Und dann, was war dann?«

»Ich muss kurz … als ich wieder zu mir kam, habe ich sofort die Polizei gerufen.«

»Sie war wohl für einen kurzen Moment besinnungslos«, fügte der Notarzt hinzu. »Aber jetzt müssen wir los. Ich muss Sie bitten, die Befragung später fortzusetzen.«

Falk nickte. »Gute Besserung, Frau May«, sagte er, ehe er sich umwandte und die Sakristei verließ. Als er nach draußen trat, kam ihm Brunner entgegen. Er winkte ihn zu sich. »Habt ihr zufällig ein kleines goldenes Kreuz auf dem Weg oder bei der Leiche gefunden?«

»Was denn für ein Kreuz?«

Falk wies auf sein Revers. »Ein Kreuz zum Anstecken, so wie es Pfarrer manchmal tragen.«

Brunner fuhr sich über das braune Haar. »Nein, haben wir nicht«, sagte er.

»Habt ihr Metalldetektoren?«

Brunner wies auf den VW-Bus, der außerhalb des Areals auf dem Parkplatz stand.

»Könntet ihr bitte den Friedhof absuchen? Er trug ein kleines Kreuz am Revers, kann sein, dass er es bei der Attacke des Täters verloren hat.«

Brunner verzog die Mundwinkel. »Gut, ich schicke jemanden los, aber zuerst muss ich ein paar Tüten holen, wir haben Erde neben der Leiche gefunden, die dort sicherlich nicht hingehört.«

Falk nickte dankbar, und Brunner eilte weiter.

»Haben Sie sich gut umgesehen?«, hörte er Vicki Sauters Stimme in seinem Rücken. Er wandte sich um.

Vicki Sauter stand vor ihm und hielt eine Schreibkladde in der Hand. »Er wurde gegen acht Uhr von der Küsterin gefunden«, erklärte die Kriminalbeamtin. »Sie und der Pfarrer waren gestern hier, um die Kirche für das Pfingstfest zu schmücken.«

»Ich weiß«, antwortete Falk. »Gehört der Pfarrer auch zu dem Konsortium, das am Bau des Windparks beteiligt ist?«

Vicki Sauter zuckte mit der Schulter. »Ich glaube nicht.«

»Tja, dann passt er wohl kaum in Wackernagels Beuteschema.«

Vicki Sauter winkte ab. »Sie vergessen unseren Besuch bei den Sydlows«, entgegnete sie. »War es nicht der Pfarrer, der sich damals schützend vor Sydlow stellte, als ihm Wackernagel vor der Kirche auflauerte?«

Falk lächelte. »Stimmt, genau das hat Sydlows Sohn damals erzählt.«

»Eben«, entgegnete Vicki Sauter. »Willig musste zur Besprechung, danach kommt er wieder hier her. Wir sollen auf ihn warten.«

Falk nickte. »Okay, ich habe heute sowieso nichts anderes vor.«

13

RMZ, Büro Wismar, Krämerstraße

Konkurrenz belebt das Geschäft. Ein alter und weiser Spruch und selbst in der Medienbranche nicht von der Hand zu weisen. So hatte die RMZ vor Jahren schon neben diversen anderen Tageszeitungen wie dem Kurier, dem Wismarer Boten und den Neubukower Nachrichten die Onlinesparte für sich entdeckt und das Ostsee-Magazin sowie das Jugendportal *Schwemmholz* aufgekauft. Pia war auf eine glänzende Idee gekommen, und Albert Scheu, der Chefredakteur hatte ihr freie Hand gelassen.

Nachricht vom Plastbachschlitzer lautete die Überschrift der heutigen Ausgabe. Darin veröffentlichte sie ungekürzt die anonyme Nachricht, die im Briefkasten der Zeitung gelegen hatte, und schrieb dazu einen Kommentar, in dem sie den Absender als perfiden und grausamen Mörder darstellte, der in einem kläglichen Versuch scheinbarer Rechtschaffenheit seine Taten in seiner kranken und abartigen Scheinwelt zu begründen versuchte, um die Schuld, die er auf sich geladen hatte auf seine Opfer zu projizieren. Solche Gedanken können nur in einem bösartigen und gestörten Hirn entstehen, schrieb sie. Auch den jüngsten Mord an Pfarrer Lipinski erwähnte sie und baute ihn geschickt in ihren Kommentar ein.

In einer zweiten Reportage, vorgesehen für die morgige Printausgabe der RMZ, hinterfragte sie kritisch den Wahrheitsgehalt der Nachricht im Ostsee-Magazin und mutmaßte, dass ein Trittbrettfahrer die Zeilen verfasst hatte, um im Schatten der Morde aus dem Dunkel zu treten und Aufmerksamkeit zu erhaschen. So schlug sie zwei Fliegen mit einer Klappe. Zum einen präsentierte sie online das vermeintliche Täterschreiben, ohne an dessen Echtheit zu zweifeln, zum anderen ließ sie in der RMZ eben diese Nachricht in der Schwebe und verwies explizit auf das Magazin. Die Absicht war klar, denn die Leser würden sich für beide Ausgaben interessieren, zumal sie im Online-Magazin jederzeit flexibel auf die konstruierten Vorwürfe in der Zeitung eingehen konnte. Das würde zweifellos Klicks auf die Onlineseite bringen, aber auch den Verkauf der aktuellen Printausgaben beflügeln. Keine Frage, die morgige Ausgabe der RMZ würde titeln: *Der Plastbachschlitzer schlägt wieder zu*

Bereits in der ersten Zeile unter der Headline nahm der Bericht Bezug auf die Zeilen des Täters im Online-Magazin. Damit war eine Verbindung hergestellt, der ein interessierter Leser natürlich folgen würde.

Pia war zufrieden, nachdem sie den Online-Artikel hochgeladen und veröffentlicht hatte. Es dauerte keine Minute, bis sich die ersten Besucher auf der Website einfanden.

»Ich weiß nicht«, stöhnte Schleicher. »Irgendwie ist das nicht mehr meine Welt.«

Pia winkte ab. »Wir müssen mit der Zeit gehen, Schleicher. Du kannst dich in ein paar Jahren zurückziehen und deinen Ruhestand genießen, ich muss noch dreißig Jahre arbeiten, und ich habe keine Lust, in einem Restaurant die hungrigen Gäste zu bedienen, damit es reicht.«

Schleicher schüttelte den Kopf. »Es ist aber nicht mehr ehrlich. Das ist nicht die Art, wie ich mir guten Journalismus vorstelle.«

»Pah«, guter Journalismus, was ist das schon, wenn deine Zeitung pleite geht, widersprach Pia. »Nein, glaub mir, das läuft heute so. Die Online-Junkies kriegen wir sowie nicht mehr zurück, und irgendwann wird es keine Papierausgaben mehr geben. Man muss rechtzeitig vorsorgen. Die Großen machen es doch genauso. Es gibt ja nur noch ein paar, aber alle haben etliche Tageszeitungen, Magazine und sogar Onlineportale im Portfolio. Die machen das nicht zum Spaß.«

»Wenn du meinst«, brummte Schleicher resigniert und nahm seine Kamera in die Hand, ehe er sich vom Stuhl erhob.

»Wohin gehst du?«, fragte Pia.

»Ich fahr noch mal zu der Kirche, vielleicht kriege ich jetzt noch ein paar gute Aufnahmen. Vorhin wimmelte es dort vor Leuten, jetzt haben sich sicher alle verzogen. Wer weiß, vielleicht stehen schon die ersten Kerzen dort.«

Pia nickte. »Was meinst du, warum veranstaltete der Kerl dieses Massaker?«

»Wackernagel?«

»Wer sonst.«

»Na ja, es ist ja nicht sicher, dass er …«

Pia schüttelte energisch den Kopf. »Wer sollte es sonst sein? Die Polizei ist sich sicher. Aber weshalb macht er das? Bringt einfach die Leute um?«

Schleicher zuckte mit der Schulter. »Manche flippen eben aus, wenn man ihnen alles und am Ende noch die Hoffnung nimmt.«

Pia machte große Augen. »Sag bloß, du hast Mitleid mit dem Kerl!«

Schleicher winkte ab. »Was heißt Mitleid, aber offenbar ist das mit diesen Investoren und der Bank nicht ganz legal gelaufen. Ich denke, da kann man schon mal ausrasten. Ich frage mich bloß, weshalb der Pfarrer?«

Pia atmete tief ein. »Das einzige, was ich weiß, ist, dass er sich einmal schützend vor Sydlow stellte, als ihm Wackernagel vor der Kirche auflauerte.«

»Das ist über ein Jahr her.«

»Okay, aber manche vergessen nie.«

Schleicher schulterte seine Kamera. »Egal, ich schaue jetzt, ob ich noch ein paar gute Aufnahmen kriege. Wir sehen uns.«

»Alles klar, bis später«, verabschiedete Pia ihren Zeitungskollegen, ehe sie sich wieder dem Online-Portal zuwandte. 735 Clicks in kaum mehr als fünf Minuten. Sie war zufrieden und Scheu würde es sicherlich auch sein.

Kirchdorf, Insel Poel

Gegen Mittag rückte die Spurensicherung vom Friedhof der Inselkirche ab. Dort gab es nichts mehr zu tun. Die Suche nach dem goldenen Kreuz des getöteten Pfarrers blieb ergebnislos. Trotz Metalldetektor konnte das kleine Erkennungszeichen nicht gefunden werden.

Falk war früher gegangen. Er war auf die Dienststelle zurückgefahren und hatte sich Wackernagels Akte besorgt. Denn sie wussten ja inzwischen, dass Florian Wackernagel beileibe kein unbeschriebenes Blatt und mehrfach polizeilich in Erscheinung getreten war. Angefangen hatte seine kriminelle Karriere im Alter von vierzehn Jahren mit einem Ladendiebstahl in einem Discounter-Markt. Mit sechzehn bewies er, dass er ein glückliches Händchen für die Gartenarbeit besaß, einen grünen Daumen quasi, als die Polizei im Keller des elterlichen Gehöfts zwanzig Cannabispflanzen erntete, die unter einem Sammelsurium an Rotlichtstrahlern ausgezeichnet gediehen waren. Der Jugendrichter allerdings war von den Gärtnerarbeiten ganz und gar nicht begeistert und verurteilte ihn zu Jugendarrest. Rauschgift, Diebstähle, Tierschutzgesetz, Sachbeschädigungen, Beleidigungen und Körperverletzung sammelten sich in den Jahren an. Zwei Haftstrafen folgten, die letzte vor einem Jahr. Neun Monate Hoheneck wegen Körperverletzung. Der Banker Zehr war das Opfer gewesen. Wackernagel hatte ihm vor einem Restaurant mehrere Ohrfeigen verpasst; Zehr verlor ein Stück von einem Schneidezahn und brach sich den Arm. Falk runzelte die Stirn. Ohrfeigen, keine massive Gewalt, keine Zügellosigkeit und keine Exzesse. Kein Nachtreten, wenn jemand am Boden liegt. Falk blätterte die nächste Seite auf, lehnte sich in seinem Stuhl zurück und blickte aus dem Fenster in den strahlenden Sonnenschein. Seine Gedanken schweiften ab und kreisten um das fehlende goldene Kreuz des Pfarrers.

»Falk, was tun Sie noch hier?«, riss ihn die Stimme von Ralf Willig aus seinen Gedanken. »Ich dachte, Sie sind längst schon auf dem Weg nach Hause zu Ihrer Dienststelle, jetzt wo wir den Mörder kennen.«

»Noch bin ich ja hier«, entgegnete Falk.

Willig trat näher und warf einen Blick über Falks Schulter. »Wackernagel?«

Falk hielt die Akte in die Höhe. »Richtig.«

Willig ging einen Schritt zurück und hustete. Er zog ein Taschentuch aus seiner Jackentasche. »Sie glauben wohl nicht daran, dass er es ist, den wir suchen?«

Falk zuckte mit der Schulter.

»Jetzt sagen Sie schon, zu welchem Schluss kommt ein Profiler des LKA, wenn er diese Akte liest?«, hakte Willig nach.

Falk seufzte. »Das ist schwer zu sagen, wenn man nur die Akte kennt, ohne dem Menschen jemals begegnet zu sein. Nach Aktenlage sieht es jedenfalls so aus, als ob sich Wackernagel eher beleidigend und provozierend verhält als grausam und gewalttätig.«

»Und das heißt, Sie glauben nicht daran, dass er der Mörder ist?«

Falk neigte den Kopf. »Das habe ich so nicht gesagt. Menschen können sich ändern, sie können all ihre Hemmungen verlieren, wenn sie in die Enge getrieben werden. Dazu müsste man mit dem Mann reden.«

Willig lächelte. »Das würde ich auch gerne, nur leider wissen wir derzeit nicht, wo er sich aufhält.«

»Weit kann er jedenfalls nicht sein, wenn er für den Mord an dem Pfarrer verantwortlich ist.«

Willig schnäuzte sich und steckte das Taschentuch wieder ein. »Wir haben über zweihundert Polizisten im Einsatz«, knurrte er. »Straßensperren, Kontrollstellen und Fahndungsstreifen, dazu noch jede Menge Personenschützer, denn Wackernagels Todesliste enthält sicher noch ein paar weitere Namen. Es vergeht fast keine Stunde, ohne dass sich irgendein Bürgermeister oder ein Gemeindevorsteher bei uns beschwert. Der Polizeipräsident ruft täglich drei- bis viermal an und erkundigt sich nach dem Stand der Ermittlungen, und im Innenministerium ist man nervös bis in die Haarspitzen. Dazu noch die Presse, die sich überhaupt nicht kooperativ verhält. Was glauben Sie, was ich im Stundenrhythmus aus der oberen Etage zu hören bekomme? Es ist Pfingsten, Ferienzeit, jede Menge freie Hotelzimmer, unsere Strände sind leer. Die Zahl der Unzufriedenen steigt. Da ist es viel besser, wir suchen nach einer konkreten Person. Ein mordendes Phantom macht die Leute nur noch nervöser.«

Willigs Handy klingelte. Er fischte es aus seiner Tasche und meldete sich. Die Unterhaltung war kurz, zu mehr als einem kurzen *Ja* kam es nicht.

»Ich muss wieder los«, sagte er, bevor er eilig den Soko-Raum verließ.

Falk widmete sich wieder der Akte, doch immer wieder schweiften seine Gedanken ab. Er legte die Akte auf den Tisch und erhob sich. Sein Weg führte ihn einen Stock tiefer in die Räume der Spurensicherung zu Brunner. Dort erkundigte er sich nach den Habseligkeiten der drei vorhergehenden Opfer, die an den Tatorten sichergestellt wurden.

Böttcher ging in den Asservatenraum und kehrte kurz darauf wieder mit drei kleinen Plastikbeuteln zurück. »Viel ist es nicht, was von einem bleibt«, sagte er. »Passt alles in kleine Tüten. Was haben Sie vor, Falk?«

»Ist es bereits überprüft?«

»Alles untersucht, eigentlich können wir die Sachen an die Angehörigen herausgeben.«

Falk nickte. »Das ist gut, das könnte ich übernehmen.«

»Darf ich …«

Falk schüttelte den Kopf. »Ist nur so eine Idee«, sagte er.

»Gut«, entgegnete Brunner und legte die Tüten auf seinen Tisch. Er zog drei Bogen Papier heraus. »Wenn Sie es den Angehörigen bringen, muss ich es schon nicht tun. Aber Sie wissen, der Empfang muss quittiert werden, schließlich muss alles seine Ordnung haben.«

Falk griff nach den Tüten und warf einen kurzen Blick darauf. »Klar, mache ich«, sagte er, bevor er noch die Formulare an sich nahm und das Zimmer verließ.

Er fuhr entlang der Küste nach Kirchdorf. Drei Kontrollstellen passierte er, bevor er den kleinen Ort erreichte. Sollte sich Wackernagel tatsächlich hier herumtreiben, dann war es sicherlich nur noch eine Frage der Zeit, bis er irgendwo einer Streife in die Arme fuhr.

In Kirchdorf suchte er zuerst die Metzgerei auf. Dort traf er Sydlows Sohn, der die Gegenstände aus der ersten Tüte in Empfang nahm. Ein Hausschlüssel, eine Dokumentenmappe mit den Papieren des Einachsers und eine Halskette, mehr befand sich nicht darin.

»Es mag komisch für Sie klingen«, sagte Falk eindringlich, »aber es ist jetzt sehr wichtig für uns. Können Sie mir sagen, ob etwas fehlt? Damit meine ich persönliche Dinge, etwas, was Ihrem Vater wichtig war.«

Thomas Sydlow warf einen langen und ausgiebigen Blick auf die paar Habseligkeiten. »Wissen Sie, mein Vater ging zum Bäumeschneiden an den Plastbach, ich habe ihn an diesem Tag überhaupt nicht gesehen.«

»Es ist wichtig«, entgegnete Falk.

Sydlow atmete tief ein. Schließlich rief er nach seiner Frau, die im angrenzenden Lagerraum zugange war.

Falk begrüßte die gehetzt wirkende Frau und wiederholte

seine Frage. »Es müsste ein sehr persönlicher Gegenstand sein«, fügte er hinzu. »Es ist wirklich wichtig für uns.«

Frau Sydlow machte große Augen und hob ihre Hand. »Darf ich?«, fragte sie. Falk nickte.

Sie griff nach der Kette. »Ist das alles?«

»Ich denke schon, mehr haben wir nicht gefunden«, entgegnete Falk.

Frau Sydlow warf ihrem Mann einen fragenden Blick zu. »Der Ring«, bemerkte sie.

»Einen Ring?«

Thomas Sydlow nickte beipflichtend. »Ja, klar, der Ring fehlt. Mein Vater trug seinen Ehering an dieser Kette um den Hals, nachdem meine Mutter verstorben ist.«

»Kann es sein, dass er ihn zu Hause abgelegt hat?«

Frau Sydlow schüttelte vehement den Kopf. »Er hatte ihn immer bei sich. Er legte ihn nie ab, noch nicht einmal, wenn er zu Bett ging.«

»Hat das was zu bedeuten?«, fragte Thomas Sydlow.

Falk zuckte mit der Schulter. »Das kann ich leider noch nicht sagen. Können Sie den Ring beschreiben?«

»Ein Ehering, weißgold, mit einer Gravur. Marianne und das Datum der Hochzeit. Das war der vierte März dreiundsiebzig.«

Falk ließ die persönlichen Gegenstände vor Ort zurück und setzte sich wieder in seinen Wagen.

Frau Pohl, die Ehefrau des zweiten beziehungsweise eigentlich des ersten Opfers, wohnte nicht weit von der Metzgerei entfernt. Die Frau empfing ihn im Morgenmantel. Die Trauer stand ihr noch immer tief ins Gesicht geschrieben, ihre Augen waren rotgeweint. Sie bat Falk in die Küche. Dort leerte er den Inhalt der zweiten Tüte auf den Tisch. Sie enthielt lediglich eine kleine schwarze Dokumentenmappe. Pohls Ausweis, der Führerschein, eine Bankkarte der Ostseebank und eine Versicherungskarte seiner Krankenversicherung befanden sich darin. Als Frau Pohl die Mappe in die Hand nahm, brach sie in Tränen aus. Falk erhob sich, legte ihr die Hand auf die Schulter und versuchte die Frau zu beruhigen, doch es dauerte eine geraume Weile, bis sie wieder zu einer Unterhaltung in der Lage war.

»Was … was wollen Sie wissen?«, schluchzte die Frau.

»Es wäre sehr wichtig, wenn Sie nachschauen könnten, ob die Mappe noch vollständig ist. Ich möchte wissen, ob etwas sehr Persönliches fehlt, etwas, was Ihrem Mann wichtig war.«

Nochmals griff Frau Pohl zu der kleinen Dokumentenmappe und klappte sie auf. Eine Sekunde später deutete sie mit dem Finger auf das mit Klarsichtfolie verkleidete erste Fach. Es war leer. »Hier«, sagte sie mit krächzender Stimme. »Hier steckte ein Foto, und das ist nicht mehr da.«

»Was für ein Foto?«, fragte Falk interessiert.

»Es war vor fünfundzwanzig Jahren, als der damalige Kanzler Kohl Usedom und die Ostseebäder besuchte. Er war auf Wahlkampfreise. Mein Mann war zufällig dort, und wie es der Zufall wollte, wurde er zusammen mit Herrn Kohl von einem Journalisten fotografiert. Der Journalist schickte ihm das Bild, und er trug es immer bei sich. Es war hier in diesem Fach.«

»Sie sind sich sicher?«

Die Frau nickte, ehe sie erneut in Tränen ausbrach. »Er war sehr stolz darauf, mit dem Kanzler der Wiedervereinigung auf einem Foto zu sein.«

Falk blieb noch eine halbe Stunde bei der Frau, ehe er aufbrach. Sein Verdacht schien sich zu bestätigen. Er überlegte, ob er auch bei Helgers Station machen sollte, doch er verwarf den Gedanken. Helgers Mutter war alt und sah sehr schlecht, von ihr würde er kaum etwas über einen fehlenden Gegenstand aus dem privaten Besitz ihres Sohnes erfahren. Schon wollte er die Halbinsel wieder verlassen, doch als er an die Abzweigung kam, bog er dennoch in Richtung des Firmengeländes ab. Der Umweg lohnte sich, denn dort traf er auf Peter Trebisch, einem langjährigen Mitarbeiter der Firma.

»Wir machen eben weiter«, sagte der Elektriker und Heizungsbauer, »was sollen wir sonst tun. Die Auftragsbücher sind voll, und Bernds Mutter ist ja auch noch da.«

Falk legte die Plastiktüte vor Trebisch auf den Tisch. »Ich weiß, es ist schwierig, aber ich hätte da eine Frage. Das sind die Habseligkeiten, die wir im Bus und bei Helgers Leiche fanden. Wir möchten gerne wissen, ob etwas fehlt. Ein persönlicher Gegenstand.«

Er schüttete die Tüte aus. Ein Kugelschreiber, ein Zigarettenetui mit drei Zigaretten, eine Geldspange mit fünfunddreißig Euro sowie eine Armbanduhr von Timex purzelten auf den Tisch.

»Sie haben Helgers gut gekannt?«

Trebisch nickte. »Wir waren Freunde, würde ich sagen.«

»Okay, vielleicht fällt Ihnen …«

Trebisch nahm das Etui in die Hand. »Das Feuerzeug«, sagte er spontan.

»Ein Feuerzeug?«

»Ja, passend zum Etui«, erklärte Trebisch. »Ein Geschenk

von uns an ihn zum Firmenjubiläum. Silberfarben, so wie das Etui und mit einer Gravur versehen.«

»Was stand darauf?«, fragte Falk.

»Von deiner Crew, die Fünfundzwanzig sind voll, dafür sagen wir Danke«, sagte Trebisch.

»Sicher?«, fragte Falk nach, nachdem er sich Trebischs Worte in seinem Block notiert hatte.

»Ganz sicher, ich hab den Spruch ja gravieren lassen«, entgegnete der Heizungsbauer mit fester Stimme.

14

Rostock-Peez, Seehafen, Ost-Weststraße

Er war außer sich und hatte längst die Kontrolle verloren. Der Stuhl krachte scheppernd gegen die Wand, bevor er in drei Teile zerbrach und zu Boden fiel.

Was bildete sich diese dumme Kuh nur ein! Sie verstand nichts, überhaupt nichts. Nicht nur, dass sie ihn als grausamen und erbarmungslosen Mörder bezeichnete, einen Schlächter, der keinen Respekt vor dem Leben anderer hatte, sie verhöhnte ihn auch noch. Ein krankes Hirn, hatte sie geschrieben. *Krankes Hirn,* dachte er. *Was nimmt sie sich nur heraus.* Er hatte ihr klar zu verstehen gegeben, weshalb er es tun musste, er hatte ihr mitgeteilt, dass er nur Gerechtigkeit wollte, Gerechtigkeit für alles, was man ihm angetan hatte. Gerechtigkeit für ein Leben im Schmutz und voller Gewalt, tagtäglich, Monat für Monat, jahraus, jahrein.

Er fuhr sich durch die dunklen Haare. Sein Kopf schmerzte, seine Augen brannten. Erneut griff er nach dem Artikel, den er auf dem Computer in der Firma ausgedruckt hatte. Noch einmal überflog er die Zeilen, bevor er ihn zerknüllte und in die Ecke warf.

Er würde es ihr zeigen, sie musste es endlich kapieren. Sie musste verstehen, weshalb er diesen blutigen und grausamen Weg gehen musste. Nicht er war schuld, die anderen waren es. Sie hatten ihn dazu gezwungen. Ein lauter Schrei kam über seine Lippen, ein Schrei voller Hass und Wut. Was sollte er tun, wie konnte er sie überzeugen, dass sein Weg der einzige war, der ihm geblieben war?

Er atmete tief, sein Brustkorb hob und senkte sich. Schweiß lief über seine Stirn, und seine Hände zitterten. Er musste sich beruhigen, er musste die Kontrolle zurückerlangen. Hier draußen, weit weg vom Hafen, in der Industriebrache würde ihn niemand hören, dennoch musste er seine Beherrschung wieder finden, denn er wusste, wer die Kontrolle über die Dinge verlor, der machte Fehler. Und Fehler konnte er sich nicht leisten. Er musste vollenden, was er begonnen hatte, er hatte es ihr versprochen. Er würde ihr die Zeichen der Sühne ins Grab legen, die er ihnen genommen hatte.

Er setzte sich in eine Ecke und atmete tief durch. Langsam kehrte seine innere Ruhe zurück, langsam fand er seine Mitte wieder. Er starrte auf die eiserne Tür und schloss die Augen. Das Zittern seiner Hände verschwand, und auch sein Atem ging langsamer.

Die alte Lagerhalle unweit des Ölhafens stand schon seit Jahren leer. Die Fenster waren eingeworfen, der Putz an den Wänden war abgebröckelt. Früher hatte man hier Maschinenteile in den großen Regalen gelagert, doch heute war diese Halle nur noch eine Ruine. Dem Abbruch geweiht, denn bald würden die Bagger hier anrollen und alles abreißen. Hier auf dem Gelände sollten weitere Tanks entstehen. Er war gerne hier, denn irgendwie erinnerte ihn dieses halb verfallene Gebäude an sein altes Zuhause. Niemand störte ihn, das Gelände war menschenleer, die nächste Firma war kilometerweit entfernt.

Was sollte er nur tun? Wie konnte er ihr begreiflich machen, dass er der Gute war, dass er tatsächlich *Arachniol* war und kein irrsinniger Mörder, der selbstherrlich über Tod und Leben entschied. Diese Männer mussten sterben, denn ihre Schuld wog schwer und sie waren nicht dazu bereit, aus eigener Kraft den Weg der Sühne zu gehen. Im Gegenteil, sie verhöhnten ihr Opfer und versteckten sich hinter der Maske der Rechtschaffenheit. Er würde ihnen diese Maske vom Gesicht reißen, und dazu brauchte er die Hilfe dieser Frau. Doch die Artikel, die sie schrieb, waren keine Hilfe, sie waren das Gegenteil, denn sie machten ihn zu einem Teufel, und das durfte nicht sein. Sein Weg war der einzig Richtige, denn er war gekommen, um die Sünden in dieser Welt zu tilgen.

Er erhob sich. Entschlossen blickte er aus dem Fenster. Draußen schoben sich dunkle Wolken vor die Sonne und türmten sich zu riesigen Gebirgen im Himmel auf. Bald würde es regnen; er musste sich beeilen. Er würde sich noch einmal Jozefs Wagen leihen müssen, der Bus war zu auffällig, schließlich war Feiertag.

Er ging zur Leiter und stieg die metallenen Stufen hinunter. Noch zwei Stunden musste er warten, dann war es soweit. Sie würde es lernen, sie würde verstehen, auf welchem Weg er ging, dafür würde er sorgen. »Pia Stein«, murmelte er, bevor er die Halle verließ und in dem verwilderten Hof in den weißen Transporter stieg.

Kirchdorf, Insel Poel, Gasthaus & Pension Ostseeblick

Falk war müde und hungrig, als er sich nach diesem Tag auf der Insel in den *Ostseeblick* zurückzog. Die Dienststelle konnte warten, dort hatte man sich ja bereits auf einen

Hauptverdächtigen festgelegt. Doch würde Wackernagel, wenn er tatsächlich hinter diesen Taten stecken sollte, Trophäen seiner Opfer sammeln? Nach allem, was Falk über ihn aus den Akten gelesen hatte, war dieser Mann eher einfach gestrickt und überhaupt nicht der Typ dazu. Mal sehen, was Vicki Sauter dazu sagen würde, mit Willig brauchte er erst gar nicht darüber zu reden.

Eigentlich wollte er sich sofort auf sein Zimmer zurückziehen, doch als er das Foyer der Pension betreten hatte, duftete es verführerisch nach Essen. Er betrat den Gastraum, der trotz der Abendstunden leer war und setzte sich an einen Tisch. Es gab Beer'n Boh'n un' Speck.

»Wo sind denn die Gäste?«, fragte Falk die Wirtin, nachdem sie seine Bestellung aufgenommen hatte.

Die Frau verzog die Mundwinkel. »Abgereist«, antwortete sie kurz angebunden. Geduldig wartete Falk, bis das Essen serviert wurde, dazu trank er einen trockenen Weißwein. Er hatte sein Mahl beendet, als die Tür zum Gastraum aufging und Anja Perlebach, die immer froh gelaunte Taxifahrerin das Lokal betrat. Sie trug graue Leggings und eine weite, mit großen, bunten Blumen bedruckte Bluse. Ihr Haar hatte sie zu einem Pferdeschwanz zusammengebunden.

»Ah, der Enzo! Wenigstens einer, der nicht abgereist ist und die Stellung hält«, rief sie mit tiefer Stimme, ehe sie zu Falk an den Tisch kam und ihm wuchtig auf die Schulter klopfte.

»Vito«, berichtigte Falk.

»Ja, natürlich, der Vito, klar. Heute Mittag hatte ich schon sieben Fuhren nach Wismar zum Bahnhof. Wenn das so weitergeht, können wir diesen Sommer vergessen.«

»Das tut mir leid.«

Anja Perlebach zuckte mit der Schulter und zog sich einen Stuhl heran.

»Na, wie laufen die Geschäfte, immer dem Wind auf der Spur, was?«

Falk lächelte. »Klar.«

»Schon vom Pfarrer der Gemeinde gehört?«, fuhr die Taxifahrerin mitteilungsfreudig fort. »Vor drei Tagen haben wir noch mit ihm zusammengesessen und jetzt ist er tot.«

Sie wies auf den Platz am Stammtisch, an dem der Pfarrer damals gesessen hatte.

Falk gab sich ahnungslos. »Tot?«

»Oh, verdammt«, entgegnete Anja Perlebach und schlug die Hände vor den Mund. »Nicht, dass Sie auch noch abreisen, Gabi spendiert mir sonst nie mehr einen Kaffee.«

»Ermordet?«, hakte Falk nach.

»Ja, klar, der Schlitzer hat sich wieder einen geholt«, bestätigte die Frau. »Diesmal den Pfarrer. Und dann hat er auch noch was an die Zeitung geschickt. Er nennt sich selbst Racheengel oder so ähnlich.«

Falk runzelte die Stirn. »Was … was hat er getan?«

Anja Perlebach griff nach ihrem Handy und aktivierte den Bildschirm. Sie startete ihren Internetbrowser und öffnete die Seite des Ostseemagazins. Sie reichte Falk ihr Handy. »Lesen Sie selbst«, knurrte sie. »Wenn Sie mich fragen, dann hat der Kerl sie nicht mehr alle.«

Falk nahm das Handy und las den Artikel. Er traute seinen Augen kaum. *Nachricht vom Plastbachschlitzer,* lautete die Überschrift. Der vermeintliche Mörder hatte sich bei der Presse gemeldet und sprach von Gerechtigkeit und Läuterung im Zusammenhang mit den Opfern. Und so wie Pia Stein, die Verfasserin, in ihrem Artikel schrieb, hegte sie nicht den geringsten Zweifel daran, dass diese Worte vom Mörder stammten. War diese Journalistin denn komplett übergeschnappt? Nicht nur, dass sie sich nicht an die Absprachen hielt, die Nachrichtensperre umging und mit ihren Artikeln weit über das Ziel hinausschoss, nun hielt sie auch noch Beweismittel zurück und bezeichnete den Plastbachschlitzer in ihrem Artikel als geistesgestörtes und menschenverachtendes Scheusal, das sich in seine eigene perfide Welt zurückgezogen hatte, um vor sich und der Welt seine grausamen Taten zu rechtfertigen. Diese junge Frau lehnte sich sehr weit aus dem Fenster und brachte sich zudem mit ihren Äußerungen selbst in Gefahr. Es wäre nicht das erste Mal, dass sich jemand selbst durch solcherlei Anmerkungen zur Zielscheibe machte. Falk schüttelte den Kopf und reichte der Taxifahrerin das Handy zurück.

»Ich dachte, es gibt schon einen Hauptverdächtigen und die Polizei sucht längst nach ihm«, bemerkte er trocken.

»Wackernagel, klar, der Schäfer, wir sprachen über ihn.«

»Ich erinnere mich.«

Anja Perlebach wies auf das Handy. »Das dachte ich zuerst auch, aber so was zu schreiben, das ist für den zu hoch, es sei denn, er ist jetzt komplett übergeschnappt. Der war noch nie gläubig und hat die Kirche immer gemieden. Und warum er den Pfarrer umbringen sollte, ist mir schleierhaft.«

»Gab es da nicht einen Vorfall vor der Kirche?«

Anja Perlebach winkte ab. »Ach das, mit Sydlow, das war doch nicht der Rede wert. Der Pfarrer hat den Flori doch nur zurückgehalten, damit der keinen Blödsinn macht, deswegen bringt man doch keinen um.«

»Sie glauben nicht, dass Wackernagel dahinter steckt?«

Die Taxifahrerin beugte sich vor. »Wissen Sie, die haben dem armen Kerl ganz schön übel mitgespielt, der Hajo, der Rudi und der Hartmut von der Bank. Man kann nie in die Menschen hineinschauen, aber der Wackernagel war irgendwie immer nur das Opfer. Ich hätte mir manchmal gewünscht, dass er etwas aus sich herausgeht und sich nicht alles gefallen lässt. Alles komisch, verstehen Sie?«

Falk schüttelte den Kopf.

»Ich weiß nicht, wie ich es sagen soll. Jetzt auch noch der Artikel in der Zeitung und der Pfarrer tot, das passt doch nicht zusammen, das ist wie ein Pullover, der für den Flori viel zu weit ist, verstehen Sie.«

Falk hatte verstanden, was die Taxifahrerin damit zum Ausdruck bringen wollte. Er nickte ihr zu und erhob sich. »Entschuldigen Sie, ich habe noch eine dringende Angelegenheit zu erledigen. War schön, mit Ihnen zu plaudern.«

15

Großströmkendorf, Heckenweg

Es hatte Falk einen Anruf auf der Dienststelle gekostet, um die Adresse der Journalistin Pia Stein herauszufinden. Sie wohnte in Großströmkendorf, im Heckenweg in einer Einliegerwohnung im Erdgeschoss. Die Frau spielte mit dem Feuer und es war höchste Zeit, ihrem Treiben ein Ende zu setzen. Bei aller Häme und Kritik, die sie in ihrer Zeitung über die Arbeit der Polizei verbreitete, und trotz ihrer Einschätzung des Täters, machte sie sich wohl überhaupt keine Gedanken darüber, auf welch gefährliches Spiel sie sich mit dem vermeintlichen Mörder von Poel eingelassen hatte. Sollte der Artikel im Online-Magazin authentisch sein und die angesprochene Nachricht vom Täter stammen, dann wäre er sicherlich nicht erfreut darüber, dass ihn Pia Stein als grausamen und geistesgestörten Menschenschlächter bezeichnete.

Als er vor dem Wohnhaus im Heckenweg stoppte, dämmerte es bereits. In der Einfahrt stand ein roter Opel. Licht fiel durch die Glastür der Wohnung. Falk drückte auf den Klingelknopf, ein melodischer Gong ertönte. Nach kurzem Moment knackte es in der Sprechanlage.

»Ja, wer ist da?«, drang eine blecherne Stimme aus dem Lautsprecher.

»Falk, Kriminalpolizei«, entgegnete er.

»Was wollen Sie?«

»Öffnen Sie bitte, wir müssen reden!«

Kurz darauf wurde die Tür einen Spalt geöffnet, und Pia streckte ihren blond gelockten Kopf heraus. Falk präsentierte ihr seinen Dienstausweis.

»Sie sind der vom LKA, richtig?«

»Können wir miteinander reden?«

Pia Stein zuckte mit der Schulter. »Das tun wir doch bereits«, antwortete sie etwas schnippisch.

Falk zeigte in den Flur. »Drinnen?«

Pia Stein warf einen Blick über Falks Schulter. »Müsst ihr nicht immer zu zweit sein?«, fragte sie.

»Ich kann auch mit ein paar Kollegen und einem Durchsuchungsbeschluss wieder kommen, wenn Ihnen das lieber ist.«

Pia Stein überlegte kurz, schließlich schob sie die Tür auf und trat einen Schritt zur Seite. »Zehn Minuten, ich muss noch arbeiten.«

Falk ging an ihr vorbei und betrat den Flur. Er wartete, bis sie die Tür geschlossen hatte und ihn in das Wohnzimmer führte. Ein rotes Sofa stand vor einem runden Glastisch, daneben ein Sessel, passend zum Sofa. Ein flauschiger Teppich dämpfte seine Schritte. Eine schwarze Katze lag darauf und putzte sich, blickte kurz auf, doch der Besucher schien sie nicht zu interessieren. Pia Stein wies auf das Sofa. Falk nickte und setzte sich.

»Ein Bier oder Kaffee?«

Falk schüttelte den Kopf.

Sie schob sich den Sessel zurecht und setzte sich ebenfalls.

Falk blickte sich um. Auf einem Schreibtisch vor dem Fenster stand ein Laptop. Eine Stehlampe verbreitete warmes, gedämpftes Licht.

»Worüber wollen Sie mit mir reden?«, fragte Pia.

Falk wies auf den Laptop, auf dessen Bildschirm eine Manuskriptseite prangte. »Ein neuer Artikel?«

Pia Stein zuckte mit der Schulter. »Mal sehen.«

Falk setzte eine ernste Miene auf. »Sie haben einen Brief erhalten, der möglicherweise vom Täter stammt. Dieser Brief ist ein Beweismittel. Wann gedachten Sie, uns diesen Brief zu übergeben?«

»Morgen«, entgegnete sie wie aus der Pistole geschossen. »Morgen wollte ich ihn ins Präsidium bringen. Ich musste mich selbstverständlich mit meinem Chefredakteur abstimmen, schließlich war der Brief an die Redaktion der RMZ gerichtet.«

»So, so, morgen«, wiederholte Falk. »Auf den Gedanken, dass Sie die Ermittlungen behindern, sind Sie wohl nicht gekommen.«

Pia Stein erhob sich, ging an den Schreibtisch und fischte einen in eine Plastiktüte verpackten Umschlag aus dem Postkorb. Sie kehrte zum Sessel zurück und legte ihn vor Falk auf den Tisch.

»Ich habe das Kuvert und den Brief angefasst«, erklärte sie. »Ich konnte ja nicht ahnen, was sich darin befindet. Erst als ich ihn gelesen hatte, wurde mir klar, dass er vom Täter stammen könnte. Sie können ihn mitnehmen und untersuchen, vielleicht sind ja seine Fingerabdrücke darauf.«

»Wenn er überhaupt vom Täter stammt«, entgegnete Falk und betrachtete den Umschlag.

»Wenn er überhaupt vom Täter stammt«, wiederholte Pia Stein.

»In Ihrem Artikel auf der Seite dieser Online-Zeitung scheinen Sie sehr davon überzeugt zu sein.«

Pia Stein zuckte mit der Schulter.

»Jetzt sind Sie offenbar anderer Ansicht?«

Die junge Journalistin lächelte. »Ich würde sagen, es ist eine Fifty-Fifty-Chance.«

»Und ich würde sagen, was tut man nicht alles dafür, um die Auflagen zu steigern. Bei Ihnen muss man mehr als einmal zwischen den Zeilen lesen.«

Pia verzog die Mundwinkel. »Beherrschen Sie es, zwischen den Zeilen zu lesen, oder sind Sie hier, um eine Grundsatzdiskussion über modernen Journalismus zu führen? Wollen Sie tatsächlich den Moralapostel spielen?«

Falk winkte ab. »Weder noch. Wenngleich Sie den Ermittlungen meiner Kollegen nicht gerade von großem Nutzen sind. Sie halten sich wohl nicht gerne an Absprachen?«

»Wie sieht es mit Ihnen aus, Herr Falk?«, sagte sie. »Mir sind da so einige Dinge zu Ohren gekommen.«

Falk wiegte seinen Kopf hin und her. »Interessant. Welche denn?«

»Na, zum Beispiel die Ermittlungen in Sachen Pagow in Schwerin«, antwortete sie. »Es gibt Leute, die behaupten, der Schusswaffengebrauch wäre vollkommen überflüssig gewesen. Oder wie wäre es mit dem Fall Dörner. Dem armen Kerl wurden bei seiner Verhaftung beide Arme gebrochen, hörte ich.«

Falk winkte ab. »In beiden Fällen gab es eine Untersuchung. Mir wurde nichts vorgeworfen.«

»Ich weiß, Herr Falk. Dennoch sollen ihre Methoden nicht immer astrein sein, sagt man. Und die Kollegenschaft zieht es vor, einen großen Bogen um Sie zu machen.«

Falk lächelte. »Tja, Erfolg macht einsam, das ist das eigentliche Problem. Und was ist mit Ihnen? Absprachen spielen keine Rolle, die Nachrichtensperre interessiert Sie nicht, Beweismittel werden zurückgehalten und erst mal pressetechnisch ausgeschlachtet, bevor man sie an die Polizei weitergibt.«

Lächelnd neigte Pia Stein ihren Kopf zur Seite. »Okay, vielleicht sind wir ja aus dem gleichen Holz geschnitzt.«

Falk schüttelte den Kopf. »Nein das sind wir nicht, es gibt nämlich einen grundlegenden Unterschied.«

»Und der wäre?«

»Angst«, entgegnete Falk.

Pia Stein runzelte die Stirn. »Was meinen Sie damit?«

»Ich habe keine Angst«, sagte Falk gelassen. »Und ich weiß mich zu verteidigen.«

Pia Stein war verwirrt. »Das … das verstehe ich nicht.«

Falk wies auf das Fenster. »Da draußen läuft ein irrer Psychopath durch die Gegend und schneidet den Leuten die Hälse durch. So wie er angeblich laut Ihrem Artikel schreibt, ist er der Ansicht, dass er genau das Richtige tut. Und Sie nennen ihn einen kranken und mordlüsternen Irren. Glauben Sie nicht, dass er Ihnen das übel nehmen könnte?«

Pia zuckte mit der Schulter. »Wenn schon.«

»Der Umschlag hat keine Briefmarke«, stellte Falk fest und wies auf das Kuvert.

»Er lag im Briefkasten meines Redaktionsbüros«, erklärte Pia.

»Also weiß er, wohin er sich wenden muss, wenn er mit Ihnen sprechen will.«

Pia atmete tief durch. »Was denkt er, wenn er solch ein Schreiben an die Presse schickt? Er muss doch damit rechnen, dass man darüber schreibt.«

»Klar rechnet er damit, in den meisten Fällen will er es sogar ausdrücklich, aber er will *seine* Sicht der Dinge darstellen und nicht ihre Meinung lesen. Das könnte er durchaus als Angriff auf seine angeblich so ehrenwerten Absichten ansehen.«

»Tatsächlich«, bemerkte Pia erstaunt. »Ich habe doch nur einen Bericht ...«

»Psychopathen ticken eben nicht wie normale Leute, ganz im Gegenteil. Die Pressefreiheit ist denen scheißegal. Es wäre nicht das erste Mal, dass die Liste der Opfer länger und länger wird.«

Pia warf einen nervösen Blick zum Fenster. »Und was denken Sie, soll ich tun? Aufhören zu schreiben?«

Falk schüttelte den Kopf. »Das tun Sie sowieso nicht. Aber arbeiten Sie mit uns zusammen. Er könnte sie weiterhin als Sprachrohr benutzen. Rufen Sie einfach sofort an, wenn das nächste Schreiben im Briefkasten liegt.«

Abermals erhob sich Pia und ging zum Schreibtisch. Aus einem Ablagekorb nahm sie ein paar Seiten und kehrte zum Tisch zurück.

»Es wird Ihnen nicht gelingen, mich einzuschüchtern«, sagte sie und reichte die Seiten an Falk weiter, ehe sie sich wieder in den Sessel setzte. »Wir beide wissen, wer hinter den Morden steckt, und ich weiß, dass Sie mit Hochdruck nach ihm fahnden, aber bislang noch keine Spur von ihm haben.«

Falk schaute auf die Papiere. Es waren ausgedruckte Mailnachrichten von der Ostseebank an Hans Jürgen Pohl. »Was ist das?«, fragte er.

»Das ist der Mailverkehr zwischen dem Banker Zehr und dem

Mordopfer Pohl über die drohende Insolvenz Wackernagels. Schauen Sie mal auf das Datum. Die Mails wurden vier Monate vor der offiziellen Pleite seines Ökohofes versandt. Der Wortlaut ist sehr interessant. Die Bank hat Wackernagel nicht nur den Geldhahn zugedreht, sondern das Verfahren auf Pohls Bitte hin sogar noch beschleunigt. Das ist illegal. Wackernagel hat also allen Grund, stinksauer auf Zehr, Pohl und diese gesamte Investorengruppe zu sein. Wenn das kein stichhaltiges Motiv ist …«

»Wo haben Sie das her?«, fragte Falk.

»Ich habe meiner Quelle absolute Vertraulichkeit zugesichert, und Sie kennen das Pressegeheimnis, nehme ich an. Aber keine Angst, das hier bleibt erst einmal unter uns. Ich bin eine gute Journalistin und halte mich an die Regeln. Keine Veröffentlichung, bevor die Angaben nicht gesichert sind.«

Falk faltete die Papiere zusammen und legte sie auf die Plastiktüte mit dem Kuvert.

»Sie können die Nachrichten ruhig mitnehmen. Ich verlasse mich darauf, dass nichts davon an die Öffentlichkeit kommt, bevor es nicht in unserer Zeitung gestanden hat.«

Falk nickte kurz, eher er sich erhob. »Sie spielen mit dem Feuer, Gnädigste«, sagte er, bevor er den Umschlag und die Papiere an sich nahm.

Pia erhob sich ebenfalls.

»Schon gut, ich finde allein hinaus.«

»Ich verlasse mich darauf, dass die Mails nicht an die Öffentlichkeit geraten«, rief sie ihm nach, bevor er die Wohnung verließ. Die Katze folgte ihm nach draußen.

Kirchdorf, Insel Poel, Gasthaus & Pension Ostseeblick

Falk fuhr zurück auf die Insel und in die Pension. Bevor er auf sein Zimmer ging, warf er noch einen Blick in den Gastraum. Am Stammtisch saßen noch immer die Taxifahrerin Anja Perlebach nebst der Wirtin der kleinen Person und einem alten Mann mit grauem Rauschebart, der eine blaue Fischermütze aus grober Wolle auf dem Kopf trug. Falk zögerte einen Moment, dann betrat er den ansonsten leeren Gastraum. Es war zwanzig Minuten vor Mitternacht.

»Ah, noch wach«, begrüßte ihn die Taxifahrerin und winkte ihn an den Tisch heran. »Trinken Sie noch was mit uns, morgen ist Sonnabend, da können wir ausschlafen.«

Die Wirtin erhob sich und machte neben Anja Perlebach Platz.

Falk blieb vor dem Tisch stehen. »Ich wollte niemanden vertreiben«, sagte er zu der Wirtin.

»Muss noch spülen«, entgegnete die wortkarge Frau. »Was darf's sein?«

»Ein Pils« sagte Falk und zog den Stuhl zu sich heran. Anja Perlebach legte ihm die Hand auf den Arm und beugte sich verschwörerisch zu ihm herüber. »Gabi ist nicht sehr redselig«, sagte sie mit einem Lächeln.

»Heute kein Stammtisch? Oder sind die anderen schon gegangen?«, fragte Falk.

Anja Perlebach wies auf den alten Mann. »Nur Gadden-Paule ist gekommen, die anderen trauen sich wohl nicht.«

Falk nickte dem alten Mann zu, doch dieser schien sich nicht für ihn interessieren und starrte weiter auf den Bierkrug, der vor ihm stand.

»Gadden-Paule«, wiederholte Falk. »Ist das Ihr Name?«

»Eigentlich heißt er Paul Bethke«, erläuterte Anja Perlebach. »Früher gingen ihm immer die schönsten Gadden ins Netz, als er noch fischte. Aber jetzt tut er das nicht mehr, er ist schon über achtzig.«

Falk nickte anerkennend. »Das ist ein beachtliches Alter.«

Gadden-Paule griff zu seinem Bierkrug und trank einen kräftigen Schluck.

»Haben Sie alles erledigen können?«, fragte Anja Perlebach.

Die Wirtin kam an den Tisch und stellte ein volles Pilsglas vor ihm ab.

»Alles erledigt«, bestätigte Falk.

»Der Paule und der Flori, die waren mal so«, fuhr die Taxifahrerin fort und legte den Zeigefinger ihrer rechten Hand über den Mittelfinger.

»Flori?«

»Der Wackernagel«, stellte die Frau klar. »Den alle hier für den Mörder halten.«

»Der Flori tut keinem was«, brummte der alte Mann, lehnte sich auf der Sitzbank zurück und verschränkte die Arme vor der Brust.

»Sie kennen ihn?«, fragte Falk.

»Die beiden hatten mal zusammen eine Fischbraterei«, erklärte Anja Perlebach. »Jetzt sag schon, Paule, und lass dir nicht alles aus der Nase ziehen.«

»Jo, hatten wir.«

»Eine Fischbraterei?«

»Der Wittling ist empfindlich, da muss man aufpassen, dass das Fleisch nicht zerfällt«, sagte der Alte, bevor er erneut zum Krug griff.

»Der Paule kennt sich aus mit den Fischen, der war Fischer

von Kindes Beinen an«, fügte Anja Perlebach zur Erklärung hinzu. Er hatte noch einen Kutter, aber das lohnt ja jetzt nicht mehr.«

»Ist alles schlechter geworden, nur noch die großen Pötte fahren draußen herum, für die Kleinen lohnt das nicht mehr«, fügte Gadden-Paule hinzu.

»Das klingt sehr interessant«, log Falk. »Waren Sie bei diesem Flori auf dem Hof?«

Gadden-Paule nickte.

»Den Hof gibt es ja nun nicht mehr, hört man.«

»Wurde ihm weggenommen«, bestätigte der alte Mann.

»Weil er Pleite machte.«

Gadden-Paule zuckte mit der Schulter.

Falk nahm sein Glas in die Hand und prostete den anderen zu. Anja Perlebach hob ihr Weinglas in die Höhe und erwiderte die Geste, während Gadden-Paule regungslos sitzen blieb. Falk trank einen Schluck, wischte sich den Schaum vom Mund und stellte das Glas wieder auf den Tisch.

»Die Polizei sucht ihn überall, aber bislang gibt es wohl keine Spur«, sinnierte Falk. »Der muss wohl einen Helfer haben und irgendwo untergekrochen sein, schließlich hält jeder Polizist hier in der Gegend nach ihm Ausschau.«

»Der war das nicht, der tut keinem was«, warf Gadden-Paule ein.

»Der hat doch schon gesessen, weil er gewalttätig wurde«, entgegnete Anja Perlebach.

»Wenn man einen Hund bis aufs Blut reizt, dann beißt der, das kommt schon mal vor.«

Falk atmete tief ein. »So wie es aussieht, geht er sogar einen Schritt weiter.«

Der alte Mann winkte ab. »Das ist Blödsinn, ich kenn den Flori, der tut keinem was.«

Nachdem ihm Anja Perlebach erzählt hatte, dass dieser alte Mann mit Wackernagel gut befreundet war, hatte Falk gehofft, dass er etwas mehr erfahren würde, was ihnen bei der Suche nach dem Flüchtigen helfen konnte, doch leider war dies nicht der Fall. Falk blieb noch knapp zwanzig Minuten am Stammtisch und trank sein Bier aus, ehe er sich auf sein Zimmer zurückzog. Es war Sonnabend, aber ausschlafen konnte er deswegen noch lange nicht.

16

Kriminalpolizei Wismar, Rostocker Straße

Falk war früh aufgestanden und, nachdem er ausgiebig geduscht und anschließend gefrühstückt hatte, nach Wismar auf die Dienststelle gefahren. Der Soko-Raum war verwaist, lediglich Vicki Sauter befand sich in ihrem Büro.

»Wo ist Willig?«, fragte Falk.

»Den hab ich wieder nach Hause geschickt, der steckt uns noch alle an«, entgegnete die Kriminalbeamtin, die hinter ihrem Schreibtisch saß und auf der Computertastatur herumhackte.

Falk warf das Briefkuvert, das noch immer in einem Plastikbeutel verpackt war, auf ihren Schreibtisch. »Das muss sofort in die KTU«, sagte er, ehe er die Dokumente mit dem Mailverkehr der Bank hinterher schob. »Und das sollte sich mal ein IT-Experte ansehen, vielleicht gibt es eine Möglichkeit, die Mails einem bestimmten Drucker zuzuordnen.«

Vicki Sauter blickte auf. »Was ist das denn?«, fragte sie überrascht.

Falk wies auf das Kuvert. »Das könnte vom Täter stammen. Fingerabdrücke und DNA wären interessant. Oder haben Sie den Artikel in diesem Onlinemagazin noch nicht gelesen?«

»Die gestrige Ausgabe?«

»Genau die.«

Vicki Sauter lächelte. »Das ist doch bloß wieder eine Finte

dieser Journalistin, glauben Sie ernsthaft, da steckt was dahinter?«

»Wir können es zumindest nicht ausschließen«, entgegnete Falk.

Vicki Sauter nahm die Papiere in die Hand und warf einen Blick darauf. »Und was ist das?«

»Stammt ebenfalls von Pia Stein«, erklärte Falk. »Wurde ihr angeblich zugespielt. Mailverkehr zwischen dem Banker und unserem Opfer Pohl. Da geht es um den Glüderhof und die anstehende Pleite. Insiderinformationen. Mich würde interessieren, von wem dieser Ausdruck stammt; da lässt sich sicherlich feststellen, welcher Drucker verwendet wurde.«

»Das ist doch längst bekannt, dass da gemauschelt wurde«, entgegnete Vicki Sauter.

»Dank Ihrer gründlichen Recherche ist es uns bekannt, werte Kollegin, aber Wackernagel kann es nur geahnt haben. Vielleicht hat er ebenfalls diese Mail bekommen, wer weiß. Dann ergäbe es schon eher einen Sinn, dass er nach so langer Zeit zum Messer greift. Nur weil da jetzt eine Straße gebaut wird, fährt wohl kaum einer aus der Haut.«

Vicki Sauter zuckte die Schultern. »Und ich dachte, Sie glauben nicht, dass Wackernagel der Mörder ist.«

Falk winkte ab. »Der Glauben gehört in die Kirche, ich halte mich da lieber an Fakten. Und Fakt ist, wir können bei ihm eine Täterschaft nicht zweifelsfrei ausschließen, wenngleich es jede Menge Gründe gibt, die gegen ihn als Täter sprechen. Abklären müssen wir es auf jeden Fall, das würde wohl auch ihr Boss so sehen.«

Vicki Sauter wies auf den Computerbildschirm. »Ich mach das gerade noch fertig«, sagte sie.

»Was ist das?«, fragte Falk und warf einen Blick auf den Bildschirm. Wackernagels Konterfei war darauf zu sehen.

»Der Richter hat die Öffentlichkeitsfahndung nach Wackernagel bestätigt. Das muss heute früh noch raus. Radio, Fernsehen und Zeitungen. Bin mal gespannt, wie lange er sich noch verkriechen kann, wenn die ganze Welt nach ihm sucht.«

»Haben Sie die Adresse von diesem Banker, diesem Zehr von der Ostseebank?«

»Was wollen Sie von ihm? Der steht unter Polizeischutz«, entgegnete Vicki Sauter barsch.

»Mit ihm reden, was sonst.«

»Er spricht nicht mit uns.«

»Wer sagt das?«

Vicki Sauter schob die Computermaus über den Bildschirm und fügte Wackernagels Bild in das Pressedokument ein. Dann drückte sie die Enter-Taste. »Glauben Sie, wir segeln hier ohne Wind, Sie Schlaumeier? Willig hat es längst versucht, nachdem klar war, dass es sich bei dem Kauf des Glüderhofs um ein Insidergeschäft handelt.«

»Und?«

»Zehr ließ uns abblitzen«, fuhr Vicki Sauter fort. »Er bestreitet alles und verweist auf seinen Anwalt.«

»Wann war das?«

»Gleich nachdem wir wussten …«

»Wir sind jetzt eine Leiche weiter«, schnitt Falk ihr das Wort ab. »Vielleicht macht ihn der Tod des Pfarrers redseliger. Den Mailverkehr kennt er sicher noch nicht. Ich hab ein paar Kopien gemacht, mal sehen, was er dazu sagen wird.«

Vicki Sauter winkte ab. »Sie tun ja sowieso, was Sie wollen«, seufzte sie und nannte Falk die Anschrift des Bankbeamten.

Sievershagen bei Rostock, Ahornweg

Hartmut Zehr bewohnte ein schmuckes Einfamilienhaus in Sievershagen, einem Vorort von Rostock. Das Haus war groß und geräumig, und überall auf dem Dach waren Photovoltaikanlagen angebracht. Direkt gegenüber dem Haus, ein Stückchen versetzt, stand ein blauer Audi am Straßenrand, in dem zwei Männer saßen. Falk fuhr langsam an dem Audi vorbei und parkte direkt vor dem Haus. Als er ausstieg, warf er einen kurzen Blick die Straße entlang. Der Audi war der einzige Wagen in der Straße.

»Auffälliger geht es kaum«, murmelte Falk, ehe er die kleine Treppe hinter sich brachte und vor der großen Glastür stehen blieb. Auf dem Klingelknopf stand ein einziger Name. Die Sprechanlage knackte, nachdem er geklingelt hatte, eine Frauenstimme war zu hören.

»Falk, Landeskriminalamt«, stellte er sich vor. Es dauerte keine Minute, ehe die Tür geöffnet wurde und eine kleine, zierliche Frau mit kurzen blonden Haaren, Falk schätzte sie Anfang fünfzig, in Jeans und T-Shirt gekleidet im Türspalt erschien. Falk reichte ihr seinen Dienstausweis, den sie nach kritischer Prüfung wieder zurückgab und gleichzeitig die Tür weiter aufschob, um ihn eintreten zu lassen.

»Ihre Kollegen sind schon hier«, sagte sie und ging ein Stück zur Seite. Hinter der Tür standen eine junge Frau mit blondem Zopf und auf der Gegenseite ein Mann Mitte dreißig mit blonden Stoppelschnitt und der Hand an der Waffe, die am Gürtel im Holster steckte. An ihren blauen Schutzwesten mit der Aufschrift »Polizei« waren sie unschwer als Kollegen zu erkennen.

»Falk, vom LKA, richtig?«

Falk nickte.

»Schober und Kreier, Fahndung«, entgegnete der Kollege. »Alles klar bislang, der Typ hat sich hier noch nicht blicken lassen.«

Dass sich auch Kolleginnen und Kollegen im Haus aufhielten, war Falk entgangen. Willig wollte wohl zu einhundert Prozent sichergehen, dass dem Bankbeamten nichts passierte.

Falk wandte sich an die zierliche Dame. »Frau Zehr, ich müsste dringend mit ihrem Mann sprechen.«

Sie wies zur Treppe. »Er ist oben im Arbeitszimmer.«

Falk trat ein Stück zur Seite und überließ ihr den Vortritt. Hartmut Zehr, der wohl mitbekommen hatte, dass es an der Tür geklingelt hatte, empfing Falk im Treppenhaus. Zehr war kaum größer als seine Frau, hager und blass und sichtlich gezeichnet von den Ereignissen der letzten Tage. Er hatte eine Stirnglatze und trug ein Brille mit Goldrand. Im Gegensatz zu seiner Frau war er eher formell gekleidet in Anzughose und weißem Hemd, das um seinen Oberkörper schlabberte.

»Falk, Landeskriminalamt«, stellte sich Falk noch einmal vor und zückte seinen Dienstausweis. »Ich muss dringend mit Ihnen sprechen.«

Zehr nickte und wies in das Zimmer, vor dem er stand. Er ging voraus und schloss die Tür hinter Falk. Das Zimmer war spartanisch eingerichtet. Weiße Büroschränke standen an den Wänden, weiß war auch der Schreibtisch. Nur die beiden farbigen Urkunden an der Wand hinter dem Schreibtisch hoben sich von der üblichen Tristesse ab. Und natürlich der Blick aus dem großen Fenster direkt hinein in die Natur.

Zehr bot seinem Gast den Stuhl vor dem Schreibtisch an, bevor er sich dahinter im gepolsterten Chefsessel niederließ.

»Ist etwas passiert?«, fragte er nervös.

»Was meinen Sie damit?«

»Ich meine, haben Sie Wackernagel erwischt?«

Falk schüttelte den Kopf. »Tut mir leid, wir fahnden noch nach ihm.«

Zehr seufzte. »Wie lange soll das nur noch so weiter gehen? Die Polizei im Haus, jede Minute diese Angst, er könnte hier auftauchen. Ich weiß nicht, wie lange …«

»Ich bin hier, um etwas mit Ihnen zu besprechen.«

Zehr strich sich über die Stirn. »Um was geht es?«

»Fangen wir mal mit diesem Insidergeschäft an«, knurrte Falk und zog die Kopien des Mailverkehrs aus seiner Jackentasche.

»Ich sagte bereits Ihrem Kollegen, das war kein Insidergeschäft, und Näheres darüber besprechen Sie bitte mit meinem Anwalt.«

»Wackernagel besaß einen Hof, der verschuldet war, und ihr Kumpel Pohl suchte ein Gelände für einen Windpark, also haben Sie Wackernagel den Geldhahn zugedreht, der Hof fiel an die Bank, und Sie haben ihrem Kumpel den Hof verkauft. Das ist ein Insidergeschäft wie aus dem Bilderbuch.«

»Das ist Quatsch«, wies Zehr Falks Vorwurf zurück.

»Wieso? Sie hätten doch nur den Kredit aufstocken müssen, dann wäre Wackernagel heute noch Ökobauer auf dem Glüderhof.«

»Mein Entscheidung hatte rein kaufmännische Gründe«, erklärte Zehr. »Wir müssen uns an klare Vorgaben halten. Es war offenkundig, dass die Ausgaben das Einnahmevolumen deutlich überstiegen. Kein Mann mit Verstand hätte diesem Ökobauern weiteres Geld in den Rachen geworfen. Außerdem war er äußerst unzuverlässig, das Scheitern seines Betriebs war nur eine Frage der Zeit, und ich bin meiner Bank verpflichtet. Ich hatte die Aufgabe, den Schaden für die Ostseebank so gering wie möglich zu halten.«

»Hinterher gab es sogar noch einen saftigen Gewinn«, entgegnete Falk und warf einen Blick aus dem Fenster, wo sich die grünen Ähren im sanften Wind wiegten.

»Das mag alles sein, aber ein Insidergeschäft war das nicht. Wie gesagt, Weiteres klären Sie mit meinem Anwalt.«

Falk faltete die Dokumente auseinander und reichte sie Zehr, der einen verwirrten Blick darauf warf.

»Weshalb haben Sie Wackernagel überhaupt einen Kredit gewährt? Sie hätten doch den Glüderhof gleich selbst kaufen können.«

Eine Antwort blieb aus. Zehr überflog die vier Blätter, schließlich warf er sie auf den Schreibtisch zurück. »Woher haben Sie das?«

»Das frage ich Sie«, entgegnete Falk.

»Wieso mich, diese Mails unterliegen dem Betriebsgeheimnis, woher …«

»Ich kann es Ihnen nicht sagen, aber vielleicht wissen Sie, wer dahinter stecken könnte. Der- oder diejenige muss Zugriff auf Ihren Computer gehabt haben.«

Zehr schlug die Hände vor das Gesicht.

»Verstehen Sie mich nicht falsch«, fuhr Falk fort. »Ich bin nicht die Bankenaufsicht. Wir ermitteln in einer grausamen Mordserie, deswegen interessieren mich keine Details zu ihrer Geschäftspraxis. Diese Mails sind zum jetzigen Zeitpunkt aufgetaucht und könnten in dem Fall eine große Rolle spielen. Wackernagel hatte über ein Jahr Zeit, seinen Racheplan in die Tat umzusetzen. Wir fragen uns, weshalb schlägt er ausgerechnet jetzt zu.«

»Sie meinen, diese Mail sind …«

Falk hob abwehrend die Hand. »Es wäre durchaus möglich, wenn er hinter den Taten steckt. Finden Sie es nicht auch komisch, dass er erst einmal stillhält und dann plötzlich wie ein Berserker zuschlägt?«

Zehr atmete tief ein. »Man macht sich in diesem Beruf nicht nur Freunde«, sagte er. »Im Kundenkreis, aber auch im Betrieb ist es nicht einfach, wenn man Verantwortung trägt.«

Falk griff nach einem der Dokumente und suchte nach der Mailadresse der Ostseebank. »Schauen Sie hier, hinter der Adresse, das Kürzel. Hat das eine Bedeutung?«

Zehr warf einen langen Blick darauf, schließlich nickte er. »Ja, das stammt von der Filiale in Kirchdorf.«

»Das heißt, die Mails wurden zu der Zeit kopiert, als Sie noch in Kirchdorf arbeiteten?«

»Richtig, und ich glaube auch zu wissen, wer das getan hat.«

»Wer bitte? Es ist wichtig.«

»Frau Ellmer«, entgegnete Zehr trocken.

Falk breitete die Hände aus. »Sie sollten mir sagen, was Sie wissen, schließlich geht es um Ihr Leben.«

»Frau Ellmer arbeitete schon dort, als ich in die Filiale versetzt wurde. Sie war lange Jahre selbst Filialleiterin, aber durch die Umstrukturierung benötigte man für die Tätigkeit einige Speziallehrgänge, die sie nicht hatte. Es gab öfter Probleme mit ihr. Ich musste Sie sogar abmahnen und hatte immer das Gefühl, dass sie mir hinterherschnüffelt.«

»Wo finde ich diese Frau?«

»Sie heißt Dagmar Ellmer und arbeitet inzwischen bei einem Reisebüro in Wismar. Damals wohnte sie noch in Gollwitz, aber nach ihrer Entlassung ist sie umgezogen.«

»Haben *Sie* ihre Entlassung verfügt?«

»Nein, um Gottes willen. Damit habe ich nichts zu tun. Das waren strukturelle Probleme, wir alle litten unter der Bankenkrise.«

»Okay«, sagte Falk. »Wurden Sie eigentlich schon öfter bedroht?«

»Von Wackernagel?«

»Allgemein.«

Zehr versuchte ein Lächeln. »Die Schublade mit den Drohbriefen der letzten Jahre habe ich bereits Ihren Kollegen gegeben, die wollten sich darum kümmern. Und die Sache mit Wackernagel wissen Sie ja sicherlich.«

»Die Schlägerei?«

»Er wurde verurteilt.«

»Es hieß, es waren ein paar Ohrfeigen und nicht viel mehr.«

Zehr schüttelte den Kopf. »Er fiel mich an, hinterrücks, schlug mich und ich stürzte, dabei brach ich mir den Arm. Das war ein regelrechter Überfall, er hat mir aufgelauert. Der Kerl ist unberechenbar.«

»Gut, dann werde ich mich jetzt mal um diese Frau Ellmer kümmern«, sagte Falk. »Aber meine Frage bleibt: Wieso hat die Bank damals nicht direkt den Hof gekauft, sondern ihn erst einmal Wackernagel überlassen?«

»Der Hof stand nie öffentlich zum Kauf«, erklärte Zehr.

»Nachdem der Inhaber verstorben war, verkaufte ihn sein Sohn privat. Der wohnt irgendwo im Westen. Wackernagel hat es erfahren und kam wegen des Kredits zu uns. Der Hof sollte weiterhin betrieben werden, das wünschte sich der verstorbene Inhaber, deshalb kam nie eine Anfrage an unser Haus. Wobei, zum damaligen Zeitpunkt, gab es die Interessengemeinschaft noch gar nicht, und das Konzept mit dem Biohof, das lag eben genau im Trend und schien eine vielversprechende Investition. Konnte ja niemand ahnen, dass Wackernagel lieber Joints raucht, als richtig zu arbeiten.«

»Ach so, ich verstehe.«

»Glauben Sie mir, Herr … Herr …«

»Falk.«

»Glauben Sie mir, Herr Falk, das Bankgeschäft ist kein Zuckerschlecken. Die in den oberen Etagen interessieren nur Zahlen. Wie sie zustande kommen, das interessiert niemand. Ich bin heilfroh, dass ich jetzt mit diesen Dingen nichts mehr zu tun habe und mich ausschließlich um Personalangelegenheiten kümmere. Doch auch da macht man sich nicht nur Freunde.«

Falk nahm die Dokumente an sich und erhob sich. »Vielen Dank, ich finde allein hinaus.«

»Ich hoffe, Sie finden den Kerl. So schnell wie möglich, damit dieses Drama endlich ein Ende hat.«

»Wir tun, was wir können«, entgegnete Falk, ehe er das Zimmer verließ.

17

Anklam, Bahnhofsbereich, Hafenstraße

Kommissarin Caroline Degenhardt schaute auf die Uhr im Armaturenbrett. Es war kurz vor vier Uhr morgens. In zwei Stunden war der Dienst zu Ende, und sie hoffte, dass ihr nicht noch ein unvorhersehbarer Einsatz ihren verdienten Feierabend vermiesen würde. Am Tag zuvor war sie kaum in den Schlaf gekommen, sodass sich die heutige Nachtschicht in die Länge zog. Das ging an die Substanz.

Obwohl es die Nacht von Sonnabend auf Sonntag war, blieb es verhältnismäßig ruhig. Kurz nach Dienstbeginn hatte sie einen einfachen Auffahrunfall in der Bergstraße aufgenommen, und nach Mitternacht war ein Gruppe Jugendlicher grölend und randalierend durch die Altstadt gezogen, hatte Mülleimer umgeworfen und Blumenkübel verwüstet. Zwei der Jugendlichen wurden am Sportgelände aufgegriffen und festgenommen. Alle beide waren restlos betrunken und wurden ihren Eltern überstellt. Kurz nach zwei hatte es dann noch einen Einsatz wegen Ruhestörung gegeben, weil ein betrunkener Mitbewohner eines Mehrfamilienhauses seine Stereoanlage aufgedreht hatte. Nun würde er die sichergestellte Anlage am Montag und im nüchternen Zustand wieder auf der Wache abholen können.

Caro hoffte, dass der Rest der Nacht ruhig verlaufen würde und nicht wieder ein volltrunkenes Fünf-Uhr-Arschloch vor dem Club zur Räson gebracht werden musste, so wie im letzten Schichtumlauf.

Die leisen Atemzüge ihres schlafenden Kollegen auf der Beifahrerseite überlagerten die Motorgeräusche des Streifenwagens, als sie vor dem Bahnhof anhielt und hinaus in die Dunkelheit spähte.

»Wo … wo sind wir …«, stammelte ihr Kollege schlaftrunken, nur um sich im Sitz zu drehen und erneut die Augen zu schließen.

»Am Bahnhof«, sagte sie. »Wir drehen noch eine Runde, dann fahren wir rein.«

Keine Menschenseele war am Bahnhof zu sehen. Sie ließ den Wagen mit Schrittgeschwindigkeit in den Kreisverkehr rollen, bog in die Hafenstraße ab und fuhr langsam an den dort geparkten Autos vorbei. Keines der Fahrzeuge erschien ihr verdächtig, und ihr Kollege hatte bestimmt keine Lust, die Kennzeichen über Funk zu überprüfen. Sie gab Gas und der Wagen beschleunigte, bevor sie abrupt auf die Bremse stieg.

»Was ist denn!«, rief ihr Kollege, der durch die ruckartige Bewegung erwachte und in den Gurt gedrückt wurde.

»Da drüben«, sagte sie und wies mit dem Kopf auf die gegenüberliegende Seite. Ein üppiges Gebüsch stand dort vor einem Gitterzaun. Auf dem Boden lagen kleine Äste und Blätter. Offenbar war das Gebüsch vor Kurzem geschnitten worden.

»Was denn? Ich seh nichts.«

Sie nahm den Kopf zurück. In einer engen Schneise zwischen zwei Büschen leuchtete matt rötlich ein Rücklicht im Schein der Straßenlaterne auf. Sie öffnete die Seitenscheibe, zog ihre Taschenlampe hervor und leuchtete in die Richtung. Der Rückstrahler glühte vom Strahl der Taschenlampe hell auf.

»Jetzt sehe ich es auch, da steht ein Mofa oder ein Moped«, raunte der Kollege und öffnete die Beifahrertür. Auch er hatte inzwischen die Taschenlampe in der Hand, stieg aus und näherte sich dem Gebüsch. Caro fuhr den Streifenwagen auf die Seite und folgte ihm. Als sie ihn einholte, hatte ihr Kollege das dünne Astwerk des Busches bereits zur Seite genommen.

»Das ist eine Geländemaschine«, rief er seiner Kollegin zu. »Schreib mal die Nummer auf!«

Caro notierte das Kennzeichen, das ihr zugerufen wurde und ging zurück zum Wagen, um die Datenstation anzufunken. Nach kurzer Zeit kehrte sie aufgeregt zurück.

»Was ist?«, fragte der junge Oberkommissar an ihrer Seite.

»Nach dem Ding wird gefahndet«, sagte sie und schaute sich suchend um, ihre Waffe in der Hand.

»Ist es gestohlen?«

»Nein, damit ist dieser Irre unterwegs, der bei Wismar die Leute umgebracht hat.«

Der Oberkommissar trat näher und fasste zuerst an den Motor und dann an die Sitzbank.

»Der Motor ist kalt und die Sitzbank feucht, die steht schon länger hier.«

»Bist du sicher?«

»Klar bin ich sicher«, beruhigte er seine junge Kollegin.

»Und jetzt?«

»Die Kollegen kommen gleich. Wir sollen hier warten, bis die Kripo übernimmt. Und wir sollen auf Eigensicherung achten.«

Der Oberkommissar ließ die Äste wieder los und trat ein paar Schritte zurück. »Dann tun wir das, aber der Kerl ist sicher längst über alle Berge.«

»Oder er treibt sich hier in der Nähe herum.«, widersprach seine Kollegin.

RMZ, Büro Wismar, Krämerstraße

Pia Stein war gegen acht Uhr ins Büro gefahren. Es war Sonntag, morgen war Pfingstmontag, aber das zählte in ihrem Beruf nicht. Am Dienstag erwarteten die Leser die neuesten Nachrichten, und von selbst würde sich die Zeitung nicht füllen.

Beim Verlassen ihrer Wohnung und bevor sie in ihr Auto eingestiegen war, hatte sie sich umgesehen. Der Besuch dieses Kriminalbeamten vom LKA hatte ihr keine Ruhe gelassen. Sicher, sie war Journalistin, und es war ihre Pflicht, über den Fall in allen Facetten zu berichten. Und die Taten war nun einmal grausam und niederträchtig, daran war nichts zu beschönigen. Aber dass ihr Wackernagel ihre Worte übel nehmen könnte, daran hatte sie im Traum nicht gedacht. Die Zeitung war ihre Festung, ihr Büro ein Schutzwall, in dem sie sich mit Worten frei bewegen konnte, so sah sie das. Sobald sie von Scheu grünes Licht erhielt, war es an der Zeit, diesem Banker ein klein wenig auf den Leib zu rücken. Doch Scheu bestand darauf, dass die Rechtsabteilung zuvor einen Blick auf den Mailverkehr warf, schließlich konnten sie sich eine Unterlassungsklage oder am Ende gar ein Verbot der Artikel nicht leisten. Die Zwangsgelder und das Schmerzensgeld, das sich Opfer falscher Berichterstattung erstritten, waren inzwischen horrend und bewegten sich im fünf- bis sechsstelligen Bereich.

Den heutigen Vormittag würde sie damit verbringen, die polizeiliche Fahndungsnotierung aufzubereiten und ein klein wenig Hintergrund zum gesuchten Verdächtigen zu verfassen, damit aus einer Viertelseite eine halbe Seite in der Dienstagsausgabe der RMZ wurde. Dazu war sie nach Wismar gefahren, denn hier im Büro hatte sie alles, was sie brauchte. Dies war ihr Refugium, hier konnte sie schalten und walten, wie sie wollte. Außerdem arbeitete sie lieber in dieser Umgebung. Hier war sie weitaus produktiver als zu Hause in ihrer Wohnung.

Als sie auf der L 12 der Küste entlanggefahren war und bei Redentin auf Fünfzig abbremste, war ein Motorradfahrer von einem Parkplatz gestartet und ihr bis in die Innenstadt von Wismar gefolgt. Wackernagel war ebenfalls auf einem Motorrad unterwegs, war ihr eingefallen, und die gesamte Fahrt über war sie unsicher gewesen, was sie tun sollte. Der Besuch dieses LKA-Typen hatte sie vollkommen verunsichert.

Als das Motorrad dann am Spiegelberg rechts abgebogen war, hatte sie aufgeatmet und sich selbst in Gedanken eine ängstliche Tussy gescholten.

Es war kurz nach zehn, als ihr Telefon klingelte. Albert Scheu, ihr Chefredakteur war am Apparat.

»Hast du schon gehört, die haben das Motorrad von dem Flüchtigen gefunden«, eröffnete Scheu ohne weitere Begrüßung das Gespräch.

»Woher sollte ich das wissen, ich bin seit acht Uhr hier und mache Hintergrundrecherchen zu Wackernagel für die Dienstagsausgabe.«

»Bin ich auf der Straße oder du?«, unkte Scheu.

»Wo?«

»Bei Anklam, am Bahnhof.«

»Anklam, das sind hundertfünfzig Kilometer von hier«, entgegnete Pia. »Haben wir dort jemanden?«

»Ich hab das Büro in Greifswald erreicht, die schicken wen zum Fundort.«

Pia nickte zufrieden und dachte an das Motorrad, das ihr auf der L 12 gefolgt war. Erneut stauchte sie sich wegen ihres Anflugs von Angst und Verunsicherung auf der Fahrt in Gedanken zusammen. Dieser LKA-Mensch hatte es tatsächlich geschafft, sie ins Bockshorn zu jagen.

»Was ist, was machst du?«, fragte Albert Scheu.

»Ich denke nach«, entgegnete Pia. »Hat er vielleicht Kontakte nach Anklam?«

»Das wollte ich von dir wissen.«

»Nach meiner Recherche nicht, aber …«

»Das Motorrad stand in der Nähe des Bahnhofs, der kann längst schon in Kopice sein.«

»Wieso Kopice?«, fragte Pia.

Einen Augenblick lang herrschte Schweigen.

»Sag mal, wie gründlich recherchiert ihr eigentlich, wenn ihr einen Auftrag kriegt? Solltest du nicht Hintergrund machen?« Scheus Stimme hatte den Unterton eines strengen Vaters angenommen.

»Hab ich doch«, entgegnete Pia.

»Aber nicht gründlich genug.«

»Ich wollte seine Idee aufgreifen, seinen Bio-Hof und wie übel ihm die Bank mitgespielt hat«, erklärte Pia.

»Komplett falscher Ansatz«, bügelte Scheu ihren Vorstoß ab. »Der Kerl ist ein Ungeheuer, ein Teufel in Menschengestalt, der ohne Skrupel Köpfe abschneidet und sogar vor der Kirche nicht Halt macht. *Das* wollen die Leute lesen. Was soll diese Mitleidstour, das können wir immer noch machen, wenn dieser Killer endlich ein Gesicht hat und wir grünes Licht haben, um die Bankstory einzuflechten.«

»Haben wir das noch nicht?«

»Kriegen wir so schnell auch nicht«, wehrte Albert Scheu ab. »Die Ostseebank hat im Durchschnitt jede Woche eine Anzeige im Blatt, da werden wir den Teufel tun und vorpreschen. Erst wenn es diesem Banker an den Kragen geht und er seine Entlassung in der Tasche hat, dürfen wir ihn ans Kreuz nageln. Die Bank bleibt außen vor, klar!«

Pia schüttelte den Kopf, doch schließlich stimmte sie zähneknirschend zu.

»Was ist jetzt mit Kopice?«

»Artur Kuchar hieß sein Zellengenosse in Waldeck, und Kuchar stammt aus Kopice«, erklärte Albert Scheu. »Die Polen suchen bereits nach ihm.«

»Woher weißt du das?«

»Was sage ich immer zu meinen Leuten? Kontakte, Kontakte, Kontakte, Kontakte, nichts ist wichtiger, wenn man Neuigkeiten erfahren will.«

»Und was mache ich jetzt mit dem Bericht?«

»Den kloppst du in die Tonne. So ein bisschen Biohof ist ja lieb und nett, aber Waldeck ist wichtiger. Schreib dir mal die Nummer auf!«

Albert Scheu gab eine Telefonnummer durch, die der Vorwahl nach zu Rostock gehörte.

»Was soll ich damit?«, fragte Pia.

»Das ist ein ehemaliger Schließer, der kennt Wackernagel. Ruf ihn an, er wird dir ein klein wenig über die Haft erzählen, und dann machst du einen Bericht daraus. Und nicht vergessen, der Teufel und nicht der gefallene Engel steht auf unserem Speiseplan. Ich erwarte deinen Bericht bis zum Nachmittag, alles klar?«

»Klar«, entgegnete Pia. Im gleichen Moment knackte es in der Leitung. Albert Scheu hatte einfach aufgelegt.

Verärgert blickte Pia auf den Hörer, bevor sie ihn zurück in die Halterung stellte. Alles umsonst, der ganze Bericht, jetzt konnte sie noch mal von vorne anfangen. *Vielen Dank, Herr Scheu,* dachte sie, als sie die Zeilen aus dem Bericht ausschnitt und in den Entwurf verschob. Vielleicht konnte sie wenigstens den einen oder anderen Satz noch gebrauchen.

Als sie fertig war, griff sie nach dem Notizzettel und wählte die Nummer, die ihr der Chefredakteur diktiert hatte. Es klingelte eine Weile, ehe sich der Teilnehmer am anderen Ende meldete.

»Guten Morgen, Pia Stein von der RMZ«, sagte sie. »Mein Chefredakteur meinte, dass ich mit Ihnen sprechen sollte, Herr … Wie war noch mal Ihr Name?«

»Wessels«, bekam sie zur Antwort.

»Gut, Herr Wessels. Es geht um einen Gefangenen, den Sie betreut haben. Florian Wackernagel, Sie erinnern sich?«

»Wackernagel«, wiederholte der Teilnehmer am anderen Ende. »Sicher kann ich mich an den erinnern. Das war ein ganz Ruhiger, Stiller. Die Stillen sind die Schlimmsten. Ich wusste nie, woran ich bei ihm bin.«

»Wieso, war er gewalttätig?«

»Nein, im Gegenteil, er hielt sich aus allem heraus, aber ich hab ihm nicht über den Weg getraut. Wie gesagt, die Stillen, das waren immer die Schlimmsten.«

»Okay, Herr … Herr Wessels«, sagte sie unsicher. Weshalb wollte Albert, dass sie mit diesem Schließer sprach, der rein gar nichts zu sagen hatte.

»Herr Wessels, wie lange war er denn unter Ihrer Obhut?«

Es dauerte eine Weile, bevor der Mann am anderen Ende der Leitung antwortete. »Acht, vielleicht neun Monate.«

»Gab es denn einen Vorfall mit dem Gefangenen, ich meine …«

»Ich weiß, was Sie meinen. Ich sagte doch, die Stillen sind am Schlimmsten.«

So langsam nervte Pia das Gespräch. »Wieso sagen Sie das, wenn er doch ein ganz normaler Gefangener war.«

»Tja, war er vielleicht, vielleicht auch nicht. Vorne herum war alles in Ordnung, da tat er alles, was man ihm auftrug. Arbeitete in der Wäscherei, war immer pünktlich beim Einschluss. Der legte es darauf an, dass die Zeit im Knast nicht zu lange für ihn wurde. Aber glauben Sie mir, das war nicht ehrlich. Das war Schauspielerei, mehr nicht.«

»Woraus schließen Sie das?«

»Woraus schon? Die Stillen sind die Schlimmsten«, sagte Wessels erneut.

»Jetzt aber raus mit der Sprache, weshalb war er Ihnen nicht geheuer?«

Der Mann räusperte sich. »Na ja, es gab nie einen Beweis, aber damals … Also, die Albaner hatten Stress mit den Türken. Wahrscheinlich ging es um Stoff, darum geht es fast immer im Knast. Dann lag auf einmal einer von den Albanern tot im Wäschetrog. Ein angespitztes Messer steckte in seinem Hals, dem Kerl war nicht mehr zu helfen, ist einfach ausgelaufen. Überall war Blut, und er war schon beinahe kalt.«

»Was hat das mit Wackernagel zu tun?«

»Er war der letzte in der Wäscherei an diesem Tag«, entgegnete Wessels. »Es gab eine Untersuchung, aber man konnte nichts beweisen. Hinterher hieß es, die Türken waren es, aber ich bin mir sicher, dass Wackernagel seine Finger mit im Spiel hatte.«

»Was macht Sie so sicher?«

»Mein Gefühl. Mein Gefühl, das mich seit Jahren begleitet. Ich sage immer, die Stillen, das sind die Allerschlimmsten.«

»Aber beschuldigt wurde er nicht, ich meine, offiziell?«, hakte Pia nach.

»Die Kripo war da, sicherte Spuren und untersuchte den Fall. Ein Türke namens Mustafa Acim wurde später als Täter ausgemacht, aber das Verfahren ging den Bach runter, die Beweise reichten nicht aus. Ich bin mir sicher, dass Wackernagel dahinter steckte. Er hatte zwei Stunden zuvor noch mit dem Albaner in der Wäscherei gearbeitet, und ich glaube, der Albaner hat ihn mit Stoff versorgt.«

»Er nahm Rauschgift?«

»Das tun die alle. Die rauchen, schnupfen, schlucken und spritzen alles, was sie kriegen können.«

»Dafür gibt es doch Wachleute, um das zu verhindern«, entgegnete Pia.

»Zu wenige. Wir sind froh, wenn wir den Tag heil überstehen.«

Pia sprach noch ein paar Minuten mit dem Schließer, ehe sie das Gespräch beendete. Das war tatsächlich eine neue Wendung in diesem Fall. Sollte Wackernagel schon einmal getötet haben?

Sicher war das nicht, aber darauf kam es nicht an. Ein ungeklärter Mord in seinem Umfeld im Knast und eine direkte Verbindung zum Mordopfer, das reichte aus, um daraus eine gute und lesenswerte Story zu machen.

Sie aktivierte das Schreibprogramm und hatte kaum den ersten Satz geschrieben, als es an der Tür klingelte.

»Verdammt«, fluchte Pia. »Jetzt nicht.«

Als nach beinahe einer Minute die Klingel noch immer keine Ruhe gab, stand sie entnervt auf und ging zur Sprechanlage.

»Wer ist da?«, fragte sie genervt durch die Sprechanlage.

»Polizei«, erhielt sie zur Antwort.

Verdammt, was war denn nun schon wieder? Reichte es diesem LKA-Typen nicht, dass er ihr gestern Abend auf den Wecker gegangen war? Sie stürmte zur Tür und öffnete. Eine dunkle Gestalt stand vor ihr, schwarz gekleidet und eine Kapuze tief in das Gesicht gezogen.

»Was wollen Sie denn schon wieder, ich habe doch alles …«

Weiter kam sie nicht. Es zischte gefährlich, und ein kalter Nebel landete in ihrem Gesicht. Sie schloss die Augen, doch es war zu spät. Das Brennen im Gesicht wurde infernalisch. Sie spürte nur noch, dass sie zurück in den Raum gedrängt wurde, bevor sie zu Boden stürzte und die Besinnung verlor.

18

Krusenhagen, Ortsteil Gagzow, Wiesenweg

Falk hatte über das Einwohnermelderegister den Wohnort von Dagmar Ellmer ermittelt. Trotz des Feiertages war er am Vormittag des Pfingstsonntags nach Gagzow in den Wiesenweg gefahren, wo die alleinstehende Dame in einer kleinen Zweizimmerwohnung lebte. Sie war fast nahe sechzig und arbeitete in Wismar im SLW-Reisebüro, doch bis Dienstag wollte Falk nicht warten, er brauchte jetzt Informationen, denn auch der Mörder wartete nicht. Seit den frühen Morgenstunden wurde der Fischer Uwe Lehn vermisst. Sein Boot war von der Wasserschutzpolizei treibend in der Wismarer Bucht aufgebracht worden, von Lehn fehlte jede Spur.

Im Revier herrschte hektische Betriebsamkeit, denn der Verdacht lag nahe, dass der Plastbachschlitzer erneut zugeschlagen hatte. Lehn lebte alleine am Strand von Timmendorf und dort im Hafen hatte er auch das Boot liegen. Gesichert war, dass er heute Morgen, noch vor Sonnenaufgang, bei ruhiger See hinausgefahren war, doch nun trieb sein Boot führungslos vor der Insel und stellte eine Gefahr für den Fährverkehr nach Travemünde dar. Kurz nach sieben Uhr war die Meldung bei der Leitstelle eingegangen. Sogar der kranke Willig hatte sich aus dem Bett ins Präsidium geschleppt, um die Suchaktion zu koordinieren, doch niemand hatte daran gedacht, Falk zu informieren. Wäre er nicht zufällig auf die Dienststelle gefahren, um nach Dagmar Ellmer zu recherchieren, hätte er davon nichts erfahren. Vicki Sauter war gerade auf dem Sprung, als er ihr im Flur begegnete und sie ihm von Lehn erzählte.

»War Lehn auch an diesem Windpark beteiligt?«, hatte er sie gefragt, während sie hektisch durch den Flur stürmte.

»Ich glaube nicht«, rief sie ihm über die Schulter hinweg zu.

»Dann passt er nicht ins Schema.«

»Vielleicht gibt es einen anderen Grund«, entgegnete sie. »Was ist jetzt, kommen Sie mit?«

Falk schüttelte den Kopf. »Tut mir leid, ich hab schon was anderes vor.«

Sie lächelte leicht ironisch und ließ ihn stehen, als sie den Flur verließ und durch das Treppenhaus rannte.

Falk ging an einen freien Computer, meldete sich an und führte seine Recherchen durch.

Auf der Fahrt nach Gagzow passierte er eine Polizeikontrolle an der L 12, bevor er seinen Wagen in dem kleinen Ort am Wiesenweg stoppte. Er stieg aus, betrat das Grundstück und klingelte auf gut Glück.

Es dauerte nicht lange, bis sich eine Frauenstimme in der Sprechanlage meldete.

»Frau Ellmer, Falk, Kriminalpolizei«, sagte er. »Ich müsste dringend mit Ihnen sprechen.«

»Mit mir?«, bekam er ungläubig zur Antwort.

»Ja, richtig, mit Ihnen«, bestätigte er.

Der Türsummer schnarrte, Falk schob die Tür auf. Am Ende des Flures wurde eine Wohnungstür geöffnet. Eine Frau in blauem Kostüm trat hervor. Die grauen Haare hatte sie zu einem Zopf gebunden.

»Um Gottes willen, was will denn die Polizei von mir?«, sagte sie.

Falk trat näher und zeigte ihr seinen Dienstausweis.

»Kriminalpolizei, mein Gott, ist etwas passiert?«

Falk schüttelte den Kopf. »Nein, aber Ihr Name taucht im Zusammenhang mit Ermittlungen bezüglich der Ostseebank auf. Ich hätte ein paar Fragen.«

Die Frau reagierte unsicher. Sie trat zur Seite und bat Falk in die Wohnung. In dem geschmackvoll eingerichteten Wohnzimmer bot sie ihm einen Platz auf dem Sofa an. Falk blickte sich um; einen Computer oder Drucker sah er nicht.

»Jetzt bin ich aber gespannt, weshalb Sie hier sind.« Sie setzte sich ebenfalls.

Falk räusperte sich. »Sie haben sicherlich von den Mordfällen in der Gegend gehört.«

Die Frau nickte.

»Ich hätte ein paar Fragen an Sie. Sie haben doch für die Ostseebank gearbeitet.«

Die Frau verzog die Mundwinkel. »Ja, aber ich bin schon über ein Jahr nicht mehr dort.«

»Ihnen wurden gekündigt?«

Frau Ellmer schüttelte vehement den Kopf. »Nein, ich habe selbst gekündigt.«

»Sie hatten nicht das beste Verhältnis zum Filialleiter, sagt man.«

»Sagt wer?«

»Herr Zehr hatte zumindest den Eindruck.«

Die Frau atmete tief ein. »Hören Sie, Herr …«

»Falk ist mein Name.«

»Herr Falk, Hartmut Zehr mag behaupten, was er will,

aber ich habe die Konsequenzen gezogen. Ich habe als kleine Bankangestellte angefangen und den Beruf von der Pike auf gelernt, aber das, was heute verlangt wird, das hat nichts mehr mit einer Bank zu tun. Früher gaben uns die Kunden ihr Geld, und wir arbeiteten damit und erwirtschafteten Gewinne. Die Produkte waren ausgewogen und nutzten beiden, der Bank und auch dem Kunden. Heutzutage geht es nur noch um Profit, und zwar ausschließlich für die Bank. Vollkommen egal, ob der Kunde am Ende mit Schulden dasteht, Hauptsache, die Zahlen stimmen.«

»Und deswegen haben Sie gekündigt?«

»Deswegen und weil man mich versetzen wollte, nach Rostock. Jeden Tag sechzig Kilometer einfach, das wollte ich einfach nicht.«

»Von den Geschäften Ihres Filialleiters Zehr mit der Investorengemeinschaft Salzhaff wussten Sie?«

Frau Ellmer wiegte den Kopf hin und her. »Waren Sie schon mal in der Filiale in Kirchdorf?«

Falk schüttelte den Kopf.

»Dort gibt es einen Schalter, den Kundenraum und ein Großraumbüro. Wir waren fünf, später, nach den Rauswürfen, noch drei. Da ist es nicht leicht, sich aus dem Weg zu gehen.«

»Rauswürfe?«

»Die Banken nennen es Umstrukturierung.«

»Herrn Wackernagel kannten Sie ebenfalls?«

Die Frau zuckte mit der Schulter. »Nur flüchtig.«

Falk griff in seine Jackentasche, zog die kopierten Maildokumente hervor und reichte sie ihr. Sie faltete die Papiere auseinander und warf einen Blick darauf.

»Kennen Sie diesen Mailverkehr?«

Die Frau schien entrüstet. »Wollen Sie mir etwa unterstellen …«

»Damals arbeiteten Sie, Herr Zehr und eine Auszubildende namens Jennifer Hohl in der Filiale«, schnitt ihr Falk das Wort ab. »Haben Sie einen Computer?«

»Schauen Sie sich um, es würde mich wundern, wenn Sie einen finden.«

»Gut, aber Sie sollten wissen, dass jeder Drucker ein eigenes Schriftbild abgibt. Oberflächlich mag alles gleich aussehen, aber im Detail gibt es kleine Unterschiede, das ist fast so wie bei einem Fingerabdruck.«

»Weshalb sagen Sie mir das?«, entgegnete die Frau entrüstet.

»Weil ich vermeiden will, dass ich mit ein paar Technikern der Polizei ihrem Reisebüro in der Neustadtstraße einen Besuch abstatten muss. Sehen Sie, mich interessieren die bankinternen Regeln keinen Deut, aber wenn man Dinge weitergibt, Mailverkehr an einen Mörder zum Beispiel, dann interessiert es mich schon. Beihilfe zum Mord wird hart bestraft in unserem Land.«

Die Verunsicherung stand ihr ins Gesicht geschrieben.

»Was … was meinen Sie damit?«, stotterte sie.

»Haben Sie diese Mails auch an Florian Wackernagel weitergegeben? Hat er von Ihnen erfahren, dass ihn Zehr und die Bank beschissen haben?«

»Ich … nein … wirklich …«

»Und an die Presse?«

»Ich … ich dachte mir, dass … man kann doch den Zehr nicht einfach so davonkommen lassen…«

»Also haben Sie die Mails kopiert und an Pia Stein von der RMZ weitergegeben.«

Der Frau standen Tränen in den Augen. Sie fuhr sich über das Gesicht und wischte sie ab.

»Wann war das? Wann haben Sie den Mailverkehr an die RMZ weitergegeben?«

Sie schluchzte. »Letzten Dienstag«, sagte sie. »Ich hatte die Mails damals kopiert, falls Zehr oder die Bank mich rauswerfen wollen … na ja, ich hatte sie auf alle Fälle noch und las von den Morden und von Wackernagel und dachte mir … Ach, ich weiß nicht, was in mich gefahren ist.«

Falk erhob sich und nahm ihr die Blätter aus der Hand.

Sie blickte ihn mit großen, verweinten Augen an. »Was wird jetzt aus mir?«

Falk zuckte mit der Schulter. »Das weiß ich nicht. Ich wollte nur sicher gehen, dass Wackernagel den Mailverkehr nicht kennt. Es hätte ja sein können, dass Sie ihm, sagen wir, für ein Zivilverfahren ein klein wenig Hilfestellung geben wollten.«

»Bestimmt nicht«, entgegnete sie. »Ich habe mir lange überlegt, ob ich reden soll, aber ich habe eine Schweigeverpflichtung unterschrieben, und meine Betriebsrente steht auf dem Spiel. Ich habe es dann anonym getan, weil Wackernagel sicher nicht der einzige ist, den unsere Bank in den Ruin getrieben hat.«

»Er weiß es nicht von Ihnen, das ist sicher?«

Die Frau wischte sich die Tränen von der Wange. »Ganz sicher. Ich kenne ihn doch überhaupt nicht.«

Falk nickte und erhob sich. Er verließ die Wohnung ohne weiteren Kommentar.

Irgendwo an der Ostsee

Sie erwachte wie aus einem Rausch. Ihr Kopf pochte, das grelle Licht schmerzte. Sie kniff die Augen zusammen und versuchte, sich an den Kopf zu fassen, doch es gelang ihr nicht, ihre Hände waren gefesselt. Handschellen umschlossen sie und rasselten metallisch, als sie sich bewegte. Sie lag auf einem weichen Untergrund, einer Matratze, und auch ihre Beine waren gefesselt. Kälte umgab sie. Sie spürte das Zittern, das ihren Körper ergriffen hatte. In ihrem Mund nahm sie einen schalen Geschmack wahr, und ihr Hals war wie ausgetrocknet. Erneut blinzelte sie. Wie durch einen Schleier sah sie die weißen Fliesen an der Wand. Trotz des grellen Lichts, an das sie sich erst gewöhnen musste, fühlte sie sich in einer undurchdringlichen Dunkelheit gefangen und ausgeliefert. Erneut versuchte sie die Augen zu öffnen, schloss sie aber sofort wieder, als der Schmerz wie ein Stich mit dem Messer durch ihren Kopf fuhr.

»Wo … wo bin ich?«, stammelte sie und lauschte. Allmählich durchdrang ein leises Stöhnen das Rauschen in ihren Ohren. Sie richtete sich auf. Ihre Hände boten ihr Halt, doch anheben konnte sie sie nicht, die Fesselung musste irgendwie am Boden fixiert sein. Ein kaltes Etwas umklammerte ihren Hals; sie schluckte, um etwas gegen den Würgereflex zu tun. Instinktiv spürte sie, dass sie nicht allein war. Noch jemand befand sich mit ihr in diesem kalten, gefliesten und lichtdurchfluteten Raum. Sie horchte. Das leise Stöhnen und Jammern war nicht weit entfernt. Sie drehte den Kopf. Das Geräusch war direkt vor ihr.

»Was … was haben Sie mit mir gemacht!«, versuchte sie zu sagen, doch aus ihrer Kehle kam nur ein leises Krächzen.

Erneut schlug sie die Augen auf, kurz, doch was sie sah, ließ ihr das Blut in den Adern gefrieren, ehe sie ihre Lider wieder schloss und kräftig durchatmete.

»Wasser … ich brauche Wasser«, stammelte sie.

Das Wasser kam, jedoch anders, als sie gedacht hatte. Ein kalter Schwall traf sie im Gesicht. Sie schrie auf und sank zu Boden.

»Du hast alles falsch gemacht!«, mahnte die dunkle, durchdringende Stimme, vom Nachhall der Fliesen verstärkt.

Sie öffnete die Augen erneut. Langsam gewöhnte sie sich an das Licht. Sie blinzelte und wandte den Kopf. Sie hatte sich nicht getäuscht: Direkt vor ihr, kaum zwei Schritte entfernt, saß jemand auf einem Stuhl. Einem sonderbaren Stuhl, ganz aus Metall, und zweifellos war es ein Mann, ein beleibter Mann mit nacktem Oberkörper, der da saß. Doch der Mann hatte kein Gesicht. Sie richtete sich wieder auf. Diesmal hielt sie ihre Augen offen. Der Mann war gefesselt, und über dem Gesicht trug er einen weißen Sack. Einen Leinensack, der am Hals zugebunden war. Von ihm kam das Jammern und Stöhnen. Und der Stuhl war überhaupt kein Stuhl, es war eine Art Säge, die hinter dem Mann in die Höhe ragte und an der er festgebunden war.

»Was ist hier los, ich … was soll das?«, stammelte sie.

Sie blickte sich um. Auch der Boden war gefliest, nur die Decke, an der mehrere Neonröhren brannten, schien getüncht zu sein. Inmitten der Decke verliefen zwei Metallschienen, an denen Haken hingen. Sie hatte so etwas schon einmal gesehen.

»Diesmal wirst du alles richtig machen«, ertönte die dunkle

Stimme erneut. Sie überlegte. Irgendetwas an dieser Stimme war ungewöhnlich, doch sie kam nicht darauf, was es war.

»Was soll das, warum bin ich hier?«, fragte sie.

Langsam kehrte das Leben in ihren Körper zurück. Sie erkannte die Umgebung. Dies war zweifellos eine Schlachtküche, weitgehend leer geräumt.

»Du wirst lernen und du wirst mir helfen.«

Sie blickte sich um, doch außer dem gefesselten Mann an der Knochensäge konnte sie niemanden sehen.

»Wobei soll ich helfen? Bist du verrückt geworden?«, schrie sie. »Und was ist mit ihm, verdammt, was soll das?«

»Wenn du alles richtig machst, dann wirst du vielleicht leben. Vielleicht.«

Mit geöffnetem Mund blickte sie zur Decke. Tränen liefen über ihre Wangen.

»Lassen Sie mich gehen … bitte… ich …«

»Du wirst bleiben und du wirst helfen«, schnitt ihr die Stimme das Wort ab. »Und du wirst alles richtig machen, sonst wirst du sterben.«

Diese Worte klangen so endgültig und grausam, dass sie die Kontrolle verlor und in einem Weinkrampf zusammenbrach.

Minuten vergingen, ehe sie sich wieder fasste.

»Was … was soll ich tun?«, schluchzte sie.

»Du wirst eine Geschichte erzählen«, erhielt sie zur Antwort. »Eine Geschichte, die einfach vergessen worden ist. Eine Geschichte, die jeder hören soll. Und du wirst für Gerechtigkeit sorgen, so wie auch ich für Gerechtigkeit sorgen werde. Niemand soll diese Geschichte je wieder vergessen.«

»Wie soll ich schreiben, wie kann ich …«

»Dafür ist gesorgt.«

Pia Stein erhob sich erneut. Mit ihren Schultern wischte sie sich die Tränen ab. Erst jetzt bemerkte sie den ledernen Gurt, der um ihren Hals gelegt war. Mit einer Kette war sie an der Wand fixiert. Mit dem Kopf nickte sie in Richtung des dicken, gefesselten Mannes.

»Was ist mit ihm?«, fragte sie.

»Er ist schon so gut wie tot!«, bekam sie zur Antwort.

Kurz darauf hörte sie ein metallisches Knarren. Ein Riegel wurde geöffnet und eine Metalltür zur Seite geschoben. Erwartungsvoll blickte sie in die Richtung, aus der das Geräusch kam. Hinter einer Wand trat plötzlich eine Gestalt hervor, groß und kräftig. Der Mann trug weiße Stiefel und eine gummierte Metzgerschürze. Auch die Hände steckten in weißen Handschuhen. Das allein war schon furchterregend genug. Doch am schlimmsten war die schwarze Maske über seinem Kopf, mit dunklen Sehschlitzen, aus denen teuflische Augen blitzten.

»Was … was …«, stammelte Pia. Ein kalter Schauer lief ihr über den Rücken. In der Hand des Mannes blitzte ein Messer. Sie schloss die Augen und betete, glaubte, ihre letzte Sekunde sei gekommen, doch die Schritte der Stiefel verhallten. Es wurde ruhig im Raum, ruhig bis auf das Stöhnen des dicken Mannes. Erneut schlug sie die Augen auf. Die Gestalt stand direkt hinter dem Gefesselten und entfernte den zugeschnürten Sack. Ein Bart wurde sichtbar, dann packte die Gestalt den Kopf des Mannes mit der linken Hand und zog ihn in die Höhe, bevor das Messer fast wie von selbst durch den Hals glitt und sich das Blut über dem halbnackten Leib verteilte.

Pia wandte sich ab, doch bevor sie den Kopf weggedreht hatte, sah sie noch, dass sich der sterbende Mann einnässte. Angewidert schloss sie die Augen, doch ihr Würgreflex war stärker.

»Das tun sie immer, wenn sie sterben«, sagte die tiefe Stimme. »Da sind sie wie die Ochsen und die Schweine, wenn sie von dieser Welt gehen, lassen sie einfach alles los.«

Höhnisches Gelächter folgte. Doch Pia hörte es nicht mehr, sie ergab sich dem Würgereiz.

19

Kriminalpolizei Wismar, Rostocker Straße

Der Anruf von Vicki Sauter erreichte ihn auf der Rückfahrt von Gagzow nach Kirchdorf. Sein Erscheinen wurde auf der Dienststelle erwünscht, richtete ihm die Wismarer Kollegin aus. Von dem vermissten Fischer Lehn gab es noch keine heiße Spur.

Als Falk den Soko-Raum auf der Dienststelle betrat, saßen Vicki Sauter, Ralf Willig und Simon Modrow an dem langen Konferenztisch. Willig blickte auf. Seine Augen waren gerötet, und er hielt ein Taschentuch in der Hand.

»Ah, da ist er ja, unser frei schaffender Künstler«, grüßte Willig mit näselnder Stimme. »Darf man erfahren, wo Sie sich rumgetrieben haben?«

Falk hielt großen Abstand zu dem sichtbar kränkelnden Ermittlungsleiter, als er zum Tisch ging und sich neben Modrow einen Stuhl zurechtschob, ehe er sich niederließ. Modrow brachte sicherheitshalber seinen Gipsarm in Sicherheit und warf Falk einen mürrischen Blick zu.

»Ich war bei einer durchaus netten älteren Dame, die gerne E-Mails verschickt.«

»Wie darf ich das verstehen?«, fragte Willig.

Falk räusperte sich. »Ich gehe davon aus, Frau Sauter hat Ihnen den Schriftverkehr zwischen diesem Banker und den Windpark-Investoren gezeigt. Ich glaube nämlich nicht daran, dass die Genehmigung zum Bau einer Zufahrtsstraße

Wackernagel derart zum Ausrasten bringt, sodass er durch die Gegend läuft und Menschen abschlachtet. Falls er überhaupt unser Täter ist.«

»Weiß er von den Mails?«, fragte Vicki.

Falk schüttelte den Kopf. »Nein, zumindest nicht von Frau Ellmer.«

»Und Sie glauben ihr?«

Falk nickte und wandte sich Willig zu. »Uwe Lehn ist kein Mitglied der Investorengruppe. Weshalb, glauben Sie, hatte Wackernagel ihn auf der Liste?«

»Das … das wissen wir noch nicht«, antwortete Modrow stellvertretend für seinen Chef.

»Seien Sie jetzt mal still, Modrow«, maßregelte Willig seinen Untergebenen. »Ich mag es nicht, wenn man einfach dazwischenplappert.«

Modrow blickte betreten zu Boden und zog sich in sein Schneckenhaus zurück.

»Wir wissen zumindest, dass Lehn und Wackernagel einmal zusammengearbeitet haben. Sie wollten Fischbuden beliefern, aber das ging schief.«

»Ah, eine Fischbraterei«, sinnierte Falk.

»Ganz genau, auf seinem Hof«, bestätigte Willig.

Falk lächelte. »Das heißt, Sie glauben immer noch, dass Wackernagel der Täter ist?«

Willig schüttelte verständnislos den Kopf. »Ich verstehe Sie nicht, Falk. Sie glauben nicht, dass Wackernagel der Täter ist, stellen aber dennoch Ermittlungen nach seinem Motiv an. Wie soll ich das verstehen?«

Falk atmete tief ein und lehnte sich im Stuhl zurück. »Ich habe gelernt, dass man Ermittlungen in alle Richtungen führt. Sicher steht Wackernagel nach seiner Flucht unter Verdacht. Er hat sogar ein Motiv …«

»…und er ist nicht bei seinem Kumpel in Polen untergetaucht, der Kerl hat Wackernagel seit Monaten nicht mehr gesehen«, fiel ihm Modrow ins Wort.

»Modrow, halten Sie Ihre verdammte Klappe«, wies ihn Willig erneut zurecht. »Besser noch, besorgen Sie mir einen Pfefferminztee!«

Modrow warf seinem Chef einen fragenden Blick zu. Schließlich hob er seinen Gipsarm in die Höhe. Willig verdrehte die Augen. »Ich sagte eine Tasse und keinen Eimer, das werden Sie mit einer Hand wohl schaffen.«

Zögerlich erhob sich Modrow.

»Das geht auch schneller!«

Modrow schob seinen Stuhl zur Seite und beschleunigte seinen Schritt. Willig wartete, bis Modrow das Zimmer verlassen hatte. »Jetzt hören Sie mir mal genau zu, Falk. Ihre Alleingänge nutzen niemandem, und Ihre andauernde Skepsis ebenfalls nicht. Es gibt eine Menge Indizien, die gegen Wackernagel sprechen, und ich frage mich, weshalb taucht er unter, wenn er nichts mit der Sache zu tun hat?«

Falk zuckte mit der Schulter.

»Er hat ein Motorrad, er hat ein Motiv, er kann mit dem Messer umgehen, er kennt alle Opfer und hatte mit ihnen Streit. Außerdem treibt er sich noch immer hier herum, denn in Polen ist er nicht, wie Modrow bereits bemerkte.«

Falk fuhr sich über das Kinn. »Ich sage doch, er steht unter Verdacht. Das bestreite ich gar nicht. Dennoch glaube ich nicht, dass er der Täter ist. Meine Ermittlungen gehen dahin, es sicher auszuschließen.«

Willig klatschte mit der flachen Hand auf den Tisch. »Weshalb sind Sie bloß so borniert, Falk? Kein Wunder, dass niemand mit Ihnen arbeiten will.«

»Haben Sie sich jemals die Arbeit gemacht und Wackernagels Akte studiert?«

Willig schnäuzte sich, bevor er antwortete. »Natürlich habe ich …«

»Ich meine *studiert,* nicht nur angesehen«, fiel ihm Falk ins Wort. »Dazu gehört es, dass man zwischen den Zeilen liest.«

»Was … ich … was soll das heißen?«

»Wackernagel ist ein Kleinkrimineller, der sich seinen Hanf anpflanzt und hin und wieder über die Stränge schlägt, aber er neigt keineswegs zur Gewalt. Wenn ich seinen Lebensstil und seine bekannten Wesenszüge in ein Psychogramm einordnen soll, dann kommt unter dem Strich ein friedlicher Tagträumer heraus, keinesfalls jemand, der anderen Menschen die Hälse durchschneidet.«

»Er hat Zehr angegriffen und zusammengeschlagen«, widersprach Willig.

»Ich hab die Protokolle gelesen«, nickte Falk. »Er hat ihm ein paar Ohrfeigen verpasst, und Zehr ist gestolpert und hat sich dabei verletzt. Letztlich wüssten Sie, wenn Sie die Urteilsbegründung gelesen hätten, dass der Richter sich deshalb für eine Haftstrafe entschieden hat, weil er den Lebenswandel und den Hanfanbau in die Entscheidung mit einbezogen hat und deshalb zu einer Negativprognose bezüglich einer Bewährung kam.«

»Na und … ich …«

»Weiterhin sieht es so aus, dass unser Täter Dinge an sich nimmt, die den Opfern gehören. Zum Beispiel das Kreuz am

Revers des Pfarrers oder das Feuerzeug von Helgers. In Profilerkreisen sprechen wir hierbei von einer Reflexion oder einem Reflexionsverhalten des Täters. Er benutzt diese Dinge, um sich an seine Taten zu erinnern oder diese Taten für andere aufzubereiten, quasi als Beweis dafür, dass er getan hat, was man von ihm verlangte.«

Willig runzelte die Stirn. »Das verstehe ich nicht.«

»Serientäter von Sexualdelikten tun es, um die Erinnerung an die einzelnen Taten wach zu halten, weil nach einer gewissen Anzahl von Verbrechen alles zu einem trüben Brei verschwimmt und die Einzelheiten verloren gehen. Serienmörder tun es, um ihre Rache auszukosten oder um dem Antrieb der Tat genüge zu tun, also quasi die Tat imaginär, aber auch tatsächlich zu beweisen. Wackernagel ist weder der eine Typ noch der andere.«

»Kommen Sie mir jetzt mit Ihren wissenschaftlichen Thesen, die Ihnen vom FBI ins Hirn transplantiert wurden? Oder glauben Sie, wir aus der Provinz haben keine Ahnung, wie es da draußen in der bösen Welt zugeht?«

»Die Theorie des Reflexionsverhaltens stammt von Kriminalforensikern aus Schweden«, stellte Falk klar. »Außerdem wundert es mich immer wieder, dass wir trotz des aufwändigen Fahndungsdrucks und der stehenden Kontrollen keine Spur des Täters haben und er sich scheinbar frei und unverdächtig hier in der Gegend bewegen kann, ohne dass es den Kollegen auffällt. Wir alle haben unser Bild von Wackernagel, aber ehrlich gesagt gehört sehr viel Cleverness dazu, die Kontrollstellen zu umgehen. Das sieht jedenfalls nicht nach diesem gescheiterten Ökobauern aus, was meinen Sie?«

»Ja, das haben wir uns auch schon gefragt«, meldete sich Vicki Sauter zu Wort, die bislang schweigend zugehört hatte.

»Und jetzt auch noch dieser Fischer, der nichts mit dem Windpark zu tun hat«, fuhr Falk fort. »Ich denke, es ist an der Zeit, sich nach einem anderen Täter umzusehen. Irgendwie muss es eine andere Verbindung zu den Opfern geben, eine, die weniger offensichtlich ist, aber durchaus existiert.«

Willig winkte ab. »Ich halte nichts von Ihren Theorien, Falk. Ich halte mich an Tatsachen, und die legen den Schluss nahe, dass Wackernagel der Mörder ist.«

»Gut, dann ist es eben so«, entgegnete Falk, ehe er sich erhob.

»Was haben Sie vor, schon wieder einen Alleingang?«, fragte Willig.

Falk zuckte mit der Schulter. »Ich fahre nach Kirchdorf und versuche herauszufinden, wie Lehn in die Reihe unserer Opfer passt.«

»Wie wollen Sie das tun?«, fragte Willig.

»Ich rede mit den Leuten dort. Oder haben Sie eine bessere Idee?«

Falk wartete nicht auf eine Antwort. Er nickte Vicki Sauter zu, ehe er den Raum verließ und die Tür hinter sich schloss.

RMZ, Lokalredaktion Wismar, Krämerstraße

Chefredakteur Albert Scheu erreichte seinen Mitarbeiter Peter Schleicher kurz nach drei Uhr am Nachmittag über das Handy.

»Verdammt, wo bist du die ganze Zeit? Seit über einer

Stunde versuche ich dich zu erreichen«, schnauzte Albert Scheu seinen Mitarbeiter an.

»Ich bin an Bord der *Eschwege*, wir waren draußen auf Suche nach dem vermissten Fischer und laufen auf den Hafen Warnemünde zu, da draußen gibt es keinen Handyempfang. Was ist passiert?«

»Pia meldet sich nicht«, erklärte Scheu.

»Die ist bestimmt auch in der Sache unterwegs, und man hat hier nicht überall Empfang.«

»Quatsch, sie wollte mir einen Bericht schicken, hat sie aber nicht. Das hat sie noch nie getan, und jetzt erreiche ich sie nicht, weder im Büro noch zu Hause und auch nicht über Handy. Ich will, dass du nach Wismar fährst und nach ihr schaust, ist das klar!«

»It dat klar«, äffte Schleicher seinen Chef abseits des Handymikros nach.

»Hast du was gesagt?«, fragte Scheu.

»Geht klar, habe ich gesagt«, log Schleicher. »Dauert aber eine Stunde, wir legen erst in zehn Minuten an.«

»Ich erwarte deine Nachricht, so bald wie möglich«, sagte Scheu und beendete das Gespräch.

Peter Schleicher kannte seinen Boss und wusste, dass mit ihm nicht gut Kirschen essen war, wenn man ihn verärgerte. Er hatte keine Lust auf Scherereien. Unmittelbar nachdem die *Eschwege* in Warnemünde angelegt hatte, ging er von Bord, setzte sich hinter das Steuer seines Fiat und fuhr nach Wismar ins Redaktionsbüro. Auf der Fahrt rief er Pias Mutter an, doch die wusste nicht, wo sich ihre Tochter aufhielt.

In Wismar parkte er hinter dem Bürogebäude und schaute sich um. Pias Astra war nirgends zu sehen. Vielleicht hatte sie ihn woanders geparkt und war zum Essen gegangen, das tat sie öfters, wenn sie in Wismar im Büro zu tun hatte. Er beschloss, dennoch einen Blick in das Büro zu werfen, zu dem er ebenfalls einen Schlüssel besaß, wenn er es auch meist vermied, das Büro aufzusuchen, und sich lieber draußen oder in einem Café oder Restaurant niederließ, um seine Berichte in den Laptop zu tippen. Er betrat das Treppenhaus, die Haustür war nicht verschlossen, und ging zu dem Redaktionsbüro in dem mehrstöckigen Bürogebäude, das einstmals das Stammhaus der Karstadt-Kaufhauskette gewesen war.

Vor dem Büro im dritten Stock blieb er stehen und horchte in die Stille- Nichts zu hören. War Pia vielleicht tatsächlich unterwegs, um in Sachen des Fischers Uwe Lehn zu recherchieren? Dafür sprach ihr unbändiger Ehrgeiz, doch hätte sie nie einen Abgabetermin verpasst, es sei denn, etwas Wichtiges wäre dazwischengekommen. Die Tür war geschlossen. Er steckte den Schlüssel ins Schloss und öffnete. Die Tür war nur zugezogen. Das sprach gegen einen ordentlichen Aufbruch, denn Pia waren diese Räume heilig. Er schob die Tür auf und blieb stehen. Der Schirmständer, der in der Ecke neben der Tür stand, lag umgestürzt im kleinen Flur. Es roch nach beißender Chemikalie.

»Pia«, rief Schleicher. »Bist du da?«

Eine Antwort erhielt er nicht, dafür stellte sich ein sonderbares Gefühl ein, und er spürte die Gänsehaut, die ihn erfasste.

»Pia, wo bist du?«

Erneut blieb eine Antwort aus. Vorsichtig ging er weiter. Pias helle Jacke hing am Kleiderständer im Flur. Als er an der Wand entlangschlich und einen vorsichtigen Blick in ihr

Zimmer warf, fiel ihm die Unordnung auf Pias Schreibtisch auf. Außerdem brannte die Schreibtischleuchte, und auf dem Bildschirm des Laptops tanzte das Logo RMZ in silbernen Lettern. Der Bildschirmschoner war aktiv.

Peter Schleicher ging weiter, durchquerte das Büro und schaute in der Teeküche nach und anschließend auf der Toilette. Von Pia weit und breit keine Spur. Irgendetwas stimmte nicht. Er griff zum Handy und rief Albert Scheu an.

»Was heißt das, da stimmt was nicht!«, blaffte Scheu.

»Ich sage doch, es sieht aus, als wäre hier was passiert. Ich kenne doch Pia! Und das hier sieht ihr überhaupt nicht ähnlich. Der Laptop läuft, das Licht brennt, und die Tür war nur zugezogen. Außerdem war der Schirmständer im Flur umgekippt, und hier stinkt es, als hätte jemand Farbe verschüttet.«

»Und ihre Mutter?«

»Hat keine Ahnung, wo sie ist.«

Schleicher zuckte zusammen, als er draußen schnelle Schritte vernahm. Er nahm das Handy vom Ohr und drückte sich neben der Tür gegen die Wand.

»Hallo, ist da wer?«, rief eine Frauenstimme durch den Flur.

Schleicher atmete auf. Pias Mutter stand vor der Tür. »Ist sie hier?«, fragte sie mit Sorgenfalten auf der Stirn.

Schleicher schüttelte den Kopf.

»Zu Hause ist sie auch nicht«, berichtete die Mutter.

Schleicher zuckte mit der Schulter. Eine laute Stimme drang aus dem Lautsprecher seines Handys; er entschuldigte sich bei der Frau und nahm das Handy wieder ans Ohr.

»Schleicher, verdammt, was ist da los?«, blaffte Scheu.

»Pias Mutter ist gerade gekommen. Pia ist nicht zu Hause, und ihr Auto ist auch weg.«

Einen Augenblick herrschte Schweigen.

»Verdammt, Schleicher, bleiben Sie dort, ich komme gleich. Und vorher rufe ich die Polizei. Bringen Sie bloß nichts durcheinander.«

20

Glüderhof bei Rakow, Am Salzhaff

Falk war nach Kirchdorf in den *Ostseeblick* gefahren. Der Gastraum war leer, nur die Wirtin und Anja Perlebach, die Taxifahrerin, saßen am Tresen. Es war kurz vor Mittag.

»Guten Tag, die Damen«, grüßte Falk die beiden Frauen und setzte sich zu ihnen. »Scheint ja nicht viel los zu sein.«

»Tja, Pfingsten, Feiertag«, entgegnete die Wirtin.

»Quatsch, Feiertag«, fiel ihr die Taxifahrerin ins Wort. »Normal sitzen um diese Zeit die Gäste an den Tischen, dass man keinen Platz mehr findet. Aber jetzt ist alles anders. Die Gäste sind abgereist und die Insulaner bleiben lieber zu Hause, solange dieser Irrsinnige sich weiter hier herumtreibt.«

»Ach, verstehe, Wackernagel«, entgegnete Falk verständig.

»Wackernagel oder wer auch immer«, bestätigte Anja Perlebach. »Sie haben sicher schon gehört, so wie es aussieht, gibt es ein neues Opfer hier aus dem Dorf.«

»Ach, wirklich?« Falk spielte den Überraschten.

»Ja, Uwe Lehn hat es offenbar erwischt, den Uwe, sie kennen ihn«, antwortete die Taxifahrerin und wies auf den Stammtisch. »Der saß dort hinten und trug ein blaues Fischerhemd, Sie erinnern sich doch sicher.«

Falk nickte. »Auch einer der Windparkbesitzer?«

Die Frau schüttelte den Kopf. »Nein, Uwe war Fischer, hatte ein Boot draußen in Niendorf, die *Gitte.* Sie wurde heute Morgen von der Küstenwache draußen auf der Fährroute aufgebracht. Von Uwe keine Spur. Er würde das Schiff nie aufgeben, nicht, wenn er noch am Leben wäre.«

»Ist er denn heute früh rausgefahren? Heute ist doch Feiertag.«

»Wollen Sie was trinken?«, fragte die Wirtin.

Falk schüttelte den Kopf.

Die Wirtin griff nach ihrem Spültuch, umrundete die Theke und verschwand in Richtung Küche.

»Er fährt jeden Morgen raus, wenn keine Sturmwarnung ist«, antwortete die Taxifahrerin. »Er sagte immer, bei Anbruch der Dunkelheit schwimmen die Fische oben, dem Licht entgegen, dann sind die Netze voll.«

Falk nickte und schaute hinüber zu den Fenstern, durch die helle Sonnenstrahlen fielen. »Hatte er irgendwie Ärger mit Wackernagel?«

Anja Perlebach zuckte mit der Schulter. »Nicht, dass ich wüsste.«

»Na ja, es wird wohl schon einen Grund geben.«

»Vielleicht gab es Ärger wegen der Fischräucherei«, fügte die Taxifahrerin hinzu.

»Ich dachte, die betrieb Wackernagel mit diesem alten Mann, der vor …«

»Mit Gadden-Paule, ja«, bestätigte Anja Perlebach. »Aber der Uwe war auch dabei, ein halbes Jahr, dann war Schluss, weswegen weiß ich nicht. Uwe hat auch nie darüber gesprochen, aber da hat es wohl etwas gegeben. Ich hab nicht nachgefragt.«

Falk runzelte die Stirn. »Was hatte es denn eigentlich auf sich mit dieser Fischbraterei oder Räucherei?«

Anja Perlebach zeichnete mit dem ausgestreckten Arm einen großen Bogen in die Luft. »Sie haben doch sicher gesehen, fast überall am Strand und in den Dörfern gibt es kleine Buden, an denen Sie Fischbrötchen oder Grillfisch kaufen können. Flori meinte, er kommt da ins Geschäft und kann sie beliefern.«

»Und das hat nicht geklappt?«

Die Taxifahrerin atmete tief ein. »Die meisten Budenbetreiber machen ihren Fisch selbst, und die anderen werden von größeren Betrieben aus Stralsund oder Rostock beliefert.«

Falk wies hinaus in den Sonnenschein. »Haben Sie heute noch was vor?«

Die Frau wies in den leeren Gastraum. »Eigentlich warte ich auf Kundschaft, aber Sie sehen ja selbst …«

»Dann fahren Sie mich doch einfach mal ans Salzhaff«, entgegnete Falk.

»Gerne. Aber weshalb interessiert Sie das Salzhaff?«

Falk lächelte. »Sagen wir, das gehört irgendwie zu meinem Job.«

»Als staatlich bestellter Gutachter für Windparks?«

Falk nickte.

»Gabi, wir drehen ne Runde!«, rief Anja Perlebach und rutschte von ihrem Barhocker. Falk folgte ihr nach draußen, wo ihr Mercedes in typischer Taxifarbe auf dem Parkplatz vor der Gaststätte stand. Falk ließ sich auf dem Beifahrersitz nieder, nach dem Anja Perlebach die Tür geöffnet hatte. Sie wies auf den Taxameter. »Sagen wir, eine kleine Ostseerundfahrt zum Pauschalpreis von hundert Euro.«

Falk stimmte zu und gurtete sich an, als sie den Wagen startete.

Sie fuhren über die L121 nach Großströmkendorf und bogen dann in Richtung Norden ab, wo sie auf die erste Polizeikontrolle stießen. Falk wies sich mit seinem Personalausweis aus, und sie mussten ein paar Minuten warten, bis die Kollegen die Überprüfung beendeten.

»So geht das jeden Tag«, murrte Anja Perlebach. »Glauben Sie mir, Autofahren hier an der Ostsee ist derzeit nicht vergnügungssteuerpflichtig.«

»Ich frage mich, wie Wackernagel es schafft, diesen Kontrollen zu entgehen.«

Die Taxifahrerin wies in die Landschaft. »Hier gibt es noch genügend Wege, die nicht kontrolliert werden. Wer sich hier auskennt, der weiß schon, wie er durchkommt, vor allem, wenn er auf zwei Rädern unterwegs ist.«

Bei Stove, ein paar Kilometer nördlich, stand erneut ein VW-Bus mit vier schwer bewaffneten Polizisten am Straßenrand. Erneut wies sich Falk mit seinem Personalausweis aus.

»Jetzt wissen Sie, was ich meine«, seufzte Anja Perlebach, als ihr einer der Polizisten das Zeichen zum Weiterfahren gab.

»Diese Kontrollen scheinen wirklich nicht viel zu bewirken, wenn man auch auf anderen Wegen ans Ziel kommt«, entgegnete Falk.

»Im Fernsehen, im Internet, auf Plakaten und im Radio, überall wird nach Wackernagel gefahndet, aber der Kerl ist wie vom Erdboden verschluckt.«

»Wenn er überhaupt der Mörder ist.«

»Ja, wenn … die Polizei glaubt da ja wohl fest dran.«

»Und Sie?«

Anja Perlebach setzte den Blinker und bog bei Rakow links

ab und fuhr in einen unbefestigten Feldweg, der durch grüne Wiesen führte.

»Ich weiß es nicht«, entgegnete sie. »Auf der einen Seite könnte er es sein, er hätte zumindest allen Grund dazu; auf der anderen Seite, scheint mir das Ganze für ihn zu hoch.«

»Wie meinen Sie das?«

Vor ihnen tauchten Büsche und kleinere Bäume auf, der Feldweg führte nach rechts.

»Sie kennen ihn ja nicht, ich schon«, entgegnete die Frau und bremste den Wagen ab. »Flori ist mit Sicherheit nicht blöd, aber dieser ganze Druck, die Fahndung und die Kontrollen, Polizei überall und jetzt auch noch sein Bild im Fernsehen und in den Zeitungen, das würde ihn überfordern, es ist … verstehen Sie mich nicht falsch … das wäre zu viel für ihn. Manchmal glaube ich, dass er längst über alle Berge ist und sich weitab von hier irgendwo verkrochen hat.«

»Und die Morde?«

Anja Perlebach stoppte den Wagen vor der Einfahrt zu einem Gehöft, das hinter ein paar mittelgroßen Bäumen lag. Eine kleine Brücke führte über einen Bach in den Hof. Noch bevor sie angehalten hatte, tauchten ein paar uniformierte Polizisten hinter den Büschen auf, einer davon mit der Maschinenpistole im Anschlag.

»Verdammt, jetzt sind die auch noch hier!«, fluchte die Taxifahrerin.

Falk beruhigte sie. »Bleiben Sie hier, ich regle das.«

Er öffnete die Beifahrertür, stieg aus und schloss sie wieder. Mit erhobenen Händen ging er auf die Beamten zu, die ihn argwöhnisch musterten. Er sprach mit den Polizisten und griff kurz in seine Jacke. Keine Minute später kehrte er zum Taxi zurück.

»Das ging aber schnell, was haben Sie denen denn gesagt?«, fragte die Taxifahrerin verwundert. Die Straßenkontrollen hatten ungleich länger gedauert.

»Ich hab meinen Dienstausweis gezeigt«, erklärte Falk. »Schließlich arbeite ich genauso für den Staat wie die Polizisten. Wir sind quasi Kollegen.«

»Ach so«, antwortete Anja Perlebach. »Na ja. Das ist also der berüchtigte Glüderhof. Ganz schön baufällig, wenn Sie mich fragen.«

»Und sehr gut bewacht«, bemerkte Falk. »Ich glaube kaum, dass Wackernagel hier untergetaucht ist. Aber Sie wollten mir erzählen, was Sie von der Sache halten.«

»Ich sagte doch schon, inzwischen glaube ich, dass hier eine ganz andere Geschichte abläuft und der Flori überhaupt nichts damit zu tun hat.«

»So, welche denn?«

Anja Perlebach zuckte mit der Schulter. Sie wies den Weg entlang. Etwa zweihundert Meter entfernt stand ein Bagger neben einem Baucontainer; daneben war Erde aufgeschüttet.

»Da hinten soll der Windpark entstehen«, erklärte sie. »Die bauen jetzt eine Zufahrtsstraße von der Landstraße von Spriehusen aus, damit die dicken Laster die Teile hier anliefern können.«

Falk wies in Richtung Norden, wo sich ein einsames Windrad am Horizont drehte. »Na ja, militante Windparkgegner sind es wohl nicht, hier an der Küste gibt es ja schon genügend von den Dingern. In Rerik, in Neu-Bukow und in Boldenshagen stehen längst schon welche.«

»Und in Broderstorf, in Dalwitz und in Parkow auch«, fuhr Anja Perlebach fort. »Wenn es nur um Windräder ginge, dann wären die Wiesen und die Küsten mit Leichen gepflastert. Nein, ich glaube, das ist etwas ganz Persönliches, etwas, an das noch überhaupt keiner gedacht hat.«

»Haben Sie schon darüber nachgedacht?«

Anja Perlebach atmete tief ein. »Ich denke die ganze Zeit daran, das können Sie mir glauben, schließlich war ich mit den Toten gut bekannt. Aber mir fällt da leider nichts ein.«

»Streit, Ärger, irgendein Vorfall, vor Jahren vielleicht.«

»Ja, darüber habe ich auch schon nachgegrübelt. Klar gab es manchmal auch Ärger hier. Betrunkene Touristen, die über die Stränge schlugen, oder früher, als man hier noch Kohl und Mohrrüben anbaute und nicht jedes Feld voller Raps stand, da waren über die Erntezeit die Polen noch hier, dann die Weißrussen, die Bulgaren und die Rumänen. Deutsche Erntehelfer fand man ja nicht, die wollen sich nicht mehr für zwei Euro fünfzig bücken, aber das ist Jahre her. Ich weiß noch, da gab es mal einen Bulgaren, das sind aber bestimmt schon zehn Jahre her, ach was, fünfzehn oder mehr, der hat den ganzen *Ostseeblick* im Suff auseinandergenommen und ist sogar mit dem Messer auf die gute Gabi losgegangen. Wenn Hans Jürgen, Rudolf und Uwe nicht gewesen wären, dann hätte die Sache schlimm ausgehen können. Aber die haben ihn schnell außer Gefecht gesetzt, ein einziger Schlag von Uwe hat gereicht.«

Falk runzelte die Stirn. »Und was ist dann passiert?«

»Die Polizei kam und nahm ihn mit, wir haben nie mehr was von ihm gehört. Aber wie gesagt, das ist schon eine Ewigkeit her. Jetzt kommen nur noch wenige Helfer. Die Maschinen erledigen das, die Bauern haben sich zusammengeschlossen, den ganzen Spätsommer brummen hier die Mähdrescher und die Erntemaschinen.«

Falks Handy klingelte. Er griff danach und warf der Taxifahrerin einen entschuldigenden Blick zu. Das Gespräch dauerte nur kurz.

»Entschuldigen Sie, aber ich muss dringend zurück, ich … die Arbeit … ich muss noch mal los.«

»An Pfingsten?«

»Tja, wer für den Staat arbeitet, der kennt auch keine Feiertage«, seufzte Falk, während Anja Perlebach den Wagen wendete.

RMZ, Redaktionsbüro Wismar

In Hintergrund blitzte ein Fotoapparat, und vor dem Schreibtisch kniete ein Polizist in einem weißen Spurensicherungsanzug.

»Sie sind ganz sicher, dass sie hier war?«, fragte Modrow den fülligen älteren Herrn im schwarzen Anzug, der auf seinem Stuhl saß und den Leuten von der KT bei der Arbeit zusah.

»Ganz sicher«, entgegnete Albert Scheu mit sonorer Stimme. »Und sie ist weder zu Hause, noch bei ihrer Mutter oder sonst irgendwo abgeblieben. Ihr Wagen ist ebenfalls weg, aber das habe ich bereits Ihrer Kollegin erklärt. Bevor Sie jetzt weiterspekulieren, Herr Kommissar: Sie hätte nie einen Abgabetermin versäumt, es muss ihr etwas zugestoßen sein.«

»Okay, so wie es hier aussieht, ist es offenbar zu einer Auseinandersetzung gekommen«, fuhr Oberkommissar Modrow fort. »Haben Sie eine Idee, wer das gewesen sein könnte?«

Scheu runzelte die Stirn. »Was meinen Sie mit *gewesen sein?«*

Modrow fuhr mit dem Kopf hin und her. »Ich meine, wer hier eingedrungen sein könnte. Hatte Sie vielleicht eine Beziehung, die vor Kurzem in die Brüche ging?«

Scheu schüttelte den Kopf. »Ich sagte bereits, es hängt sicher mit ihrer Arbeit zusammen. Ich kenne Pia seit Jahren, und ich weiß, dass ich mich auf sie verlassen kann. Da gibt es keinen beleidigten Ex oder so, wie Sie annehmen, eine zwielichtige Beziehung. Diese Entführung hängt zweifellos mit ihrer Arbeit zusammen.«

»Mit dem Plastbachschlitzer, wie ihn Ihre Zeitung genannt hat.«

»Sie haben es erfasst, mein Guter und jetzt wird es Zeit, dass Sie etwas unternehmen. Suchen Sie nach ihr, suchen Sie nach ihrem Wagen, wer weiß, was der Irre bereits mit ihr angestellt hat, während Sie hier die Zeit mit unnützen Fragen vergeuden.«

»Es ist ungewöhnlich, fast schon abwegig, dass ein Mörder eine Journalistin entführt, nur weil sie über seine Morde berichtet«, sagte Modrow nachdenklich.

»Er hat ihr einen Brief geschrieben, in dem er seine Taten rechtfertigt. Der müsste Ihnen bereits vorliegen.«

Modrow klappte sein Notizbuch zu und steckte es ein. »Sie entschuldigen mich einen Augenblick.«

»Nur zu, junger Mann, setzen Sie alle Hebel in Bewegung. Sie müssen Sie finden!«

Modrow nickte und wandte sich um. Er verließ das Büro und ging nach draußen, wo Vicki Sauter mit Schleicher sprach, dem Kollegen der vermeintlich entführten Journalistin. Vicki Sauter stand im Treppenhaus und telefonierte. Offenbar hatte sie die Befragung des Journalisten schon beendet. Er ging auf sie zu. »Was hältst du von der Sache?«

Vicki Sauter zuckte mit der Schulter. »So wie es aussieht, wurde Pia Stein tatsächlich entführt.«

Modrow wies mit dem Daumen über die Schulter. »Ihr Chef das drinnen sieht das genauso. Er sagt, sie hätte nie einen Abgabetermin versäumt und wäre ausgesprochen zuverlässig.«

»Manchmal sogar lästig, aber du kennst sie ja besser als ich, schließlich hat sie dich im Krankenhaus besucht«, bemerkte Vicki Sauter bissig.

»Ich kenne sie nur oberflächlich, habe ich dir gesagt«, widersprach Modrow. »Was tun wir jetzt?«

»Was schon, verdeckte Fahndung nach Pia Stein und nach ihrem Wagen, mehr können wir im Augenblick nicht tun. Und hoffen, dass die Spurensicherung was findet.«

»Sollten wir nicht Willig ...«

Vicki schüttelte den Kopf. »Er gehört ins Bett, außerdem kann er uns hier nicht weiterhelfen. Er würde das Gleiche tun, was auch wir tun werden.«

Modrow fuhr sich nervös über das Kinn. »Aber der da drinnen, der kennt Hinz und Kunz, sogar mit dem Polizeipräsidenten und mit der Direktorin ist er gut bekannt. Sollten wir Willig nicht wenigstens informieren?«

»Und wenn er den Kaiser von China höchstpersönlich kennt, das bringt und nicht weiter. Wir warten noch auf die

Hunde, vielleicht finden die eine Spur, aber dann haben wir alles getan, was wir tun können.«

»Wie du meinst«, entgegnete Modrow.

Im Treppenhaus waren schnelle Schritte zu hören. Falk eilte die Treppe herauf, er nahm zwei Stufen auf einmal.

»Was ist passiert?«, fragte er Vicki Sauter völlig außer Atem.

»So wie es aussieht, wurde die Journalistin Pia Stein von einem Unbekannten entführt.« Ihr Kollege und auch ihr Chef sind davon überzeugt, dass es der Plastbachschlitzer war. Aber einen Beweis gibt es bislang nicht.

Falk fuhr sich über die Stirn. »Ja, das glaube ich auch. Verdammt, dabei habe ich sie noch gewarnt.«

21

Irgendwo an der Ostsee

Sie erwachte aus einem traumlosen Schlaf. Ihr Kopf schmerzte, und ihr Mund war wie ausgetrocknet. Sie fühlte eine Mattigkeit und Leere wie nach einem Rausch. Als sie die Augen aufschlug, schmerzte das grelle Neonlicht, und sie blinzelte.

Sie blickte sich um, wusste nicht, wo sie sich befand, wusste auch nicht, was passiert war. Nur ein einziges Bild war in ihrem Kopf geblieben: rotes Blut, das wie eine Fontäne aus dem Hals eines Mannes schoss, und dahinter eine dunkle Gestalt, groß wie ein Riese und schauderhaft wie eine Ausgeburt der Hölle.

Sie brauchte eine Weile, bis es ihr gelang, sich aufzurichten. Der Raum war quadratisch, mit weißen Kacheln gefliest, schmutzig. Die Decke, an der sich die zahlreichen Neonröhren befanden, war ebenfalls gekachelt, darunter befand sich eine Konstruktion, eine Art Förderband, an der sich mit einem Abstand eines halben Meters Haken befanden. Zwei dieser Bänder liefen parallel von Wand zur Wand. Eine grün lackierte Stahltür versperrte den Weg, Fenster gab es keine. Erst jetzt spürte sie die Kälte, die diesen Raum erfüllte. Sie saß auf einer Matratze, eine braune Decke lag neben ihr. Pia raffte sich auf, versuchte, sich zu erheben, doch sie sank zurück, ihr Kopf drohte zu zerplatzen. Bruchstücke ihrer Erinnerung kehrten zurück. Sie war in einem anderen Raum, als sie zuvor gewesen war, und sie war gefesselt. Ein breites Lederband umschloss ihren Hals, von dem eine Kette mit schweren Gliedern zur Wand führte und in einem stählernen Ring endete. Ihre Hände waren frei.

Durst … sie hatte unbändigen Durst, doch Wasser gab es nicht. Nichts außer dieser schäbigen und schmutzigen Matratze und der grob gewebten braunen Decke. Und natürlich die Kette, die zur Wand führte.

K.O.-Tropfen, kam es ihr in den Sinn. Im letzten Jahr hatte sie eine Reportage darüber verfasst. Benzodiazepine, die moderne Droge, um Menschen, Frauen vor allem, zu wehrlosen Opfern zu machen. Die Nebenwirkungen, die sie verspürte, glichen denen, die sie in der Reportage beschrieben hatte.

Erneut unternahm sie den Versuch, sich zu erheben. Sie zog all ihre Kraft zusammen und schaffte es, sich hinzuknien. Sie atmete kräftig, ihr Brustkorb hob und senkte sich wie wild, ihr Herz pochte. Kurz wurde es ihr schwarz vor den Augen, doch sie kämpfte gegen die drohende Ohnmacht an, versuchte sich zu beruhigen und nicht zu hyperventilieren. Langsam kam sie zur Ruhe. Die Kette klirrte, als die Glieder über den kalten Betonboden glitten. Sie konzentrierte sich, sammelte ihre Kräfte, dann stand sie auf, unsicher und schwankend kam sie auf die Beine, doch sie hielt der Belastung stand. Erneut verharrte sie, schließlich folgte der erste Schritt, dann der zweite. Sie spürte, wie die Kraft in ihren Körper zurückströmte. Plötzlich wurde sie jäh gestoppt. Vier Schritte war sie gegangen, bevor die Kette sich spannte. Noch mindestens fünf Schritte trennten sie vor der Stahltür.

»Hilfe … helft mir!«, krächzte sie. Ihre Stimme klang

schwach und brüchig. Erneut versuchte sie zu schreien, doch ihr Mund war ausgetrocknet wie die Wüste, jedes Wort fiel ihr schwer.

»Ist da jemand? Hallo! Helft mir!«

Langsam wurde ihre Stimme kräftiger, und das Echo prallte von den Kachelwänden zurück.

»Hallo, helft mir!«

Wer sollte ihr helfen, wer würde kommen und auf ihr Rufen reagieren? Ihr Entführer, ihr Peiniger, ihr … ihr Mörder?

Sie wandte sich um und ging zurück zu ihrer spartanischen Lagerstätte. Ihre Schritte wurden zunehmend sicherer, und sie fühlte die Energie, die zurück in ihren Körper strömte. Seufzend ließ sie sich nieder und schlang die Decke um ihren Körper. Sie fror.

Als das metallische Klacken an der Tür zu hören war, zuckte sie zusammen. Knarrend und quietschend wurde die Tür aufgeschoben. Eine Gestalt betrat den Raum. Groß, mit Schlachterschürze und schwarzen Gummistiefel bekleidet. Eine schwarze Gesichtsmaske, einer Haube gleich, umschloss den Kopf der Gestalt und gab nur die Augen frei. Doch auch diese waren hinter einer dunklen Brille verborgen.

»Was … was wollen Sie von mir … weshalb bin ich hier … was … was haben Sie mit mir gemacht?«, stammelte sie.

Die Gestalt kam näher. Sie hielt eine Flasche Wasser in der Hand.

»Bleib ruhig und dir wird nichts passieren«, sagte die Gestalt mit dumpfer Stimme. Der Akzent darin war nicht zu überhören. Pia tippte auf Osteuropa.

»Was wollen Sie von mir?«

Der Mann kam näher und blieb breitbeinig vor ihr stehen.

Pia duckte sich, sie zitterte vor Angst. Der Mann reichte ihr die Flasche, sie griff danach, schraubte den Deckel auf und trank gierig. Wasser rann ihr rechts und links aus den Mundwinkeln.

»Trink langsam!«

Sie hörte nicht auf seine Worte und saugte an der Flasche, als ob es die Letzte war, die sie in ihrem Leben trinken würde.

Er griff nach der Flasche und riss sie ihr aus den Händen. »Ich sagte, trink langsam. Es ist nicht gut, wenn du das Wasser in dich hineinschüttest!«

Sie blickte auf. Die Angst wich dem Trotz und dem Zorn, der in ihr aufkeimte. »Was wollen Sie von mir?«, fragte sie bissig.

»Es ist gut, wenn du wütend bist. Dann bist du am Leben.«

»Was soll das?«

»Du wirst schreiben.«

Pia runzelte die Stirn. »Schreiben… was soll das heißen?«

»Du schreibst gut, aber du schreibst falsch. Jetzt wirst du richtig schreiben, und du wirst eine Geschichte erzählen, und du wirst sie richtig erzählen. Dann wirst du leben. Sonst bist du tot, verstehst du?«

»Sie … Sie sind wahnsinnig!«

Der Mann trat einen Schritt auf sie zu und riss die Hand in die Höhe, als wollte er auf sie einschlagen. Sie duckte sich und hob die Arme schützend über den Kopf.

»Ich werde dich nicht schlagen, keine Angst«, knurrte der Mann und ging wieder zurück. »Ich werde dir nur die Kehle durchschneiden, wenn du nicht tust, was ich dir sage.«

Pia hob den Kopf. »Was … was habe ich Ihnen denn… getan?«

»Du hast mich als eiskalten Psychopathen bezeichnet, aber jetzt werde ich dir zeigen, wer ich wirklich bin. Tu was ich dir sage, und du kannst wieder gehen, wenn nicht, dann stirbst du.«

Er stellte die Flasche auf den Boden, wandte sich um und ging zurück zur Tür.

»Mir ist kalt«, rief sie ihm nach.

Er blieb kurz stehen und wandte sich um. »Ich komme wieder.«

Ohne ein weiteres Wort verließ er den Raum und schob die Tür zu. Knarrend senkte sich der Riegel in die Verankerung.

Insel Poel, Fauler See

»Sie war mit dem Rad von Brandenhusen nach Timmendorf unterwegs und hatte den Weg am Faulen See entlang eingeschlagen. Als sie am Ufer entlangfuhr, sah sie eine Ansammlung von Möwen, die sich um ein größeres Objekt versammelt hatten. Sie hielt an, stieg vom Rad und schaute nach. Und als sie sah, dass es sich um einen Menschen handelte, rief sie über Handy bei uns an.«

»Es ist Uwe Lehn, meint Rönning. Er kennt ihn. Hast du Ralf schon angerufen?« Modrow warf Vicki Sauter einen fragenden Blick zu.

»Klar hab ich das.«

»Und Brunner?«

»Er sagt, er kommt, sobald er in Wismar fertig ist.«

Modrow warf einen Blick in den wolkenverhangenen

Himmel. »Wenn es anfängt zu regnen, dann haben wir den Salat.«

Vicki Sauter wies auf ihr Handy. »Es regnet heute nicht, und bis es dunkel wird, haben wir noch zwei Stunden.«

Uniformierte Polizisten suchten entlang des Weges und auf dem Parkplatz nach Spuren. Vicki und Modrow standen auf dem Weg, der nach Brandenhusen führte, und blickten die Straße entlang, auf der ein grauer BMW angefahren kam.

»Wer ist das?«, fragte Modrow.

»Falk«, erklärte Vicki Sauter.

»Hast du ihn etwa angerufen?«

»Er gehört immer noch zum Team. Und ich finde es besser, wenn wir ihn dabei haben.«

Modrow rieb sich die Nase. »Ich kann diesen arroganten Pinsel nicht leiden. Hält sich für den Superschlauen, dabei kocht er auch bloß mit Wasser.«

»Trotzdem, ich finde es besser, wenn er dabei ist.«

»Mal sehen, was Willig dazu sagt, der ist nämlich auch nicht begeistert von unserem Mister LKA.«

Der BMW bremste und hielt hinter dem blauen Audi der beiden Ermittler an. Falk stieg aus und kam auf die beiden zu.

»Was haben wir hier?«, fragte er.

Modrow drehte sich demonstrativ auf die andere Seite, während Vicki ein Schritt auf ihn zu machte. »Unser Vermisster Nummer eins, Uwe Lehn. Sein Kutter wurde draußen auf See aufgebracht.«

»Und jetzt liegt er hier«, entgegnete Falk.

»Ja, mit durchschnittener Kehle, so wie bei allen anderen.«

»Aber hier wurde er nicht umgebracht.«

»Sieht nicht so aus.«

»Und hergetrieben wurde er sicher auch nicht.«

»Auch das können wir ausschließen. Die Kollegen suchen bereits nach Spuren von einem Fahrzeug.«

Falk warf einen Blick in die Umgebung. Zwei uniformierte Polizisten standen neben dem Toten, einer davon fotografierte, davor kniete ein Mann am Boden, der sich an der Leiche zu schaffen machte.

»Kann ich zu ihm?«

Vicki Sauter wies auf die Leiche. »Wir haben einen Weg vom Parkplatz aus abgesteckt. Der Arzt ist gerade bei ihm. Aber vorsichtig, Brunner zerreißt uns in der Luft, wenn wir seine Spuren zerstören.«

»Er ist noch nicht hier?«

Vicki Sauter schüttelte den Kopf. »Die sind gerade in Wismar fertig und fahren hier herauf, zwanzig Minuten wird er noch brauchen.«

Falk nickte.

»Gummistiefel dabei?«

Falk warf einen Blick auf seine sportlich eleganten Bugatti-Sneakers.

»Tja, damit wird es wohl ein Problem«, sagte Vicki. »Der Boden ist ein einziger Morast. Außerdem ist das kein schöner Anblick mehr, die Möwen haben sich schon um ihn gekümmert.«

»Vielleicht habt ihr …«

»Welche Größe?«

»Vierundvierzig.«

»Simon, hol mal die Stiefel aus dem Wagen«, rief sie ihrem Kollegen Modrow zu. Widerwillig setzte sich Simon Modrow in Bewegung. Er ging zum Audi, öffnete den Kofferraum und kehrte mit einem Paar schwarzen Gummistiefeln zurück, die er vor Falk auf den Boden fallen ließ.

Falk lächelte. »Danke«, sagte er und wechselte die Schuhe.

Auf einem Weg vom Parkplatz aus, folgte er den ausgelegten Markierungen. Etwa zehn Meter vom Weg entfernt lag der leblose Körper am Ufer. Mehr als einmal blieb er im Morast der Uferböschung stecken. Die beiden Polizisten nickten ihm zu, als er bei der Leiche ankam. Der Arzt erhob sich.

»Guten Tag, Doktor, Falk vom LKA.«

»Doktor Schneider, Wismar«, entgegnete der Arzt.

»Können Sie schon etwas sagen?«

Schneider wies auf dem Leichnam, der im seichten Wasser der Uferböschung trieb. Er räusperte sich. »Ich sagte den Kollegen schon, Todesursache ist sicherlich der Schnitt durch seinen Hals, aber irgendetwas stimmt nicht mit der Leiche.«

Falk runzelte die Stirn. »Wie meinen Sie das?«

Der Arzt zuckte mit der Schulter. »Die Anustemperatur liegt bei elf Grad, das ist ungewöhnlich wenig für die Jahreszeit. Ich sag mal, so wie es aussieht, liegt er noch keine zwölf Stunden hier, der Tierfraß wäre sonst wesentlich weiter fortgeschritten, aber die Körpertemperatur ist ausgesprochen niedrig. Möglicherweise lag er tiefer im Wasser und wurde hier angeschwemmt. Nur sprechen die Abdrücke im Morast dagegen, die hierherführen. Ich kann also keine Auskunft über den Todeszeitpunkt und die tatsächliche Liegezeit treffen. Das Weitere muss bei einer Obduktion genauer untersucht werden. Wissen Sie schon, wann die Spurensicherung hier eintrifft?«

»Ich denke, in zwanzig Minuten«, entgegnete Falk.

»Identifiziert wurde er bereits. Ich mach mich dann mal auf den Weg. Ich bin überzeugt, die Leiche landet sowieso bei mir auf dem Tisch.«

Der Arzt verabschiedete sich. Falk wandte sich den uniformierten Kollegen zu. »Wer hat ihn identifiziert?«, fragte er.

»Das war ich«, meldete sich der eine Beamte zu Wort. »Rönning, Polizeistation Poel. Ich war auch auf dem Friedhof dabei und bei der Suche nach Pohl. Ich kenne … ich kannte Uwe persönlich.«

»Hatte er Angehörige?«

Rönning schüttelte den Kopf. »Er ist geschieden, seit zehn Jahren schon, seine Ex-Frau ist wieder verheiratet. Wohnt irgendwo bei Wiesbaden, hörte ich. Ansonsten wüsste ich niemanden.«

Falk nickte. »Er wollte heute früh mit dem Boot raus, hörte ich.«

Rönning nickte. »Die *Gitte,* das ist sein Kutter, wurde in der Wismarer Bucht aufgebracht. Und er liegt hier.«

»Ja, und das passt überhaupt nicht zu seiner Route.«

Rönning zeigte auf die tiefen Spuren, die vom Leichenfundort zur Straße führten. »Das sind genau acht Meter. Er wurde getragen, deswegen sind die Abdrücke so tief. Uwe wiegt bestimmt an die neunzig Kilo. Das muss ein kräftiger Kerl gewesen sein. Und er war alleine.«

»Für Wackernagel wäre das wohl nichts. Den kennen Sie doch sicherlich auch, wenn Sie von Poel sind.«

Rönning nickte. »Ja, der Flori war das nicht, das hätte der nicht geschafft.«

Falk hatte genug gesehen. Er klopfte Rönning auf die

Schulter, ehe er sich umwandte und auf dem markierten Weg zurück zur Straße stapfte. Dort angekommen, zog er die schmutzigen Stiefel aus und schlüpfte wieder in seine Sneakers.

»Damit können wir Wackernagel wohl endgültig von der Liste streichen«, sagte er, als er die Stiefel vor Modrow auf den Boden stellte.

Er nickte Vicki zu, ging er zu seinem Wagen, stieg ein und brauste davon.

Modrow schaute ihm ungläubig nach. »Siehst du, genau deswegen kann ich ihn nicht leiden. Wirft einen Brocken hin, hofft, dass jeder danach schnappt, und macht sich dann aus dem Staub. Was für ein Arschloch.«

22

Gasthof Ostseeblick, Kirchdorf, Insel Poel

Falk kehrte zurück in die Kirchdorfer Gaststätte. Er war müde und abgespannt, dennoch hatte er einiges erfahren, was durchaus eine neue Perspektive auf den Fall eröffnete. Draußen dämmerte es bereits, und auf dem Parkplatz stand Anja Perlebachs beigefarbener Mercedes mit dem Taxischild. Daneben parkte ein SUV, dahinter stand ein blauer Ford. Falk trat ein und warf einen Blick durch das Fenster in der Tür zum Gastraum. Am Stammtisch saßen vier Personen, Anja Perlebach war eine von ihnen. Als er eintrat, verstummten die Gespräche. Zielstrebig näherte er sich dem Stammtisch. Die Wirtin stand wie fast immer hinter dem Tresen.

»Kann ich ein Bier bekommen«, fragte er im Vorübergehen. »Und etwas zum Essen wäre auch nett.«

Er nickte den Anwesenden zu und nahm neben Anja Perlebach Platz.

»Schon gehört, man hat den Fischer gefunden, Uwe Lehn. Mit durchschnittener Kehle, so wie bei den anderen.«

Die Tischgenossinnen und -genossen schienen überrascht.

»Draußen am Faulen See, er trieb am Ufer«, fuhr Falk fort.

»Woher wissen Sie das?«, fragte Anja Perlebach.

Die Wirtin kam an den Tisch und stellte ein Bier vor Falk ab; dazu reichte sie ihm die Speisekarte.

»Schon vergessen?«, entgegnete Falk. »Irgendwie arbeite ich auch für die Regierung.«

Zwei der Anwesenden kannte er bereits. Der eine war Paul Bethke, auch Gadden-Paule genannt, der Große und Kräftige mit dem Vollbart daneben war der Landwirt und Kreistagsabgeordnete Arnold. Den dritten Mann am Tisch, Falk schätzte ihn auf etwa Mitte siebzig, kannte er nicht.

Nach einem Blick in die Speisekarte bestellte er Räucherlachs auf Kartoffeltaler.

»Sind Sie Polizist?«, fragte der Unbekannte.

»Nicht direkt«, entgegnete Falk.

»Er ist staatlicher Gutachter für Windkraftanlagen«, stellte Anja Perlebach klar. »Und, hatten Sie heute Erfolg bei Ihrer Arbeit?«

Falk nickte und nahm er sein Bierglas in die Hand.

»Entschuldigung«, sagte er und prostete den Anwesenden zu. »Falk, staatlich bestellter Gutachter.«

Der Unbekannte griff zu seinem Bierglas. »Dietmar Greuse«, sagte er und schob dabei seine Brille auf der Nase zurecht.

Auch die anderen hoben ihre Gläser kurz an.

»Sie leben auch auf der Insel?«

»Dietmar war mal Polizist hier, er war Chef der Polizeistation«, erklärte die Taxifahrerin.

»Aha, dann sind Sie ja quasi vom Fach«, antwortete Falk anerkennend.

Greuse winkte ab. »Ist schon eine ganze Weile her.«

»Na ja, dennoch wissen Sie bestimmt noch, wie die Polizei arbeitet. Offenbar glauben die nicht mehr daran, dass Wackernagel hinter den Morden steckt.«

Willi Arnold schüttelte den Kopf. »Blödsinn, wer soll es denn sonst gewesen sein.« Er griff in seine Jackentasche und zog eine Dose Pfefferspray hervor. »Mich kriegt der jedenfalls nicht so leicht«, fuhr er fort.

»Der Flori war das nicht, der ist ein guter Kerl«, murmelte Gadden-Paule. »Ach, sei ruhig, Paule, was weißt du schon«, wies ihn Arnold zurecht und fuhr sich dabei durch seinen dichten Vollbart.

»Wer sagt denn, dass es Wackernagel nicht war?«, fragte Anja Perlebach.

Falk zuckte mit der Schulter. »Man hört es. Es gibt offenbar Spuren, die dagegen sprechen.«

»Das ist doch alles Quatsch«, fiel ihm Arnold ins Wort. »Wer sollte denn sonst die Leute abschlachten? Dieser Ökofreak ist ein Verbrecher, das habe ich immer schon gesagt.«

»Weil er für dich eine Konkurrenz war und nicht fassweise das Gift auf die Felder spitzt«, bemerkte Greuse lakonisch.

»Der war nie ne Konkurrenz«, schnauzte Arnold den ehemaligen Polizisten an. »Wie oft haben ihn eigentlich deine Kollegen festgenommen?«

Falk räusperte sich. »Offenbar wird darüber spekuliert, dass der Mörder möglicherweise einmal als Saisonarbeiter hier auf der Insel war. Pole oder Bulgare, Rumäne vielleicht.«

»Dann müsstest du ihn doch kennen, Willi, die waren doch damals alle bei dir«, sagte Greuse.

Willi Arnold griff nach seinem Glas und leerte es in einem Zug. »Ihr spinnt ja. Wackernagel ist der Mörder, und wenn er zu mir kommt, dann wird es sich wundern. Ich lass mich nicht so einfach abschlachten.«

Er erhob sich, warf einen Zehn-Euro-Schein auf den Tisch und marschierte zum Ausgang. Dann schlug er die Tür hinter sich zu, dass es laut knallte.

»Was ist denn in den gefahren?«, fragte Falk.

Anja Perlebach lächelte. »Der Willi ist eben so. Eigentlich ist er ein ganz guter Kerl, aber er kann es eben nicht haben, wenn man anderer Meinung ist. Außerdem wird er bald Landtagsabgeordneter. Der jetzige Abgeordnete ist zu alt und tritt nicht mehr an, seine Wahl ist nur noch Formsache.«

Die Wirtin kam aus der Küche und trug den Teller auf.

Falk blickte in die Runde. »Sie haben doch wohl nichts dagegen, ich habe Hunger und …«

»Essen Sie nur, junger Mann«, entgegnete Greuse. »Uns stört das nicht.«

»Der Flori war das nicht, der Flori ist ein guter Kerl«, knurrte Gadden-Paule erneut.

Anja Perlebach atmete tief ein. »Schon gut, Paul, das wissen wir jetzt.«

»Wissen Sie, früher gab es mit den Saisonarbeitern öfter Probleme«, ergriff Greuse das Wort. »Wir waren oft bei Willi auf dem Hof. Er ist der größte Bauer hier im Umland. Die hausten in Wohncontainern, manchmal bis zu fünfzig in einem dieser stickigen Kästen. Während der Woche schufteten die wie blöde von Sonnenaufgang bis Sonnenuntergang, dann fielen sie in ihre Kojen. Aber am Wochenende, wenn nicht gearbeitet wurde, dann saßen sie zusammen und soffen sich zu. Männlein wie Weiblein. Da kam es schon mal zu Streitigkeiten. Wir waren oft dort. Manchmal mussten wir sogar die Kollegen aus Wismar zur Verstärkung rufen, die nahmen dann auch schon mal den ein oder anderen mit, damit endlich Ruhe war.«

»Ja, deswegen reagiert der Willi auch so, er war damals im ganzen Dorf verschrien, weil er die Ausländer hier in den Ort brachte«, fügte Anja Perlebach hinzu.

»So wie den Bulgaren, der hier die Kneipe zerlegt hat«, bemerkte Falk.

»Woher wissen Sie das denn?«, fragte Greuse.

»Ich hab es ihm erzählt. Wir sind heute hier herumgefahren und waren am Glüderhof.«

Greuse nickte. »Ja, der Bulgare. Ivan Rogoff, hieß der. Ich war damals selbst hier im Einsatz. Hatte über drei Promille, der Gute, dabei meinte man damals noch, mit drei Promille ist man so gut wie tot. Da kannte man die Russen aber noch nicht. Der wurde wegen versuchter schwerer Körperverletzung angezeigt und saß drei Wochen in Haft, bevor er abgeschoben wurde.«

Falk schluckte den Bissen hinunter und trank einen Schluck.

»Das war aber damals nicht alles«, fuhr Greuse fort. »Es gab mehrere Vorfälle wie diesen, zwar nicht hier im Ort, weil es den Leuten verboten wurde, ins Dorf zu gehen. Aber auf Arnolds Hof war immer was los. Da gab es zwei Rumänen, die eine achtzehnjährige Bulgarin vergewaltigten, die ein oder andere Messerstecherei war auch darunter. Fragen Sie mal Rönning, meinen Nachfolger. Da liegen noch genügend Akten aus dieser Zeit in der Station im Keller. Meistens wurden die Täter abgeschoben, nur einmal landete einer bei uns im Knast. Ein Staatenloser, der die Nächte nutzte, um in Häuser einzubrechen. Aber jetzt essen Sie erst mal, sonst wird ja alles kalt.«

»Noch einen Wein«, rief Anja Perlebach der Wirtin zu.

Falk genoss den Lachs und als er fertig war, bestellte er noch ein Bier. Sie saßen bis kurz nach zehn, ehe er sich in sein Zimmer zurückzog. Das Gespräch mit dem pensionierten

Polizisten war sehr aufschlussreich gewesen. Offenbar ging er auf dieser Insel nicht immer so beschaulich und friedlich zu. Und vielleicht lag genau in dieser Zeit das Motiv für den Schlitzer vom Plastbach.

Kriminalpolizei Wismar, Rostocker Straße

Falk erwachte gegen zehn, als sein Handy klingelte. Er erhob sich und warf einen Blick darauf. Vicki Sauter hatte ihm eine SMS geschrieben, dass sie sich um elf Uhr auf der Dienststelle treffen würden. Es war Montag, Pfingstmontag, doch auch der Mörder machte keinen Halt vor dem Feiertag. Er ging ins Bad, duschte, rasierte sich und trank schnell einen schwarzen Kaffee in der Gaststube, bevor er mit seinem BMW nach Wismar fuhr. Diesmal musste er drei Kontrollen über sich ergehen lassen, bevor er die Stadt erreichte.

Er parkte im Hof und ging über das Treppenhaus in den dritten Stock. Vor dem Soko-Raum angekommen, warf er einen Blick auf seine Armbanduhr. Es war zehn nach elf. Die Tür war geschlossen. Als Falk klopfte und öffnete sah er zu seiner Überraschung neben Vicki, Modrow und Brunner auch die Inspektionsleiterin Katja Reimann am Tisch. Willig fehlte.

»Ah, Falk, gut, dass Sie es noch geschafft haben«, begrüßte ihn die Inspektionsleiterin. »Ich hatte schon befürchtet … Nehmen Sie doch bitte Platz!«

Falk nickte ihr zu und setzte sich neben Vicki Sauter. Brunner saß am anderen Tischende neben der Chefin, und Modrow hatte sich gegenüber niedergelassen.

»Was ist mit Willig?«, flüsterte Falk Vicki Sauter zu.

»Liegt flach«, entgegnete sie. »Im Krankenhaus, Verdacht auf Lungenentzündung.«

»Psst, meine Dame, meine Herren!«, sagte die Inspektionsleiterin. »Sie haben bestimmt die Presse verfolgt. Der Präsident ruft mich fast stündlich an. Wir können froh sein, dass es heute keine Zeitung gibt, dafür wird uns morgen der Spott und Hohn der Presse treffen. Wieder eine Leiche, eine entführte Journalistin und keine heiße Spur, die zum Täter führt. Ich muss schon sagen, ich bin enttäuscht.«

»Vielleicht liegt es daran, dass wir die ganze Zeit über auf dem falschen Dampfer waren«, wandte Falk ein.

»Gut, Herr Falk, was ist Ihre Theorie?«

»Man hat sich hier im Haus viel zu früh und zu intensiv von einer Fehleinschätzung leiten lassen und einseitig ermittelt«, fuhr Falk fort.

Modrow fuhr auf und schüttelte vehement den Kopf. »Das muss ich mir nicht bieten lassen«, schimpfte er.

»Meine Herren!«, maßregelte Katja Reimann die beiden Streithähne. »Wie darf ich das verstehen, Herr Falk?«

»Meiner Meinung nach scheidet Wackernagel als Täter aus. Er verfügt weder über die Persönlichkeitsstruktur noch über die kognitive Logistik, um die Taten zu planen und in dieser Präzision durchzuführen. Ich gebe zu, anfangs haben mich die Indizien, die gegen den Mann sprechen, durchaus verführt, aber die Zweifel mehren sich. Dennoch hält man an Wackernagel als Täter fest, und das aus gutem Grund.«

Die Inspektionsleiterin runzelte die Stirn: »So, und aus welchem guten Grund meinen Sie?«

»Der Druck, der auf dieser Inspektion lastet. Man braucht einen Mörder, also bastelt man sich einen.«

»Blödsinn!«, blaffte Modrow. »Vicki, sag du doch auch mal was!«

Vicki Sauter zuckte mit der Schulter. »Ich weiß nicht mehr, was ich glauben soll, wenn ich ehrlich bin.«

»Also doch ein Psychopath«, sagte Reimann.

Falk wies diese Ansicht mit einer abwehrenden Geste seiner Hände zurück. »Das habe ich nicht gesagt. Dieser Mann verfolgt tatsächlich ein Ziel. Er mordet nicht wahllos. Er sammelt sogar Trophäen seiner Taten. Ist eigentlich schon einmal aufgefallen, dass alle Männer bis auf den Pfarrer etwa gleichen Alters sind? Alle lebten die meisten Jahre ihres Lebens auf der Insel oder in der Nähe. Nein, das ist kein Psychopath und auch kein Terrorist, der auf irgendeinen Aufruf Verblendeter im Internet reagiert. Dieser Mann hat einen Plan, und er will genau das, was er in seinem Brief an die Zeitung geschrieben hat. Er will *Gerechtigkeit.*«

Modrow lachte laut auf. »Das ist doch Blödsinn. Wackernagel ist der Täter, darauf verwette ich meinen Hut.«

»Dann kaufen Sie sich schon mal eine neue Kappe, Herr Kollege.«

»Kollege Brunner«, wandte sich Falk an den Beamten von der Kriminaltechnik. »Haben Sie die Fußspuren gesichert?«

Brunner nickte. »Wir haben sogar einen Fußabdruck am Büro der RMZ gefunden, der mit den Mustern am Faulen See übereinstimmt. Die Analyse läuft zwar noch, aber ich bin überzeugt, dass wir die gleichen Chemikalien darin finden werden.«

»Chemikalien?«, fragte Reimann.

»Scharfes Reinigungsmittel«, bestätigte Brunner. »Die Spuren waren durchsetzt davon, und es war deutlich zu riechen.«

»Die Größe?«

Brunner zuckte mit der Schulter. »Wir schätzen die Gummistiefel auf Größe fünfundvierzig, eher noch eine Nummer größer.«

»Das dachte ich mir«, entgegnete Falk. »Wackernagel hat dreiundvierzig, so steht es zumindest in den Akten. Außerdem wäre er wohl kaum in der Lage gewesen, den toten Fischer acht Meter weit durch Schlamm und Schlick zu tragen. Oder gab es Schleifspuren?«

Brunner schüttelte den Kopf.

»Er könnte einen Komplizen haben«, wandte Modrow ein.

»Könnte er, aber wer sollte das sein, und woher könnte der Kontakt stammen?«

»Im Knast lernt man einige Leute kennen.«

Falk schüttelte den Kopf. »Nein. Wir sind die ganze Zeit über auf der Suche nach dem falschen Mann. Es gibt noch mehr Gründe, die gegen Wackernagel als Täter sprechen, aber das würde zu lange dauern, es Ihnen zu erläutern. Das hier ist nicht mein Fall. Sie ermitteln, ich berate nur. Und das ist mein Rat: Beschäftigen Sie sich mit der Vergangenheit auf der Insel. Vor allem mit der Zeit, als die Saisonarbeiter dort massenweise zu Gast waren.«

Polizeidirektorin Reimann lächelte. »Irrtum«, sagte sie.

Falk runzelte die Stirn. »Was soll das heißen?«

»Das *ist* jetzt Ihr Fall, Herr Falk«, stellte die Inspektionsleiterin klar. »Ich habe mit Frau Pauli gesprochen. Wenn Sie wollen, dann rufen Sie bei ihr an, sie wird es Ihnen bestätigen. Mit Hauptkommissar Willig ist leider unser leitender Ermittler ausgefallen. Er liegt im Krankenhaus, und das möglicherweise für mehr als eine Woche. Kurzum, Herr Falk, Sie leiten jetzt offiziell die Ermittlungen. Mir ist es egal, wie Sie das machen und welchen Weg Sie einschlagen, aber finden Sie diesen irren Mörder. Und finden Sie die entführte Journalistin. Lebendig, wenn es geht«

Falk atmete tief ein.

»Wir haben eine Nachrichtensperre verhängt, niemand weiß von der Entführung, außer den Mitarbeitern der Zeitung und den Angehörigen«, erklärte Reimann. »Sie haben freie Hand, und wir stellen Ihnen zur Verfügung, was wir können. Aber lassen Sie Ihre Alleingänge, für die Sie hinlänglich bekannt sind. Dies ist jetzt ein Teamspiel, und Sie sind der Kapitän der Mannschaft, ist das klar!«

Falk war sprachlos. Er hatte mit allem gerechnet, nur nicht damit. Die Leitung dieser Inspektion zu übernehmen, ging ihm komplett gegen den Strich. Diese neue Aufgabe war wie ein Korsett, das ihn einschnürte und ihm die Luft zum Atmen raubte. Doch was sollte er machen.

»Ich lass Sie jetzt alleine, und ich verlass mich darauf, dass es funktionieren wird, auch wenn Kollege Modrow anderer Ansicht ist als Sie. Er wird sich einfügen, nicht wahr, Kollege?«

Modrow lehnte sich im Stuhl zurück und strich über seinen eingegipsten Arm. Sein Nicken war beinahe unmerklich.

»Also gut, das war es jetzt von meiner Seite aus«, fuhr die Polizeidirektorin fort. »Lösen Sie diesen Fall, Herr Falk, und zwar schnell, bevor es noch mehr Opfer gibt!«

23

Irgendwo an der Ostseeküste

Der Raum hatte sich verändert. Er war kleiner geworden, kleiner und wärmer. Ein Metalltisch und ein Stuhl standen neben der Matratze an der Wand, und ein einfacher Heizlüfter blies aufgeheizte Luft durch einen Ventilator. Außerdem stand ein Laptop auf dem Tisch, ohne Internet zwar, aber das Schreibprogramm funktionierte. Und noch etwas hatte sich verändert: Die Reichweite ihrer Kette war größer geworden und reichte nun fast bis zur Stahltür.

Er hatte ihr ein Heft überreicht. Darin hatte er eine traurige Geschichte niedergeschrieben, stichpunktartig nur und nicht immer korrekt aus dem Polnischen ins Deutsche übersetzt, doch für die richtige Wortwahl und der ergreifenden Dramatik war sie zuständig. Sie sollte schreiben, mit all ihrer Routine berichten, welches Unrecht ihm und seiner Mutter widerfahren war und warum es nur diesen einen, blutigen Weg gab, um der Gerechtigkeit zum Sieg zu verhelfen.

Die Geschichte begann in einem kleinen verschlafenen Dorf unweit der Hohen Tatra, und sie handelte von einem überaus hübschen und hoffnungsfrohen Mädchen, das davon träumte, einen netten und lieben Mann kennenzulernen, der sie auf Händen trug und eine Familie mit ihr gründete. Vier Kinder wollte sie haben, zwei Jungs und zwei Mädchen, die Reihenfolge war ihr egal. Und sie wollte in einem Haus leben, einem Haus aus Stein, mit offenem Kamin und gläsernen Fenstern und einem Dach, das dem Wind und dem Regen trotzte.

»Schreib alles auf, jeden Tag eine oder zwei Seiten, nicht mehr, und schreib so, dass es mir gefällt, dann wirst du leben«, hatte er zu ihr gesagt und den Laptop auf den Tisch gestellt. »Aber keine faulen Tricks, ich werde lesen, was du schreibst, und wenn ich merke, dass du mich hinter das Licht führst, dann wirst du es bereuen«, hatte er sie gewarnt.

Man muss zwischen den Zeilen lesen. Dieser Gedanke schoss ihr in den Kopf, als sie den Laptop startete. Mit dem Kommissar vom LKA hatte sie sich darüber unterhalten, der sie vor Tagen mitten am Abend zu Hause besucht und genau vor dieser Situation gewarnt hatte. Doch würde er tatsächlich die versteckten Zeichen verstehen? Sie musste vorsichtig sein, ihr Entführer war beileibe kein grober, gewalttätiger Kleingeist, sondern durchaus mit einer tödlichen Intelligenz ausgestattet. Würde er, wie er versprochen hatte, sie am Ende am Leben lassen? Konnte sie einem Mann vertrauen, der auf grausame Art und Weise Menschen mit einem Schnitt durch die Kehle hingerichtet hatte?

Ihr wurde langsam klar, auf diesem Laptop würde sie um ihr Leben schreiben. Sie musste es versuchen, sie musste sich auf den Verstand und die Auffassungsgabe des Kommissars vom LKA verlassen, dem der Ruf vorauseilte, dass er Dinge richtig zu deuten wusste, und der eine ausgesprochen erfolgreiche Bilanz als Ermittler vorzuweisen hatte.

Sie wusste, wo sie sich befand, dieser Raum, in dem sie sich aufhielt, sprach eine eindeutige Sprache, doch noch eindrucksvoller war der Raum gewesen, in dem sie sich unmittelbar nach ihrer Entführung befunden hatte und in dem ihr Entführer diesem Mann die Kehle durchgeschnitten hatte.

Direkt vor ihren Augen, damit sie genau wusste, was ihr blühte, sollte sie sich nicht kooperativ verhalten.

Fotografiert hatte er sie, sitzend, gefesselt am Hals, mit einer aktuellen Ausgabe der RMZ in der Hand. Dabei hatte er vermieden, dass man die Kacheln sehen konnte. Sie musste sich auf den Stuhl setzen, dahinter, als Sichtschutz vor der Wand, hatte er die Matratze aufgestellt.

Seine Schrift im Heft war klar und schnörkellos, gut zu lesen, Druckbuchstaben. Wenn auch nicht alle Wörter richtig geschrieben waren, so konnte man aus den Notizen durchaus den Sinn entnehmen.

»Schreib!«, hatte er gesagt, bevor er gegangen war. »Eine Seite bis morgen. Schreib, wie du in der Zeitung geschrieben hast, und denk dran, Archaniol wacht über dich. Dein Leben hängt davon ab.«

Er hatte mit einer scharfen und stechenden Klarheit formuliert, und ihr war klar, er würde tatsächlich über sie wachen. Ihr Leben hing an einem seidenen Faden.

Inzwischen wusste sie auch, dass alles Rufen und Schreien nichts nutzte. Niemand würde sie hören, sie war abseits des Lebens, abseits der Wahrnehmung der anderen, wie in einem Vakuum, aus dem ihr niemand heraushelfen konnte. Niemand außer ihr selbst.

Noch etwas hatte sie wahrgenommen, als er den Raum in seiner Maskierung und der Verkleidung betreten hatte, etwas, das wichtig sein konnte und das durchaus als Hinweis taugte. Salzige Luft umgab ihn und füllte den Raum, wenn er ihren Kerker durch die Stahltür betrat.

Jetzt blieb ihr nichts weiter, als zu hoffen. Das Beten hatte sie schon als Kind hinter sich gelassen.

Kriminalpolizei Wismar, Rostocker Straße

»Hm … dann soll es wohl so sein«, seufzte Falk, nachdem die Inspektionsleiterin den Raum verlassen hatte.

Modrow verzog ironisch die Mundwinkel; Brunner hatte die Ellbogen auf den Tisch gestützt und warf Falk einen erwartungsvollen Blick zu.

»Also gut, Chef«, sagte Vicki Sauter in das vorübergehende Schweigen hinein. »Was machen wir jetzt?«

Falk lehnte sich zurück und verschränkte seine Hände vor dem Bauch. »Hören wir uns zuerst an, was die Spurensicherung zu berichten hat. Ich glaube, damit waren wir noch nicht ganz durch.«

»Sorry, Herr Falk«, wandte sich Modrow ihm zu. »Bei allem Respekt, aber nur weil die Reimann meinte, dass Sie nun die Ermittlungen führen, sollten wir Wackernagel nicht aus den Augen verlieren. Der Kerl ist einfach abgehauen, der hat …«

Falk hob abwehrend die Hände. »Okay, Modrow, ich weiß schon, worauf sie hinauswollen. Die Fahndung bleibt bestehen.«

Vicki runzelte die Stirn. »Ich dachte, den können wir von der Liste streichen …«

»Das ist meine absolute Überzeugung, trotzdem erhebe ich nicht den Anspruch darauf, alles zu wissen und richtig zu deuten. Modrow könnte recht haben, vielleicht hilft ihm tatsächlich jemand. Außerdem schadet es nicht, wenn der Täter annimmt, dass wir weiter nach Wackernagel fahnden.«

Vicki nickte.

»Also, Kollege Brunner, was gibt es noch vom Tatort zu berichten?«

Brunner schaute auf den Block, der vor ihm lag. »Ich sagte schon, die Schuhgröße der Spuren, die wir gefunden haben, dürfte sechsundvierzig oder siebenundvierzig sein. Ein handelsübliches Stiefelprofil, recht grobstollig, möchte ich sagen. Der Täter muss kräftig sein, denn er hat den toten Fischer über acht Meter durch den Schlick der Uferböschung getragen. Ansonsten das Übliche. Keine Fingerspuren, keine DNA, nichts, was unsere Ermittlungen voranbringen könnte.«

Falk kratzte sich am Kinn. »Der Arzt meinte, dass es an der Leiche etwas Ungewöhnliches gab. Hat er mit Ihnen darüber gesprochen?«

Brunner nickte. »Er konnte den Todeszeitpunkt nicht ermitteln, die Temperaturen passten nicht. Möglicherweise das Wasser oder etwas anderes, wir müssen die Obduktion und den Laborbericht abwarten.«

Falk erhob sich und lief zur Pinnwand, an der die Bilder der fünf Mordopfer hingen.

»Also gut, es war nicht meine Idee, diese Ermittlungen zu führen, aber nun ist es einmal so, und dann können wir es auch richtig machen«, sagte er und schloss den Knopf seiner Jacke. »Die Fahndung nach Wackernagel bleibt bestehen, aber wir müssen einen neuen Blick auf den Fall werfen. Zuerst einmal diese Kontrollen der uniformierten Kollegen. Die sind vollkommen sinnlos und führen zu nichts, außer zu Überstunden und zusätzlichen Belastungen für uns alle.«

Modrow setzte sich gerade hin. »Aber Wackernagel …«

»Wackernagel kennt sich hier aus«, fiel ihm Falk ins Wort. »Der wird noch nicht einmal von einer Streife gesehen.«

»Sollen wir die Kontrollen abbrechen?«, fragte Vicki.

Falk schüttelte den Kopf. »Nein, aber wir ändern die Taktik. Geben Sie durch, die Kollegen sollen die Autos nicht überprüfen, sondern fotografieren. Alle Autos, ohne Ausnahme.«

Modrow schüttelte den Kopf. »Und was soll das für einen Sinn machen?«, fragte er und warf Falk einen spöttischen Blick zu.

Falk wies auf die Landkarte, auf der die Insel Poel abgebildet war. »Seit Tagen bewegt sich der Mörder durch die Gegend, ohne auch nur die geringste Aufmerksamkeit zu erregen. Er mordet in Kirchdorf und bei Alt Farpen, er entführt eine Journalistin in Wismar. Es scheint ihn überhaupt nicht zu interessieren, dass an jeder Ecke eine Polizeistreife steht. Er fühlt sich absolut sicher, und das hat einen Grund. Wir werden eine Woche lang jeden Wagen fotografieren, der hier durch die Gegend fährt. Ich will wissen, was ihn so sicher macht, dass er das Risiko auf sich nimmt und mit einer entführten Frau und einer Leiche an Bord durch die Gegend kurvt.«

»Gute Idee«, stimmte Brunner zu. »So haben wir in Rostock schon mal einen Vergewaltiger geschnappt. Einen LKW-Fahrer, der seine übliche Tour machte.«

»Richtig«, bestätigte Falk. »Und zweitens reden wir mit der RMZ. Wir heben die Nachrichtensperre auf. Die Medien sollen ruhig über die Entführung berichten. Vielleicht ist ja doch jemandem etwas Ungewöhnliches aufgefallen.«

»Damit bringen wir Frau Stein aber vielleicht in Gefahr«, wandte Modrow ein.

Falk schüttelte den Kopf. »Der Täter würde es eher ungewöhnlich finden, wenn niemand über die Entführung berichtet.«

»Woher wollen Sie das wissen?«

»Sonst wäre er anders vorgegangen und hätte sie nicht aus dem Büro entführt und dieses Chaos hinterlassen«, entgegnete Falk. »Außerdem sollten wir noch einmal die Umgebung absuchen. Es war Feiertag, da fahren keine Busse, und mit dem Taxi wird er wohl kaum zum Tatort gekommen sein. Der Wagen der Journalistin fehlt, das muss einen Grund haben. Ich will, dass wir sämtliche Fahrzeuge, auch Fahrräder und Mopeds, im dortigen Bereich überprüfen. Vielleicht haben wir Glück und finden etwas, was dort nicht hingehört.«

Vicki hatte ihren Notizblock gezückt und notierte Falks Anweisungen.

»Sonst noch was?«, fragte Modrow.

»Ja, kommen wir zum dritten Punkt«, sagte Falk. »Wir suchen nach einem Motiv. Es muss eine andere Verbindung zwischen dem Täter und den Opfern geben, denn dieser Windpark ist es wohl nicht. Diese Verbindung kann schon ein paar Jahre zurückliegen. Wie ich hörte, gab es früher etliche Saisonarbeiter hier auf den Höfen, Polen, Rumänen, Bulgaren oder Weißrussen, und es gab etliche Zwischenfälle. Im Keller der Polizeistation liegen noch allerhand Akten aus dieser Zeit. Wir müssen sie überprüfen und nach möglichen Verbindungen suchen. Außerdem gab es bei der Gemeinde Melderegister für Saisonarbeiter. Auch die müssen wir uns ansehen.«

Vicki Sauter seufzte. »Das hört sich nach ner Menge Arbeit an.«

»Das wird es auch werden«, entgegnete Falk. »Dazu brauchen wir noch ein paar Leute. Aber die Chefin sagte ja, dass wir kriegen, was wir brauchen.«

Falk ging zurück zum Tisch und setzte sich. »Modrow, Sie kümmern sich um die Kontrollstellen und die Fotoauswertung. Uns interessieren Fahrzeuge, die mehrfach die Kontrollstellen passieren, bis wir es für das Normalste der Welt halten, dass diese Autos dort herumfahren.«

Modrow nickte.

»Kollege Brunner«, wandte sich Falk an den Chef der Spurensicherung. »Arbeiten wir nach dem FBI-Modell. Kümmern Sie sich um die Leiche, Spuren und Forensik, also quasi alles, was nach modernen Methoden bewertet werden muss. Sie wissen ja, wie das drüben läuft.«

Brunner lächelte. »Alles klar, ich weiß Bescheid. Dann würde ich mich schon mal verabschieden, die Obduktion steht in einer Stunde an und ich will mich darauf vorbereiten.«

Falk nickte. »Wir sollten uns jeden Tag einmal austauschen. Sagen wir, siebzehn Uhr, es sei denn, es gibt neue Entwicklungen.«

Brunner nickte und erhob sich. Falk wartete, bis Brunner den Raum verlassen hatte. Modrow folgte dem Spurensicherungsbeamten.

Vicki wartete, bis die Kollegen gegangen waren, ehe sie sich Falk zuwandte. »Modrow ist nicht gerade begeistert«, sagte sie.

»Wir sind nicht hier, um Spaß zu haben. Ich hoffe nur, dass man sich trotzdem auf ihn verlassen kann.«

Vicki lächelte und neigte den Kopf zur Seite. »Er kann Sie zwar nicht leiden, aber er tut, was man ihm sagt. *Darauf* kann man sich verlassen.«

»Das genügt mir. Ich heiße Vito, und ich denke, wenn wir

uns mit Vornamen und Du ansprechen, dann stärkt das nur den Teamgeist.«

»Vicki«, entgegnete die Kollegin und reichte ihm die Hand.

»Alles klar.«

Das Telefon klingelte. Vicki streckte sich und zog den Tischapparat zu sich heran. Sie nahm den Hörer ab und meldete sich. Falk wartete geduldig, bis sie das Telefonat beendet hatte.

»Eine erste Spur«, sagte sie. »Die Fahndung hat eine Zeugin ausfindig gemacht. Eine ältere Frau, die gestern früh so gegen zehn Uhr in der Böttcherstraße ihren Hund ausführte. Sie hat einen Mann und eine Frau gesehen, die aus dem Karstadtgebäude kamen und zum Parkplatz liefen. Der Mann hatte die Frau umarmt. Die Zeugin hatte den Eindruck, dass er die Frau festhielt, weil sie betrunken war. Sie stiegen in einen roten Wagen und fuhren weg. Am Kreisel fuhren sie noch mal an ihr vorbei. Die Frau saß auf dem Beifahrersitz und schien zu schlafen.«

»Kann sie den Mann beschreiben?«

Vicki schüttelte den Kopf. »Sie war zu weit weg und sieht auch nicht mehr allzu gut, aber sie sagte, der Mann wäre recht groß und kräftig gewesen.«

»Das würde passen.«

»Und was machen wir jetzt?«

»Jetzt schickst du ein paar Leute nach Wismar. Sie sollen die Straßen rund um das Karstadtgebäude überprüfen. Sagen wir, in einem Radius von fünfhundert Metern. Jedes Rad, jedes Moped oder Auto, das dort herumsteht, sollen sie kontrollieren. Am besten den Halter feststellen und auflisten. Ich telefoniere inzwischen mit der Pressestelle und mit dem Chefredakteur der RMZ. Wir geben eine Meldung über die Entführung heraus, und dann treffen wir uns und fahren nach Kirchdorf zur Polizeistation. Das Meldeamt hat ja heute geschlossen, schließlich ist Feiertag.«

Vicki Sauter warf einen Blick auf ihre Armbanduhr. »Rönning wird hellauf begeistert sein.«

24

Gasthof Ostseeblick, Kirchdorf, Insel Poel

Es war spät geworden. Vicki Sauter hatte recht gehabt, Ronny Rönning von der Polizeistation in Kirchdorf war alles andere als begeistert gewesen, als sie und Vito Falk am späten Nachmittag aufgetaucht waren und Zugang zu den alten Akten im Keller der Polizeistation gefordert hatten. Bis kurz nach zwei Uhr in der Nacht, hatten sie Akten gewälzt. 26 Einträge hatten sie gefunden, alle aus der Zeit, als auf Poel noch die große Welle der Erntehelfer über die Insel schwappte, vor mehr als zwanzig Jahren.

Es war schon fast wieder hell geworden, als sie »Feierabend« gemacht hatten. Falk hatte nicht nur aus diesem Grund lange geschlafen, er hatte noch stundenlang wach gelegen und darüber nachgedacht, was er bei den Mordfällen übersehen haben könnte.

Als er gegen elf Uhr an diesem Dienstag nach Pfingsten den Gastraum betrat, war er der einzige Gast. Die Wirtin stand wie immer hinter ihrem Tresen und war mit dem Spülen der Gläser beschäftigt. Er bestellte Rührei mit Speck und Schwarzen Kaffee. Als die Wirtin nach einigen Minuten Kaffee und Rührei servierte, bat er sie, sich zu ihm an den Tisch zu setzen.

»Ich … leider hab ich keine Zeit, ich muss nach dem Mittagessen sehen«, wehrte die Wirtin ab.

»Jetzt setzen Sie sich schon, außer mir ist niemand da, und ich werde heute sicher nicht hier zu Mittag essen.«

Zögernd zog sich die Frau einen Stuhl heran und nahm Platz.

»Sind Sie schon lange hier in Kirchdorf?«, eröffnete Falk das Gespräch.

Die Wirtin nickte.

»Auch schon zu der Zeit, als die vielen Erntearbeiter hier Station machten?«

»O Gott, das ist Jahre her«, entgegnete sie.

»Nach der Wende.«

»Der *Ostseeblick* ist seit Generationen im Familienbesitz«, erläuterte sie. »Ich hab meine Ausbildung auf Rügen gemacht, danach kam ich wieder hierher. Nach der Wende hab ich das Gasthaus von meinen Eltern übernommen.«

Falk goss sich Kaffee ein. »Wie war das damals, das müssen schlimme Zeiten gewesen sein.«

»Wie kommen Sie darauf?«, fragte die Wirtin.

»Na ja, was man so hört«, entgegnete Falk. »Die Woche über arbeiteten sie bis zum Umfallen, und am Wochenende gab es wilde Gelage, mehr als einmal mit Ausschreitungen. Sogar eine Messerstecherei soll es hier gegeben haben.«

»Ah, Anja hat geplaudert«, seufzte die Wirtin. »Die konnte wohl wieder mal nicht ihr loses Mundwerk halten.«

Falk nickte.

Gabriele Rakowitz wies zum Fenster hinaus. »Dort, wo heute die großen Rapsfelder stehen, baute man früher Gemüse an. Möhren, Kohlköpfe und Salat. Ohne die Saisonarbeiter wär das nicht gegangen. Es sind ja alle von hier fortgegangen, war ja niemand mehr da. Willi Arnold zahlte gut für die damaligen Verhältnisse.«

»Und der Ärger?«

»Das ging nur eine Weile, dann war es vorbei. Die durften nicht mehr vom Hof, sonst hat er sie gefeuert. Wer aus der Reihe tanzte und auffiel, konnte gleich am nächsten Tag seine Sachen packen. Gab ja genügend aus dem Osten, die hier arbeiten wollten. Kaum war ein Platz frei, war der nächste schon wieder da.«

Falk wies auf den Stammtisch. »Arnold?«, fragte er. »Der große, kräftige mit dem Vollbart, der hier am Stammtisch sitzt?«

»Ja, er ist der größte Landwirt hier in der Region«, bestätigte die Wirtin. »Kaufte damals alles Land auf, billig, für'n Appel und'n Ei. Hatte ja keiner mehr Interesse. Der hat Millionen gemacht und kennt Gott und die Welt. Sogar der Ministerpräsident war schon zu Besuch auf seinem mustergültigen Hof. Willi sitzt im Kreistag und bald wohl auch im Landtag in Schwerin.«

»Und heute, gibt es da immer noch Saisonarbeiter?«

»Heute hat er meist feste Arbeiter, nur selten, in der Erntezeit sind noch welche da. Das Gemüse lohnte nicht mehr, er hat auf Raps und Getreide umgestellt, da gibt es Maschinen, die die Arbeit übernehmen.«

Falk führte die Tasse zum Mund und trank einen Schluck. »Hier im Gasthof wohnte damals keiner von denen?«

Die Wirtin schüttelte den Kopf. »Quatsch, das war denen doch viel zu teuer. Der Willi hatte Container auf dem Hof, da hausten die. Das war gut genug, sogar besser als bei denen zu Hause. Polen, Rumänen, Bulgaren, Weißrussen, die kamen von überall her, blieben drei Monate, und dann war der Spuk vorbei.«

Falk nickte. »Können Sie sich noch daran erinnern, wann das losging?«

Die Frau überlegte und fuhr sich dabei über das Kinn. »Müsste zweiundneunzig gewesen sein. Ja, zweiundneunzig. Ich glaube, siebenundneunzig stellte Willi um. Das mit dem Gemüse lohnte nicht mehr und die Preise verfielen, weil man seinen Salat und seine Möhren billiger in den Supermärkten einkaufen konnte. Kann man sich kaum vorstellen, da kommt so eine Möhre tausende Kilometer weit her und ist billiger als eine, die hier direkt vor unserer Nase wächst. Dem Willi ging es damals gar nicht gut, geschäftlich, meine ich. Aber jetzt lasse ich Sie besser frühstücken. Vielleicht kommt die Anja ja heute noch mal rein, dann haben Sie Unterhaltung.«

Bevor Falk antworten konnte, erhob sich die Wirtin und stapfte davon und verschwand in der Küche. Falk widmete sich seinen Rühreiern, die inzwischen kalt geworden waren. Noch bevor er den Teller geleert hatte, klingelte sein Mobiltelefon. Er nahm ab und meldete sich.

»Entschuldigung, wenn ich störe«, meldete sich Modrow am anderen Ende. »Aber Sie sollten mal dringend nach Wismar kommen, ins Hafengebiet. Die Straße heißt *Am Haffeld.*«

Falk runzelte die Stirn. »Was ist los?«

»Es gibt eine weitere Leiche. Brunner ist schon auf dem Weg und Vicki kommt auch dorthin. Sie hat mir gesagt, ich soll Sie verständigen.«

»Ich komme!«, entgegnete Falk, bevor er das Gespräch beendete. Er trank noch einen letzten Schluck lauwarmen Kaffee, ehe er sich erhob und den Gastraum verließ.

RMZ-Redaktionsbüro, Rostock

In der Redaktion herrschte Krisenstimmung. Seit über vierundzwanzig Stunden gab es kein Lebenszeichen mehr von Pia Stein. Die Polizei tat, was sie konnte, doch angesichts der Mordserie, die eine blutige Spur durch die Wismarer Bucht zog, waren ihre Mittel begrenzt und es gab noch keine heiße Spur.

Albert Scheu hatte seit dem Sonntag kein Auge mehr zugetan. Er fühlte sich schuldig, hatte er doch Pia auf den Fall angesetzt und die Marschrichtung vorgegeben.

Er saß hinter seinem Schreibtisch am Computer, hatte den Krawattenknoten gelockert und die zwei obersten Knöpfe geöffnet. Seine grauen Haare waren zerzaust, dunkle Ränder umgaben seine Augen. Er arbeitete an einem Bericht über die Entführung von Pia Stein, denn die Polizei hatte die Nachrichtensperre aufgehoben, und er hatte diese Angelegenheit zur Chefsache erklärt.

Als es an der Tür klopfte, zuckte er zusammen. »Was zum Teufel ist denn jetzt schon wieder, verdammt!«, knurrte er. »Kann man hier mal in Ruhe arbeiten?«

Die Tür wurde geöffnet und seine Sekretärin streckte den Kopf herein. »Entschuldigung, Herr Scheu. Aber es scheint wichtig.« Sie betrat das Büro und reichte dem Chefredakteur ein braunes Kuvert.

»Was ist das?«

»Das wurde unten an der Pforte abgegeben«, erklärte die Sekretärin. »Es hieß, es wäre dringend und sollte sofort vorgelegt werden.«

»Von wem?«

»Einem Fahrradboten.«

Scheu griff nach dem Din-A4-Kuvert und legte es neben der Tastatur ab.

Chefredakteur Albert Scheu, dringend vorlegen, stand mit Maschinenschrift auf einem weißen Klebeetikett.

»Danke«, entgegnete er und wartete, bis die Sekretärin das Büro wieder verlassen hatte. Er beendete den Satz seines Berichts, ehe er sich dem Kuvert widmete und es mit einem Brieföffner bearbeitete.

Das erste, das er aus dem Umschlag zog war ein Bild. Es lief ihm eiskalt über den Rücken, als er das Foto betrachtete. Pia Stein, gefesselt, auf einem Stuhl sitzend, mit einer Ausgabe der RMZ vom letzten Sonnabend in der Hand. Als er das Kuvert umdrehte, fiel ein kleiner schwarzer USB-Stick auf die Arbeitsplatte seines Schreibtischs. Er fasste mit der anderen Hand ins Kuvert und zog einen zusammengefalteten Bogen Papier hervor. Scheu faltete das Schriftstück auseinander. Es war mit einem Computer geschrieben und ausgedruckt worden.

An Chefredakteur Albert Scheu

Dieses Schreiben ist das einzige seiner Art. Befolgen Sie die Anweisungen, dann wird die Journalistin überleben. Befolgen Sie die Anweisung nicht, dann ist das ihr Todesurteil.

Auf dem Stick befindet sich ein Artikel, geschrieben von Ihrer Mitarbeiterin auf meine Anweisung. Ich will, dass dieser Artikel in der nächsten Ausgabe veröffentlicht wird. Es ist eine Geschichte, meine Geschichte, und ich will, dass jeder von diesem Schicksal erfährt, denn ich bin kein Tier, kein Unmensch und auch kein Psychopath, ich bin die Gerechtigkeit.

Befolgen Sie meine Anweisung, sonst stirbt Pia Stein.

Der Erzengel

Nachdenklich legte Scheu die Nachricht zur Seite und griff nach dem USB-Stick. Einen kurzen Augenblick zögerte er, doch dann steckte er den Datenträger in den USB-Anschluss seines Computers und wartete, bis sich der Bildschirm öffnete. Er war gespannt, was er auf dem Stick vorfinden würde.

25

Wismar, Hafengebiet, Am Haffeld

Das beigefarbene Taxi stand auf einem Feldweg abseits der Straße gegenüber einem riesigen Holzlagerplatz. Blaues Absperrband flatterte im Wind. Falk parkte seinen BMW hinter einem Streifenwagen und stieg aus. In der Nähe des Feldweges stand der weiße VW-Bus der Spurensicherung. Mehrere Beamte in weißen Anzügen umlagerten das Taxi, sicherten Spuren und fertigten Fotos. Vicki Sauter stand an der Einmündung zum Feldweg neben einem uniformierten Polizeibeamten. Falk ging auf die beiden zu. Vicki Sauter nickte ihm zu und wies auf das Taxi.

»Zweifellos ein weiteres Opfer unseres Mörders«, sagte sie. »Eine Taxifahrerin um die Sechzig. Der Mörder hat ihr die Kehle durchgeschnitten, es sieht aus wie bei den anderen Opfern und gehört zweifellos zur Serie, meint Brunner.«

»Ich kenne die Frau«, knurrte Falk. »Sie heißt Anja Perlebach.«

Vicki Sauter blickte ihn fragend an. »Stimmt. Woher kennst du die Taxifahrerin?«

»Aus dem *Ostseeblick.* Sie verkehrte dort, so wie alle anderen Opfer. Gibt es Angehörige?«

Vicki Sauter schüttelte den Kopf. »Ihr Mann starb vor fünf Jahren. Kinder hatten sie keine.«

Falk nickte. »Wir lagen wirklich komplett falsch. Nicht die Investorengemeinschaft ist die Verbindung unserer Opfer, sondern das Gasthaus in Kirchdorf. Irgendetwas muss dort passiert sein, was unseren Mörder dazu bringt, reihenweise und auf bestialische Art und Weise die Stammgäste zu ermorden.«

»Hast du schon eine Idee?«

Falk zuckte mit der Schulter. »Nein, leider nicht, aber es zeigt mir, dass wir uns sorgfältig um die Vergangenheit in diesem Gasthof kümmern müssen. Nicht nur die Polizeiakten, auch die Melderegisterauszüge aus der damaligen Zeit müssen wir uns vornehmen. Ich will, dass jede Abweichung von der Norm, jedes kleine Detail, und mag es noch so unwichtig erscheinen, unter die Lupe genommen wird.«

»Modrow hat heute Morgen die Auszüge besorgt, die noch vorhanden sind«, entgegnete Vicki Sauter. »Wir haben acht zusätzliche Leute zugeteilt bekommen. Sie sitzen schon dran.«

Falk schüttelte den Kopf. »Ich will, dass du dich darum kümmerst. Modrow erkennt nicht mal einen Elefanten, selbst wenn er ihm direkt auf seinen Füßen steht.«

»Und hier?«, fragte Vicki.

»Wir werden hier keine verwertbaren Spuren finden«, entgegnete Falk. »Der Täter folgt einem Plan und einer Routine, er macht keine Fehler. Ich werde hierbleiben, und du fährst auf die Dienststelle. Ich brauche dort jemanden, der sensibel genug ist und die Akten richtig interpretiert.«

Vicki verzog die Mundwinkel. »Ich hasse Schreibtischarbeit«, murrte sie. »Von den alten Akten bekommt man am Ende eine Staublunge. Wir sollten uns einfach die Leute im Gasthaus vornehmen. Einen nach dem anderen, vielleicht kommen wir so weiter.«

Falk schüttelte den Kopf. »Das glaube ich nicht.«

»Wenn wir genügend Druck ausüben …«

Falk hob abwehrend die Hand. »Keine Chance, ich glaube, dass diese Leute aus dem Gasthaus überhaupt nicht ahnen, in welcher Gefahr sie schweben. Und ich glaube, dass der Mörder noch längst nicht am Ende seiner Liste angekommen ist. Er wird wieder zuschlagen.«

»Die Journalistin verkehrte wohl auch in dem Gasthaus? Oder hat er sie nur entführt und umgebracht, weil er mit ihrer Berichterstattung nicht einverstanden war?«

Falk fuhr sich über das Kinn. »Nein, ich denke, das hat andere Gründe. Ich glaube auch nicht, dass er sie umgebracht hat. Wir werden sicher noch von ihm hören. Hat eigentlich die Absuche der Umgebung des Bürogebäudes in dem Viertel noch etwas ergeben?«

Vicki Sauter schüttelte den Kopf. »Die Kollegen haben die ganzen Straßen und Wege abgefahren und auch die Parkplätze überprüft. Die meisten Autos gehörten Anwohnern und Besuchern, bislang ist nichts aufgefallen, was dort nicht hingehört. Ich mach mich dann mal auf den Weg.«

Falk nickte. »Gründlich, wie gesagt. Jede kleine Abweichung von der Norm ist interessant.«

»Ja ja, das sagtest du schon«, entgegnete Vicki Sauter, ehe sie zu ihrem Wagen ging und in Richtung Stadtmitte davonfuhr.

Brunner winkte ihn zu sich heran. Falk hob das Absperrband und ging auf den Kollegen der Spurensicherung zu.

»Die übliche Vorgehensweise«, berichtete Brunner. »Er muss hinter ihr gesessen haben. Er hat sie mit dem Sicherheitsgurt gefesselt, dann hat er ihr mit dem Messer die Kehle durchgeschnitten. Muss etwa gegen Mitternacht passiert sein, meint der Arzt.«

»Was weiß man sonst?«, fragte Falk.

Brunner seufzte. »Nicht sehr viel. Sie nahm gestern kurz vor dreiundzwanzig Uhr einen Fahrgast in der Stadt auf und meldete sich bei der Zentrale ab. Nach dem Auftrag wollte sie Schluss machen.«

»Wer hat sie gefunden?«

Brunner wies hinüber zum Holzlagerplatz. »Einem Mitarbeiter der Firma fiel das Taxi schon um sieben Uhr auf, als er mit dem Radlader vom Firmengelände herüberfuhr. Er dachte sich zuerst nichts dabei, weil es aussieht, als wäre es dort einfach abgestellt worden. Erst kurz vor der Mittagspause, als das Taxi noch immer hier stand, fuhr er rüber, um nachzusehen. Da hat er die Leiche auf dem Fahrersitz entdeckt und die Polizei gerufen.«

»Spuren?«

Brunner schüttelte den Kopf.

»Sonst noch was?«

»Ach ja, das Gutachten liegt zwar auf deinem Schreibtisch, aber bevor ich es vergesse, das Labor hat den Brief untersucht, den du von Pia Stein bekommen hast. Keine Fingerabdrücke und keine DNA, dafür hat man ein paar Mikrospuren einer Substanz gefunden und analysiert.«

»Was ist das für eine Substanz?«, fragte Falk.

»Rindertalg«, entgegnete Brunner und zuckte mit der Schulter.

»Gut. Und für die Pressestelle, falls dich jemand fragt, ist dieser Mord hier ein klassischer Raubmord, verstanden?«

Brunner schaute Falk fragend an.

»Manchmal muss man auf den Busch klopfen«, fügte Falk hinzu und zwinkerte ihm zu.

»Ein Raubmord, ich verstehe«, entgegnete Brunner.

Falks Mobiltelefon klingelte. Er nahm das Gespräch an. Es dauerte nur kurz bis er wieder auflegte.

»Ihr kommt hier sicher ohne mich klar«, sagte er zu Brunner.

»Sicher, kein Problem.«

RMZ-Zentrale, Rostock, Augustenstraße

»Wer hat ihn gebracht?«, fragte Falk.

»Wir haben es überprüft«, antwortete Albert Scheu. »Es war ein Fahrradbote von Quickbike. Ich habe dort schon angerufen. Er stammt aus einem Briefkasten. Die haben Briefkästen in der Stadt, die werden dreimal am Tag geleert. Er muss in der Innenstadt aufgegeben worden sein.«

Falk zog sich einen Stuhl heran und betrachtete das Foto von Pia Stein, am Hals gefesselt, vor einer Matratze auf einem Stuhl sitzend. In ihrer Hand die Samstagsausgabe der RMZ, die sie in die Kamera hielt.

»Das war mit dabei«, sagte Albert Scheu und hob den kleinen USB-Stick in die Höhe.

»Sie haben nachgesehen, was sich darauf befindet?«

Scheu griff in seinen Postkorb und reichte Falk ein Dokument. »Ja. Es ist ein Bericht oder besser gesagt, eine Reportage. Überschrieben mit *Teil eins.* Darin schreibt Pia über ein Mädchen. Es ist sicher von Pia, wir arbeiten lange genug zusammen, dass ich ihren Schreibstil wiedererkenne.«

Falk legte das Foto vor sich auf den Schreibtisch und griff nach dem Dokument. Es bestand aus einer Seite.

Eine Geschichte vom Leben und vom Tod

Teil eins

Als sie geboren wurde, regnete es in Strömen. Das Wasser drang durch das undichte Dach, und Blitze zuckten durch die Dunkelheit.

Es heißt, wenn ein Kind bei einem solchen Sturm geboren wird, dann gibt es nichts im Leben, das es erschüttern kann. Fest und aufrecht wird es durch das Leben gehen, doch diese alte Weisheit hat längst schon ihre innere Wahrheit verloren, denn oft sind das Leid und die Pein, die einem widerfahren können, viel zu viel für ein einziges Menschenleben.

In diesem kleinen Ort, abseits des Lebens, tief im Gebirge, war es kalt. Es war immer kalt, kalt und feucht, so wie auch mich die schicksalhafte Kälte umgibt und mich nicht mehr loslässt, seit ich die Wahrheit kenne.

Ihre Mutter und auch ihr Vater liebten sie abgöttisch, und auch wenn sie arm waren und nicht wussten, wovon sie am nächsten Tag satt werden sollten, so war zumindest diese Liebe für sie wie ein Schutzschild gegen all die Kälte und das Elend, das sie umgab.

Ihre Mutter wusch Wäsche, nähte und schneiderte für ein paar Münzen, und ihr Vater arbeitete im großen Sägewerk im Ort, denn Wald und Holz waren das einzige Kapital, das es in diesem Ort gab.

Sie wuchs heran, mit großen, dunklen und wachen Augen betrachtete sie die Welt, und auch wenn ihre Kleider nur bessere Lumpen waren und jeden Tag eine Suppe und trockenes Brot ihren Magen füllte, so war sie doch glücklich und zufrieden.

Eine Schule gab es nicht, doch ihre Mutter brachte ihr das Lesen

und das Schreiben bei. Und bald wurde klar, sie würde nicht nur eine Schönheit werden, sondern sie war auch überaus intelligent, sie war ein Engel, ein Engel auf Erden. Doch ihre Geschichte ist noch lange nicht zu Ende, denn das Schicksal ging hart mit ihr um, hart und ungerecht. Das wird für alle offensichtlich, denn diese Geschichte wird bis zum Ende erzählt, bis zum bitteren Ende. Niemand wird zwischen den Zeilen lesen müssen, denn das Offensichtliche wird klarer und klarer werden und die Gerechtigkeit nimmt ihren Lauf. Dafür wird er sorgen, mit dem Schwert und mit Blut, und er wird all diejenigen richten, die verdorben und des Todes sind.
In seinem Namen,
der Engel der Gerechtigkeit.

Falk legte das Blatt zur Seite. »Das hat sie geschrieben, das ist sicher?«

»Todsicher, das ist ihr Stil«, bestätigte Albert Scheu.

»Werden Sie es veröffentlichen?«

Albert Scheu erhob sich und trat ans Fenster. »Wir sind es ihr schuldig.«

Falk lehnte sich im Stuhl zurück. »Das habe ich erwartet«, sagte er.

Scheu wandte sich um und zeigte auf das Dokument. »Wirklich?«

Falk nickte. »Für alle, die den Täter immer noch für einen grausamen und irren Psychopathen halten, wird durch diese Artikel klargestellt, dass es ihm nicht allein um Mord und Blut geht, sondern um Gerechtigkeit.«

Scheu runzelte die Stirn. »Sie hegen Sympathie für diesen Mann, wie es scheint.«

Falk lächelte. »O nein, Sie irren sich, Herr Scheu. Es ist nur so, dass ein Psychopath intuitiv handelt, manchmal sogar unbeherrscht. Er mag intelligent sein und er mag über eine gute Auffassungsgabe verfügen, aber er tut manchmal Dinge, die er nicht kontrollieren kann, und das verrät ihn früher oder später. Bei diesem Mann ist es anders. Er folgt einem Plan, er hält sich an seine Vorgaben, die er sich selbst auferlegt hat und er tut es akribisch und genau. Das macht ihn so gefährlich und für uns kaum fassbar. Aber jetzt haben wir eine Möglichkeit, mehr über ihn zu erfahren.«

»Durch Pia?«

»Ja, genau, und durch das Lesen zwischen den Zeilen.«

Scheu nahm wieder hinter seinem Schreibtisch Platz. »Das verstehe ich nicht.«

»Es werden weitere Schreiben folgen. Ich möchte bitte sofort informiert werden, wenn das nächste hier eingeht!«

»Klar.«

»Wann erscheint der Bericht von der Entführung?«

»Morgen.«

»Dann halten Sie eine weitere Seite frei, es gibt einen neuen Mord, der auf sein Konto geht.«

Scheu schaute Falk fragend an. »Die Taxifahrerin vom Hafen, das war kein Raubmord?«

»Nein, war es nicht, aber wir werden es so verkaufen«, stellte Falk klar. »Sie erhalten unsere Pressemeldung bis siebzehn Uhr, reicht das für die morgige Ausgabe?«

Albert Scheu nickte.

Falk griff nach dem Dokument, das die Geschichte enthielt, die von Pia Stein geschrieben wurde.

»Wollen Sie auch den Umschlag und den Rest? Wir haben

es vermieden, ihn anzufassen. Es dürften nur meine Fingerabdrücke darauf sein.«

Falk erhob sich. »Ich denke, das ist Zeitverschwendung, wir werden keine Spuren darauf finden. Aber gut, ich nehme alles mit. Sie haben Kopien angefertigt?«

Scheu nickte.

»Gut, dann bis demnächst, ich finde alleine hinaus.«

26

Kriminalpolizei Wismar, Rostocker Straße

Als Vicki Sauter an der Seite von Simon Modrow an diesem Morgen gegen acht Uhr den Soko-Raum im dritten Stock des Dienstgebäudes betrat, war Falk schon da. Er stand vor der großen Pinnwand und hatte die Fotos und die Dokumente neu geordnet. Auf einem Flipchart neben der Pinnwand hatte er stichpunktartig zusammengetragen, was sie bisher erfahren hatten. Darunter standen drei zentrale Punkte, die mit einem Fragezeichen versehen waren.

Ostseeblick?
Vergangenheit?
Bewegungsprofil?

»Guten Morgen«, grüßte Vicki, während Modrow nur kurz nickte und sich auf einen Stuhl auf der gegenüberliegenden Seite niederließ.

»Guten Morgen«, entgegnete Falk. »Wir warten noch auf Brunner, bevor wir loslegen.«

Brunner kam fünf Minuten später in den Raum, an seiner Seite die Inspektionsleiterin.

»Guten Morgen, Herr Falk«, grüßte sie. »Bevor Sie fortfahren, würde ich gerne wissen, wie der derzeitige Stand der Dinge ist. Der neuerliche Mord an der Taxifahrerin im Hafengebiet hat nicht gerade dazu gedient, die Lage zu beruhigen, auch wenn die Presse unserem Bericht folgt, in dem wir von einem Raubmord sprechen. Das ändert nichts daran, dass uns die Presse nach wie vor Untätigkeit, sogar Unfähigkeit vorwirft. Schließlich haben wir auch noch den Mord an diesem Fischer. Der Polizeipräsident hat heute einen Termin im Innenministerium. Man denkt offen darüber nach, ob der Fall der Serienmorde nicht komplett durch das LKA übernommen werden soll.«

Falk zuckte mit der Schulter. »Ich habe mich, wie Sie wissen, nicht darum beworben, diese Ermittlungen zu leiten. Falls es andere Interessenten gibt …«

»Herr Falk, ich verstehe ja, dass diese Situation neu für Sie ist, dennoch hätte ich mir gewünscht, das wir endlich Fortschritte machen. Sechs Opfer hat dieser Irre jetzt bereits auf seinem Konto. Sieben vielleicht, denn wir wissen nicht, ob diese Journalistin noch am Leben ist. Und trotzdem gibt es bislang nichts, was uns weiterbringt. Noch dazu haben Sie eigenmächtig die Fahrzeugkontrollen eingestellt und zu einer Verkehrsüberwachung herabgestuft. Können Sie mir das bitte schön erklären?«

Falk lächelte, als er sich einen Stuhl heranzog. Mit einem Fingerzeig bot er der Inspektionsleiterin einen Platz an und wartete, bis sie sich ebenfalls gesetzt hatte.

»Nun, es ist einfach zu erklären«, sagte er. »Die Suche nach Wackernagel ist reine Zeitverschwendung. Ich bin davon überzeugt, dass er nichts mit der Sache zu tun hat.«

»Ja, genau, und deswegen ist er auch abgehauen«, unkte Modrow.

»Er ist abgehauen, weil er in der Zeitung las, dass er der Hauptverdächtige in diesem Fall ist, und wohl kaum noch jemanden traut, der irgendwie mit diesem Staat etwas zu tun hat«, entgegnete Falk bemüht ruhig. »Wir haben schon genug Zeit mit der Suche nach ihm verschwendet, er wird bald wieder auftauchen.«

Modrow richtete sich empört auf, wobei sein Gipsarm lautstark gegen die Tischkante knallte. »Das ist doch Blödsinn, wir …«

»Man war sich hier viel zu schnell viel zu sicher und ermittelte ausschließlich in eine Richtung. Deshalb hinken wir der Entwicklung hinterher«, fiel ihm Falk ins Wort.

»Was macht Sie so sicher?«, fragte die Polizeidirektorin.

»Ganz einfach«, erwiderte Falk. »Wackernagel flüchtete nach dem ersten Dreifachmord und wurde seither nicht mehr gesehen. Sein Motorrad wurde in Anklam aufgefunden, und ich bin sicher, er hat sich irgendwo weit weg von hier verkrochen. Als der Pfarrer starb, war er wohl noch auf der Flucht. Aber jetzt, nach den zwei weiteren Morden, wird er aus seinem Versteck herauskommen. Und er wird ein Alibi für die beiden Morde an dem Fischer und der Taxifahrerin haben, da können Sie sicher sein.«

»Nach wem sollen wir dann suchen?«, fragte Modrow.

»Sie haben es doch gehört«, antwortete Falk. »Wir suchen nach einem Mann, einem großen, kräftigen und vor allem intelligenten Mann, der in der Lage ist, uns so lange an der Nase herumzuführen, dass er seinen Plan in aller Ruhe in die Tat umsetzen kann.«

Die Inspektionsleiterin breitete fragend ihre Arme aus. »Was soll das für ein Mann sein? Und weshalb tut er das alles? Ist er ein Psychopath?«

Falk schüttelte den Kopf. »Er sieht sich selbst als Werkzeug der Rache, als Racheengel quasi, der die Gerechtigkeit wiederherstellt, und er folgt einem genauen Plan. Ich nehme sogar an, dass er ein genaues Zeitfenster und eine Reihenfolge für seine Taten erstellt hat und präzise nach diesem Muster handelt.«

»Das ist schön, wenn Sie über jeden Täter solch ein Psychogramm erstellen, aber es bringt uns in der aktuellen Phase leider nicht weiter«, warf Inspektionsleiterin Reimann ein. »Wir brauchen endlich Fakten.«

»Richtig«, betätigte Falk und erhob sich. Er weckte den Laptop aus dem Standby-Modus auf und aktivierte den Beamer. Auf der weißen Tafel an der Stirnseite wurde ein Dokument sichtbar.

»Das hat der Täter der RMZ-Redaktion zukommen lassen«, erklärte Falk. »Chefredakteur Scheu ist absolut sicher, dass Pia Stein die Reportage geschrieben hat. Lesen Sie!«

Er wartete, bis die Anwesenden den Text durchgelesen hatten.

»Er will der Welt mitteilen, wofür er Rache nimmt«, sagte Falk nach einer Weile des Schweigens. »Er führt uns quasi direkt zum Motiv.«

»Das ist von ihm?«, fragte Vicki.

Falk nickte. »Ja, zumindest seine Vorlage. Und Pia Stein soll die Geschichte schreiben. Das ist eine Chance für uns, wir haben quasi eine Informantin in der erster Reihe.«

»Das verstehe ich nicht, Herr Falk, er führt uns damit ja direkt zu sich«, folgerte die Polizeidirektorin.

»Ja, das tut er«, bestätigte Falk. »Allerdings gibt er nur so viele Details bekannt, dass ihm noch genügend Zeit bleibt, um seinen Plan zu vollenden.«

»Das heißt, er wird weitermorden?«

»Ja, er ist noch nicht am Ziel. Doch er will, dass wir begreifen, welches Motiv ihn vorantreibt. Und wer zwischen den Zeilen lesen kann, der entdeckt Hinweise, die uns zum Aufenthaltsort der Journalistin führen.«

Die Inspektionsleiterin schüttelte den Kopf. »Das ist pervers! Er veranstaltet ein Wettlauf mit uns.«

Modrow wies an die Tafel. »Und welchen Hinweis können wir daraus lesen?«

Falk lächelte. »Es ist die Geschichte eines jungen, hoffnungsvollen Mädchens, das einen harten Schicksalsschlag hinnehmen muss oder selbst zum Opfer wird ...«

»Das ist klar, aber was genau können wir daraus lesen?«

»Der Mörder teilt uns mit, dass es um ein junges Mädchen geht, einer Ausländerin, vermutlich, denn ich kann mir nicht vorstellen, dass bei uns noch jemand unter solchen Umständen aufwächst. Und er teilt uns mit, dass dieses Mädchen aus einer Bergregion stammt.«

Modrow verzog verächtlich seine Lippen. »Das bringt uns aber nicht viel weiter.«

Falk schüttelte unwillig den Kopf. »Doch, das tut es. Es bringt uns zurück in die Vergangenheit. Zusammen mit den anderen Indizien, die wir kennen, gibt es bereits ein klares Bild.«

»Ich verstehe nicht...«, stammelte die Inspektionsleiterin.

»Früher, unmittelbar nach der Wende wurde hier im großen Stil Gemüse angebaut. Zur Ernte half man sich mit Saisonarbeitskräften aus dem Ausland, aus Polen, Rumänien, Bulgarien und Weißrussland. Der Großbauer Wilhelm Arnold aus Damekow hatte manchmal bis zu siebzig solcher billigen Arbeitskräfte bei sich auf dem Hof. Das endete erst, als sich der Anbau durch den Preisverfall nicht mehr lohnte und er auf Raps umstellte, der mit Maschinen geerntet werden kann.«

»Das ist sehr lange her, das war zweiundneunzig«, wandte Modrow ein.

»Ja, genau«, betätigte Falk. »Außerdem gibt es einen weiteren Zusammenhang. Alle Mordopfer verkehrten im Gasthaus *Ostseeblick* in Kirchdorf. Ich denke, dass dies ein bedeutsames Fakt ist. Irgendetwas muss dort vorgefallen sein, oder die Stammgäste der Wirtschaft waren an irgendeiner zwielichtigen Geschichte beteiligt. Es kann sogar sein, dass sich gar nicht mehr alle an diesen Vorfall erinnern, weil er ihnen nicht bedeutsam genug erscheint. Deswegen müssen wir mehr über die Vergangenheit erfahren, und das heißt, wir müssen uns in diese Jahre zurückversetzen.«

»Und das Bewegungsprofil?«, fragte die Direktorin und wies auf den Flipchart. »Was ist damit gemeint?«

Falk erhob sich und ging zu der Landkarte, die an der Pinnwand hing. »Die Tatorte liegen alle in der Region, dennoch ist eine gewisse Distanz dazwischen«, sagte er und wies auf die Karte. »Überall an den neuralgischen Punkten waren Kontrollstellen eingerichtet, trotzdem ist keinem Kontrollposten etwas Ungewöhnliches aufgefallen, und das, obwohl der Mörder die Leiche von Lehn über die Insel transportierte. Das heißt, er war dort unterwegs, ohne ein besonderes Interesse bei den Kollegen zu wecken. Und er kannte sich in der Gegend gut aus. Das sagt mir, dass er sich schon eine ganze Weile hier in der Region bewegt und dass es für ganz normal erachtet wird, wenn er mit seinem Fahrzeug durch die Gegend fährt. Für diese These spricht auch, dass er die Gewohnheiten seiner Opfer gut kannte.«

Die Direktorin erhob sich. »Ich muss leider los, aber das klingt alles sehr gut, Falk. Bleiben Sie an der Sache dran. Ich hoffe, dass unsere Bemühungen endlich von Erfolg gekrönt sind, denn der Druck nimmt zu. Und Vorsicht, ein weiteres Opfer können wir uns nicht leisten.«

Falk nickte und wartete, bis die Inspektionsleiterin den Raum verlassen hatte. Schließlich erhob er sich, griff zur Computermaus und markierte ein paar Zeilen in Pia Steins Dokument.

…immer kalt, kalt und feucht, so wie auch mich die schicksalhafte Kälte umgibt und mich nicht mehr loslässt, seit ich die Wahrheit kenne …

»Ich brauche eine Liste mit abgeschieden liegenden Industriebrachen hier in der Gegend«, sagte er. »Modrow, kümmern Sie sich bitte darum.«

»Wieso, ich dachte …«

»Sie sollten lernen, zwischen den Zeilen zu lesen, Herr Kollege.«

»Und was mache ich?«, fragte Vicki Sauter.

»Ich sagte dir schon, die alten Akten und die Melderegister. Wir suchen nach einer Frau, höchstwahrscheinlich einer jungen Frau, die zwischen 1992 und 1996 hier als Saisonarbeiterin tätig war. Denk daran, sensibel bleiben, jede Abweichung von der Norm ist interessant. Sonst müssen wir alle diese Frauen überprüfen, und das würde zu lange dauern. Mit diesem Schreiben hat er einen Wettlauf eingeläutet, und ich habe nicht vor, das Ziel als Zweiter zu erreichen.«

Vicki Sauter nickte.

Falk wandte sich Brunner zu. »Gibt es schon Neuigkeiten aus dem Labor?«, fragte er.

Brunner schüttelte den Kopf. »Wie gesagt, der Rechtsmediziner sieht es ähnlich wie der Arzt vor Ort. Lehns Körpertemperatur war zu niedrig, wir müssen auf den Befund aus dem Labor warten, morgen oder übermorgen.«

»Und die Überwachung?«

»Läuft.«

»Alles klar, dann weiß jeder, was er zu tun hat«, beendete Falk das Meeting.

Irgendwo an der Ostseeküste

Er war verärgert, und das war unschwer zu erkennen. Er hatte die heutige Ausgabe der RMZ zerknüllt und in die Ecke geworfen, dann hatte er sich schweigend auf den Stuhl gesetzt.

»Sie beschmutzen ihr Andenken, das werde ich nicht zulassen«, sagte er voller Wut.

»Ich kann nichts dafür … ich weiß nicht …«, stammelte Pia Stein.

»Still! Ich will, dass du schreibst. Schreib, was ich dir sage!«

Pia nickte und nahm den Schreibblock in die Hand.

»Sie war schuldig. Sie war ebenso schuldig, wie es auch die anderen waren, und ihr Tod ist die gerechte Strafe für ihr Schweigen. Niemand wird meinen Namen beschmutzen, indem er Lügen schreibt.«

Pia notierte alles mit.

»Lies!«

Sie las den Text noch einmal vor.

»Und schreib weiter, niemand soll je wieder ihr Andenken

beschmutzen, sonst werden andere dafür mit ihrem Blut büßen. Hast du das?«

Pia nickte.

»Ich will, dass es ganz oben steht, verstehst du, ganz oben!«

Pia nickte. »Ich schreibe es ganz oben, vor der Geschichte.«

»Gut!«

Er ließ sich im Stuhl zurücksinken und schaute an die Decke. Pia war unsicher, sie beobachtete ihn und versuchte, das Zittern ihres Körpers zu kontrollieren. Es musste etwas passiert sein, dass ihn derart in Rage brachte, doch was es war, das wusste sie nicht.

Er richtete sich wieder auf und blickte sie an.

»Hast du Essen?«

Pia nickte.

»Ist dir warm genug?«

»Hier ist es kalt, und es stinkt nach faulem Fisch«, entgegnete sie.

»Es ist gut hier und du hast zwei Decken und den Ventilator. Es gibt Menschen, die haben weniger als du.«

Er erhob sich und ging in die Ecke, in die er die zerknüllte Zeitung geworfen hatte. Er hob sie auf und glättete sie, ehe er sie Pia reichte.

»Sie werden wissen wollen, ob du noch am Leben ist«, sagte er, griff in die Tasche und zog sein Handy hervor. Pia erhob sich und stellte sich an die Wand.

Er knurrte: »Das hast du dir so gedacht. Stell die Matratze auf, du weißt schon, wie!«

Pia tat, wie ihr aufgetragen. Erst nachdem die Wand nicht mehr zu sehen war, knipste er das Foto, dann steckte er das Handy wieder ein.

»Ich komme heute Mittag, dann ist es fertig, das Schreiben, klar!«

»Ich … ich bräuchte eine Toilette, ein Bad, ich würde mich gerne waschen und …«

Er schnitt ihr mit einer Geste das Wort ab und wies auf die beiden Eimer, die in der Ecke standen.

»Toilette und Bad, das hast du hier.«

»Aber ich …«

Er wartete ihren Protest nicht ab und verließ den Raum. Die Tür fiel mit einem lauten Knall ins Schloss.

Pia blieb allein zurück. Es war der dritte Tag, den sie hier in ihrem Verlies zubrachte. Sie hoffte, er würde die kleinen Randbemerkungen im Text nicht entdecken. Und dass Falk ihre Signale verstand und richtig zu deuten wusste.

27

Polizeikommissariat Braunschweig, Münzstraße

Das weitläufige rote Gebäude am Beginn der Münzstraße lag im gleißenden Sonnenlicht eines warmen Frühsommertages. Über der Stadt flirrte die Luft, es war früher Nachmittag, kurz vor drei Uhr.

Der Pförtner in dem kühlen, mit Panzerglasscheiben gesicherten Foyer des Gebäudes hatte seine Espressomaschine eingeschaltete und lehnte sich gemütlich in seinem bequemen Stuhl zurück. Drei Uhr, endlich kehrte Ruhe ein. Meist war der Vormittag hektisch, die Mittagszeit stressig und der späte Nachmittag arbeitsreich, denn dann kamen die Leute von der Arbeit nach Hause und hatten nichts Besseres zu tun, als auf dem Polizeikommissariat anzurufen. Die Freitage waren am schlimmsten, denn auch wenn man Opfer einer Straftat wurde, einer Beleidigung, übler Nachrede oder eines Computerbetrugs, das Wochenende war heilig und die Wochentage zu kurz, um sich um alles zu kümmern. Heute war Dienstag, eher einer der ruhigeren Tage. Der Pförtner freute sich auf einen guten Kaffee und auf sein Stückchen Linzertorte, die er von zu Hause mitgebracht hatte. Er wartete, bis der schnarrende Automat die Tasse gefüllt hatte und sich die Crema auf der Oberfläche verteilte.

Noch bevor er die Gabel zur Hand nahm und zum Teller griff, klingelte es an der Pforte.

»Verdammt, doch nicht jetzt!«, fluchte er. Kaffee musste

man heiß genießen, direkt aus dem Automaten und ohne unliebsame Unterbrechung. Doch was blieb ihm übrig? Er öffnete die Tür. Zwei Männer betraten das Gebäude, einer in abgerissener Jeans und einem roten T-Shirt, der andere im sommerlichen grauen Anzug mit weißem Hemd und offenem Kragen. Eine Brille mit Goldrand saß auf seiner Nase.

Während der Typ in der Jeans auf der Wartebank Platz nahm, kam der Anzugträger an die Scheibe. Der nickende Gruß machte die Sache nicht besser. Mit einem Seufzer aktivierte der Pförtner die Sprechanlage.

»Guten Tag, mein Name ist Roloff von der Anwaltskanzlei Oppermann, Henners und Partner. Ich hätte gerne mit einem Kriminalbeamten gesprochen.«

»Um was geht´s?«, entgegnete der Pförtner unfreundlich.

»Sagen wir, es geht um Mord und um eine Fahndung Ihrer Kollegen aus Mecklenburg.«

Der Pförtner runzelte die Stirn. »Einen Augenblick, nehmen Sie Platz, ich rufe einen Kollegen. Gehört der dort zu Ihnen?«

Der Anwalt nickte, wandte sich ab und setzte sich neben den Jeansträger.

Der Pförtner nahm den Telefonhörer in die Hand und wählte die Nummer des 1. Fachkommissariats. Es dauerte drei Minuten, bis eine Kollegin der Kriminalinspektion erschien. Sie streckte ihren Kopf durch die Tür.

»Sind das die Leute?«

»Irgend so ein Anwalt«, erklärte der Pförtner. »Er sagt es geht um Mord und irgendwas in Mecklenburg.«

Die Kriminalbeamtin zuckte mit der Schulter. »Na ja, ich hör's mir mal an.«

Die Vorschriften besagten, dass nur Personen, die überprüft worden waren, durch die Schleuse ins Innere des Gebäudekomplexes gelangen durften, deshalb öffnete die Kollegin die Zwischentür und trat in den Vorraum. Die Augen des Pförtners folgten ihr.

»Guten Tag, Kriminaloberkommissarin Heese, Sie wollten mit einer Polizistin sprechen«, sagte sie zu dem Mann im grauen Anzug.

Der Anwalt erhob sich und reichte ihr seine Karte. »Ich sagte an der Pforte schon, Helmut Roloff, Anwalt, unsere Kanzlei ist in Lehndorf.«

»Was führt Sie zu uns?«

Der Anwalt wies auf seinen Begleiter. »Das ist Florian Wackernagel, er stammt aus Tessmannsdorf, das liegt an der Ostseeküste, in der Nähe der Insel Poel in Mecklenburg-Vorpommern. Wenn Sie Ihren Computer bemühen, dann werden Sie sehen, dass nach ihm gefahndet wird. Er ist hier, um sich freiwillig zu stellen.«

»Gefahndet, weswegen?«

»Wegen mehrfachen Mordes«, erklärte der Anwalt und reichte der Polizeibeamtin Wackernagels Personalausweis.

Die Polizistin war einen kurzen Augenblick sprachlos. Schließlich räusperte sie sich. »Würden Sie bitte hier warten, bis ich es überprüft habe?«, sagte sie mit einem krächzenden Unterton in der Stimme.

»Wir warten«, versicherte der Anwalt. »Deshalb sind wir ja hergekommen.«

Diesmal dauerte es nur zwei Minuten, bis die Beamtin erneut erschien. In ihrer Begleitung befanden sich vier Kollegen, allesamt bewaffnet.

Der Anwalt erhob sich. »Haben Sie es überprüft?«, fragte er, doch die Polizistin und auch die Kollegen hatten scheinbar kein Interesse mehr an ihm. Sie umrundeten Wackernagel und forderten ihn auf, aufzustehen und sich zur Wand zu drehen. Alles ging recht schnell. Wackernagel wurde mit Handschellen auf den Rücken gefesselt und anschließend abgetastet, dann führte man ihn ins Gebäude.

»War das wirklich nötig?«, beschwerte sich der Anwalt. »Wir sind schließlich freiwillig gekommen. Herr Wackernagel will sich stellen, er ist unschuldig, und er hat genügend Zeugen dafür.«

Die Polizistin zuckte mit der Schulter. »Tut mir leid, das ist Vorschrift. Sie müssen noch einen kurzen Moment warten, ich hole Sie dann ab.«

Der Anwalt nickte und wandte sich zur Tür. »Ich komme in einer Stunde wieder.«

Kriminalpolizei Wismar, Rostocker Straße

Akten, Akten, Akten. Die Tische lagen voll davon. Alte Polizeiakten aus den Jahren 1991 bis 2000 aus dem Archiv der Polizeistation in Kirchdorf. Dazu kamen noch die Meldeauszüge, die damals üblicherweise in Schriftform für Saisonarbeiter abzugeben waren, damit genau überprüft werden konnte, dass die Arbeiter nicht die genehmigte drei- bzw. sechsmonatige Aufenthaltsspanne überschritten, denn dann zählten sie nicht mehr als Saisonarbeiter, mussten sozialversichert werden und wurden steuerpflichtig.

Die Einschränkung der Suche nach den Begriffen *Frau, Aus-*

länderin und dem Alter zwischen achtzehn und fünfzig, die Falk vorgegeben hatte, brachte keine spürbare Erleichterung. Zwar fanden in den Polizeiakten nur zwei Frauen Erwähnung, die über die Stränge geschlagen hatten – einmal wegen Diebstahls und das andere Mal wegen Körperverletzung –, doch so wurde es in den Meldelisten umso schwieriger, denn oft hatten die Landwirte aus der Gegend die Arbeiter und Arbeiterinnen nach drei Monaten ausgetauscht, um nicht gegen das geltende Recht zu verstoßen. Insgesamt lagen siebenhunderteinundvierzig Belege vor, der weibliche Anteil lag bei fast achtzig Prozent. Wahrscheinlich lag es daran, dass die Erntearbeit, das Bücken und Pflücken, vorwiegend der weiblichen Bevölkerung vorbehalten war und die Männer meist als Träger oder im Maschinenpool Verwendung fanden. Der Hauptgrund dafür dürfte jedoch gewesen sein, dass sie im Schnitt dreißig Prozent weniger verdienten als ihre männlichen Kollegen.

Vicki hatte Falks Rat beherzigt, jede Auffälligkeit, jede Abweichung von der Norm wurde verzeichnet, doch das alleine genügte ihr nicht. Sie notierte sämtliche Namen und die Herkunftsländer, sollte die von Falk angeregte Art der Überprüfung nicht zum Ziel führen.

Acht Kolleginnen und Kollegen unterstützen sie, dennoch befürchtete sie, dass die Überprüfung mindestens bis zum Ende der Woche andauern würden. Das hieß Innendienst für den Rest der Woche und vielleicht sogar darüber hinaus. Trübe Aussichten, wenn man alles zusammennahm, denn eigentlich wäre sie viel lieber mit Falk auf der Straße unterwegs.

»Ich habe hier vier aus Bulgarien, die waren gerade mal zwei Tage da«, rissen sie die Sätze einer Kollegin aus ihren Gedanken.

»Notieren und überprüfen«, antwortete Vicki.

Die Kollegin nickte und wandte sich um.

Modrow betrat grinsend den Soko-Raum. »Hallo Vicki, geht's voran?«

Vicki zeigte ihm den Mittelfinger ihrer rechten Hand.

»Glaubst du, das bringt uns weiter?«

Sie seufzte. »Ich weiß es nicht, aber es klingt plausibel, was Falk sagt.«

Modrow schüttelte den Kopf. »Bist du jetzt auch schon seinem Fanclub beigetreten?«

»Blödmann!«

»Ich habe heute kurz mit Willig telefoniert, es geht ihm besser. Wenn er Glück hat, kommt er nächste Woche aus dem Krankenhaus.«

Vicki zuckte mit der Schulter. »Und?«

»Es wird Zeit, dass er den Laden wieder übernimmt, wir verplempern unnötig Zeit. Wackernagel ist bestimmt längst über alle Berge.«

»Du glaubst immer noch, Wackernagel steckt dahinter?«

Modrow klopfte Vicki auf die Schulter. »Er hat zumindest was damit zu tun. Vielleicht hat er im Knast einen großen und starken Komplizen kennengelernt und musste auf ihn warten, bevor er die unliebsamen Genossen aus dem Weg räumen konnte.«

Vicki schüttelte den Kopf. »Seit deinem Unfall bist du wie vernagelt. Ich glaube inzwischen auch, Wackernagel hat nichts damit zu tun. Was machst du jetzt?«

»Ich fahre an den Hafen, aber zuerst gehe ich ein Eis essen.«

»Und was machst du am Hafen?«

Modrow lächelte. »Im Gegensatz zu dir darf ich raus und hab kein Hausarrest. Ich überprüfe ein paar Gebäude, du hast doch gehört, was ich machen soll.«

»Ach so, ja, die Industriebrachen.«

Modrow nickte.

»Was meinte eigentlich Falk, als er zu Brunner von der Überwachung sprach, weißt du da was?«

Vicki nickte. »Der *Ostseeblick* und der Ahrenshof werden verdeckt observiert. Falk glaubt, dass der Täter dort früher oder später auftauchen wird.«

Modrow zog die Luft tief in die Lungen. »Woher weißt du das?«

»Von Brunner.«

»Und warum sagt Falk uns das nicht.«

»Er will nicht, dass alles, was wir tun, in der Zeitung steht.«

Modrow verzog das Gesicht und klopfte Vicki noch einmal auf die Schulter, bevor er sich umwandte und den Soko-Raum verließ.

»Schönen Tag noch«, sagte er, bevor er verschwand.

28

Polizeikommissariat Braunschweig, Münzstraße

Vicki Sauter klopfte und öffnete die Tür zu dem Büro am Ende des Flures.

»... ich kann es kaum erwarten, bist du wieder hier bei mir bist«, tönte die weibliche Stimme aus dem kleinen Lautsprecher des Mobiltelefons.

»Ein paar Tage wird es noch dauern, aber wir sind dicht davor«, antwortete Falk und schaute erschrocken zur Tür.

Sein Handy lag vor ihm auf dem Schreibtisch, der Lautsprecher war eingeschaltet.

Vicki Sauter hob abwehrend die Hände. »Oh, entschuldige, ich wusste nicht ...«

»Ist schon gut«, entgegnete Falk, nahm das Handy in die Hand und schaltete den Lautsprecher aus. »Ich muss Schluss machen, bis bald«, verabschiedete er sich, beendete das Gespräch und winkte Vicki zu sich heran.

»Entschuldige, ich wollte nicht indiskret sein«, erklärte Vicki.

»Kein Problem, war nur meine Mutter«, sagte Falk und steckte das Mobiltelefon in die Tasche seiner leichten Sommerjacke.

»Du hast es sicher schon gehört, Wackernagel wurde in Braunschweig festgenommen.«

Falk nickte.

»Ich dachte, jemand sollte sich...«

Falk winkte ab. »Ich brauch dich hier, du weißt, weswegen. Ich habe Modrow geschickt, er dürfte schon dort sein.«

»Modrow? Wieso ausgerechnet Modrow. Er hat doch den Arm im Gips.«

»Ich denke, das schafft er«, entgegnete Falk. »Klara fährt ihn. Wackernagel ist nicht unser Mann, es geht nur darum, dieses Kapitel endgültig abzuschließen und den Deckel draufzumachen. Er hat sicher ein gutes Alibi für die letzten beiden Fälle, und Modrow ist dafür genau der Richtige.«

Vicki schüttelte den Kopf. »Bist du dir sicher?«

Falk zuckte mit der Schulter. »Ich habe ihn gestern Abend angerufen. Die beiden sind heute gegen sechs mit dem Dienstwagen losgefahren, und ich bin sicher, sie sind rechtzeitig zum Feierabend wieder zurück.«

*

Simon Modrow war sogar noch früher aufgebrochen. Schon gegen fünf Uhr waren sie sehr zum Leidwesen der jungen Kollegin losgefahren, damit er den Termin um elf Uhr nicht verpasste. Er würde es allen zeigen. Falk täuschte sich, Wackernagel hatte seiner Meinung nach etwas mit den Morden zu tun, und er, Simon Modrow, würde es herausfinden. Falk würde einsehen, dass er seine Thesen und Schlussfolgerungen überdenken musste.

Hauptkommissar Dirke vom 1. Fachkommissariat der Kriminalinspektion Braunschweig war überrascht, als Modrow mit seiner Kollegin beinahe eine Stunde zu früh auf der Dienststelle eintraf. Modrow hatte gehofft, vor der offiziellen Anhörung mit Wackernagel sprechen zu können, doch der

Hauptkommissar lehnte ab. »Der Anhörungstermin ist um elf, sein Anwalt besteht darauf, dabei zu sein«, erklärte Dirke. »Eine Vernehmung in seiner Abwesenheit wird der Anwalt nicht dulden.«

Zähneknirschend mussten Modrow und Klara über vierzig Minuten im Flur der Dienststelle warten. Als es dann Zeit wurde, schickte er Klara in die Stadt, sie solle sich ein nettes Cafe suchen. Wackernagel war seine Sache. Er würde sie anrufen, wenn er sie wieder brauchte.

Pünktlich um elf, er saß neben Hauptkommissar Dirke im Vernehmungsraum, wurde Florian Wackernagel aus dem Polizeigewahrsam vorgeführt. Kaum eine Minute später betrat sein Anwalt den Raum.

»Guten Morgen«, grüßte Rechtsanwalt Roloff die Anwesenden, ging auf die gegenüberliegende Seite und packte eine dicke Akte aus seiner Tasche, bevor er Wackernagel herzlich begrüßte und sich neben ihm auf dem Stuhl niederließ.

»Das ist Oberkommissar Modrow von der Kriminalpolizei in Wismar«, stellte Dirke seinen Tischnachbarn vor. »Er ist eigens zur Eröffnung des Haftbefehls angereist.«

Roloff nickte Modrow zu und kramte in seiner Akte. Er reichte Dirke ein amtliches Schreiben mit dem Stempel des Braunschweiger Landgerichts. »Daraus wird wohl nichts werden. Das ist die Anordnung zur sofortigen Aufhebung des Haftbefehls, unterschrieben von Richter Gerner. Wir haben gestern Abend noch Haftbeschwerde eingelegt. Es gibt genügend Gründe, weshalb mein Mandant nicht als Täter in Frage kommt.«

Er kramte erneut in seiner Akte und reichte Dirke drei weitere Schreiben. »Das sind die eidesstattlichen Erklärungen der Zeugen Hafel, Frederikson und Conte, dass sich zum Zeitpunkt der Morde an dem Fischer Uwe Lehn und der Taxifahrerin Anja Perlebach mein Mandant bei ihnen auf dem Hofgut in Vallstedt aufhielt. Sicherlich kennen Sie Herr Hafel, er ist Vorsitzender der Landwirtschaftskommission und Abgeordneter der Grünen. Ein sehr integrer Mensch.«

Dirke warf einen kurzen Blick auf die Dokumente und reichte sie an Modrow weiter, der sie ebenfalls kurz studierte.

»Weiterhin erklärt mein Mandant, dass er es vorgezogen hat, aufgrund des Drucks der örtlichen Presse die Gegend zu verlassen. Offenbar wurde, aktiv von Polizeibeamten unterstützt, ein Artikel lanciert, in dem er zwar nicht namentlich genannt, aber aufgrund gewisser Andeutungen als Tatverdächtiger zweifelsfrei zu erkennen war. Und da er bedingt durch seine Vergangenheit kein Vertrauen mehr in das Rechtssystem hat, zog er es vor, das Feld zu räumen.«

»Abgehauen ist er«, widersprach Modrow. »Mitten in der Nacht, auf einem Motorrad, das nicht angemeldet war. Er hat nicht das Feld geräumt, sondern ist geflüchtet.«

Wackernagel richtete sich im Stuhl auf. »Meint ihr Bullen, ich hätte euch nicht bemerkt, dort in dem Wald auf dem Hochsitz …«

»Ruhig, Herr Wackernagel«, fiel ihm der Anwalt ins Wort. »Sie sagen nur etwas, wenn ich zustimme.«

»Das Motorrad wurde in Anklam aufgefunden«, fuhr Modrow fort. »Was haben Sie dort getrieben?«

Der Anwalt fasste erneut in seinen Aktenordner und überreichte ein weiteres Schreiben. »Das sind die Angaben meines Mandanten, die Sie bitte zur Akte nehmen. Mein Mandant hat nichts mit den Morden auf Poel und im dortigen Umland zu tun. Er tauchte unter und fuhr zunächst ziellos herum. Er übernachtete in Scheunen und in leerstehenden Gebäuden. Vor vier Tagen suchte er dann seinen Bekannten Herrn Hafel auf. Er kennt ihn von seiner Zeit, als er diverse Lehrgänge und Schulungen über ökologische Landwirtschaft besuchte. Herr Hafel leitete diese Schulungen. Er nahm ihn auf und informierte mich, nachdem sich Herr Wackernagel seinem Bekannten offenbarte. Er wollte nicht allein zur Polizei, weil er in der Vergangenheit schlechte Erfahrungen gemacht hat.«

Modrow atmete tief durch. Wut stieg in ihm auf, er musste sich zusammenreißen. »Er könnte einen Komplizen haben …«

Der Anwalt winkte ab. »Das ist eine Mutmaßung, dafür haben Sie keinerlei Indizien. Auf dem Schreiben des Landgerichts ist seine vorläufige Erreichbarkeit niedergeschrieben. Er wird bis auf Weiteres in Vallstedt bleiben und sich den Auflagen gemäß wöchentlich einmal auf der Polizeidienststelle in Lengede melden. Kommen Sie wieder, wenn es eine neue Lage gibt, Sie wissen dann ja, wo Sie Herrn Wackernagel finden. Er wird allerdings nur in meiner Gegenwart mit Ihnen sprechen. Gibt es noch Fragen?«

Dirke warf Modrow einen fragenden Blick zu. Als dieser mit der Schulter zuckte, erhob er sich und reichte dem Anwalt die Hand. »Nein, das war es vorläufig. Wir melden uns, sollten wir noch Fragen haben.«

Der Anwalt erhob sich ebenfalls und verabschiedete sich. Als er zur Tür ging, nickte er Wackernagel zu, der vom Stuhl aufstand und seinem Anwalt folgte.

Modrow biss sich auf die Lippen und fuhr sich mit dem gesunden Arm über den Gips. Ihm blieb nichts weiter übrig, als Wackernagel ziehen zu lassen.

»Tja, Herr Kollege«, wandte sich Dirke ihm zu. »Zumindest wissen wir, wo er steckt, falls Sie ihn noch einmal brauchen.«

Als sich Modrow eine Stunde später mit Klara auf den Heimweg machte, hatte er eine gehörige Portion Wut im Bauch. Noch nie war er so rigoros von einem Anwalt abgefertigt worden. Doch was sollte er tun, der zuständige Richter sah keinen Grund, den Haftbefehl aufrechtzuerhalten, und damit waren ihm die Hände gebunden. Dass damit Falk in allem recht behielt, war das Schlimmste an der Sache. Den ganzen langen Weg zurück nach Wismar schwieg er und starrte abwesend aus dem Fenster.

Kirchdorfer Yachthafen, Insel Poel

Falk traf unweit der Werft im Yachthafen auf ihn. Das war seine Stelle, dort hielt er sich fast jeden Tag auf, wenn das Wetter es zuließ. Im Dorf hatte man ihm gesagt, wo er den alten Mann finden könne. Am heutigen Tag trübten dunkle Wolken den Himmel, die aus dem Nordwesten herantrieben, dennoch war es ausreichend warm und trocken.

Er saß auf einem faltbaren grünen Anglerstuhl und trug eine leichte Windjacke, eine kurze Hose und Gummistiefel. Von drei Ruten aus, die er vor seinem Stuhl festgemacht hatte, liefen die Angelschnüre ins hellgrüne Wasser, das sich unter dem sanften Wind kräuselte. Ein roter Eimer mit Wasser aber ohne Fische stand neben ihm.

»Na, heute wollen sie wohl nicht so richtig«, sagte Falk, der scheinbar zufällig den Weg entlang der Werft entlangschlenderte und einen Blick in den leeren Eimer warf. »Darf ich?«

Er wies auf einen großen grauen Stein, der am Ufer lag und der als Sitzgelegenheit für müde Wanderer diente.

Paul Bethke, den alle im Ort nur Gadden-Paule nannten, wandte kurz den Kopf, nickte und schaute wieder hinaus auf das Wasser.

»Wir kennen uns«, fuhr Falk fort. »Aus dem *Ostseeblick.*«

Gadden-Paule starrte auf die Angelschnüre und knurrte etwas Unverständliches.

Unweit vom Ufer schipperte eine weiße Yacht vorbei, der Skipper winkte und der alte Mann hob kurz die Hand.

»Schrecklich, was diesem Fischer und der Anja widerfahren ist, nicht wahr?«, versuchte Falk mit dem wortkargen Mann ins Gespräch zu kommen. Doch wiederum nickte Gadden-Paule nur wortlos.

»Sie leben schon lange hier in der Gegend, oder? Haben Sie keine Angst hier so alleine, solange dieser irre Mörder hier sein Unwesen treibt?«

Gadden-Paule griff zu einer Bierflasche, die neben seinem Stuhl auf dem Boden stand, und nahm einen Schluck. »Ich bin hier geboren und aufgewachsen, war nie weg, nur einmal in Schwerin, für die Partei, ein ganzer Tag. Ich hab mein Leben gelebt. Ich hab keine Angst vor ihm. Wenn die Polizei endlich ihre Arbeit machen und nicht den Falschen suchen würde, dann wäre dieser Spuk längst vorbei.«

Er stellte die Flasche wieder auf dem Boden ab.

»Wackernagel?«

»Der Flori ist ein guter Kerl, der war das nicht.«

Diesen Spruch hatte Falk schon ein paar Mal von Gadden-Paule gehört. Und er lag ja auch nicht falsch mit seiner Einschätzung. Doch wusste er vielleicht etwas, was die Ermittlungen voranbringen würde?

»Wenn es Wackernagel nicht ist, wer ist es dann?«

Gadden-Paule zuckte mit der Schulter. Eine der Angelruten schlug an, sie bog sich, und die Schnur zuckte hin und her. Er griff nach der Rute und zog sie langsam zu sich heran. Steil reckte er sie in die Höhe, bis Zug auf der Schnur war. Langsam drehte er an der Spule, Stück um Stück, während die Angelschnur im Wasser hin und her ging. Die Beute wehrte sich, doch Gadden-Paule war sehr geschickt; langsam und behutsam zog er die Schnur ein. Ein Aal, silbern glänzend, hing am Haken.

Falk wartete, bis der Aal im Eimer schwamm. Das Tier war beinahe vierzig Zentimeter lang und wand sich wie ein Wurm.

»Hat sich wohl doch gelohnt«, bemerkte Falk, während Gadden-Paule die Angel zur Seite legte. »So viele Aale gibt es ja nicht mehr.«

»Geduld braucht man, dann wird das schon«, entgegnete Paule.

»Ja, Geduld und eine gute Hand. Wie war das eigentlich, hier auf der Insel? Das Leben früher?«

Gadden-Paule zuckte mit der Schulter. »Früher waren hier die FDJ und die Junker, dann kamen die Touristen. Den Fischen war das egal, nur den Fischern nicht, die wurden arbeitslos.«

»Und die Saisonarbeiter auf den Feldern der Großbauern nach der Wende, nicht zu vergessen.«

Gadden-Paule seufzte. »Ja, die waren auch da. Bei Arnold auf dem Hof, beim alten Hinrichs, Gott hab ihn selig, und bei Rössener.«

»Auch im *Ostseeblick?*«

Gadden-Paule schüttelte den Kopf. »Nur zu Anfang, ein paar Mal. Die soffen wie die Löcher, blieben aber unter sich. War ihnen wahrscheinlich zu teuer bei Gabi, die besorgten sich eigenen Alkohol oder brachten ihn von zu Hause mit. Tja, die ganze Woche schuften und am Wochenende Langeweile …«

»Gab ein paar Mal Schwierigkeiten, hörte ich, sogar eine Messerstecherei in der Gastwirtschaft.«

»Nur zu Anfang, dann kamen die nicht mehr.«

»Warum?«, fragte Falk.

»Man wollte es nicht, und die Bauern machten ihnen klar, dass sie nichts im Dorf zu suchen hatten. Der Willi machte einige zu Vorarbeitern, die passten auf. Blieben einfach unter sich, in ihren Containern.«

»Einfach so?«

Gadden-Paule griff erneut zum Bier. »Wer nicht spurte, bekam keinen Lohn und flog raus, so einfach war das.«

Er trank einen Schluck, bevor er die Flasche wieder auf den Boden stellte.

»Auffällig ist, dass alle Opfer dieser Morde in letzter Zeit im *Ostseeblick* verkehrten. Alle saßen sie am Stammtisch. Wenn es Wackernagel nicht war und diese Windkraftanlage keine Rolle spielt, dann muss es jemand sein, der die Pension kennt und der sich die Stammgäste dort vornimmt. Was ist dort passiert, damals?«

Gadden-Paule verzog seine Mundwinkel. »Woher soll ich das wissen?«

»Herr Bethke, überlegen Sie es sich genau, es hängen Menschenleben davon ab«, mahnte Falk eindringlich.

Gadden-Paule zuckte mit der Schulter. »Vielleicht liegt es auch nur daran, dass sich alle hier im Dorf bei Gabi treffen. Wo soll man sonst hin? Überall nur Touristen. Bei Gabi ist es noch wie früher, so wie in der guten, alten Zeit. Nicht überlaufen und das Bier kostet noch zwei achtzig und nicht vier oder fünf Euro wie im *Hafen* oder im *Strandhaus.* Die Gabi sieht uns noch gerne, und das weiß man. Man will sich ja wohlfühlen.«

Falk nickte. Gadden-Paules Argumente waren nicht von der Hand zu weisen, und über einen Vorfall in vergangener Zeit, der aus einem Menschen einen Mörder machte, wusste er wohl nichts. Falk erhob sich und verabschiedete sich. Der alte Mann konnte ihm tatsächlich nicht weiterhelfen.

29

RMZ-Zentrale, Rostock, Augustenstraße

Der Anruf von Chefredakteur Albert Scheu erreichte ihn, als er auf dem Weg nach Wismar war. Falk wendete den Wagen und fuhr über die 105 von Blowatz hinauf in die Hansestadt. Er gab Gas und kam nach knapp zwei Stunden in der Stadt an der Warnow an. Ein neues Schreiben von Pia Stein war in der Redaktion eingegangen, ein Schreiben, überbracht von einem Fahrradboten von Quickbike, auf die gleiche Art und Weise wie beim ersten Mal.

Falk stellte seinen Wagen im Parkverbot vor dem Redaktionsgebäude ab. An der Pforte wusste man bereits von seinem Erscheinen, und er wurde umgehend in das Büro von Albert Scheu geführt.

»Hier ist es«, sagte der Chefredakteur und sparte sich die Begrüßung. »Es kam heute früh mit dem Boten.«

Albert Scheu reichte Falk das Kuvert. Falk kramte den Inhalt daraus hervor. Das erste, was Falk in die Hände fiel, war ein Foto. Ein neues Foto von Pia Stein mit der Dienstagsausgabe der RMZ in der Hand.

»Sie ist noch am Leben«, knurrte Falk.

»Ja, noch, aber lesen Sie zuerst das Schreiben.«

Falk faltete das erste Blatt auseinander und las die Zeilen.

Ihr habt mir meine Rache genommen und ihr habt ihr Andenken beschmutzt. Sie hat ihre Schuld gesühnt, gewaschen mit

Blut und sie ist gestorben in der Gewissheit, ihre Sünden einzugestehen.

Sorgt dafür, dass die Welt es weiß, denn die Welt muss es wissen. Sonst wird ein anderer diesen blutigen Weg gehen.

Der Erzengel

Das zweite Schreiben, zwei Blätter, zusammengeheftet, enthielt die Fortsetzung der Geschichte des jungen Mädchens, das irgendwo in dieser Welt in den Bergen aufgewachsen war. Es wuchs und gedieh und erblühte zu einer wahren Schönheit, und es war die Freude und der Stolz seiner Eltern, die alles für ihre Tochter taten, auch wenn sie bettelarm waren. Doch nicht nur die Schönheit war ihr gegeben, sondern auch ein Talent, ein einzigartiges Talent: ihre Stimme. So rein, so klar und so hell, und es blieb den anderen nicht verborgen, im Dorf, in der Schule, ja sogar bis zur Stadt hatte es sich herumgesprochen. Sie fand eine Gönnerin, eine alleinstehende Frau, die ihr Talent förderte und sich um das Mädchen bemühte. Zuerst in der Stadt und dann, als es soweit war, an den großen Konservatorien in Łódź und Kattowitz und später sogar in der Hauptstadt selbst. Doch dann starb ihre Gönnerin, und fortan musste die junge Frau für sich allein sorgen. So kam sie hierher in dieses Land.

… und sie war hier und ihr Leiden begann, doch die Tränen waren ihnen egal. Von Kälte war sie umgeben, und man schmeckte den Geruch des Todes in der salzigen Luft. Und dies war der Tag, an dem ihr Leben endete …

Falk faltete die Blätter zusammen.

»Eine rührselige Geschichte, nicht wahr«, bemerkte Albert Scheu. »Fast wie in einem Märchen aus einer anderen Zeit.«

Falk nickte.

»In der morgigen Ausgabe werden wir den ersten Teil der Geschichte bringen.«

»Gut, und schreiben Sie, dass die Taxifahrerin ebenfalls auf sein Konto geht. Ich bin sicher, es wird ein weiteres Schreiben geben.«

Albert Scheu griff nach den beiden Blättern, die Falk auf dem Schreibtisch abgelegt hatte. »Haben Sie denn schon eine Idee, wo er Pia gefangen hält?«

Falk lächelte. »Ich habe viele Ideen, aber wir brauchen noch Zeit, denn wir können uns keinen Fehler erlauben. Erst wenn wir uns hundertprozentig sicher sind, dürfen wir losschlagen.«

»Das verstehe ich.«

»Er wird ihr nichts tun, solange er uns noch etwas mitzuteilen hat.«

Albert Scheu seufzte. »Ihr Wort in Gottes Ohr.«

Er packte die Schriftstücke und das Foto zurück ins Kuvert und legte es vor Falk auf dem Schreibtisch ab. »Sie werden es mitnehmen wollen, wegen der Spuren. Allerdings haben nicht nur wir beide das Kuvert angefasst, es ging durch viele Hände, bevor es auf meinem Schreibtisch landete.«

Falk winkte ab. »Keine Sorge, er ist gründlich. Wir werden keine Spuren von ihm auf den Schriftstücken finden.«

Albert Scheu nickte. »Er muss dies alles von langer Hand vorbereitet haben, richtig?«

»Ja, das hat er wohl, nur die Entführung Ihrer Mitarbeiterin war nicht geplant. Doch es fiel ihm nicht schwer, seine Taten um diese Option zu erweitern.«

Scheu runzelte die Stirn. »Er will, dass man sein Handeln versteht und an dem Schicksal dieses Mädchens, von dem die Rede ist, Anteil nimmt. Wie hätte er sonst …«

»Ich glaube, er ist schon lange hier in der Gegend. Wahrscheinlich benutzt er Pia nur, um seine vorbereiteten Texte aufzubereiten. Ihm muss wohl gefallen haben, in welcher Intensität sie über seine Morde geschrieben hat.«

»Das heißt, er liest unsere Zeitung.«

Falk nickte. »Wahrscheinlich nicht nur die RMZ allein. Er informiert sich.«

Blowatz, Hauptstraße

Sie hatten seit vier Tagen Position unweit des Ahrenshofs bei Damekow bezogen. Ein alter Bauwagen, der auf der Wiese neben dem Feldweg stand, unter den hohen Büschen und Bäumen, diente ihnen als Unterschlupf.

Observation, eine der ödesten, stupidesten und langweiligsten Arbeiten, die man im Leben eines Polizisten leisten muss. Doch diesmal war es anders, diesmal hingen Menschenleben davon ab. Der irre Mörder war noch immer nicht gefasst, und Falk, der Leiter der Ermittlungen, war sich sicher, dass er wieder zuschlagen würde, bald schon. Eines seiner potenziellen Opfer lebte gerade mal zweihundert Meter von hier entfernt auf dem Ahrenshof, einem Gehöft, das aus einem Haupthaus und mehreren Stallungen bestand. Hinter den Gebäuden waren mehrere Wohncontainer zu erkennen.

Draußen dämmerte es bereits, und auf dem Hof herrschte hektisches Treiben. Ein Traktor mit Anhänger, beladen mit Erde, fuhr an einer Stallung vorbei, mehrere Männer mit Schaufeln und Haken folgten dem großen Gefährt.

»Was bauen die da drüben nur?«, fragte die blonde Kommissarin, die zur Ablösung für die Nacht gehörte. Alle acht Stunden wechselte die Besatzung im Bauwagen.

»Das machen die schon den ganzen Tag«, erklärte der Kollege von der Spätschicht. »Ich glaube, die schütten hinter dem Stall eine Jauchegrube zu.«

»Na ja. Gab's sonst was Besonderes?«

Der Kollege der Spätschicht schüttelte den Kopf. »Ansonsten war es den ganzen Tag ruhig.«

Sie wartete, bis die beiden Kollegen der Spätschicht den Bauwagen verlassen hatten und sich durch die Büsche schlugen, um zu ihrem Dienstwagen zu gelangen.

Die Kommissarin ließ sich auf dem Stuhl nieder und griff zu ihrem Fernglas. Durch das hochgeklappte Fenster sondierte sie die Umgebung.

»Willst du gleich essen oder später?«, fragte ihr dunkelhaariger Kollege, der mit ihr die Nachtschicht hier im Bauwagen verbringen würde. Er warf ihr einen fragenden Blick zu, doch er erhielt keine Antwort.

»Hallo! Gleich oder später?«

Sie nahm das Fernglas von den Augen und winkte ihn zu sich heran. »Schau mal da drüben!«, sagte sie und wies den Weg entlang. »Da steht doch was, oder täusche ich mich?«

Der Kollege trat an ihre Seite und griff nach dem Fernglas, das sie ihm reichte. Er warf einen langen Blick hindurch und nickte. »Du hast recht. Das ist ein Motorrad.«

Die angegebene Stelle lag knapp einen halben Kilometer vom Hof entfernt in östlicher Richtung. Zwischen den Büschen, die am Wegesrand standen, blitzte der polierte Chrom einer Motorradfelge im rötlichen Schein der untergehenden Sonne auf.

»Wo sind die Kollegen?«

»Zwei-eins-null steht am Ortseingang von Damekow, und die die zwei-elf bei Blowatz.«

Die Kollegin griff zum Funkgerät. »Falke zwei-eins-null von zwei-null-null«, sagte sie in das kleine Mikro und wartete, bis sich die Streife meldete.

Sie beschrieb den Kollegen im Fahrzeug genau die Stelle, an der sie das Motorrad entdeckt hatte, und bat um Überprüfung.

»Wir schauen es uns an«, erhielt sie zur Antwort.

»Falke zwo-elf, wir ziehen rüber nach Damekow und sind in eurer Nähe.«

»Klar«, entgegnete die blonde Kommissarin.

Die Zivilstreife fuhr über den Weg am Faulen Bach die beschriebene Stelle an. Sie fuhren in einem blauen Mazda, einem sichergestellten und leistungsfähigen Wagen, der dem Fahrzeugpool der mobilen Fahndungseinheit *Falke* des LKA Mecklenburg-Vorpommern zugeteilt worden war, um verdeckte und unauffällige Operationen durchführen zu können und nicht mit den üblichen und in den einschlägigen Kreisen der Widersacher längst bekannten Fahrzeugen aufzutauchen. Der Motor leistete fast zweihundert PS; die würden sie auch brauchen, wenn es zu einer Verfolgungsfahrt mit einem Motorrad kommen sollte. Der andere Wagen, ein roter Golf GTI, hatte sogar noch mehr Power unter der Haube, doch diese Streife war noch über zwei Kilometer entfernt.

Der Fahrer des Mazda fuhr langsam über den Feldweg, während der Beifahrer Ausschau nach dem Motorrad hielt. »Dort vorne muss es sein«, sagte er.

»Falke zwo-eins-null, der Motorradfahrer hat euch bemerkt, er ist gestartet und fährt Richtung Norden. Er ist einen halben Kilometer vor euch«, quäkte die Stimme der Kommissarin aus dem Lautsprecher des Funkgeräts.

»Klar«, quittierte der Beifahrer. »Gib Gas!«, sagte er dann zum Fahrer, der sofort kräftig beschleunigte.

»Falke zwo-eins-null, er ist Richtung Osten abgebogen«, gab die Kommissarin als neue Standortmeldung durch. »Zwo-eins-eins von zwo-null-null, er ist Richtung Blowatz unterwegs.«

»Verstanden!«, bestätigte die zweite Streife.

Die Kommissarin beobachtete das Motorrad, das in weiter Ferne über den Feldweg raste und eine große Staubwolke hinter sich herzog. Kein Zweifel, der Fahrer des Motorrads hatte längst bemerkt, dass er verfolgt wurde, und beschleunigte. Der blaue Mazda fiel immer weiter zurück. Es dauerte nicht lange, bis die beiden Fahrzeuge aus dem Sichtfeld der Kollegin verschwanden.

»Zwo-eins-null an zwo-null-null«, krächzte die Stimme des Kollegen aus dem Funkgerät.

Die Kommissarin meldete sich.

»Kennzeichen HRO-SA zwo, eine Geländemaschine, ein Fahrer, recht groß, schwarzer Helm, schwarze Kombi. Er fährt uns davon, wir fallen immer weiter zurück.«

»Verstanden!«, quittierte die Kommissarin und griff zum Handy, um die Zentrale zu verständigen und das Kennzeichen des Motorrads im Computersystem abzufragen. Zwei

Minuten später wusste sie, dass das Kennzeichen eigentlich für einen Fiat 500 ausgegeben war und heute Morgen um neun Uhr in Evershagen verloren oder gestohlen worden war.

»Zwo-null-null von zwo-elf«, meldete sich die zweite Streife, die nahe Blowatz Position bezogen hatte.

Die Kommissarin bestätigte.

»Standort Blowatz Hauptstraße, das Motorrad ist gerade an uns vorbeigefahren und dann im Wald verschwunden. Wir haben es an einer Gabelung aus den Augen verloren.«

»Zwo-eins-null, wo ist ihr Standort?«, fragte die Kommissarin.

»Einen Kilometer vor Blowatz, Richtung Osten.«

Die Kommissarin warf ihrem Kollegen einen enttäuschten Blick zu. »Weg«, sagte sie.

Der Kollege nickte und zuckte mit der Schulter. »Wusste ja keiner, dass der mit dem Motorrad kommt.«

»Ich gebe es der Zentrale durch«, seufzte die Kommissarin.

30

Kriminalpolizei Wismar, Rostocker Straße

Die Zentrale hatte alle Streifen in der Gegend informiert, doch das Motorrad blieb verschwunden.

Falk hatte die Kolleginnen und Kollegen gegen acht in den Soko-Raum zur Besprechung gebeten. Auch die Inspektionsleiterin war bei der Besprechung anwesend.

»Leider wurde das Motorrad bei Blowatz aus den Augen verloren und ist bislang nicht wieder aufgetaucht«, endete Falk mit seinem Bericht über den gestrigen Einsatz der Observationsgruppe.

»Wurde der Halter überprüft?«, fragte Vicki Sauter.

»Das Kennzeichen ist für einen Fiat ausgegeben und wurde vermutlich in Evershagen gestohlen.«

Modrow, der wie immer abseits und möglichst weit von Falk entfernt Platz genommen hatte, räusperte sich. »Wieso wurden wir eigentlich nicht über die Überwachungsaktion informiert?«, fragte er.

Falk breitete die Hände aus und warf der Inspektionsleiterin einen kurzen Blick zu. »Wir hielten es für besser, die Aktion durch die Mobile Fahndungseinheit des LKA durchführen zu lassen. Schließlich konnte man zu Beginn der Ermittlungen unsere Schritte im Voraus der Presse entnehmen. Die Aktion war mit Frau Reimann abgesprochen. Aber wenn wir schon dabei sind, wie lief es bei Wackernagel?«

Modrow lehnte sich auf seinem Stuhl zurück. »Wackernagel

scheidet aus, der Richter hat den Haftbefehl gegen Auflagen außer Vollzug gesetzt. Der Mann hat für die Morde an Lehn und Perlebach unerschütterliche Alibis.«

»Okay, und wie weit sind Sie mit der Liste leerstehender Gebäude?«

Modrow zuckte mit der Schulter. »Ich bin noch nicht so weit, ich musste ja nach Braunschweig.«

Falk nicke. »Gut, dann machen Sie voran und konzentrieren sich auf Rostock und Umgebung, vor allem leerstehende Kühlhäuser und ehemalige Schlachthöfe sind von Interesse.«

»Rostock? Wieso jetzt Rostock?«

»Das erkläre ich gleich«, entgegnete Falk und wandte sich Brunner zu.

Brunner griff zu seiner Akte und schlug sie auf. »Die Laborergebnisse zur Obduktion des Opfers Uwe Lehn liegen vor. Es wurde festgestellt, dass die Leiche großer Kälte ausgesetzt war, bevor man sie im Faulen See ablegte. Sonstige Spuren und DNA sind negativ.«

»Und die Überwachung der Straßen?«, fragte Falk.

»Wir machen uns heute noch an die Auswertung.«

»Okay. Vicki, wie sieht es mit den Überprüfungen der Melderegister aus?«

Vicki Sauter wiegte den Kopf hin und her. »Das waren beinahe vierhundert Einträge, alles Frauen bis fünfzig; sie stammen aus Polen, Tschechien, Bulgarien, Weißrussland und Lettland. Sieben davon passen ins Raster: vier Polinnen, eine Lettin und zwei Bulgarinnen, der Abgleich läuft noch.«

»Gut, weitermachen, vor allem die Polinnen sind interessant!«, sagte Falk und aktivierte den Bildschirm des Computers. »Die heutigen Zeitungen hat wohl jeder gelesen.«

»Ja, der Mord an der Taxifahrerin wird der Serie zugeordnet«, sagte die Direktorin. »Ich dachte, das war anders vereinbart. Wir hatten es als Raubmord deklariert.«

Falk lächelte und öffnete die Datei mit den gescannten Dokumenten, die er gestern von Albert Scheu erhalten hatte. Das Anschreiben, in dem der Erzengel drohte, jemanden anderen dafür büßen zu lassen, sollte man ihm seine Rache nehmen, warf er als erstes an die Wand.

»Das wurde gestern in der Redaktion der RMZ abgegeben. Unser Täter hat auf unsere kleine Finte reagiert, das heißt, er ist noch hier, und die Verfolgungsjagd beim Ahrenshof zeigt, dass wir richtig liegen. Der *Ostseeblick* ist der Schlüssel, und der Landwirt Willi Arnold scheint auf der Liste zu stehen.«

Modrow meldete sich zu Wort. »Das mit dem Motorrad kann auch Zufall gewesen sein.«

Falk wischte den Einwand mit einer Handbewegung weg. »Ich erinnere an Wackernagel. Wurde nicht im Fall Sydlow ein Motorrad in Tatortnähe gesehen?«

Modrow biss sich auf die Lippen und blickte wortlos vor sich auf den Schreibtisch, während Falk das nächste Schreiben aufblendete. Er wartete, bis die Anwesenden das Dokument gelesen hatten.

»Heute ist das erste Schreiben von Pia Stein in der RMZ abgedruckt, und das ist nun die Fortsetzung der Geschichte. Fällt ihnen etwas auf?«

Weder Vicki, Modrow und Brunner, noch die Direktorin wussten, worauf Falk anspielte. Er nahm den Laserpointer in die Hand.

»Pia Stein ist schlau. Sie versteht es tatsächlich, versteckte Nachrichten an uns zu senden«, erklärte er. »Im ersten

Schreiben sprach sie von Kälte, wer sich noch erinnert, und hier sind es der Geruch des Todes und die salzige Luft.«

Er wies mit dem Laserpointer auf die entsprechenden Zeilen.

»Kälte«, wiederholte Brunner. »So wie bei Lehn.«

»Richtig«, bestätigte Falk. »Außerdem wissen wir durch den Modus operandi, dass unser Mörder es überaus gut versteht, mit einem Messer umzugehen. Er ist groß und kräftig, und er verschickt Schreiben, die keine DNA oder Fingerspuren enthalten, aber auf denen Rindertalg festgestellt wurde. Unser Täter ist ein Metzger.«

»Das klingt logisch«, bestätigte Vicki Sauter.

»Er stammt aus dem Ausland, vermutlich aus Polen, zumindest deutet die Story darauf hin, die Pia Stein von diesem Mädchen zu Papier bringt, doch kennt er sich gut in der Gegend aus und ist sehr beweglich.«

»Und er hält diese Journalistin in einem Kühlhaus gefangen«, fügte Brunner hinzu.

Falk nickte. »Ich glaube kaum, dass er eine Geisel in einem Kühlhaus versteckt, das betrieben wird. Zum einen würde es sicher Arbeitskollegen auffallen, zum anderen überlebt darin niemand. Wir suchen also einen stillgelegten Schlachthof oder eine Wurstküche, und wir können davon ausgehen, dass das gesuchte Gebäude nahe an der Küste liegt, denn salzige Luft schmeckt man nur, wenn die See in der Nähe ist.«

Brunner meldete sich zu Wort. »Brauchen wir die Auswertung der Fotos dann überhaupt noch?«

Falk wies auf die Leinwand. »Ja, denn ich bin sicher, wir werden darauf einen Lastwagen oder einen Lieferwagen mit Kühlaggregat entdecken. Ich glaube, dass er sich zwischen

Wismar und Rostock aufhält und hier Metzgereien oder Wurstfabriken beliefert. Deshalb kennt er sich hier auch so gut aus.«

»Weshalb Rostock?«, fragte Vicki Sauter.

Falk zuckte mit der Schulter. »Das Kennzeichen am Motorrad und der Umstand, dass er einen Fahrradkurierdienst in Rostock zum Überbringen seiner Nachrichten nutzt, sprechen dafür.«

Polizeidirektorin Reimann nickte anerkennend. »Das klingt sehr plausibel, was Sie hier vortragen. Ich hoffe, wir kriegen den Kerl endlich.«

»Davon gehe ich aus«, bestätigte Falk selbstsicher.

»Aber da ist noch was«, fuhr die Direktorin fort. »Mit Wilhelm Arnold müssen wir sehr sensibel umgehen, er ist sehr einflussreich, und so wie es aussieht, tritt er wohl die Nachfolge des Landtagsabgeordneten Uhl an, der nicht mehr kandidieren wird.«

»Auch das ist mir bekannt«, bestätigte Falk. »Nur weiß ich nicht, was verwerflich daran sein soll, das Leben von Herrn Arnold zu schützen.«

Die Direktorin nickte.

Ostseeblick, Kirchdorf, Insel Poel

Diesmal hatte Falk Vicki Sauter mitgenommen, als er gegen elf Uhr den Gastraum der Pension *Ostseeblick* betrat. Das Lokal war leer.

Falk rief nach der Wirtin, und es dauerte eine Weile, bis sie aus der Küche den Gastraum betrat. »Sie sind früh dran, wenn Sie essen wollen«, erklärte die Wirtin. »Ich koche gerade und brauche noch eine halbe Stunde.«

»Ich bin nicht zum Essen gekommen«, stellte Falk klar und zückte seinen Dienstausweis. Mit dem Kopf wies er in Richtung seiner Begleiterin. »Das ist Vicki Sauter von der Kriminalpolizei Wismar.«

Die Wirtin griff nach Falks Ausweis und studierte ihn genau. »Ich hab's gewusst«, sagte sie.

»Was haben Sie gewusst?«

»Das Sie von der Polizei sind«, entgegnete die Wirtin. »Ich hab es Anja gesagt, aber die hat mir ja nicht geglaubt.«

Falk wies auf den Stammtisch. Die Wirtin warf einen kurzen Blick zur Küchentür und folgte Falk nur widerwillig zum Tisch. Sie setzten sich.

»Anja Perlebach wurde ebenfalls vom Plastbachschlitzer umgebracht«, sagte Falk.

»Ich habe es gelesen.«

»Und sie wird nicht das letzte Opfer sein, der Mörder ist noch immer hier in der Gegend.«

Die Wirtin zuckte mit der Schulter. »Da kann ich Ihnen auch nicht helfen.«

»Aber Sie können vielleicht sich selbst helfen«, wandte Vicki Sauter ein. »Alle Opfer sind hier in diesem Gasthaus verkehrt. Wir sind uns sicher, dass auch Sie in Gefahr sind, Frau Rakowitz.«

Die Wirtin winkte ab. »Das ist doch Quatsch, wer sollte was von mir wollen? Ich habe keine Reichtümer, und ich hab auch niemanden etwas getan.«

»Es könnte schon über zwanzig Jahre her sein, damals nach der Wende, als die ersten Saisonarbeiter hier ankamen« erklärte Falk. »Bei Arnold auf dem Hof.«

Die Frau schüttelte den Kopf. »Ich wüsste nicht …«

»Was ist damals hier auf der Insel passiert, vielleicht sogar hier im Gasthof?«, setzte Vicki Sauter nach.

»Nichts.«

»Wir nehmen an, dass Willi Arnold auch in die Sache verstrickt ist«, erklärte Falk.

»Dann fragen Sie den doch!«

Vicki beugte sich im Stuhl vor. »Jetzt sind wir aber hier, um Sie zu fragen, Frau Rakowitz.«

Die Frau starrte auf den Boden.

»Was ist hier passiert, worüber haben die Leute am Stammtisch geredet? Arnold, Sydlow, Pohl, Helgers, Lehn und Anja Perlebach. Und natürlich auch Pfarrer Lipinski. Das ist doch kein Zufall.«

Die Wirtin zuckte mit der Schulter.

»Wir können Ihnen nur helfen, wenn Sie mit uns zusammenarbeiten«, stellte Vicki Sauter noch einmal eindringlich klar.

»Da war nichts, die kamen doch gar nicht hierher«, entgegnete die Wirtin. »Einmal, da gab es Ärger, aber der war schon betrunken, als er hier reinkam. Das wissen Sie doch schon. Danach war Ruhe. Ich wollte die auch gar nicht hier haben. Arnold hat es ihnen dann verboten, und die wussten, was passiert, wenn sie sich nicht an das Verbot halten. Er hat sie gleich am nächsten Tag nach Hause geschickt.«

»Frau Rakowitz, denken Sie daran, dass auch Sie in Gefahr sein könnten.«

»Ich bin nicht in Gefahr, das ist Blödsinn. Warum sprechen Sie so mit mir? Da ist ein Irrer unterwegs, der die Leute hier umbringt, und Sie reden, als wäre ich ein Verbrecher.

Warum fragen Sie nicht den Willi, wenn Sie wissen wollen was damals passiert ist? Oder trauen Sie sich nicht? Nein, bei mir sind Sie an der falschen Adresse. Ich weiß nichts, und ich glaube auch nicht, dass ich in Gefahr bin. Und jetzt muss ich kochen.«

Ohne auf eine Antwort zu warten, erhob sich die Wirtin und verschwand zielstrebig durch die Tür hinter dem Tresen in der Küche.

Falk und Vicki erhoben sich, verließen das Lokal und gingen zum Wagen. Nachdem Sie eingestiegen waren, warf Vicki Falk einen fragenden Blick zu. »Und jetzt?«

»Jetzt knöpfen wir uns Willi Arnold vor«, sagte Falk entschlossen.

Vicki nickte. »Was hältst du von ihr?«

Falk zuckte mit der Schulter. »Entweder lügt sie, weil sie etwas zu verbergen hat, oder sie weiß tatsächlich nichts.«

Falk startete den Wagen.

»Vielleicht weiß sie auch gar nicht mehr, was damals passiert ist, sie hat es vielleicht verdrängt.«

»Oder sie misst dieser Sache keine Bedeutung zu«, entgegnete Falk.

31

Ahrenshof bei Damekow

Als sie kurz vor Blowatz waren, informierte Falk per Funk die Observationsgruppe über ihr baldiges Erscheinen auf dem Ahrenshof. Zur Sicherheit gab er noch Typ, Kennzeichen und Farbe seines Wagens durch.

»Die schütten dort eine Jauchegrube zu, und die Zielperson ist dabei, kaum zu übersehen«, erhielt er von dem Observationsposten zur Antwort.

Nachdem sie von der Straße nach Damekow rechts in den Ahrenshof eingebogen waren, hielt Falk direkt zwischen dem Wohnhaus und der Scheune an. Ein Radlader schob gerade Erde in eine Grube. Neben einem Traktor standen zwei Männer, einer davon, einen ganzen Kopf größer, als der andere, war Willi Arnold, der Falk und seiner Kollegin einen misstrauischen Blick zuwarf.

»Guten Tag, Herr Arnold«, begrüßte Falk den vollbärtigen Hünen. »Auf eine Wort, wir müssten mit Ihnen reden.«

Arnold runzelte die Stirn. »Sie sind doch der Gutachter aus dem *Ostseeblick.*«

Falk trat einen Schritt näher und zeigte Arnold seinen Dienstausweis.

»Also doch ein Polizist«, knurrte er. »Das dachte ich mir schon damals am Stammtisch. Ich weiß, wem ich trauen kann, und Sie gehören nicht dazu. Was wollen Sie von mir?«

»Können wir uns hier irgendwo in Ruhe unterhalten?«

Arnold nickte Vicki Sauter zu. »Gehört die zu Ihnen?«

Vicki Sauter zückte ebenfalls den Dienstausweis. Arnold beugte sich herab und warf einen langen Blick darauf. »Aha, Kripo Wismar. Weshalb sind Sie hier?«

Der Motor des Radladers heulte wieder auf. Falk zeigte mit dem Kopf auf das große gelbe Gefährt. Arnold verstand den Wink und führte seine beiden unerwarteten Besucher zur Scheune. In einem kleinen, unaufgeräumten Büro am Ende des Gebäudes bot er ihnen einen Platz an. Als Falk den Raum betrat, fiel ihm zuerst das Jagdgewehr auf, das neben dem Schreibtisch an der Wand lehnte.

»Jetzt bin ich aber mal gespannt. Weshalb wollen Sie mit mir reden, und weshalb haben Sie im *Ostseeblick* dieses Spiel mit uns gespielt?«, fragte Arnold, nachdem er hinter dem Schreibtisch Platz genommen hatte.

»Weil Sie in Gefahr sind, Herr Arnold«, entgegnete Falk.

Arnold lachte laut auf. »So ein Blödsinn«, sagte er.

Falk wies auf die Waffe. »Sie haben Angst.«

Arnold atmete tief ein. »Die ist legal, ich kann Ihnen meinen Jagdschein zeigen.«

Falk zuckte mit der Schulter. »Und das Pfefferspray in der Tasche?«

Arnold richtete sich auf seinem Stuhl auf. »Man muss sich selbst schützen, wenn es die Polizei schon nicht tut.«

»Weswegen haben Sie Angst, Herr Arnold?«

Arnold winkte ab. »Alles Blödsinn«, sagte er und erhob sich. »Wenn Sie nicht mehr haben, dann verschwinden Sie jetzt, ich habe Besseres zu tun, als mit Ihnen meine Zeit zu verschwenden.«

Vicki Sauter räusperte sich. »Wir können Sie auch auf die Dienststelle vorladen, wenn Ihnen das lieber ist.«

Arnold zuckte mit der Schulter. »Dann sagen Sie doch endlich, was Sie von mir wollen!«

»Weshalb stehen Sie auf der Todesliste des Plastbachschlitzers?«, fragte Falk unverblümt.

Arnold grinste. »Tue ich das?«

»Wir nehmen es ziemlich sicher an«, entgegnete Falk. »Was ist hier passiert, hier auf dem Hof, sagen wir, vor siebenundzwanzig Jahren?«

Arnold setzte sich wieder, griff in ein Fach seines Schreibtisches und zog ein Glas und eine Flasche Schnaps hervor. Er schenkte sich ein und hob die Flasche in Falks Richtung. »Auch einen?«

Falk schüttelte den Kopf. »Was ist hier passiert? Wer hat es auf Sie und Ihre Freunde abgesehen?«

Arnold trank das Schnapsglas in einem Zug leer. »Woher soll ich das wissen?«

»Ich glaube, Sie wissen es ganz genau.«

»Das ist eine Unterstellung. Sie wissen wohl nicht, mit wem Sie reden, Herr *Gutachter.*«

Vicki Sauter richtete sich auf. »Wie war das mit Ihren Saisonarbeitern damals? Wem sind Sie dermaßen auf die Füße getreten, dass er jetzt nach mehr als zwanzig Jahren auf Rache sinnt und die gesamte Gegend mit Blut tränkt?«

Arnold stützte seine Ellbogen auf die Schreibtischplatte und legte sein Kinn auf die Hände. »Was soll das hier? Weil ihr den eigentlichen Schuldigen nicht fasst sind plötzlich alle anderen schuld. Sydlow, Pohl, Helgers, der Pfarrer, Anja. Sie haben Anja doch gekannt, Herr Falk. Glauben Sie wirklich, da ist einer auf Rache aus? Was sollte Anja denn getan haben, dass ihr jemand die Kehle durchschneidet? Nein, Herr Falk, Sie sind gewaltig auf dem Holzweg. Und jetzt gehen Sie beide. Ich muss mich nicht mit euch unterhalten. Das könnt ihr auch gerne von meinem Rechtsanwalt schriftlich haben, wenn euch mein Wort nicht genügt.«

Falk wies noch einmal auf die Waffe. »Die wird Ihnen nicht helfen. Er wird Sie kriegen, er wird zuschlagen, wenn Sie es am wenigsten vermuten. Wenn Sie schlafen vielleicht, oder wenn Sie auch nur einen Moment unaufmerksam sind. Es ist besser für Sie, wenn Sie mit uns zusammenarbeiten, glauben Sie mir, Herr Arnold.«

»So ein Quatsch«, entgegnete Arnold.

Falk lächelte kalt. »Er war schon hier, ganz in der Nähe.«

Arnolds Augen wurden groß. »Woher wollen Sie das wissen?«, fragte er ungläubig.

»Er ist in eine Kontrollstelle gefahren«, erwiderte Vicki Sauter. »Auf einem Motorrad mit gefälschten Kennzeichen.«

»Wieso habt ihr ihn dann nicht verhaftet?«

»Er ist abgehauen«, antwortete Falk.

Arnold schüttelte den Kopf. »Ihr seid ein komplett unfähiger Haufen Amateure. Ihr habt ihn und lasst ihn laufen! Wie blöd kann man sein? Geht jetzt, sonst rufe ich meinen Anwalt, verschwindet und fangt den Kerl, damit endlich wieder Ruhe herrscht.«

»Er war kaum mehr als zweihundert Meter vom Hof entfernt.«

»Woher wollt ihr das wissen?«

Falk zuckte mit der Schulter. »Er wird wiederkommen. Es wäre wirklich besser, wenn Sie mit uns zusammen.«

»Lasst mich in Ruhe!«

Vicki räusperte sich. »Wir können Personenschutz für Sie …«

»Verschwindet endlich!«, raunzte der große und kräftige Mann mit dem Vollbart. »Verschwindet!« Jetzt brüllte er fast.

Falk erhob sich, und auch Vicki stand auf. Falk griff in seine Jackentasche und zog eine Visitenkarte hervor, die er auf dem Schreibtisch platzierte. »Sie können mich jederzeit anrufen, wenn Sie es sich anders überlegt haben.«

Ohne ein weiteres Wort verließ Falk den Raum; Vicki folgte ihm. Arnold saß noch vor seinem Schreibtisch, als Falk in seinem Wagen vom Hof fuhr.

»Er hat Angst, und er weiß ganz genau, um was es geht«, sagte Falk, als er vom Hof fuhr und in Richtung Blowatz abbog. »Aber er wird es uns nicht freiwillig sagen.«

»Ich frag mich, warum.«

»Weil es etwas ist, worüber man lieber schweigt. Vor allem, wenn man Landtagsabgeordneter werden will.«

Kriminalpolizei Wismar, Rostocker Straße

Falk hatte Vicki Sauter vor dem Dienstgebäude abgesetzt und sie dringend gebeten, an der Überprüfung der Meldedaten aus der damaligen Zeit weiterzuarbeiten. Der Schlüssel zur Lösung des Falles lag seiner Meinung nach irgendwo in dem Datenberg verborgen. Im Übrigen sollte sie keine offiziellen Ersuchen an ausländische Dienststellen schicken, die dann übers BKA gehen mussten, sondern direkt bei den örtlich zuständigen Dienststellen anrufen. Bei der Auswahl der Kolleginnen und Kollegen, die sie unterstützten, hatte Falk darauf geachtet, dass sie mehrsprachig waren und polnisch, russisch, bulgarisch und auch tschechisch sprachen, denn mit der englischen Sprache allein, würden sie auf einem kleinen Revier im hintersten Zipfel von Weißrussland wohl kaum weiterkommen.

Bis zum späten Nachmittag waren von den sieben möglichen Personen, die in das Raster fielen, zwei Frauen übrig geblieben. Anna Barovka stammte aus einem kleinen Dorf nahe Petzer mitten im Riesengebirge und Zoja Kuchardski war in Kirg unweit von Zakopane auf der polnischen Seite der Hohen Tatra aufgewachsen. Beide Frauen waren 1992 als Saisonarbeiterinnen auf die Insel Poel gekommen und hatten auf dem Ahrenshof gearbeitet. Barovka ganze sieben Tage lang, Zoja Kuchardski etwa einen Monat, bevor sie unverhofft das Land wieder verließ. Dabei hatten beide Frauen ein Visum für drei Monate gehabt.

Vicki schob den Aktenberg auf ihrem Schreibtisch zur Seite, als sie sich auf ihrem Stuhl niederließ. Sie hatte keine Zweifel mehr, Falk war auf der richtigen Spur. Als er Willi Arnold mit der Tatsache konfrontiert hatte, dass der Mörder kaum zweihundert Meter vom Hof entfernt aufgetaucht war, hatte auch sie das angsterfüllte Flackern in den Augen des Großbauern gesehen. Sein Schweigen angesichts dieser Aussicht musste einen guten Grund haben, und dieser Grund verbarg sich in mehreren hundert Akten und Meldebescheinigungen auf irgendeinem Schreibtisch in diesem Stockwerk.

Ein Klopfen an ihrer Tür riss Vicki aus den Gedanken.

»Ja!«, rief sie laut.

Die Tür wurde geöffnet, und ein junger Kollege vom LKA

betrat den Raum. Vicki wusste nur, dass er Mischa genannt wurde, seinen Nachnamen hatte sie längst wieder vergessen.

»Was ist?«

»Ich glaube, wir können die Barovka von unserer Liste streichen«, sagte Mischa. »Ich habe mit ihr gesprochen.«

»Mit ihr, direkt?«

»Ja, ich habe ihre Adresse und die Anschrift von den Kollegen der Polizeikommandantur Trutnov bekommen. Sie lebt hier in Deutschland, in Hannover, und ist dort verheiratet, schon seit zwanzig Jahren. Sie konnte sich noch erinnern. Die Arbeit war ihr zu schwer, die Bezahlung zu gering. Sie ist in Deutschland geblieben und hat in einem Hotel als Zimmermädchen gearbeitet. Dort lernte sie dann ihren Mann kennen. Ich glaube kaum, dass sie deswegen loszieht und Leute ermordet.«

»Nein, das glaube ich auch nicht«, bestätigte Vicki Sauter. »Und was ist mit der anderen?«

»Paulina erwartet einen Rückruf aus Zakopane«, erklärte der Kollege.

»Danke«, entgegnete Vicki, erhob sich und schloss sich ihm an, als er das Zimmer verließ. Die Kollegin mit dem Namen Paulina saß ein Zimmer weiter. Vicki klopfte´, und als sie keine Antwort erhielt, wartete sie noch einen kurzen Moment, ehe sie die Tür öffnete. Die Kollegin saß hinter dem Schreibtisch und telefonierte. Mit einer Geste fragte Vicki an, ob sie störe, doch die Kollegin wies mit dem Kopf auf den freien Stuhl vor dem Schreibtisch. Vicki setzte sich.

Das Telefonat ging noch längere Zeit. Hin und wieder machte Paulina sich Notizen auf dem Schreibblock, der vor ihr lag. Vicki verstand kein Wort von dem, was Paulina von sich gab, doch offensichtlich war das Gespräch sehr interessant.

Als Paulina den Hörer auf die Gabel legte, atmete sie erst einmal auf.

»Und?«, fragte Vicki gespannt.

»Ich glaube, wir haben die Frau«, entgegnete die Kollegin.

»Ich bin ganz Ohr.«

»Ich habe mit einem leitenden Beamten der Policja Kryminalna aus der Woiwodschaft Klein-Polen gesprochen. Die sind für den Geburtsort der Frau zuständig.«

Vicki nickte kurz.

»Zoja Kuchardski, verheiratete Gorski, lebt nicht mehr«, fuhr die Kollegin fort. »Sie hat sich Anfang Januar das Leben genommen, in ihrem Haus in Kirg, das liegt etwa zwanzig Kilometer südöstlich von Zakopane in den Bergen, keine zwei Kilometer von der tschechischen Grenze entfernt.«

»Hat der der Kollege auch gesagt weshalb?«

»Kapitan Wydra meinte, dass es wohl ihre Lebensumstände waren. Sie hauste zusammen mit ihrem Mann in einer zerfallenen Kate. Der Mann war ein Säufer, und meistens hatte er keine Arbeit.«

»Hat er sonst noch was gesagt?«

»Ja, er hat mir die Telefonnummer eines Kollegen gegeben, der Zoja Gorski gut kannte und aus einem Nachbarort stammt. Ich werde gleich versuchen, den Mann zu erreichen.«

»Ist das alles?«

»Nein, und jetzt wird es echt interessant. Es gibt einen Sohn, nach dem gefahndet wird. Er heißt Tomasz Gorski und ist siebenundzwanzig Jahre alt. Und er wird gesucht, weil er

Anfang April die Kate angezündet hat. Dabei ist sein Stiefvater gestorben. Nach ihm wird mit internationalem Haftbefehl gefahndet. Er soll sich irgendwo im Ausland aufhalten. In Schweden, meinte der polnische Kollege.«

»Okay, dann müssten wir ihn auch in der Datei haben«, entgegnete Vicki. »Gib mir die Daten, ich kümmere mich darum, und du versuchst, diesen Kollegen des Kapitans zu erreichen. Vielleicht weiß er mehr über diese Frau und ihren Sohn.«

Paulina nickte und schrieb die Daten des flüchtigen Sohnes auf ein Stück Papier. Vicki erhob sich und ging zurück in ihr Büro. Am Computer rief sie die Fahndungsdatei auf und gab den Namen des Gesuchten ein.

Tomasz Gorski, geboren am 21.01.1993 in Kirg-Zakopane/Polen, Aufenthalt derzeit unbekannt

Als sie die Personenbeschreibung des Mannes aufrief, in dem sich auch ein Bild des Gesuchten befand, zog sie die Luft tief in ihre Lungen.

»Das gibt es doch gar nicht«, seufzte sie, ehe die zum Telefonhörer griff.

Falk meldete sich nach mehrfachem Klingeln.

»Ich glaube, wir haben ihn«, sagte Vicki selbstgewiss.

»Bist du sicher?«

»Komm her, das musst du dir ansehen!«

32

Irgendwo an der Ostsee

Er war gekommen, als es draußen bereits dämmerte. Die Tür öffnete sich mit einem quälenden Quietschen. Er hatte ein paar Flaschen Wasser, Toast und Butter bei sich. Er trug eine schwarze Motorradkombi, eine Sturmhaube verdeckte sein Gesicht. Mit eisgrauen Augen sah er auf sie herab. Er trat näher.

Pia Stein lag auf ihrer Matratze und blicke ihn wortlos an. »Bist du gekommen, um mich zu töten?«, fragte sie.

Er blickte sie nur an und warf die aktuelle Ausgabe der RMZ neben ihr auf das schmutzige Laken.

»Ich will, dass du schreibst!«

Pia faltete die Zeitung auseinander. Auf der ersten Seite stand ein Artikel über den Mord an der Taxifahrerin Anja Perlebach und die Klarstellung, dass dieser Mord ebenfalls auf das Konto des Plastbachschlitzers ging.

»Warum hast du sie umgebracht?«, fragte Pia.

»Weil sie schuldig war.«

Er griff in seine Motorradjacke und zog einen Packen Papier hervor, während Pia die erste Seite umblätterte und auf ihren Artikel über das junge Mädchen stieß.

»Ich will, dass du dies niederschreibst, ich will, dass alle erfahren, warum diese Hurensöhne gestorben sind.«

»Und dann, wirst du mich auch umbringen?«

Er schüttelte den Kopf. »Du wirst tun, was ich dir sage, und dir wird nichts geschehen.«

Er reichte ihr die Notizen.

»Lässt du mich dann frei?«

»Ich halte mein Wort«, entgegnete er. »Wenn ich hier fertig bin, kannst du gehen.«

»Also bist du noch nicht fertig.«

»Nein.«

»Was ist, wenn ich das schreibe und es veröffentlicht wird. Laufen dir deine Opfer dann nicht davon?«

Wieder schüttelte er den Kopf. »Nein, die meisten Menschen vertrauen auf ihr Glück. Sie glauben, dass es sie nicht treffen wird, und selbst wenn sie die Messerspitze schon kommen sehen, glauben sie, dass es ihnen irgendwie gelingt, dem Ende zu entkommen.«

»Was ist, wenn sie es doch tun, wenn sie einfach alles stehen und liegen lassen und abhauen, sich irgendwo verstecken, bis alles vorüber ist?«

»Es wird nie vorüber sein. Nicht, bevor ich fertig bin.«

»Und wenn doch?«

»Dann kannst du schreiben: Wo auch immer sie sind, wo auch immer sie sich verkriechen, ich werde sie finden und ich werde sie töten.«

Pia atmete tief ein. »Sie werden dich erwischen, sie werden dich verhaften und einsperren.«

Er lachte kehlig. »Das werden sie, vielleicht, eines Tages, aber es wird zu spät sein, die Schuldigen werden nicht entkommen. Und jetzt schreib! Du hast Zeit bis morgen.«

Er wandte sich um und verließ den Raum. Die Tür fiel krachend ins Schloss.

Pia faltete den Packen Papier auseinander und überflog die Zeilen, die er ihr als Konzept für ihren Text überlassen hatte.

Sie kam hierher, Geld musste sie verdienen, bei der Ernte sollte sie helfen. Die Arbeit war schwer und der Lohn war mies, aber sie brauchte das Geld, denn ihre Gönnerin war gestorben und sie stand da mit leeren Taschen. Dabei musste sie noch so viel lernen und studieren. Doch dann kam diese schreckliche Nacht. Sie sollte helfen, bei einer Feier. Im Gasthaus in der Küche, diesem Gasthaus in Kirchdorf. Die Männer waren betrunken, sie hielten sie fest, rissen ihr die Kleider vom Leib. Sie stanken nach Bier und Schnaps, und sie kannten keine Gnade. Ihr Flehen und die Schreie halfen nicht. Sie war wehrlos, hilflos, und er nahm sie, während die anderen sie festhielten und lauthals lachten und grölten. Und dann der nächste. Es dauerte lange, und der Große, dem die Felder gehörten, war der Schlimmste von allen. Und dann, als es vorbei war, sperrten sie sie ein. Am nächsten Tag fuhr die Frau im Taxi auf den Hof. Niemand half ihr, alle verschlossen die Augen. Mit der Frau kam der Pfarrer und redete auf sie ein. Er gab ihr Geld und eine Fahrkarte. Doch sie war längst schon tot, obwohl sie noch lebte. Was ist ein Menschenleben wert, was kostet die Seele. 2788 Mark und 22 Pfennige, dachten sie, sollten dafür genügen. Doch ich sage euch, Leben kostet Leben, und ich bin hier, um diesen Preis einzufordern …

Pia blätterte die Seite um. Insgesamt waren es drei Seiten, die ihr der Plastbachschlitzer als Konzept für ihren Text überlassen hatte. Und diese Seiten steckten voller Tränen, Schmerz und Blut.

Sie erhob sich und startete den Computer, den er ihr zum Schreiben überlassen hatte. Ohne Internetverbindung natürlich und mit einem einfachen Schreibprogramm ausgestattet. Doch würde er sie wirklich am Leben lassen, wenn er seine

Rache genommen hatte? Auf alle Fälle, so entnahm sie der Unterhaltung mit ihm, hatte er nicht vor, sich erwischen zu lassen. Was das Risiko für sie natürlich erhöhte, nicht ungeschoren aus dieser Sache herauszukommen. Doch was blieb ihr übrig, sie musste auf sein Wort vertrauen, oder auf Falk, der hoffentlich wirklich zwischen den Zeilen lesen konnte.

Der Computer war hochgefahren, und sie fing zu schreiben an. Die letzten Tage in diesem kalten Verlies hatte ihr zugesetzt, doch sie gab die Hoffnung nicht auf. Was blieb ihr auch sonst übrig?

Kriminalpolizei Wismar, Rostocker Straße

Falk starrte auf das Foto des Gesuchten und schüttelte ungläubig den Kopf.

»Seine Mutter hieß Zoja Kuchardski und kam als Achtzehnjährige auf die Insel«, erklärte Vicki Sauter. »Sie blieb drei Wochen und vier Tage, obwohl sie ein Visum für drei Monate hatte. Es passt genau, das Kind wurde knapp zehn Monate später geboren.«

»Die Ähnlichkeit ist frappierend«, sagte Falk.

»Wilhelm Arnold war damals einunddreißig, nur ungefähr fünf Jahre älter als sein Sohn jetzt.«

»Hat Arnold Familie?«

Vicki neigte den Kopf zu Seite. »Wie man's nimmt. Er ist geschieden, seit fünfzehn Jahren schon. Seine Frau ist wieder verheiratet und lebt in Süddeutschland, aber er hat einen Sohn, Oliver. Der ist dreiundzwanzig und lebt bei der Mutter.«

»Gibt es Kontakt zu ihm?«

»Sporadisch«, entgegnete Vicki Sauter. »Er studiert in Freiburg Agrarwissenschaften und Ökonomie, wahrscheinlich wird er eines Tages den Ahrenshof erben. Zur Zeit ist er auf Auslandssemester in den Staaten. Arnold bezahlt für ihn, das ist seine Art, Vaterliebe zu zeigen.«

»Wie viele Leute leben derzeit auf dem Hof?«

»Vierzehn mit Arnold. Ein Verwalter, zwei Vorarbeiter, der Rest sind Saisonarbeiter aus Russland, Brasilien und Tschechien.«

Falk zeigte auf das Bild. »Was ist mit der Mutter von Gorski?«

»Sie hatte am Konservatorium in Krakau Gesang studiert, doch als sie zurückkam, verkroch sie sich im Ort in ihrem Elternhaus. Sie war schwanger, unverheiratet. Die Leute im Dorf behandelten sie wie eine Aussätzige. Vor der Geburt wurde sie mit Anton Gorski verheiratet, damit das Kind ›einen Vater und einen Namen hatte‹. Gorski war ein Säufer und arbeitete aushilfsweise als Holzfäller, wenn er arbeitete. Als das Kind geboren wurde, soff er nur noch.«

Falk legte das Bild zurück auf den Tisch. »Ich will, dass jede Streife, jeder Beamte und jede Beamtin weiß, wie er aussieht.«

Vicki räusperte sich. »Vielleicht sollten wir das Bild sogar veröffentlichen, es scheint, als lebt er mitten unter uns.«

»Nach Abgleich der Meldedaten im Register ist aber kein Tomasz Gorski hier in der Gegend gemeldet«, wandte Polizeidirektorin Reimann ein.

»Wahrscheinlich lebt er hier unter falschem Namen«, folgerte Falk. »Was weiß man noch über ihn?«

Vicki nahm die Akte in die Hand, die vor ihr lag. »Der Stiefvater behandelte den Sohn und die Mutter schlechter als Tiere, erzählte Kalinski. Er schlug sie beide, und den Jungen nannte er nur Bastard. Es muss die Hölle für die beiden gewesen sein. Kalinski weiß nur, dass der Sohn später das Haus verließ und in einem Ort namens Zidar eine Metzgerlehre machte. Dann ist er offenbar ins Ausland gegangen. Es hieß, nach Schweden in die Nähe von Danholn, aber sicher ist das nicht. Kalinski hatte keinen Kontakt mehr zur Familie und weiß nicht genau, was später passierte. Er erzählte, dass die Mutter wohl ebenfalls dem Alkohol zugesprochen hat. Der Sohn kam von Zeit zu Zeit, nur unregelmäßig, nicht mehr als zwei bis drei Mal im Jahr. Anfang Januar dieses Jahres hat sie sich die Pulsadern aufgeschnitten. Den Rest habe ich aus dem Polizeibericht der Kollegen aus Zakopane. Demnach ist Gorski Anfang April noch einmal nach Kirg gefahren. Er ist recht groß und kräftig und fiel dem Busfahrer auf. Kurz darauf ging das Haus, in dem sie gewohnt hatten, in Flammen auf. Nach den Löscharbeiten fand man eine verbrannte Leiche im Schlafzimmer. Die polnischen Kriminalbeamten sind sich sicher, dass der Brand genau dort im Bett der verkohlten Leiche anfing. Als Brandbeschleuniger wurde starker Schnaps benutzt. Die Leiche wies Spuren von dem Alkohol auf. Der DNA-Analyse nach ist es Gorskis Stiefvater. Seit dieser Zeit ist Tomasz Gorski auf der Flucht.«

»Keine Anhaltspunkte?«, fragte die Inspektionsleiterin.

»Überhaupt keine«, bestätigte Vicki Sauter. »Die Schweden haben eine alte Adresse bei Danholn überprüft, doch dort kannte man ihn nicht. Der Chef der Firma sagte, dass noch nie ein Pole für ihn gearbeitet hat, denn das müsste er wissen, wegen der Anmeldung und der Arbeitspapiere.«

Falk kratzte sich am Kopf. »Vielleicht war er nie dort. Vielleicht war er immer schon hier. Das würde auch erklären, weshalb er sich hier so gut auskennt.«

»Das würde aber bedeuten, dass er wusste, was seiner Mutter damals passiert ist«, warf Vicki ein.

Falk nickte. »Ja, wahrscheinlich wusste er es und hat sich genau auf den Tag vorbereitet, wenn seine Mutter stirbt. Vielleicht wollte er es ihr ersparen, dass man ihn eines Tages wegen Mordes verhaftet.«

»Was für ein Leben«, seufzte Vicki Sauter. »Das Ergebnis einer ungewollten Schwangerschaft, aufgewachsen unter den Schlägen seines Stiefvaters. Man kann ihm seine Rachsucht kaum verdenken.«

»Vielleicht sogar das Ergebnis einer Vergewaltigung«, mutmaßte Falk. »Warum sollte er sonst all diese Leute ermorden? Es wäre selbst für ihn ein Leichtes gewesen, seinen leiblichen Vater zu erkennen.«

»Der noch immer auf der Todesliste steht«, fügte die Direktorin hinzu. »Weswegen hätte er sonst den Hof beobachten sollen?«

»Richtig«, bestätigte Falk.

»Von einer Vergewaltigung wusste der polnische Kollege nichts. Zoja hat nie darüber geredet, was ihr in Deutschland widerfahren ist. Es könnte auch sein, dass er einfach nur glaubt, dass seine Mutter Opfer …«

»Eher unwahrscheinlich«, fiel ihr Falk ins Wort. »Weshalb sollte Sie ihren Sohn anlügen? Alle Opfer müssen irgendeinen Anteil an der Tat haben und seiner Meinung nach Schuld auf sich geladen haben. Und er weiß genau, welchen Anteil der- oder diejenige an der Tat hatte, damit legte er die Reihenfolge seiner Opfer fest.«

»Wie weit sind Sie mit den Überprüfungen?«, fragte die Direktorin.

»Brunner wertet gerade mit seinem Team die Bewegungsaktivitäten auf den Straßen aus«, berichtete Falk. »Es ist eine ordentliche Datenmenge, und jedes Foto muss katalogisiert und mit den anderen verglichen werden. Vickis Team wird Brunner unter die Arme greifen.«

»Und die Journalistin?«

»Da sind wir ebenfalls am Ball. Modrow hat insgesamt sieben Objekte entlang der Küste und vier im Umkreis von Rostock gefunden, auf die Pia Steins Andeutungen zutreffen könnten. Bei der Überprüfung müssen wir vorsichtig sein; wenn wir zu offen ermitteln und er selbst dort haust, bringen wir die Geisel nur unnötig in Gefahr. Deswegen halte ich auch nichts davon, eine Öffentlichkeitsfahndung zu veranlassen. Sollte er abtauchen und die Journalistin einfach zurücklassen, wird sie sterben, wenn wir sie nicht rechtzeitig finden.«

»Wenn er sie nicht schon längst umgebracht hat«, gab Vicki zu bedenken.

Falk schüttelte den Kopf. »Seine Geschichte aufgeben, die er von Pia Stein schreiben lässt? Nein, das wird er nicht tun. Er folgt seinem Plan. Die Welt soll erfahren, wie es seiner Mutter und ihm ergangen ist und weshalb er die Leute tötet. Er will als Arm der Gerechtigkeit dastehen, das gibt er nicht einfach so auf.«

»Wem will er noch etwas beweisen? Seine Mutter ist tot«, widersprach die Direktorin.

»Er will es seiner Mutter beweisen.«

»Glaubt er, sie schaut von da oben zu?«

»Vielleicht«, entgegnete Falk. »Er nennt sich schließlich selbst Erzengel. Und er *wird* es ihr beweisen. Auf seine Art.«

Vicki Sauter warf Falk einen fragenden Blick zu.

»Er sammelt Trophäen, erinnert ihr euch?«, sagte er. »Wenn er den letzten Namen von seiner Liste streicht, wird er an das Grab seiner Mutter zurückkehren und all seine Souvenirs dort hineinlegen. Als Beweis dafür, dass er die Gerechtigkeit wiederhergestellt hat. Ein symbolischer Akt.«

»Das heißt, wir sollten das Grab überwachen«, entgegnete die Inspektionsleiterin.

Falk lächelte und schüttelte den Kopf. »Ich habe nicht vor, ihn sein Werk vollenden zu lassen. Es wird keine weitere Leiche mehr hier geben.«

Die Direktorin nickte. »Das hoffe ich«, sagte sie. »Falk, Sie haben drei Tage. Ansonsten gehen wir an die Öffentlichkeit. Dann werden wir ihm das Handwerk legen, weil ihn mit Sicherheit jemand erkennt.«

33

Kriminalpolizei Wismar, Rostocker Straße

Falk lief über den Flur und ging die Treppe hinunter in den ersten Stock, wo die Fahndungsabteilung untergebracht war. Er suchte nach Modrow und traf ihn in der kleinen Teeküche am Ende des Flures. Er trug eine leichte Windjacke, sein Arm hing in einer Schlinge. In der gesunden Hand hielt er eine dampfende Tasse Kaffee. Der schwarze Castverband glänzte im Neonlicht.

»Modrow, schon zurück?«

Modrow stellte die Tasse auf dem Tisch ab und schob sich einen Stuhl zurecht. »Hier in der Gegend sind wir fertig«, entgegnete er. »Leider haben wir keine Spur. Wir kämen allerdings schneller voran, wenn wir offen …«

Falk hob abwehrend die Hände. »Wenn wir offen auftreten und er uns bemerkt, könnten wir das Leben der Geisel in Gefahr bringen. Ich weiß nicht, wie er reagiert, wenn er sich in die Enge getrieben fühlt.«

»Ich komme mir schon vor wie ein Klempner«, antwortete Modrow.

»Er wird keinen Verdacht schöpfen, wenn ein Kleintransporter einer Sanitärfirma auf den Hof fährt; wir bleiben bei unserer konspirativen Vorgehensweise.«

Modrow trank einen Schluck aus der Tasse. »Schon gut, wir bleiben dabei. Morgen nehmen wir uns die alte Eisenfabrik bei Redentin vor, und dann verlegen wir nach

Rostock. Zwei alte Schlachthöfe gibt es dort. Einen an der L 12 und den anderen am Peezer Bach. Dann gehen uns die Ideen aus.«

»Sie muss dort irgendwo sein.«

»Und was, wenn Sie sich irren, Falk, wenn es gar nicht um einen Schlachthof geht?«, stellte Modrow Falks Theorie in Frage. »Rindertalg gibt es nicht nur in Schlachthöfen. Auch Pharmaunternehmen nutzen es, bei der Herstellung von Ölpapier wird es verwendet, und manche nutzen es bei Schlosserarbeiten, um Gewinde einzufetten.«

Falk lächelte. »Kerzenfabriken und Raffinerien nutzen es auch, das weiß ich alles, aber dort arbeiten keine Metzger.«

Modrow kratzte sich am Kopf. »Wir werden morgen den ganzen Tag brauchen. Wenn wir mehr Leute hätten ...«

»Ich kann nicht noch mehr Leute für die Überprüfung abstellen, wir sind ganz dicht an ihm dran«, fiel ihm Falk ins Wort und reichte ihm das Fahndungsfoto von Tomasz Gorski.

»Ist das unser Mann?«

»Mit ziemlicher Sicherheit«, bestätigte Falk. »Die Personendaten stehen auf der Rückseite. Kopieren Sie das Bild und geben Sie es an Ihre Leute weiter. Vielleicht erkennt ihn jemand wieder, ein Hausmeister oder Arbeiter in der Nachbarschaft der Objekte. Aber wie gesagt, verdeckt, er darf nicht wissen, dass wir gezielt nach ihm suchen.«

Modrow nickte. »Ja, klar, sonst taucht er am Ende noch ab.«

Falk schüttelte den Kopf. »Er wird nicht abtauchen, bevor er seinen Plan umgesetzt hat«, entgegnete er kalt.

Gasthof Ostseeblick, Kirchdorf, Insel Poel

Als Falk an diesem Abend zum Schlafen in den *Ostseeblick* zurückkehrte, war es draußen bereits dunkel. Im Gastraum brannte kein Licht mehr, und die Tür war verschlossen. Die Wirtin legte heute wohl einen Ruhetag ein. Seit er sich ihr gegenüber als Polizist ausgewiesen hatte, war sie noch abweisender und reservierter geworden, dabei war er doch eigentlich hier, um einen Mörder zu fangen, und die Gefahr, dass auch ihr Name auf der Todesliste stand, war nicht von der Hand zu weisen. Hatte sie tatsächlich keine Ahnung, was hier vor sich ging, oder maß sie dem Vorfall, der wohl Auslöser dieser Taten war, keine Bedeutung bei? Hatte sie ihn wohlmöglich gar nicht wahrgenommen oder aus gutem Grund verdrängt?

Er begab sich in sein Zimmer im ersten Stock, duschte heiß und ausgiebig, bevor er zu Bett ging.

Sie waren dem Schlitzer vom Plastbach inzwischen sehr nahe gekommen. Sie kannten seinen Namen, sie kannten seine Herkunft, seinen Beruf, sogar das Motiv seines Handels lag inzwischen wie ein offenes Buch vor ihnen. Der einzige Makel, den es noch gab: Sie hatten ihn noch nicht, sie hatten keine Ahnung, wo er sich aufhielt, wie er sich nannte und noch schlimmer, wo er seine Geisel gefangen hielt und was er mit ihr vorhatte, sollte er sein endgültiges Ziel doch noch erreichen.

Falk hegte keine Zweifel daran, dass Modrow seine Aufgabe ernst nahm. Auch wenn ihr Verhältnis angespannt war, so war nach Vicki Sauters Meinung Verlass auf ihn. Aufträge erledigte er fast immer mit mürrischem Gesicht, aber zufriedenstellend.

Als Monteure getarnt, durchsuchten die Kollegen im Moment die leerstehenden Objekte entlang der Küste, denn jede andere Vorgehensweise hätte Aufsehen erregt. Niemand wusste, wie der Mörder vom Plastbach reagieren würde, wenn man ihm und seiner Geisel zu nahe kam. Er hatte schon sieben Mal getötet, auf ein achtes Mal würde es aus seiner Sicht wohl nicht mehr ankommen. Doch was stand am Ende?

Hing er am Leben, hoffte er zu entkommen oder war ihm das vollkommen egal?

Falk wünschte sich dass Modrow mit den beiden noch ausstehenden Objekten in der Nähe von Rostock Erfolg haben würde und es ihnen gelänge, Pia Stein rechtzeitig aus den Fängen des Mannes zu befreien, der sich selbst als Erzengel bezeichnete.

Über all das Grübeln fand er nur schwer in den Schlaf, doch letztlich siegte die Müdigkeit. Es war bereits weit nach Mitternacht, als ihn ein lautes Poltern aus seinem traumlosen Schlaf riss. Falk fuhr auf und blickte sich im dunklen Zimmer um. Nur schemenhaft erkannte er die Umgebung, doch nichts war zu sehen, nichts Bedrohliches, noch nicht einmal etwas Ungewöhnliches. Hatte ihm sein übermüdetes Gehirn einen Streich gespielt? Falk sank zurück auf das Kissen. Angespannt lauschte er in die Dunkelheit, doch er hörte nichts, was ihn beunruhigte. Vielleicht die Anspannung der letzten Tage, dachte er sich, bevor er die Decke hochzog und sich zur Seite drehte.

Ein unterdrückter Schrei drang zu ihm vor, wie durch Watte schob er sich über den Flur durch die Tür in den Raum, in dem Falk gerade versuchte, wieder zur Ruhe zu kommen. Also doch keine Einbildung. Falk schob die Decke hoch und richtete sich auf. Es dauerte ein paar Sekunden, bis sich seine Augen an die Dunkelheit gewöhnt hatten. Erneut lauschte er in die Dunkelheit, doch diesmal blieb alles ruhig. Er erhob sich, wankte zum Sessel, wo er seinen Bademantel abgelegt hatte, zog ihn über. Bevor er sein Zimmer verließ, nahm er seine Pistole aus dem Schulterhalfter, das auf dem kleinen Beistelltisch neben dem Bett lag. Die SIG-Sauer fühlte sich kalt und schwer an.

Leise öffnete er die Tür und schlich hinaus in der Flur. Die Privaträume der Wirtin lagen am anderen Ende, und sie lebte alleine dort, wusste Falk aus den Erzählungen von Anja Perlebach, der Taxifahrerin, die mittlerweile nicht mehr unter den Lebenden weilte. Der Ehemann der Wirtin hatte sich unmittelbar nach der Wende in den Westen aufgemacht, um dort sein Glück zu finden. Die Scheidung war damals reine Formsache gewesen; seither lebte Gabi Rakowitz allein in ihrem Haus. Nachdem Falk drei leise Schritte gegangen war, drang erneut leises Poltern aus den privaten Räumlichkeiten; ein Wimmern folgte. Er beschleunigte den Schritt und schob sich an der Wand entlang. Die SIG lag fest in seiner Hand. Dort drinnen, im Privatbereich auf diesem Flur ging etwas vor, und Falk konnte sich denken, dass es nichts Gutes war.

Vor der Tür angekommen, verharrte er und lauschte. Das Wimmern war noch immer zu hören; leises, fast gespenstisches Flüstern gesellte sich dazu. Er musste dort hinein, so schnell wie möglich. Vorsichtig fasste er an die Türklinke und drückte sie hinunter, doch die Tür war verschlossen. Gedämpftes Licht fiel durch den engen Spalt am Boden. Er wusste nicht, wie es hinter der Türe aussah, wie die Räumlichkeiten aufgeteilt waren, und vor allem wusste er nicht, was ihn dahinter erwartete. Doch eines wusste er gewiss: Er musste handeln, hier ging es um Leben oder Tod.

Erneut polterte es hinter der verschlossenen Tür. Falk konzentrierte sich, nahm all seine Kraft zusammen. Die Tür war alt und das Holz war dünn, sie würde ihm nicht standhalten, wenn er sich mit voller Wucht dagegenwarf. Doch was dann? Was erwartete ihn hinter diesem Hindernis aus Blech und Holz?

Er trat einen Schritt zurück und nahm Anlauf, bevor er sich mit aller Kraft dagegenwarf. Holz splitterte, ein Teil flog durch die Luft und landete mit Geklapper auf dem Dielenboden. Die Tür sprang auf. Mit vorgestreckter Hand, die Waffe im Anschlag, stürmte er in das private Refugium der Wirtin vom *Ostseeblick.* Licht strömte ihm entgegen, das fahle Licht einer Steh- oder Nachttischlampe wohl, das aus einer offenen Tür gegenüber und kaum mehr als zwei Schritte entfernt fiel. Genau dorthin wandte er sich. Ohne nachzudenken stürmte er in den Raum, bei dem es sich wohl das Schlafzimmer der Wirtin handelte. Und blieb wie vom Donner gerührt stehen.

Hinter dem Bett stand eine groß gewachsene Gestalt ganz in Schwarz. Die Hose schwarz, der Pullover schwarz, die Handschuhe ebenso; sogar das Gesicht wurde von einer schwarzen Maske verdeckt. Nur das Messer in der Hand dieser Gestalt blitzte silbern und bedrohlich und lag direkt am Hals der Frau, die er umklammerte und die schlaff und scheinbar leblos, mit geschlossenen Augen in seinen Armen hing.

»Messer weg!«, schrie Falk den schwarz gekleideten Widersacher an. »Messer weg, oder ich schieße!«

Die Waffe reckte er dabei noch ein Stück höher, um seine Drohung zu untermauern.

»Sie stirbt, wenn du näher kommst!«

Die Stimme des Mannes drang gedämpft durch die Maske, dennoch lag Eiseskälte in ihr, und Falk wusste sofort, dass dies keine leere Drohung war. Der leichte, östlich klingende Akzent war kaum zu überhören.

Der Körper der Frau war direkt im Schussfeld, es wäre nicht leicht, den Mann dahinter zu treffen, auch wenn er die Frau überragte. Einen gezielten Schuss aus dieser Position traute Falk sich nicht zu. Vier, fünf Meter und das Bett trennten ihn von seinem Widersacher. Eine falsche Bewegung, und der Kerl würde der Wirtin den Hals durchtrennen, so wie er es bei seinen anderen Opfern getan hatte. Dafür würde er kaum mehr als ein paar Sekunden brauchen.

»Legen Sie das Messer weg!«

Ein Windstoß blähte den Vorhang hinter der dunklen Gestalt auf, die direkt vor dem geöffneten Fenster stand. Einen kurzen Augenblick wandte der schwarz gekleidete Mann den Kopf nach rechts. Diese Zeit genügte. Falk tat ein paar schnelle Schritte zur Seite, versuchte seine Position zu verbessern, dann zog er den Abzug seiner Pistole durch. Das Projektil schlug knapp über dem Kopf des Eindringlings in der Wand ein. Die Gestalt zuckte zusammen und drehte sich zur Seite. Falk nutzte den Augenblick, um auf ihn loszustürmen, doch der Mann hob die Frau in seinen Armen an, die noch immer kaum merklich wimmerte, und gab ihr einen Stoß. Falk versuchte noch auszuweichen, doch der Körper der Frau traf ihn mit voller Wucht. Ein Schuss löste sich, und Falk geriet ins Straucheln, stürzte über einen kleinen Sessel und fiel zu Boden. Aus dem Augenwinkel, noch im Fallen, sah er die dunkle Gestalt, die blitzschnell durch das offene Fenster kletterte und in der Dunkelheit verschwand.

Falk schlug hart auf dem Boden auf, die Waffe fiel aus seiner Hand. Eine Woge des Schmerzes brandete in seinem Körper auf und ergoss sich vom linken Knie bis hinauf in seinen Schädel. Er krümmte sich vor Schmerz. Von draußen klang lautes Geschrei durch das offene Fenster in das Zimmer. Dann krachte erneut ein Schuss. Falk wälzte sich auf die Seite. Es folgte ein lauter Schrei. »Halt, Polizei, stehenbleiben!«, rief draußen eine Männerstimme, die sich am Ende beinahe überschlug. Falk raffte sich auf, robbte zu dem leblosen Körper der Wirtin, die neben dem Bett am Boden lag. Als er sie abtastete, spürte er feuchte Flüssigkeit in seinen Händen. Doch das Herz schlug noch, und der Brustkorb hob und senkte sich.

»Hilfe, ich brauche Hilfe!«, schrie Falk.

Er drehte den Körper der Wirtin auf die Seite. Die dunkle Stelle, die sich auf dem geblümten Nachthemd der Wirtin ausbreitete, war nicht zu übersehen. Am Rücken, oberhalb der Hüfte auf der rechten Seite, breitete er sich aus. Rotes Blut, das im Licht der Nachttischlampe schimmerte.

Hastige Schritte waren zu hören. Eine Kollegin, gefolgt von einem Kollegen, hetzte über den Flur. Mit vorgestreckten Waffen in ihren Händen stürmten sie das Schlafzimmer.

»Er ist weg, dort raus!«, rief Falk und wies zum Fenster. »Wir brauchen einen Notarzt.«

Die Kollegin nahm die Waffe herunter, als sie Falk erkannte, der neben dem leblosen Körper der Frau kniete.

»Ist informiert«, entgegnete die junge Frau, die zur Observationseinheit *Falke* gehörte.

»Was ist passiert?«, fragte Falk. »Habt ihr ihn?«

Der Kollege steckte seine Waffe ins Holster und kniete sich neben Falk nieder. »Er kam über den Balkon, wir haben geschossen, doch er war zu schnell. Er hinkte, als er wegrannte. Die zwei-elf ist noch dran, aber er hat ein schnelles Motorrad.«

Gemeinsam leisteten sie der Wirtin des Ostseeblicks erste Hilfe. Der Funkruf der Streife 211 kam an, als der Notarztwagen an der kleinen Pension eintraf. Sie hatten das Motorrad kurz hinter Alt Farpen verloren.

34

Ostseeblick, Kirchdorf, Insel Poel

Der Mörder war entkommen, geflohen auf seinem Motorrad und die Verfolger hatten ihn bei Alt Farpen aus den Augen verloren. Er war in ein Waldstück eingebogen und dann mit seiner Geländemaschine querfeldein zwischen Bäumen und Sträuchern abgetaucht. Doch er war verletzt. Falk musste ihn getroffen haben, als er stürzte, denn die Spurensicherung hatte Blut am Fensterbrett festgestellt.

Inzwischen wimmelte es vor dem Gasthof von Polizei. Die Wirtin war in Sicherheit, sie lebte und war nach erster Diagnose nur mittelschwer verletzt. Der Stich im Rücken, oberhalb der Hüfte, hatte keine lebenswichtigen Organe verletzt. Beim Sturz hatte sie sich das rechte Handgelenk gebrochen und eine Beule an der linken Stirn davongetragen. Nach einer Notfallbehandlung war sie auf Falks Anweisung nach Schwerin verlegt worden, möglichst weit weg von Poel. Zwei Polizisten bewachten sie.

Die Sonne stand bereits hoch am Himmel, als die Spurensicherung den Tatort verließ. Falk hatte bei dem Sturz leichte Blessuren erlitten und war im Rettungswagen behandelt worden. Ein Kollege der Observationsgruppe hatte weniger Glück gehabt, er war von dem Flüchtenden überrascht und niedergeschlagen worden. Sein Partner hatte einen Warnschuss abgegeben und Schlimmeres verhindert; dennoch musste der verletzte Kollege mit einer schweren Gehirnerschütterung ins Krankenhaus eingeliefert werden.

Inzwischen war auch die Inspektionsleiterin am *Ostseeblick* eingetroffen. »Haben wir irgendwelche weiteren Erkenntnisse?«, fragte Direktorin Reimann, nachdem ihr Falk die Vorgänge geschildert hatte.

»Derzeit nicht«, entgegnete Falk und fuhr sich mit der Hand über das schmerzende Knie.

»Die Ringfahndung hat ebenfalls nichts ergeben.«

Falk erhob sich von der Krankenliege. »Ich fürchte, er ist weg. Er hat sich wieder in sein Schneckenhaus zurückgezogen. Ich will, dass wir einen Pressebericht herausgeben, in dem steht, dass die Frau ihren Verletzungen erlegen ist.«

Direktorin Reimann runzelte die Stirn. »Wir können doch nicht …«

»Das ist der beste Personenschutz, den wir für die Wirtin haben«, fiel ihr Falk ins Wort. »Wir brauchen keine Namen zu nennen, er wird schon wissen, von wem wir sprechen. Und er wird ihren Namen von seiner Liste streichen.«

»Wäre es nicht besser, wenn wir schweigen und die Frau intensiv bewachen? Wir wissen ja nicht, wer sonst noch auf seiner Liste steht. Wenn er am Ende ist, dann ist die Journalistin in großer Gefahr. Und wir haben noch nicht den leisesten Schimmer, wo er sie gefangen hält.«

Falk ordnete seine Kleidung und klopfte den Staub von seiner Jacke. »Ich bin mir sicher, dass ein Name ganz oben auf der Liste steht. Jetzt haben wir seine DNA. Wenn wir sie mit der von Willi Arnold vergleichen, dann werden wir sicher eine Übereinstimmung finden.«

»Das wird schwer möglich sein. Sie wissen doch Arnold hat gute Verbindungen. Also, was schlagen Sie vor?«, fragte Reimann.

»Ich fahre nach Schwerin und rede noch mal mit der Wirtin«, entgegnete Falk. »Nach allem, was hier geschehen ist, wird sie sich wohl ein klein wenig kooperativer verhalten als beim letzten Gespräch.«

»Glauben Sie, sie verschweigt uns etwas?«

Falk zuckte mit der Schulter. »Ich weiß es nicht. Es könnte schon sein, schließlich gehört Arnold zu den honorigen Einwohnern dieser Region. Es könnte aber auch sein, dass ihr gar nicht bewusst ist, was hier läuft, dass sie damals nichts mitbekommen hat oder der Sache keine Bedeutung beimaß. Auf alle Fälle geht der Mörder davon aus, dass sie einen Anteil daran trägt, sonst wäre sie nicht auf seiner Liste gelandet.«

Die Direktorin wies auf Falks Knie. »Gut, dann fahren Sie. Es geht doch hoffentlich?«

Falk lächelte. »Vicki wird mich begleiten. Ich denke, ich bin auf dem Beifahrersitz besser aufgehoben.«

Die Direktorin nickte und schaute Falk noch eine Weile nach, der langsam zu seinem Wagen humpelte.

Klinikum Schwerin, Wismarsche Straße

Auf dem Weg nach Schwerin hatte Falk ein klein wenig Schlaf nachgeholt. Er erwachte, als Vicki Sauter den Wagen auf dem Parkplatz des Krankenhauses stoppte.

»Ausgeschlafen?«, fragte sie.

»Geht so«, entgegnete Falk.

Über den kleinen Fußweg, der zum Hauptportal führte, betraten sie das Krankenhaus. Die Wirtin sei wach und ansprechbar, hatte die Stationsschwester geantwortet, als Vicki

Sauter vor eineinhalb Stunden angefragt hatte, und genau so war es, als die beiden das von zwei uniformierten Polizisten bewachte Einzelzimmer im zweiten Stock der Klinik betraten.

Die Frau blickte zur Tür, als Falk zusammen mit Vicki Sauter das Zimmer betrat. Sie lag im Krankenbett, ein weißer Verband zierte ihren Kopf.

»Guten Morgen, Frau Rakowitz«, begrüßte Falk die Frau.

Gabi Rakowitz nickte nur, ehe sie den Kopf wieder zur Decke wandte.

Falk zog sich einen Stuhl heran und setzte sich direkt ans Bett, während Vicki Sauter im Hintergrund blieb.

»Wie geht es Ihnen?«

Die Frau leckte sich mit der Zunge über die Lippen. »Ich hab Durst.«

Falk griff nach der Schnabeltasse, die auf dem Nachttisch stand, und reichte sie der Wirtin. Sie griff mit der linken Hand nach dem Becher, der rechte Arm war bandagiert. Sie nahm einen Schluck und gab das Gefäß zurück.

»Sie wissen, was passiert ist?«, fragte Falk.

»Haben Sie den Kerl erwischt?«

Falk schüttelte den Kopf.

»Der ist bei mir eingebrochen und wollte mich berauben.«

»Was hat er zu Ihnen gesagt?«

Die Frau zuckte mit der Schulter. »Keine Ahnung, was der wollte. Ich hab geschlafen, und plötzlich stand er vor meinem Bett. Bevor ich reagieren konnte, warf er sich auf mich und würgte mich. Er riss mich hoch und hielt mich fest. Ich glaube, ich wurde ohnmächtig.«

»Hat er etwas gesagt?«

Die Frau versuchte den Kopf zu schütteln, ließ es aber und stöhnte kurz auf. »Er brabbelte irgendwas, ich hab ihn aber nicht verstanden. Dann wurde mir schwarz vor Augen, und als ich wieder zu mir kam, knieten Sie vor mir. Mehr weiß ich nicht.«

Falk beugte sich verschwörerisch nach vorne. »Haben Sie wirklich keine Idee, weshalb der Mann bei Ihnen im Schlafzimmer aufgetaucht ist?«

»Das war ein Einbrecher, der dachte wohl, bei mir gibt es was zu holen.«

Falk nickte. »Sagt Ihnen der Name Zoja Kuchardski etwas?«

»Nein, kenne ich nicht.«

»Es war vor siebenundzwanzig Jahren, Anfang Mai. Sie war Saisonarbeiterin auf Arnolds Hof, jung, hübsch, blond. Erinnern Sie sich jetzt?«

Erneut fuhr sich die Frau mit der Zunge über die Lippen. Falk reichte ihr noch einmal den Becher und wartete geduldig, bis sie getrunken hatte.

»Arnold hatte damals viele Erntehelfer, die schliefen auf dem Hof, in Containern, die Arnold aufgestellt hatte. Bei mir war die nicht.«

»Es muss damals etwas vorgefallen sein, versuchen Sie sich zu erinnern«, meldete sich Vicki Sauter zu Wort.

Erneut zuckte die Frau mit der Schulter.

»Hören Sie, Frau Rakowitz, das war kein Einbrecher in Ihrem Schlafzimmer«, stellte Falk klar. »Das war der Mann, den die Presse den Plastbachschlitzer nennt, und er ist gekommen, um Sie zu töten. Also überlegen Sie genau, was damals passiert ist, denn ich glaube fest daran, dass er es wieder versuchen wird. Sie stehen auf seiner Liste, und er wird erst aufhören, wenn er alle Namen darauf abgehakt hat. So wie die Namen von Sydlow, Helgers, Pohl, Lehr, dem Pfarrer und Anja Perlebach. Und das nächste Mal bin ich vielleicht nicht in der Nähe, um zu helfen. Sie wollen doch nicht sterben, oder?«

Unmerklich schüttelte die Frau den Kopf.

»Also, was geschah im Mai zweiundneunzig in Ihrem Gasthaus? Eine junge Polin, eine Saisonarbeiterin. Was haben Arnold und die anderen getan? Und weshalb sind Sie auf dieser Liste gelandet?«

Die Frau blickte zur Decke, schien zu überlegen. Schließlich atmete sie tief ein. »Dieses Flittchen«, zischte sie.

Falk wurde hellhörig. »Erzählen Sie endlich!«

»Im Mai zweiundneunzig war das Jubiläum des Fischervereins«, sagte Gabi Rakowitz. »Das Fest fand in meinem Gasthaus statt. Hundert Leute hatten sich angemeldet, Musik, Tanz. Wir mussten ein Zelt aufstellen, draußen im Hof, die Leute hätten nicht alle in die Gaststube gepasst. Der Rudolf war der Vorsitzende damals, und der Willi Arnold der Stellvertreter.«

»Wann war das Fest?«, fragte Falk.

»In der ersten Maiwoche«, entgegnete die Wirtin. »Ich sagte, dass ich es nicht schaffen werde. Ich hatte damals am Wochenende zwei Aushilfen, aber das reichte nicht. Hundert Essen, das war zu viel. Arnold bot mir Hilfe an. Zehn seiner Saisonarbeiter. Drei Männer und sieben Frauen, darunter auch das Flittchen. Ja, genau, sie war jung und sie war blond und sah gut aus in ihrem kurzen schwarzen Rock und der weißen Bluse.«

»Weiter!«

»Das Fest begann am Abend und ging offiziell bis ein Uhr, aber um drei waren Arnold und die anderen immer noch da und feierten. Die Musiker waren längst gegangen. Plötzlich, ich war mit zwei dieser Ausländerinnen in der Küche mit dem Abwasch beschäftigt, da schrie jemand hysterisch im Gastraum herum und ich hörte Gläser klirren. Ich schaute nach, was da los ist, und da stand sie am Tresen. Der Pohl und Sydlow hielten sie fest, und Arnold redete auf sie ein, sonst hätte sie mir noch das gesamte Geschirr zerschlagen. Sie war betrunken, ihre Bluse war offen, und ihre Brüste hingen heraus. Dieses Flittchen mit den blutrot geschminkten Lippen. Sie war fast nicht ruhig zu kriegen, schrie immer wieder los. Arnold hat ihr eine geknallt, dann wurde es besser. Wir wussten nicht, was wir tun sollten, die war ja vollkommen hysterisch. Dann sank sie zusammen und heulte nur noch. Arnold hat sie erst mal in die Wäschekammer gesperrt, dort sollte sie ihren Rausch ausschlafen.«

»Waren Sie dabei?«

»Ja, klar, ich hatte doch den Schlüssel.«

»Was war dann?«

»Am nächsten Morgen kamen Arnold und Pohl, den Pfarrer hatten sie dabei. Der war ja auch Pole. Sie sind zu ihr gegangen und haben mit ihr geredet, dann tauchte Anja mit ihrem Taxi auf. Sie brachten sie weg. Ich war zwei Stunden in der Kammer beschäftigt, die Wäsche wieder zu ordnen, die sie durcheinander geworfen hat. Einige Teile hat sie sogar zerrissen, dieses Biest. Aber der Willi hat alles bezahlt.«

Falk warf Vicki einen kurzen Blick zu. »Wissen Sie, was aus ihr geworden ist?«

»Anja hat mir am nächsten Tag erzählt, dass der Willi sie nicht mehr auf dem Hof haben wollte. Anja hat sie nach Anklam gefahren, dort hat man ihr eine Fahrkarte zurück nach Polen gekauft, Uwe ist mitgefahren.«

»Ist Ihnen jemals der Gedanke gekommen, dass diese junge Frau von Arnold und den anderen vergewaltigt worden sein könnte?«

Die Frau schüttelte den Kopf. »Das ist doch Quatsch! Das war ein Flittchen, das habe ich sofort gesehen. Die hat es doch nur darauf angelegt. Die hatten ja nichts da drüben, da hätte ihr ein deutscher Mann mit Geld schon ins Konzept gepasst.«

»Erinnern Sie sich noch, was Arnold dazu sagte?«

»Keine Ahnung, und es hat mich auch nicht interessiert. Ich hab die nur dieses eine Mal gesehen, und ich kenne diese Sorte. Glauben Sie wirklich, dass dieser Kerl bei mir eingestiegen ist, um mich umzubringen?«

Falk nickte. »Dieser Kerl, wie Sie ihn nennen, ist ihr Sohn. Er ist siebenundzwanzig Jahre alt, und die beiden sind, wenn man den Gerüchten Glauben schenken darf, nach dem Vorfall durch die Hölle gegangen. Das könnte für ihn sehr wohl ein Grund sein, sich an denen zu rächen, die Schuld an seinem Schicksal und am Schicksal seiner Mutter sind.«

»Nur weil ich ihr einen Schlafplatz gegeben habe, um ihren Rausch auszuschlafen?«

»Sie haben das Mädchen eingesperrt.«

»Ich habe abgeschlossen, weil sie sonst mein Inventar zerschlagen hätte, sie hat sich ja angestellt wie eine Furie.«

Falk lehnte sich im Stuhl zurück. »Was zu verstehen ist, wenn sie vergewaltigt wurde.«

»Vergewaltigt! Niemand hat sie vergewaltigt, das hätte ich doch bemerkt.«

»Sie waren in der Küche.«

Erneut fuhr sich die Frau über die Lippen. »Das ist doch alles Quatsch.«

»Sie würden anders darüber denken, wenn sie den Mann in der Nacht ohne Maske gesehen hätten«, wandte Vicki Sauter ein.

»Wieso?«, antwortete Gabi Rakowitz.

»Weil er Arnold verdammt ähnlich sieht.«

»Ich hätte doch merken müssen, wenn …«

»Haben Sie nachgefragt?«

»Sie schrie nur rum, brabbelte etwas, auf Polnisch, wie sollte ich das denn verstehen?«

»Sie hat Hilfe gesucht, und Sie haben sie in eine dunkle Kammer gesperrt. Ich glaube nicht, dass dies die Art Hilfe war, die sie gebraucht hat«, antwortete Falk.

»Glauben Sie, er kommt wieder?«, fragte die Wirtin, jetzt doch hörbar ängstlich.

Falk erhob sich und schob den Stuhl zurück an den Tisch. »Für ihn sind Sie tot, und so soll es erst einmal bleiben, das ist derzeit Ihr bester Schutz.«

Ohne auf eine Antwort zu warten, verließen Falk und Vicki Sauter das Krankenzimmer.

35

Irgendwo an der Ostseeküste

Er schob die Tür auf und trat unter lautem Stöhnen ein. Er ging gebeugt, zog sein rechtes Bein nach, hinkte, und jeder Schritt fiel ihm offensichtlich schwer. Seine Stiefel und seine Hose waren verdreckt, sein Hemd stand offen, seine dunklen Haare waren zerzaust. Zum ersten Mal trug er keine Maske, und der Dreitagebart konnte seine Züge nicht verbergen.

Ungläubig schaute Pia Stein ihn von ihrer Matratze aus an. Sie hatte ihn älter geschätzt, aber er kam ihr irgendwie vertraut vor. War er gekommen, um sie zu töten?

Er schleppte sich bis zu dem Stuhl, der vor dem kleinen Tisch stand, auf dem der Laptop lag. Entkräftet sank er nieder.

»Was … was ist … was ist passiert?«, fragte Pia Stein. Auf der grauen Hose hatte sich ein großer Blutfleck auf dem Oberschenkel ausgebreitet. Über seiner Augenbraue prangte eine blutige Schramme, und seine Hände waren schmutzig, so wie überhaupt alles an ihm schmutzig und verdreckt war.

»Ich bin ihnen entkommen«, sagte er. Ein leises Stöhnen kam über seine Lippen.

Pia erhob sich und ging auf ihn zu. Die Kette, die zu dem Lederband an ihrem Hals führte, schleifte über den Boden. »Sie … Sie müssen ins Krankenhaus«, stammelte sie.

Er schüttelte den Kopf. »Ich will, dass du einen Brief schreibst«, sagte er und wies auf den Laptop.

Pia griff nach dem Computer, nahm ihn an sich und ging zurück zur Matratze. Er diktierte ihr, es war ein kurzer Brief, nicht mehr als fünf Zeilen. Als er am Ende angelangt war, ließ er ihn sich noch einmal vorlesen. Zufrieden nickte er.

»Ich will, dass du meine Wunde verbindest.«

»Wirst du mich töten?«, fragte Pia.

Ihr Geiselnehmer blickte schweigend zu Boden. Einen Augenblick lang herrschte Ruhe im Raum. Schließlich erhob er sich. Unter Schmerzen, was ihr nicht verborgen blieb. Kurz wandte er sich ihr zu. »Wir haben eine Abmachung«, sagte er, bevor er den Raum verließ. Die Tür blieb offen.

Pia zerrte an dem ledernen Band, das um ihren Hals lag, doch so sehr sie sich auch anstrengte, das kleine Bügelschloss aus festem Stahl gab nicht nach. Mit zitternden Fingern versuchte sie, eine Schwachstelle an dem Band zu ertasten, doch sie fand keine. Ein Fingernagel brach ab, und sie holte sich die eine oder andere blutige Schramme, doch das mit Metallnieten verstärkte Lederband gab nicht nach und hielt stand, so wie die letzten Male, als sie versucht hatte, sich aus ihrer Fesselung zu befreien.

Sie hielt inne, als sie schlurfende Schritte hörte. Er kehrte zurück. In der Hand hielt er eine Tasche. Er hinkte zum Stuhl und warf die Tasche neben Pia auf die schmutzige Matratze.

»Leer die Tasche aus!«

Pia griff nach der Tasche und tat, wie ihr geheißen. Neben einem Schreibblock, einem Kugelschreiber, einem Klebestift, einer Flasche mit Antiseptikum und einem Verbandset befanden sich zwei Schachteln darin. Ein Geschenkkarton und eine weitere Schachtel, in der sich offenbar ein einfaches Prepaidhandy befand, wenn man dem Aufdruck glauben konnte.

»Komm her!«

Er zog seine Hose bis über die Knie herunter, bevor er sich setzte.

Pia griff nach dem Verbandset und der Flasche mit dem Desinfektionsmittel.

»Nimm Wasser«, sagte er und wies auf die Flaschen in der Ecke. »Ich werde dir neue besorgen.«

Pia erhob sich, holte eine Flasche Wasser und kniete sich vor dem Verletzten auf den Boden.

»Das tut jetzt vielleicht weh«, sagte sie, nachdem sie ein Wundreinigungstuch aus dem Set gefischt hatte. Sie öffnete die Flasche und leerte Wasser über die Wunde. Das angetrocknete Blut war hartnäckig, doch als sie die Verletzung mit dem feuchten Tuch vorsichtig reinigte, sah sie die aufgeplatzte Haut. »Das muss genäht werden«, sagte sie.

»Keine Zeit, nimm ein Pflaster!«

»Was ist passiert?«

»Sie haben auf mich geschossen.«

Die Wunde lag kaum zehn Zentimeter über dem Knie, an der Außenseite des Oberschenkels, doch es war kein Loch, sie glich mehr einem Schnitt, und war etwa drei Zentimeter lang.

»Das muss ein Streifschuss sein«, sagte Pia, nachdem sie die Wunde mit einem weiteren, trockenen Tuch aus dem Set abgerieben hatte.

»Umso besser«, knurrte ihr Entführer. »Es tut höllisch weh.«

»Sie sollten einen Arzt …«

»Nimm ein Pflaster«, schnitt er ihr das Wort ab.

Pia versuchte die Wunde zu versorgen, so gut es ging, und klebte ein Klammerpflaster auf, wie es in der Beschreibung angegeben war. Sie hatte keine Erfahrung mit Wunden, schon gar nicht mit Schusswunden. Doch ihre einzige Sorge galt dem Umstand, dass er diesmal ohne Maske ihr Gefängnis betreten hatte. Nur wagte sie es nicht, ihn darauf hinzuweisen. Sie fragte sich, ob sie jemals wieder Tageslicht zu Gesicht bekommen würde.

»Ich will, dass du eine Adresse auf die Schachtel schreibst«, befahl ihr der großgewachsene und kräftige Mann mit dem kantigen Gesicht und den eisgrauen Augen.

Pia ging zurück zur Matratze, griff nach dem Block und dem Kuli und blickte ihren Entführer fragend an.

»Anwaltskanzlei Grothe, Dankwartstraße 22b, 23952 Wismar«, diktierte er. Pia schrieb die Adresse auf das Papier.

»Auf die bunte Schachtel kleben!«

»Das ist zu groß«, protestierte Pia, nachdem sie das DIN-A4-Blatt aus dem Block gerissen hatte.

Der Mann wies auf das rote Verbandsset. »Da ist eine Schere.«

Pia griff in das Täschchen und zog die kleine Schere hervor. Sie schnitt das Adressfeld zurecht und klebte es auf.

»Handy und Brief in die Packung!«

Pia tat, wie ihr geheißen.

»Zukleben!«

Pia suchte vergeblich nach Klebestreifen.

»Lass dir etwas einfallen«, sagte er, als sie danach fragte.

Sie schnitt ein paar Papierstreifen zurecht und klebte den Geschenkkarton mit den Streifen und dem Klebestift zu.

»So richtig?«, fragte sie.

Er nickte.

»Es ist gut, wenn Sie sich an einen Anwalt wenden«, versuchte Pia die Lage zu nutzen. »Sie sollten aufgeben. Wenn sich die Wunde entzündet, kann ich für nichts garantieren. Lassen Sie mich frei, dann … ich meine, die Strafe wird dann milder.«

Erst jetzt fiel ihr wieder ein, dass sie einem Mann gegenübersaß, der kaltblütig mehrere Menschen umgebracht hatte. Sogar vor einer Frau hatte er in seinem Rachedurst nicht Halt gemacht.

Ihr Geiselnehmer erhob sich und warf ihr einen Packen Papier zu, den er aus der Hosentasche zog. Pia faltete das Papier auseinander. Es waren zwei DIN-A4-Seiten, mit der Hand beschrieben, zerknittert und verdreckt. Pia überflog die Zeilen.

Jetzt war er offenbar am Ende seiner Liste angelangt, denn er veröffentlichte alle Namen seiner Opfer. Die Liste begann mit Anton Gorski, seinem Stiefvater, der ihm und seiner Mutter das Leben zur Hölle gemacht hatte. Hinter jedem der Namen hatte er den Grund vermerkt, weshalb er den Mann oder die Frau umgebracht hatte. Hinter Sydlow stand: »Weil er ein Schwein war und sich an einem unschuldigen Mädchen verging.« Hinter Anja Perlebach: »Weil für sie die Ehre einer Frau nicht mehr Wert hatte als 2788 Mark und 22 Pfennige.« Hinter dem Pfarrer: »Weil er Gott und den Glauben verraten hat.« Pohl und Helgers, weil sie Sydlow halfen, seine schändliche Tat zu vollenden. Und der Fischer Uwe Lehn musste sterben, weil er ihr die Hilfe verweigert hatte. Der letzte Name mit einem Vermerk war Gabi Rakowitz, die Wirtin vom *Ostseeblick.* Weil sie nicht half, sondern, ganz im Gegenteil, das Mädchen nach der Tat noch einsperrte.

Nur der allerletzte Name, Willi Arnold, war ohne Vermerk.

»Sie sind der Sohn dieser Frau, und Willi Arnold ist Ihr Vater, richtig?«, fragte Pia, der dämmerte, warum ihr der junge Mann vertraut vorkam, und die langsam die Zusammenhänge erkannte.

Der Mann auf dem Stuhl nickte.

»Das wird die Zeitung nicht bringen«, sagte Pia, nachdem sie gelesen hatte, wie der letzte Bericht über das Verbrechen an der jungen Frau aus Polen lauten sollte.

»Wieso nicht?«

»Es werden keine Namen veröffentlicht, die mit einem möglichen Verbrechen in Verbindung gebracht werden, das ist uns nicht erlaubt.«

»Wer sagt das?«

»Das ist Medienrecht, das geht nicht.«

Der Mann erhob sich. »Das Recht verbietet euch also, die Wahrheit zu sagen. Weshalb sollte dann noch jemand die Zeitung lesen?«

Pia zuckte mit der Schulter. »Nein, natürlich nicht, aber wir können keinen Klartext schreiben, in dem wir Leute beschuldigen, ohne dass sie verurteilt sind.«

»Gott hat sie verurteilt.«

Pia leckte sich mit der Zunge über die trockenen Lippen. »Gott … ich meine … das ist Religion … ich meine ein Gerichtsurteil eines ordentlichen Gerichts, und selbst dann deuten wir die Namen nur an, es sei denn, es sind Personen, an denen ein besonderes Interesse der Öffentlichkeit besteht.

Personen der Zeitgeschichte, sagt man auch. Alles andere ist verboten.«

»Ihr verbietet, dass die Menschen erfahren, wer eure Verbrecher sind.«

»Das … so einfach ist das nicht.«

»Doch, das ist einfach. Aber vielleicht geht ihr deshalb so oberflächlich und teilnahmslos mit dem Schicksal eurer Mitmenschen um, weil ihr einfach nicht mehr die Wahrheit beim Namen nennen dürft.«

»Ich … es … es ist kompliziert.«

Pia suchte nach einer Erklärung, doch der Mann winkte ab. »Gib mir die Tasche.«

Pia packte die Tasche wieder zusammen. Er achtete ganz besonders darauf, dass die kleine Schere nicht bei ihr blieb.

»Schreib! Das andere werden wir sehen.«

Er wandte sich um und verließ den Raum. Die Tür fiel krachend ins Schloss.

Kriminalpolizei Wismar, Rostocker Straße

Sie fuhren über die 106 von Schwerin zurück nach Wismar. Vicki saß am Steuer, Falk hatte auf dem Beifahrersitz Platz genommen. Sie schwiegen. Er war müde von der jäh unterbrochenen Nacht, dennoch fand er keine Ruhe. Er hielt sein Handy in der Hand und warf hin und wieder einen Blick auf das Display.

Sie waren kurz hinter Zickhusen, als Vicki wegen eines abbiegenden Lastwagens bremsen musste.

»Glaubst du ihr?«, fragte Vicki, deren Gedanken um die Aussage der Wirtin vom Ostseeblick kreisten.

Falk nickte. »Sie sieht die Dinge aus ihrer Perspektive.«

»Was soll das heißen?«

Der LKW war abgebogen, Vicki beschleunigte.

»Stell dir vor, du wärst an ihrer Stelle gewesen«, erklärte Falk. »Das rauschende Fest, Musik und Essen, all die Arbeit und der Stress. Die Nacht wird lang und anstrengend, und du bist froh, dass alles vorüber ist. Du stehst in der Küche, aber eigentlich willst du nur noch in dein Bett. Und dann flippt da jemand aus. Eine junge Frau, gut aussehend, stark geschminkt und hergerichtet, vielleicht sogar ein wenig betrunken. Eine Ausländerin, eine Polin noch dazu.«

Vicki ging vom Gas, ein weiterer LKW tauchte vor ihnen auf. »Ja, und?«

»Erinnerst du dich an all die Vorurteile, die es damals gab und die es auch heute noch gibt?«

»So was wird es immer geben«, bemerkte die Kriminalbeamtin.

Falk lächelte. »Richtig, und es passte ja alles so gut ins Bild. Die junge Polin, ein Flittchen, das es darauf angelegt hat, die Männer zu verführen, sich einen von ihnen zu schnappen, einen wohlhabenden noch dazu, so wie Arnold. Die nur polnisch spricht und sich nicht verständigen kann. Wem glaubst du da? Diesem vermeintlichen Flittchen oder deinen Freunden, die jeden Tag bei dir am Stammtisch sitzen? Den Leuten aus deinem Dorf, mit denen du dein ganzes Leben verbracht hast?«

Vicki nickte. »Ich verstehe, was du meinst.«

»Zoja Gorski hatte von Anfang an keine Chance gegen die

ach so honorigen Bürger. Selbst wenn damals irgendjemand die Polizei verständigt hätte, wäre nicht sicher gewesen, ob die Kollegen ihr geglaubt hätten.«

Der LKW bog bei Dorf Mecklenburg nach links ab. Vicki wartete, bis die Strecke frei war, ehe sie wieder beschleunigte.

»Wahrscheinlich hast du recht. Ihre Aussage gegen die Aussagen der honorigen Vereinsmitglieder des Fischereivereins Insel Poel e.V. Ich gebe zu, da wäre ich vielleicht auch über meine eigenen Vorurteile gestolpert.«

Falk blickte erneut auf das Display seines Mobiltelefons.

»Stimmt was nicht?«, fragte Vicki.

Falk wiegte den Kopf hin und her. »Eigentlich hoffte ich, dass Modrow anruft und Vollzug meldet. Er müsste die beiden noch offenen Objekte längst durchsucht haben.«

»Die stillgelegten Schlachtbetriebe?«, fragte Vicki.

»Ja, das kann doch nicht einen ganzen Tag dauern.«

Draußen huschte eine Ortstafel vorbei. *Karow* stand darauf geschrieben.

»Wir sind gleich da, dann kannst du ihn selbst fragen.«

Zwanzig Minuten später parkte Vicki den zivilen Dienstwagen im Hof der Polizeiinspektion. Während sie in ihr Büro im zweiten Stock hinaufging, suchte Falk nach Modrow. Er fand ihn in den Räumlichkeiten der Fahndung in einem Büro, wo er hinter dem Schreibtisch saß und telefonierte. Falk wartete, bis er das Telefonat, in dem es um einen Termin zur Inspektion seines Wagens ging, beendet hatte.

Modrow legte den Hörer zurück auf die Gabel, blickte Falk in die Augen, breitete die Arme aus und drehte seine Handflächen nach oben. »Tut mir leid, wir haben alles gründlich durchsucht, aber wir haben nicht die geringste Spur von Pia Stein entdeckt. Wir sind vor einer halben Stunde zurückgekommen. Möglicherweise haben wir ihre versteckten Zeichen missverstanden.«

Falk wusste genau, dass Modrows *Wir* eigentlich nur auf ihn selbst gemünzt war und er sich keinesfalls in diese Fehleinschätzung mit einbezog.

»Dann haben wir etwas übersehen.«

»Was?«, fragte Modrow fordernd.

»Vielleicht ist unsere Liste nicht vollständig.«

Modrow schüttelte den Kopf. »Ich habe sämtliche Bürgermeisterämter abtelefoniert, ich habe die Immobilienausschreibungen ausgewertet, und ich habe mit mehreren Firmen telefoniert, die Immobilien in ihrem Portfolio haben. Stromversorger, Stadtwerke, sogar beim Finanzamt. Die Liste ist vollständig.«

Falk schüttelte den Kopf. »Wir haben etwas übersehen. Ich will, dass wir uns noch mal alle Gemeinden vornehmen, dass Zivilstreifen die Industriegebiete abfahren. Irgendwo muss es eine Kühlkammer geben, in der Pia Stein gefangen gehalten wird.«

Modrow blies die Backen auf. »Sie kann überall sein. Wer sagt denn, dass sie zwischen hier und Rostock gefangen gehalten wird, es könnte doch auch in Boltenhagen, Kalkhorst oder Pötenitz sein. Außerdem hat fast jeder zweite Jäger eine Kühlkammer im Haus, in der er sein Wild verarbeitet und aufbewahrt. Das ist wie die Suche nach der Stecknadel im Heuhaufen.«

»Dann drehen wir eben jeden Heuhaufen um.«

Modrow wies auf die Uhr, die über der Tür des Büros hing.

»Gut, tun wir, aber morgen. In zehn Minuten ist Feierabend, und ich habe noch einen wichtigen Termin, den ich nicht verschieben kann.«

Falk zog die Luft tief in seine Lungen. Er verbiss sich die Antwort, die ihm passend zu Modrows Einwand durch den Kopf ging; stattdessen atmete er tief durch.

»Einen schönen Feierabend, wünsche ich«, sagte er, bevor er sich umwandte und das Büro verließ.

36

Stausee Farpen, bei Alt Farpen

Der Anruf ging kurz nach acht Uhr auf dem Revier in der Polizeiinspektion Wismar ein. Ein Jäger hatte in seinem Jagdbezirk unweit des Stausees Farpen in einem Waldstück ein Motorrad entdeckt. Es stand abseits des Weges, angelehnt an einen Baum, und war mit Ästen und trockenem Reisig abgedeckt. Außerdem schien es durch einen Unfall beschädigt. Das war dem Jäger verdächtig vorgekommen, und so hatte er die Polizei verständigt. Eine Person hatte er in der Nähe nicht bemerkt.

Eine Streife vom Revier befand sich im Bereich von Krusenhagen und erhielt den Auftrag, das Motorrad zu überprüfen. Sie fuhren über den Krusenhagener Weg und bogen dann nach rechts in die Neuburger Straße ein. Dort folgten sie dem Weg vorbei am Westufer des Stausees, bevor sie in einen Waldweg einbogen und diesem folgten, bis sie an eine Weggabelung kamen. Da stand der silberfarbene Jeep des Jägers, der auf die Streife wartete.

Ihr Weg führte noch weiter in das Wäldchen, das sich entlang des Stausees erstreckte. Der Weg wurde zunehmend unzugänglicher, und sie hatten alle Mühe, mit ihrem Passat dem Jeep zu folgen. Nach einem weiteren Kilometer stoppte der Jeep. Die Polizisten hielten unmittelbar dahinter an, und der bärtige Oberkommissar auf dem Beifahrersitz stieg aus.

»Wo ist denn die Maschine?«, rief er dem Jäger zu.

»Da hinten, etwa zehn Meter«, entgegnete der Jäger und zeigte mit einem Finger in den Wald.

Der Begleiter des Oberkommissars, ein junger Kollege, verließ ebenfalls den Streifenwagen. Sie folgten dem Jäger in den Wald.

Vor einem Baum, umgeben von einem großen Reisighaufen, blieb er stehen. Blitzendes Metall schimmerte durch das lose aufgeworfene Gestrüpp.

»Eigentlich habe nicht ich, sondern Paco das Motorrad gefunden.«

»Paco?«, fragte der junge Polizist.

Der Jäger wies in Richtung seines Jeeps. »Mein Münsterländer. Er hat eine gute Nase. Wir saßen auf Wildschwein an, dort hinten auf den Feldern sind ihre Spuren.«

Der Oberkommissar zog die Luft durch die Nase. »Irgendwie riecht es hier nach Benzin«, sagte er.

»Stimmt«, bestätigte der Jäger.

Vorsichtig räumten sie die Zweige zur Seite, und eine silberne Husqvarna-Geländemaschine mit rotem Tank kam zum Vorschein. Der Grund für den Benzingeruch war sofort offensichtlich: Der rote Tank war aufgerissen, das Vorderrad verformt.

»Da ist wohl einer gestürzt«, murmelte der Oberkommissar und legte das Kennzeichen frei.

»HRO-SA2«, diktierte er. »Ruf mal auf der Dienststelle an und frag nach dem Halter.«

Der junge Kollege zog sein Handy aus der Hosentasche und ging ein paar Schritte zur Seite.

»Ja, der Fahrer ist offenbar gestürzt«, sagte der Jäger, nachdem der junge Kollege zwischen den Bäumen verschwunden war. »Ich glaube, da unterhalb der Sitzbank ist Blut.«

Der Oberkommissar folgte dem Fingerzeig des Jägers und kniete sich hin. Aufmerksam betrachtete er den rotbraunen Fleck.

»Könnte sein, hat sich wahrscheinlich beim Sturz verletzt«, mutmaßte der bärtige Polizist. »War möglicherweise betrunken oder hat keinen Führerschein, weshalb sollte er sonst hier langfahren. Wo kommt man hin, wenn man dem Weg folgt?«

Der Jäger zeigte in die entgegengesetzte Richtung. »Da hinten geht es nach Robertsdorf, da kommt man dann rüber nach Blowatz. Und geradeaus führt der Weg zum Hofgut Lischow. Wenn man runter nach Neuburg will, muss man um den Stausee fahren, das tut wohl keiner.«

Der Oberkommissar nickte. »Glaube ich auch nicht. Auf alle Fälle wollte er, dass man das Motorrad nicht findet.«

Der junge Kollege kehrte zurück. Die Farbe war aus seinem Gesicht gewichen.

»Was ist los mit dir?«, fragte der Oberkommissar.

»Wir sollen hier alles absperren, die Spusi kommt.«

Der Oberkommissar runzelte die Stirn und warf seinem Kollegen einen fragenden Blick zu.

»Mit dem Motorrad war höchstwahrscheinlich der Plastbachschlitzer unterwegs«, erklärte der junge Kollege.

Kriminalpolizei Wismar, Rostocker Straße

Falk stand im Soko-Raum vor der großen Landkarte und blickte nachdenklich auf die grünen Markierungsfähnchen. Jedes einzelne Fähnchen zeigte ein leerstehendes Objekt, das inzwischen von Modrow und der Mobilen Fahndungsgruppe durchsucht worden war. Die roten Fähnchen markierten die Orte der Verbrechen inklusive der Entführung der Journalistin Pia Stein, und die gelben Fähnchen zeigten die Orte, an denen sich der Täter nachweislich aufgehalten hatte. Seit drei Minuten war ein weiteres gelbes Fähnchen hinzugekommen. Es markierte die Stelle am Farpener Stausee, wo das Motorrad aufgefunden worden war. Alle Fähnchen konzentrierten sich in dem Küstenstreifen von der Wismarer Bucht über die Insel Poel bis hoch nach Rostock.

»Er ist hier irgendwo, genau in diesem Bereich«, murmelte Falk und fuhr mit der Hand den Küstenstreifen entlang.

Am Morgen hatte er einen Hubschrauber angefordert, der mit einer Kamera ausgestattet war und den Küstenstreifen systematisch überwachte und fotografierte. Irgendwo in diesem Bereich musste es ein leerstehendes Objekt mit einem Kühlhaus geben, das aus welchem Grund auch immer nicht auf Modrows offizieller Liste verzeichnet war. Gleichzeitig waren in diesem Bereich auch Zivilstreifen der Fahndung unterwegs.

Vicki Sauter saß am Tisch und blickte nachdenklich auf die Karte. »Das ist trotzdem noch ein großer Bereich. Metzgereien, Gutshöfe und manche Jäger haben auch Kühlhäuser.«

Falk schmunzelte. »Das hat mir Modrow auch schon gesagt. Er glaubt allerdings, dass ich die versteckten Botschaften von Pia Stein einfach falsch interpretiere.«

Vicki Sauter winkte ab. »Quatsch, ich sehe es genauso wie du, aber das Gebiet ist riesig, und sie kann überall sein. Ein alter Bauernhof, ein Wohnhaus mit entsprechendem Keller oder sonst einem Gebäude, das einem Kühlraum ähnlich sieht. Ich verspreche mir mehr davon, wenn wir uns diesen Arnold noch einmal richtig vornehmen. Ich bin davon überzeugt, er weiß mehr, als er vorgibt zu wissen. Mit der Aussage der Wirtin könnten wir ihn unter Druck setzen.«

Falk nickte. »Das tun wir auch, und zwar morgen. Ich habe ihn durch eine Streife für zehn Uhr vorgeladen. Diesmal lassen wir uns nicht mehr von seinem Hof verscheuchen, diesmal haben wir Heimvorteil.«

»Und du glaubst, er kommt?«

Falk zuckte mit der Schulter. »Selbst wenn wir ihm die damalige Vergewaltigung nachweisen könnten, so wäre sie längst verjährt. Damals galt noch altes Recht, und die Tat ist mehr als zwanzig Jahre her.«

Vicki erhob sich. »Okay, dann gehe ich wieder runter zu Brunner. Er hat ein Menge Fotos auf dem Tisch und kann ein wenig Hilfe gebrauchen.«

Falk zog sich einen Stuhl heran und ließ sich darauf nieder. Noch immer war sein Blick auf die Karte gerichtet. Das Motorrad, auf dem der Plastbachschlitzer geflüchtet war, war am Farpener Stausee gefunden worden. Bislang war Falk davon ausgegangen, dass sich der Mörder irgendwo um Rostock verbarg, schließlich waren dort die Nachrichten an die RMZ an den Fahrradkurierdienst übergeben worden. Was wollte der Flüchtige an diesem Stausee? Er hätte es einfacher gehabt, wenn er nach dem Überfall auf die Wirtin des *Ostseeblicks* über Blowatz und Neubukow in Richtung Rostock gefahren wäre; dennoch hatte er diesen Umweg eingebaut. War dies absichtlich geschehen, weil er wusste, dass man ihm mit einem Wagen dort kaum folgen konnte, oder war es purer Zufall?

Kannte er sich rund um den Stausee aus, kannte er die Schleichwege, die durch den Wald hinüber auf die 105 führten?

Das Klingeln des Telefons riss Falk aus seinen Gedanken. Er nahm den Hörer ab. Direktorin Reimann war am Apparat und bat ihn zu sich in ihr Büro.

Falk nahm den Fahrstuhl hinauf in den vierten Stock. Vor der Tür zum Büro der Inspektionsleiterin zupfte er seinen Hemdkragen zurecht, bevor er klopfte und nach einem lauten *Herein* die Tür öffnete.

Überrascht blieb er stehen. Hinter dem Schreibtisch saß die Direktorin, doch davor hatte überraschenderweise Willi Arnold Platz genommen. Neben ihm saß ein Mann im schwarzen Anzug, mit grauen, gewellten Haaren und einer Brille mit goldfarbenem Gestell.

Direktorin Reimann winkte ihm zu und Falk trat ein und schloss die Tür.

»Guten Morgen, Herr Arnold«, begrüßte er den Großbauern, der ebenfalls einen Anzug trug, der ihm allerdings eine halbe Nummer zu klein war. Arnold wirkte wie ein nervöser Konfirmand vor seinem ersten Abendmahl. »Ich hatte Sie doch erst für morgen einbestellt.«

»Herr Falk«, ergriff die Direktorin das Wort. »Ich darf vorstellen, Herrn Rechtsanwalt Grothe von der Kanzlei Grothe und Karr aus Wismar. Er vertritt Herrn Arnold, den Sie ja schon kennen.«

Der Anwalt erhob sich und reichte Falk die Hand. Der Händedruck war kraftlos und die Hände kalt; irgendwie erinnerten sie Falk an einen toten Fisch.

Die Direktorin wies auf einen freien Stuhl in der Ecke. »Setzen Sie sich doch bitte zu uns, Herr Falk.«

Falk schob den Stuhl an die Seite des Schreibtisches und nahm Platz.

»Herr Grothe würde gerne mit Ihnen einige Dinge erörtern«, sagte die Direktorin und nickte dem Anwalt zu.

Grothe wandte sich Falk zu. »Wie mir Frau Polizeidirektorin Reimann erklärte, sind Sie für die kriminalpolizeilichen Ermittlungen im Fall des sogenannten Plastbachschlitzers zuständig. Aus diesem Grunde würden wir gerne mit Ihnen sprechen.«

»Das trifft sich gut«, entgegnete Falk. »Ich würde auch gerne mit Herrn Arnold darüber sprechen, deswegen habe ich ihn ja einbestellt. Eigentlich für morgen, aber wenn er nun schon mal hier ist … Wie kam es dazu, Herr Arnold, dass Sie im März 1992 auf der Jubiläumsfeier des Fischereivereins die polnische Saisonarbeiterin Zoja Kuchardski vergewaltigt haben?«

Arnold warf Falk einen bösen Blick zu. Zornesröte stieg ihm ins Gesicht. »Was glauben Sie eigentlich …«

Grothe fasste Arnold an den Arm und schüttelte den Kopf. Arnold hielt inne, versuchte sich zu fassen. »Dieses Miststück«, zischte er leise, bevor er schwieg und zu Boden blickte.

Grothe nahm die Hand von seinem Arm. »Herr Arnold, lassen Sie mich sprechen, schließlich haben Sie mich dazu hierher mitgenommen«

»Schon gut«, murmelte Arnold.

Grothe warf ihm einen kurzen Blick zu, ehe er sich erneut an Falk wandte. »Herr Falk, im Namen meines Mandanten möchte ich eine Erklärung abgeben.«

»Ich höre.«

»Es ist richtig, dass es im Rahmen dieses Festes zu sexuellen Handlungen mit einer polnischen Saisonarbeiterin namens Zoja Kuchardski kam, allerdings geschah dies einvernehmlich. Ich möchte hinzufügen, dass es diese Frau sogar darauf anlegte.«

»Dieses Flittchen«, zischte Arnold noch einmal.

Grothe warf ihm einen strengen Blick zu. »Ich möchte hier weiterhin ausführen, dass es kurz zuvor auch zwischen dieser Frau und Herrn Sydlow zu intimen Handlungen kam. Die Initiative hierzu ging ausschließlich von dieser Frau aus. Mein Mandant war damals alkoholisiert, seine Steuerungsfähigkeit war eingeschränkt. Der Vorfall ist mehr als zwanzig Jahre her, aus diesem Grund spielt er rechtlich keine Rolle mehr, selbst wenn diese Frau jetzt das Gegenteil behauptet.«

Falk kratzte sich am Kinn. »Diese Frau, wie Sie sagen, Herr Anwalt, hat sich vor ein paar Wochen das Leben genommen. Sie kam über die Vergewaltigung und die Folgen nie hinweg.«

Grothe winkte ab. »Einvernehmliche Intimitäten, sagte ich. Außerdem wäre zum heutigen Zeitpunkt eine Vergewaltigung längst verjährt und das wissen Sie, Herr Falk.«

»Das ist richtig, rechtlich gesehen, moralisch sicherlich nicht.«

»Dann frage ich mich, weshalb Sie Herrn Arnold überwachen. Es gibt keinen Grund dafür. Diese Maßnahme entbehrt jeglicher Rechtsgrundlage. Irgendwie habe ich das Gefühl, dass Sie Ihre eigentliche Aufgabe, diesen irren Mörder zu schnappen, vollkommen aus den Augen verloren haben. Stattdessen ermitteln Sie ohne ersichtlichen

Grund gegen meinen Mandanten. Diese Willkür geht eindeutig zu weit.«

Falk zuckte mit der Schulter. »Weiß Herr Arnold, dass er der Vater des Plastbachschlitzers ist?«

Grothe schüttelte den Kopf. »Das ist eine Mutmaßung. Ich habe Ihnen eine konkrete Frage gestellt: Weshalb überwachen Sie meinen Mandanten?«

»Wir überwachen ihn nicht, wir observieren die Straßen zu Ihrem Hof, weil wir davon ausgehen, dass der Mörder dort auftauchen wird, um Herrn Arnold zu töten. Wir sind bereit, für ihn Personenschutz zu stellen, wenn er es wünscht, und haben ihm dies sogar bereits angeboten. Er befindet sich in großer Gefahr. Bislang hat der Mörder seine Pläne in die Tat umgesetzt, und ich befürchte, Herr Arnold wird sein nächstes Opfer sein. Schließlich hat der vermeintliche Täter bereits den Hof beobachtet.«

»Und ihr habt ihn entkommen lassen«, fügte Arnold hinzu.

Erneut legte der Anwalt die Hand auf den Arm seines Mandanten, um ihn zum Schweigen zu bewegen.

»Nun gut«, meldete sich die Direktorin zu Wort. »Ich denke, wir haben dazu beigetragen, das Missverständnis aufzuklären. Diese Observation dient dem Schutz Ihres Mandanten.«

Arnold schüttelte den Kopf. »Ich kann gut auf mich selbst aufpassen. Ich bin Jäger und habe einen Waffenschein. Ich will, dass Sie Ihre Männer dort abziehen. Was sollen denn die Leute denken, wenn die Polizisten wie die Füchse um meinen Hof schleichen?«

»Wir suchen einen Mörder, und die polizeitaktischen Maßnahmen müssen Sie schon uns überlassen«, entgegnete

Falk. »Wenn das alles war, dann wünsche ich Ihnen noch einen guten Tag. Ich muss mich um die weiteren Ermittlungen kümmern.«

Falk erhob sich und warf der Inspektionsleiterin einen kurzen Blick zu. Sie nickte unmerklich. Er deutete eine kurze Verbeugung an, ehe er das Büro verließ und den Anwalt zusammen mit Willi Arnold im Büro der Inspektionsleiterin zurückließ.

37

Irgendwo an der Ostseeküste

Er war früh gekommen, viel früher als sonst. Sie spürte es, auch wenn Tag und Nacht für sie in ihrem neonbeleuchtetem Gefängnis nur eine Illusion waren. Noch immer steckte genug Zeitgefühl in ihr, um dies zu fühlen. Er öffnete die Stahltür, die knarrte und ächzte, Stück um Stück schob er sie auf, als er ihren Kerker betrat. Er humpelte. Eine Maske trug er nicht, warum auch, sie kannte sein Gesicht ja inzwischen. Mit seiner blauen Jeans, dem karierten Hemd und den blonden, kurzen Haaren hatte er all seinen Schrecken verloren. Dabei war er vor ein paar Tagen noch ein grausames, blutrünstiges Ungeheuer für sie gewesen. Ein mordender Irrer, für den Menschenleben keine Rolle spielten.

Es war komisch, wie sehr sich der Blick auf die Dinge doch wandelte, wenn man sie von mehreren Seiten betrachtete. Sicher, zu töten war falsch, zu töten war eine Sünde und grausam, doch was blieb einem schon, wenn einem alles genommen worden war?

Sie kannte seine Geschichte, sie kannte die Geschichte seiner Mutter, und sie hatte die Briefe gelesen, die er zurückgelassen hatte. Briefe, die ihr Dinge offenbarten, die sie sich kaum vorstellen konnte.

Es war schon ein sonderbares Ding, diese Wahrheit. Drehte man nur ein klein wenig an dieser Stelle, verrückte man Details ein klein wenig an einer anderen Stelle und verschwieg man einfach, was im Dunkeln bleiben sollte, dann wurden aus Tatsachen kleine Fragmente, Puzzlestücke, die man beliebig wieder zusammensetzen konnte und die auf diese Art zu einer eigenen Wahrheit wurden.

Aus Opfern wurden Täter, aus Täter wurden Opfer und komischerweise hatten alle irgendwie recht. Aber Recht war von Menschen gemacht, also war es fehlbar, denn der Mensch war fehlbar. Nein, dieser junge Mann, der vor ihr stand, war kein Ungeheuer. Dieser Mann tat das Einzige, was ihm geblieben war.

War dies das viel zitierte Stockholm-Syndrom oder waren es wirklich ihre Gedanken?, fragte sich Pia Stein, die wie eine Hündin am Hals an einer Kette gefesselt war, mit einem Auslauf von kaum mehr als sieben Metern, und auf einer schmutzigen Matratze saß. Eingesperrt in einem Raum, in dem es weder Tag noch Nacht gab.

Entführte solidarisierten sich mit ihren Entführern, nahmen ihre Gedanken an, wurden sogar zu Komplizen: das Stockholm-Syndrom, sie hatte viel darüber gelesen. Aber hier war es anders. Dieses Tagebuch des Schreckens trug dazu bei, verfasst von einer Frau, die nach einer entsetzlichen Vergewaltigung nie wieder den Weg zurück ins Leben gefunden hatte. Verschachert an einen gewalttätigen Trunkenbold, der sie wie Abschaum behandelte, sie schlug und wegsperrte, wie es ihm entsprechend verächtlich behandelte. Dazu diese zynischen Briefe von den Tätern und deren Lakaien, die Gerechtigkeit mit Profit verwechselten und keinerlei Skrupel hatten, das Recht so weit zu beugen und zu hintergehen, dass die Ungerechtigkeit zum Himmel schrie.

Sie verstand jetzt, warum er es getan hatte. Sie verstand,

warum er dieses Morden als einzigen Ausweg sah. Sie hatte erkannt, dass dieser Frau und ihrem Sohn alles im Leben genommen worden war. Nur die Rache war ihm geblieben.

Pia Stein richtete sich auf.

»Hast du es fertig?«, fragte ihr Entführer und zeigte auf den Computer.

Pia Stein nickte. »Aber sie werden es nicht veröffentlichen, nicht mit den Namen der Leute, die deiner Mutter das angetan haben.«

Der Mann humpelte zum kleinen Tisch und griff nach dem Computer. »Sie werden es tun.«

»Weil du mich sonst töten wirst?«

Er zuckte mit der Schulter.

»Ich glaube nicht, dass du mich tötest«, sagte Pia.

»Weshalb?«

»Weil ich dir nichts getan habe.«

Der Mann mit dem blonden Dreitagebart lächelte.

»Ich weiß, was du willst, und ich weiß, dass dir egal ist, was mit dir passiert. Aber wenn du tot bist, wird sich keiner mehr für deine Geschichte und die deiner Mutter interessieren.«

Er nahm den Computer unter dem Arm und humpelte zur Tür.

»Bleib hier, verdammt!«, schrie ihn Pia an.

Er setzte seinen Weg fort. An der Tür blieb er stehen und wandte sich noch einmal um.

»Drei Tage«, sagte er. »Sie werden dich befreien. Ich stehe zu meinem Wort.«

Noch bevor Pia antworten konnte, zog er die Tür zu. Der Riegel fiel knarrend ins Schloss, und es wurde wieder still im Raum. Nur ihre hektischen Atemzüge waren zu hören. War das nun das Ende, sein Ende oder gar ihr Ende?

Kriminalpolizei Wismar, Rostocker Straße

Falk hatte ein weiteres gelbes Fähnchen an die Landkarte gesteckt. Ein Kollege von der Streifenpolizei hatte sich an einen Mann erinnert, der dem auf dem Fahndungsfoto sehr ähnlich sah. Bei Kritzow vor den Toren Wismars war er nach dem Morden an Sydlow, Pohl und Helgers in eine Kontrolle gefahren. Mihail Cionek hatte der Fahrer geheißen, einen dunkelgrauen Škoda Fabia hatte er gefahren; das Kennzeichen lautete 1434 PX-5 und stammte aus Weißrussland. Der Kollege von der Streife erinnerte sich noch, dass der Mann im Wagen etwas von einer Fleischfabrik in Wismar gesagt hatte, doch den Namen der Firma hatte er nicht notiert.

Inzwischen lief die Fahndung nach dem Wagen. Er hoffte, dass die Kollegen aus Minskaja Oblast sich kooperativ verhielten und nicht auf offizielle Ersuchen bestanden, denn das würde endlose Wochen dauern, und diese Zeit hatte Falk nicht.

»Wie kommt er an gefälschte Papiere?«, fragte Vicki Sauter. »Der Kollege ist sich ganz sicher, dass das Bild im Führerschein den Fahrer zeigte und er mit unserem Gesuchten identisch ist.«

»Es war ein alter Führerschein«, entgegnete Falk. »Ich habe keine Erfahrungen mit weißrussischen Dokumenten, aber alte Papiere aus dem ehemaligen Ostblock sind auf dem Schwarzmarkt reichlich vorhanden und günstig zu haben.«

»Auf alle Fälle ist im Zentralregister kein Mann namens Mihail Cionek registriert.«

»Leider«, antwortete Falk. »Sonst hätten wir ihn ja schon. Wir müssen versuchen, über den Wagen weiterzukommen, vielleicht haben wir da mehr Glück.«

Es klopfte an der Tür.

»Herein!«, rief Falk.

Die Tür wurde geöffnet und die Inspektionsleiterin betrat den Soko-Raum.

»Herr Falk, auf ein Wort«, sagte sie ohne Umschweife.

Vicki nickte der Direktorin zu und verließ den Raum. Direktorin Reimann wartete, bis Vicki Sauter die Tür von außen geschlossen hatte.

Sie räusperte sich. »Kollege Falk, ich muss mit Ihnen noch einmal über die Bewachung des Ahrenshofs sprechen«, sagte sie. »Ich glaube, wir schießen da ein klein wenig über das Ziel hinaus. Willi Arnold mag zwar eine Schlüsselrolle in diesem Fall spielen, aber sein Anwalt wird Rechtsbeschwerde gegen unsere Maßnahme einlegen. Er spricht sogar schon von rechtswidriger Verfolgung Unschuldiger. Arnold hat Verbindungen, die bis ganz oben reichen, sogar bis zum Innenminister.«

Falk zuckte mit der Schulter. »Wir überwachen nicht Arnold, wir überwachen die Zufahrtswege zum Hof, und die sind, soweit ich weiß, öffentlich.«

»Trotzdem.« Sie blieb beharrlich. »Wir wagen uns dabei auf dünnes Eis. Ich habe keine Lust, wegen Rechtsfehlern oder unlauteren Ermittlungsmethoden beim Präsidenten anzutanzen. Sehen Sie zu dieser Überwachungsaktion eine Alternative?«

Falk lächelte ein wenig müde. »Frau Reimann, soweit ich weiß, haben Sie mir die Ermittlungen übertragen. Ich habe

Sie weder darum gebeten, noch war ich daran interessiert. Aber nun ist es einmal so, wie es ist. Unsere Maßnahme ist rechtmäßig und durch Paragraf eins unseres Polizeigesetzes gedeckt. Schließlich ist die Gefahrenabwehr polizeiliche Königsdisziplin, und genau dafür werden wir bezahlt.«

»Verstehen Sie mich …«

»Sie können mich gerne ablösen, wenn es Ihnen zu heikel ist«, fiel ihr Falk ins Wort. »Aber Arnold ist nun mal unsere beste Chance, einen mehrfachen Mörder dingfest zu machen. Wenn Sie es anders sehen …«

Es klopfte erneut an der Tür.

»Sie entschuldigen«, sagte Falk, wandte sich zur Tür und öffnete. Brunner stand davor und hielt ein paar Blätter in der Hand.

»Ich glaube, wir haben ihn«, sagte er mit breitem Grinsen im Gesicht.

Falk trat zur Seite und ließ Brunner herein. Als Brunner die Inspektionsleiterin sah, blieb er stehen. »Oh, ich wusste nicht …«

»Schon gut«, entgegnete Direktorin Reimann. »Wir waren gerade fertig. Also, was haben Sie, Kollege Brunner?«

Brunner breitete die Papiere auf dem Tisch aus. »Dieser Lastwagen ist fünf Mal durch unsere Kontrollen gefahren. Eine halbe Stunde nachdem der Fischer Uwe Lehn aufgefunden wurde, fuhr er von der Insel in Richtung Wismar. Die anderen Male war er ebenfalls hier in der Region unterwegs, und immer war er in der Nähe unserer Tatorte. Ich denke, das ist kein Zufall.«

Falk beugte sich über die Papiere, es waren Bilder eines Kühllasters der Marke Mercedes Benz.

»Das ist ein Dreizehntonner«, erklärte Brunner. »Das Kennzeichen ist zugelassen auf eine Wurstfabrik bei Blowatz. Blowatzer Spezialitäten, gehört zum Hofgut Marienfeld im Amt Neuburg. Und stellt euch vor, die sind vor zwei Monaten in eine neue Fertigungshalle ungezogen. Der alte Betrieb steht leer, bei Nienburg, gerade mal zwei Kilometer von der neuen Halle entfernt.«

Falk klopfte Brunner lobend auf die Schulter. »Das war richtig gute Arbeit«, sagte er.

38

Krusenhagen, Schulsteig

Er hieß Dr. Roman Weingart und war als Geschäftsführer der Hofgut Marienfelde AG, Fleisch- und Wurstwarenfabrik in Blowatz eingetragen. Falk hatte es vorgezogen, den Leiter der Firma in seinem Privathaus in Krusenhagen und nicht in der Firma aufzusuchen, damit er keinen Verdacht erregte. Immerhin war Falk dem Mörder im *Ostseeblick* schon einmal begegnet. Er musste vorsichtig sein, noch immer hielt der Schlitzer vom Plastbach mit der Journalistin Pia Stein ein Faustpfand in seiner Hand. Der Schutz ihres Lebens hatte oberste Priorität.

Als Falk den zivilen Dienstwagen in der Grundstückseinfahrt parkte, fiel leichter Regen aus den dunklen Wolken, die von Westen her über das Festland zogen.

Vor der Garage stand ein dunkelgrüner Mercedes der S-Klasse, und auch das Wohnhaus selbst, groß, verwinkelt und mit Erker und zwei Giebeln ausgestattet, zeigte, dass es der Firma offenbar nicht schlecht ging. Eine Doppelgarage mit Satteldach, ebenfalls in Weiß und Grün gehalten, so wie das Wohnhaus, komplettierte das Ensemble. Kurz geschorener englischer Rasen umgab das Haus, und ein mit roten Platten ausgelegter Pfad schlängelte sich an kniehohen Büschen vorbei zu den drei breiten Stufen vor dem Eingang, der von einem ziegelbesetzten Vordach vor Regen und Wind geschützt wurde. Angesichts der zugigen und feuchten Witterung beeilte sich Falk, das Vordach zu erreichen. Vor der großen bronzefarbenen Tür blieb er stehen. Die Klingel befand sich rechts davon und war mit einem Kameraauge und einer Sprechanlage ausgestattet. Als Falk klingelte, ertönte ein satter und melodischer Dreiklang im Haus. Ein kleines rotes Licht unterhalb der Kamera flammte auf, der Lautsprecher knisterte. Eine Frauenstimme meldete sich.

»Guten Abend, mein Name ist Falk, ich müsste dringend mit Herrn Doktor Weingart sprechen.«

»In welcher Angelegenheit?«

»In einer dringenden Sache, die keinen Aufschub duldet.«

Es dauerte einen Moment, bis Schritte im Haus zu vernehmen waren. Ein Mann in weißer Leinenhose, einem weißen Hemd und einer roten Strickjacke, öffnete die Tür und warf Falk einen fragenden Blick zu.

»Was führt Sie zu mir, das so dringend ist?«, fragte der Mann.

»Doktor Weingart?«

Der Mann nickte.

Falk zog seinen Dienstausweis hervor und zeigte ihn dem Mann. Der Firmenchef der Wurstfabrik warf einen langen Blick darauf.

»Die Polizei, um Gottes willen, ist etwas passiert?«

Falk schüttelte den Kopf. »Können wir uns drinnen weiter unterhalten?«

Der Mann trat einen Schritt zur Seite und ließ Falk passieren. Er führte ihn in den Salon, der mit einem grünen Teppich ausgelegt war. An den Wänden hingen große, moderne Bilder. In einer Sitzecke mit roten Sesseln bot er Falk einen Platz an. Falk nickte dankbar und setzte sich.

»Ist es für mich?«, drang eine weibliche Stimme in den Salon.

»Nein, Schatz, es ist für mich«, entgegnete Dr. Weingart und setzte sich auf den anderen Sessel.

»Darf ich Ihnen etwas anbieten?«, fuhr Dr. Weingart fort. »Einen Drink, Kaffee oder Wasser?«

Falk lehnte das Angebot mit einer Geste dankend ab.

»Was führt Sie zu mir, Herr … ?«

»Falk.«

»Herr Falk. Was führt Sie zu mir, wie kann ich Ihnen helfen?«

Falk griff in seine Jackentasche und zog ein Bild hervor. »Kennen Sie diesen Mann?«

Dr. Weingart nahm das Bild in die Hand. »Klar kenne ich den Mann«, sagte er ohne Umschweife. »Das ist Damian, unserer Vorarbeiter, ein sehr verlässlicher junger Mann.«

»Damian?«

»Damian Schikowski. Er arbeitet seit zwei Jahren für unsere Firma.«

»Er stammt aus Polen.«

Dr. Weingart nickte. »Richtig. Wir haben dreiundneunzig Mitarbeiter. Fünfzig in Blowatz, die anderen arbeiten in unserem Werk in Rostock. Beinahe die Hälfte stammt aus dem ehemaligen Ostblock. Die Leute sind zuverlässig und arbeiten hart für ihr Geld, vor allem die Ausbeiner in unserem Zerlegebetrieb im Rostocker Hafen sind sich für nichts zu schade. Da müssen Sie lange suchen, bis Sie einen Deutschen finden, der diese Arbeit macht. Damian spricht fließend Deutsch, Polnisch und Russisch, sogar ein paar Brocken Schwedisch kann er, was hier und da sehr nützlich ist. Aber weshalb fragen Sie nach ihm? Hat er was angestellt?«

Falk zuckte mit der Schulter. »Was glauben Sie?«

Dr. Weingart schüttelte den Kopf. »Damian ist ein guter Junge, der hält den Betrieb zusammen.«

Falk atmete tief ein. »Er fährt einen Lastwagen?«

Der Firmenchef nickte. »Ja, ab und an liefert er auch aus, aber eigentlich ist er ausgebildeter Metzger. Er hat in Schweden gelernt und ist absolut verlässlich und in der Firma sehr beliebt.«

Falk nahm das Bild wieder an sich. »Wissen Sie, wo er jetzt ist?«

Dr. Weingart zuckte mit der Schulter. »Er hat ein Zimmer in unserer alten Fabrik bei Nienburg und einen Raum in der Containerunterkunft im Rostocker Hafen, wenn er die Ausbeiner beaufsichtigt. Aber derzeit hat er Urlaub und müsste in Polen bei seiner Familie sein. Er sagte, seinem Vater ginge es schlecht, er läge im Sterben. Da habe ich ihm natürlich frei gegeben.«

»Und wo wäre das?«

»Nicht weit von Krakau, in einem Vorort, aber da müsste ich im Büro nachsehen.«

Falk warf einen Blick auf seine Armbanduhr. Es war kurz nach sieben. »Wann ist er nach Polen gefahren?«

»Vor drei Tagen«, entgegnete Dr. Weingart. »Aber jetzt sagen Sie schon, was ist mit ihm?«

Falk wiegte den Kopf hin und her. »In dieser alten Fabrik in Nienburg, gibt es dort einen Kühlraum?«

Dr. Weingart nickte. »Ja, aber die Geräte sind abgebaut. Wir werden in den nächsten Monaten auch die Liegenschaft im Rostocker Hafen aufgeben und den Betrieb zentralisieren. Das setzt Synergieeffekte frei; wir versprechen uns davon eine höhere Produktivität.«

»Werden die Räume dort noch genutzt?«

»Ja, als Lagerstätte. Wir bewahren dort die Kartons für unseren Onlinehandel auf. Spezialitäten aus Blowatz, Sie haben vielleicht schon davon gehört.«

»Hat Damian einen Schlüssel für das Areal?«

»In Nienburg?«

Falk nickte.

»Klar hat er einen Schlüssel, er wohnt ja auch dort, wie ich schon sagte. Aber jetzt will ich doch wissen, was gegen ihn vorliegt.«

Falk räusperte sich. »Herr Dr. Weingart, es ist eine böse Geschichte. Wir gehen davon aus, dass der Mann, den Sie unter dem Namen Damian kennen, eigentlich Tomasz Gorski heißt und für mehrere Morde in Frage kommt. Außerdem hat er eine Journalistin entführt. Wir haben Grund zu der Annahme, dass sie in einem Kühlhaus gefangen gehalten wird.«

Dr. Weingart sank in sich zusammen. Ungläubig blickte er Falk ins Gesicht. »Der … der Plastbachschlitzer?«

Falk nickte.

»Das … das ist doch unmöglich… da hätte ich doch … das hätten wir merken müssen«, stammelte der Firmenchef.

»Nicht immer sieht man einem Menschen an, was wirklich in ihm vorgeht. Wir gehen davon aus, dass er sich schon länger hier aufhielt, um seine späteren Opfer auszuspähen.«

»Aber … wie kann man … weshalb tut er so was? Er war so freundlich und … Nein, ehrlich, das kann ich nicht glauben. Rudolf Sydlow, der Metzger aus Kirchdorf, der gehörte sogar zu unseren Kunden. Damian hat dort Dosenwurst geliefert, er kannte ihn, das ist doch Irrsinn!«

Weingart erhob sich und ging zu einem kleinen mahagonifarbenen Sekretär, der in der Ecke stand. Er öffnet die Tür, nahm eine Flasche Cognac in die Hand.

»Auch einen?«, fragte er Falk, doch dieser schüttelte den Kopf.

Er schenkte sich einen Doppelten ein. »Na, ich brauch jetzt einen.«

»Herr Dr. Weingart, wir brauchen Ihre Hilfe«, sagte Falk, nachdem Weingart das Glas in zwei Zügen geleert hatte.

Kriminalpolizei Wismar, Rostocker Straße

»Oberste Priorität hat die Rettung der Journalistin Pia Stein«, beendete die Inspektionsleiterin ihre Ansprache. Der große Lehrsaal in der Rostocker Straße platzte beinahe aus den Nähten.

Neben den Kollegen und Kolleginnen der Fahndung, des Streifendienstes und der Ermittlungsgruppe hatten sich auch zwei Einheiten des Sondereinsatzkommandos eingefunden.

Die leer stehenden Hallen und das ehemalige Verwaltungsgebäude unweit von Nienburg standen unter verdeckter Beobachtung, doch dort war alles dunkel.

Damian Schikowski war tot. Die Recherchen hatten ergeben, dass der unweit von Krakau geborene Mann vor vier Jahren bei einem Autounfall bei Katrineholm in Schweden verstorben war. Offenbar hatte sich Gorski die Identität des Toten angeeignet, denn sie hatten sich gekannt. Schikowski war ebenfalls Metzger gewesen und hatte in Schweden gearbeitet.

»Wir nehmen uns zuerst die Hallen in Nienburg vor, denn wir müssen davon ausgehen, dass Gorski dort ist. Deswegen wird das SEK den Einsatz führen«, sagte Falk entschlossen. »In Kürze bekommen wir die Pläne zu dem Objekt.«

Vicki Sauter betrat den Raum und schlängelte sich an den Anwesenden vorbei zu Falk durch. Der Direktorin nickte sie kurz zu.

»Und?«, fragte Falk.

»Er war bis sechs auf seiner heimischen Baustelle und hat dort ganz schön mitgeackert, dann ist er nach Rostock gefahren. In der Stadthalle, besser gesagt in der Clubbühne, war eine Parteiveranstaltung. Er saß oben auf der Bühne. Jetzt ist er wieder zu Hause.«

»Ist ihm jemand gefolgt?«

»Nichts Auffälliges.«

Falk nickte.

Die Direktorin trat ein Stück näher. »Von wem haben Sie gesprochen, Herr Falk?«

»Von unserem Landtagsabgeordneten in spe.«

Die Direktorin machte große Augen. »Herr Falk, Sie haben doch den Anwalt gehört. Die machen uns die Hölle heiß, wenn die herausfinden, dass wir ihn nach wie vor überwachen.«

Falk winkte ab. »Was wollen Sie? Wollen Sie morgen oder übermorgen in der Zeitung lesen, dass der Großbauer und angehende Landtagsabgeordnete Wilhelm Arnold mit durchgeschnittener Kehle im Faulen See schwimmt? Was glauben Sie, was machen die Presse und unser Präsident mit uns, wenn dann noch herauskommt, dass wir wussten, dass Arnold das nächste Opfer ist, und nichts getan haben, um ihn zu schützen? Uns glaubt doch kein Mensch, dass er sich vehement gegen jeden Schutz gewehrt hat.«

Die Inspektionsleiterin verzog ihr Gesicht und überlegte. Schließlich räusperte sie sich. »Sie haben ja recht, Falk, aber seien Sie vorsichtig, Arnold darf nicht bemerken, dass wir ihm hinterherschnüffeln.«

»Da mache ich mir keine Sorgen, ich glaube, die *Falke*-Gruppe vom LKA ist da sehr professionell, die machen ja nichts anderes.«

»Ihr Wort in Gottes Ohr«, seufzte sie, ehe sie sich umwandte und nach draußen ging.

»Gibt es sonst noch etwas?«, fragte Falk an Vicki gewandt.

Sie nickte. »Ja, gute Nachrichten. Das Handy, das uns Weingart genannt hat, ist sein Geschäftshandy. Das ist schon seit gestern vom Netz. Aber glücklicherweise ist die Frau des Wurstfabrikanten sehr umtriebig, sie veranstaltet hin und wieder Grillfeste für Kids aus kinderreichen und armen Familien. Gorski scheint ihr dabei als Grillmeister zu assistieren. Deshalb hatte sie die Nummer seines privaten Handys im Speicher. Wenn wir Glück haben, finden wir ihn. Wenn er im Netz ist.«

»Und, ist er?«

»Die Anfrage läuft noch, Brunner kümmert sich drum.«

»Gut. Wo ist Modrow?«

Vicki lächelte. »Der telefoniert noch immer mit den Schweden. Ich glaube, der ist noch eine ganze Weile damit beschäftigt.«

Falk nickte. »Dann steht er uns wenigstens nicht im Weg.«

39

Irgendwo an der Ostseeküste

Sie wachte auf, aus irgendeinem Grund wurde sie wach, obwohl für sie Tag und Nacht keine Rolle mehr spielten. Die Zeit war für sie stehengeblieben. Er war nicht aufgetaucht, schon lange nicht mehr, und das Wasser ging zu Ende. War er womöglich schon tot?

Sie zitterte am ganzen Körper. Die dunkle Stimmung, die sich wie ein Schatten über ihre Gedanken gelegt hatte, wog schwer wie Blei. Eigentlich hatte sie gedacht, sie sei so stark, dass ihr diese Einsamkeit nichts anhaben konnte, doch sie hatte sich getäuscht. Er stellte keine Gefahr mehr für sie dar, vor ihm hatte sie keine Angst. Aber sie fürchtete sich vor diesem kalten und unerbittlichen Raum, in dem er sie gefangen hielt, und sie hatte Angst, dass sie nie mehr das Tageslicht zu Gesicht bekam. Sie knipste das kalte Neonlicht an, das zitternd und flackernd erwachte und ihren grausamen Kerker in ein grelles, unnatürliches Licht tauchte.

Wie viele Tage war sie schon hier? Fünf, sechs, sieben sogar, sie hatte es vergessen, hatte das Gefühl für die Zeit verloren und dabei bestimmte die Zeit doch den Rhythmus in ihrem Leben, gab den Takt vor, die Frequenz. Zwischen Exposition und Abgabetermin, zwischen Morgenausgabe und Abendblatt, zwischen dem ersten und dem letzten Wort einer Geschichte. Sie sorgte sich nicht darum, dass er hier auftauchte und sie umbrachte, so wie er die anderen alle ermordet hatte. Ganz im Gegenteil, sie machte sich Sorgen, weil sein letzter Besuch wie ein Abschied gewesen war, ein Abschied für immer, ein Abschied aus diesem Leben, an dem er offenbar nicht sonderlich hing. Und sie würde hier verrotten, allein, einsam, mit dem Fäkalieneimer in der Ecke, dem Metallschreibtisch in der Mitte des Raums und der schmutzigen und durchgelegenen Matratze, die zu ihrem Lager geworden war.

Was, wenn er niemandem mehr sagen konnte, wo sie nach ihr suchen mussten? Was, wenn dieser LKA-Kommissar, dieser Falk, nichts von alledem verstanden hatte, das sie zwischen den Zeilen dieser traurigen und rührseligen Geschichte der jungen Frau aus Polen versteckt hatte, die sie in den vergangenen Tagen niedergeschrieben hatte?

Verdammt, sie wollte nicht sterben! Nicht hier und nicht auf diese Art. Eine halbe Flasche Wasser war ihr noch geblieben und eine halbe Packung Toast.

Sie erhob sich und zog die Kette hinter sich her. War draußen Tag oder war es noch dunkel, mitten in der Nacht? Hier, umgeben von vier kalten Wänden mit schmutzig weißen Kacheln, dem ewig grellen Neonlicht, ohne Fenster im Raum, ohne Luke, noch nicht einmal der kleinste Schlitz, der hinaus in die Welt führte, hatte sie alles Gefühl für Raum und Zeit verloren. Sie sehnte sich nach Tageslicht, nach der Sonne, nach dem Wind, der sich in ihrem Haar fing, nach einem kleinen Augenblick der Freiheit.

Wie lange würde es dauern, bis es zu Ende ging? Hunger ist schlimm, aber Durst ist schlimmer. Durst ist tödlich, drei oder vier Tage, dann ist Schluss.

Sie fasste sich an den Hals. Das lederne Halsband, das sie

trug und das wahrscheinlich aus einem Erotikshop stammte, war feucht an der Innenseite, feucht von ihrem kalten Schweiß. Mehr als einmal hatte sie versucht, sich von der Fessel zu befreien, doch das Leder blieb standhaft, und das kleine Metallbügelschloss, das die beiden offenen Enden unlösbar miteinander verband, saß fest unter ihrem Kinn, sodass sie es nur fühlen konnte, wenn sie mit den Fingern darüberfuhr.

Sie seufzte, ging zum Schreibtisch und öffnete die Flasche. Das Wasser schmeckte schal, aber es tat gut. Sie nahm einen großen Schluck, ehe sie die Flasche zurück auf den Tisch stellte.

Sollte sie nicht sparsam sein?

Sie ging zurück zur Matratze, doch zuvor schaltete sie das Licht aus. Vielleicht war es besser, wenn sie versuchte zu schlafen. Im Schlaf verbraucht man am wenigsten Energie, hatte sie mal irgendwo gelesen. Als sie ihr zerknautschtes und mürbes Kissen zurechtzog, hielt sie inne. Sie lauschte in die Dunkelheit. Dumpfe Geräusche drangen durch die dicke Stahltür in den Raum. Sie hielt den Atem an, regungslos verharrte sie.

Kehrte er doch zurück? Befreite er sie etwa selbst aus ihrem Gefängnis?

Sie wusste es nicht, doch irgendetwas ging da draußen vor.

Niendorf bei Blowatz, Dorfstraße

Die Zeiger der Uhr wanderten auf die Vier zu. Vier Uhr, mitten in der Nacht. Die beste Zeit für einen Zugriff, denn zu dieser Zeit war der menschliche Organismus auf Schlaf programmiert und die Aufmerksamkeit ging gegen Null. Sie hatten die beiden Gebäude der ehemaligen Wurstfabrik beobachtet und dort keine Aktivität festgestellt; keine Menschenseele, kein Licht, keinerlei Bewegung. Dennoch mussten sie damit rechnen, dass er sich dort aufhielt. Dort in der Nähe seiner Geisel und jederzeit bereit und in der Lage zuzuschlagen.

Die Sicherheit des Entführungsopfers hatte oberste Priorität.

Alles war vorbereitet. Bis ins kleinste Detail waren sie den Plan durchgegangen. Die Mobile Einsatzzentrale, ein Sechzehntonner mit Kofferaufsatz, stand in Blowatz auf dem Areal der Grundschule. In den kleineren Ortschaften würde ein solcher Wagen zu sehr auffallen. Die Objekte in Blowatz, in Niendorf und im Hafen von Rostock wurden von der Observationseinheit *Falke* überwacht.

Inzwischen wusste Falk durch die Handyauswertung, dass Gorskis Privathandy zuletzt gegen zwei Uhr am frühen Nachmittag in Rostock im Netz eingeloggt gewesen war. Seit dieser Zeit gab es keine weiteren Logdateien. Sollte er es allerdings aktivieren, würde umgehend eine Meldung rausgehen. Rostock musste warten. Zuerst mussten sie Pia Stein aus ihrem Kerker befreien, erst dann konnten sie sich intensiv um Gorski kümmern, sollte er nicht hier im Objekt sein.

»SEK ist am Zielort angekommen«, meldete der Funker, der hinter den drei Monitoren des Einsatzleitrechners saß.

Möller leitete den Einsatz, und Falk war froh darüber. Möller war ein umsichtiger Mann und kein Draufgänger. Falk hatte schon mehrfach mit ihm zusammengearbeitet und schätzte die ruhige und überlegte Art des erfahrenen SEK-Beamten.

»Sie rücken vor«, meldete der Funker.

Falk nickte stumm und starrte wie gebannt auf den rechten Monitor, der auf einer Luftbildaufnahme des Objekts mit kleinen roten beweglichen Punkten die Positionen der einzelnen SEK-Beamten zeigte.

Von vier Seiten arbeiteten sich die sechzehn schwer bewaffneten Beamten über das offene Gelände, das vorwiegend aus Wiesen und Feldern bestand, zu den beiden Gebäuden vor. Im Vordergrund befand sich das ehemalige Verwaltungsgebäude, das zu Wohnungen für die Arbeiter umgebaut werden sollte. Dahinter erstreckte sich die langgezogene ehemalige Fertigungshalle, in der sich nach Aussage von Dr. Weingart zwei Kühlkammern befanden. In einer davon hoffte Falk auf die entführte Journalistin zu treffen.

»Sektor eins klar«, meldete einer der Beamten, die sich laut der Luftbildaufnahme nun direkt vor dem Verwaltungsgebäude befanden.

»Wir gehen rein!«

Möllers sonore Stimme, die aus dem Lautsprecher des Funkgeräts ertönte, war unverkennbar.

Ein paar der roten Punkte wandelten ihre Farbe in ein dunkles Grau, die Bewegung erlosch.

»Sie sind drin, da haben wir keinen GPS-Kontakt«, erklärte der Funker.

Wie gebannt starrte Falk auf die funkgesteuerte Digitaluhr mit den großen roten Ziffern, die über den Monitoren hing. Es vergingen zehn Minuten und zwölf Sekunden, ehe die grauen Punkte auf der Karte wieder die rote Färbung annahmen.

»Objekt A durchsucht, Sicherheit, keine Zielperson angetroffen«, meldete der Gruppenführer, der die Durchsuchung des Verwaltungsgebäudes geleitet hatte. »Wir nehmen uns jetzt Objekt B vor, wiederhole, Objekt B. Beobachtungspunkte einnehmen!«

Die roten Punkte gerieten wieder in Bewegung, nur zwei blieben am ersten Gebäude zurück. Es dauerte ein paar Minuten, bis alle Beamten Einsatzbereitschaft gemeldet hatten, was bedeutete, dass sie die zuvor festgelegten Positionen rund um die Fertigungshalle erreicht hatten.

»Vorrücken!«, ordnete Möller an. Wiederum wandelten einige der Punkte ihre Farbe, als sie die Halle betraten, in der es kein GPS-Signal gab. Diesmal vergingen vierundzwanzig Minuten und dreißig Sekunden, ehe sich Möller erneut zu Wort meldete.

»Raum eins negativ, wir gehen jetzt in den hinteren Bereich.«

»Warum hören wir nichts, wenn sie vorrücken?«, fragte Falk den Funker.

»Sie schalten dann auf interne Kommunikation um«, erklärte der junge Mann im schwarzen Overall mit dem Wappen von Mecklenburg-Vorpommern auf dem rechten Ärmel.

Die SEK-Beamten trugen Nachtsichtgeräte, damit sie sich in der Dunkelheit, die in der Halle herrschte, orientieren konnten. Sie hatten den vorderen Bereich durchsucht und befanden sich nun im hinteren Drittel, wo sich nach dem Bauplan eine weitere Kühlkammer befand. Langsam und leise durchquerten sie den Lagerraum, in dem ein weißer Kleintransporter stand, bis sie auf der anderen Seite auf eine Stahltür stießen. Der Riegel war geschlossen und mit einem Bügelschloss gesichert. Sie verständigten sich mit Zeichen; ein Beamter mit einem großen Bolzenschneider löste sich aus der Gruppe und schnitt den Bügel des Schlosses auf. Vorsichtig schob ein anderer den Riegel auf. Nur ein leises Schaben war zu hören.

Bevor sie die Tür öffneten, gingen sie in Position. Die Sicherungsbeamten nahmen ihre Maschinenpistolen in Anschlag. Jede Bewegung, jedes Vorgehen war eingespielt und tausend Mal trainiert. Der Gruppenführer hob seine Hand und zählte mit den Fingern auf drei; erst dann zog ein weiterer Beamter vorsichtig die Stahltür auf. Das Knarren und Quietschen ließ sich nicht vermeiden. Als der Spalt groß genug war, rückten sie vor.

»Achtung, Person!«, rief der Beamte, der als Erster den Raum betreten hatte. Die Kollegen folgten und verteilten sich im Raum.

»Achtung, Licht«, warnte der Gruppenführer und zählte wiederum mit seinen Fingern auf drei. Eine Taschenlampe flammte auf. Der Lichtkegel erfasste die Frau, die auf einer Matratze am Boden kauerte, die Beine angezogen hatte und mit den Armen umschlungen hielt.

»Polizei«, sagte der Gruppenführer. »Keine Angst, Sie sind jetzt in Sicherheit.«

Falk traf zehn Minuten nach der Meldung des Einsatzleiters an die Leitstelle an der Halle ein. Pia Stein war inzwischen von ihren Fesseln befreit. Sie saß in eine Rettungsdecke gehüllt auf einem Stuhl.

Falk trat näher. »Hallo, Frau Stein, es freut mich außerordentlich, sie lebendig und unverletzt hier zu treffen.«

Pia Falk schaute auf. »Wie haben Sie mich gefunden?«, fragte sie mit matter, kraftloser Stimme.

»Ich habe zwischen den Zeilen gelesen«, entgegnete Falk mit einem Lächeln auf den Lippen.

Zwanzig Minuten später war Pia Stein unter Bewachung auf dem Weg ins Wismarer Krankenhaus. Es war kurz nach sieben, als Falk müde und ausgelaugt auf eine Liege im Polizeirevier sank und die Augen schloss. Er hatte nicht viel Zeit zum Ausruhen, jetzt galt seine ganze Aufmerksamkeit Tomasz Gorski. Doch in der Unterkunft im Rostocker Hafen war er nicht, die Durchsuchung durch eine weitere Gruppe des SEK war ohne Erfolg geblieben.

40

Kriminalpolizei Wismar, Rostocker Straße

Falk hatte gerade mal drei Stunden auf der Liege in dem kleinen Raum abseits der Büros geruht, ehe er sich auf der Toilette frisch machte und zur Frühbesprechung in den Soko-Raum ging.

Vicki Sauter, Modrow, Möller vom SEK und Brunner warteten dort bereits. Pia Stein war befreit, sie war psychisch angeschlagen, aber unverletzt, und das war mehr, als man nach dieser Zeit in den Fängen eines brutalen Mörders erwarten konnte.

»Er hat sich bislang noch nicht gerührt.«

Mit diesen Worten empfing ihn Vicki Sauter, die vor der Pinnwand stand und die Landkarte mit den mehrfarbigen Fähnchen betrachtete.

»Er hat Schlüssel zu allen Objekten der Firma«, fuhr Möller fort. »Aber wir haben alles durchsucht, er ist weder in Blowatz noch in Rostock im Hafen. Es fehlt auch kein Fahrzeug der Firma, er ist wie vom Erdboden verschluckt.«

»Außerdem haben wir sein Motorrad«, fügte Modrow hinzu.

»Was ist mit Arnold?«, fragte Falk.

Vicki Sauter zog sich einen Stuhl heran und setzte sich zu den anderen an den Tisch. »Der ist auf seinem Hof und arbeitet auf der Baustelle. Wir haben vier Teams dort, außerdem kontrollieren wir jeden Zufahrtsweg. Es würde auffallen, wenn sich jemand dem Hof nähert.«

Falk überlegte einen Augenblick, schließlich setzte er sich zu den anderen an den Tisch. »Er hat Pia Stein damals in ihrem eigenen Wagen entführt, einem roten Opel Astra. Habt ihr den Wagen irgendwo auf dem Betriebsgelände der Firma gefunden?«

Die Anwesenden schauten sich fragend an, dann schüttelten sie den Kopf.

»Der Wagen ist noch immer in der Fahndung«, sagte Vicki. »Glaubst du, er geht das Risiko ein und fährt damit in der Gegend herum?«

Falk zuckte mit der Schulter. »Er könnte sich längst andere Kennzeichen besorgt haben. Arnold lebt noch, und er wird nicht einfach abhauen. Er ist hier, weil er seinen Plan verwirklichen will, und genau das wird er tun. Er wird versuchen, Arnold zu töten. Arnold war damals der Haupttäter, da bin ich mir sicher.«

»Meinst du, Arnold hat die ganze Zeit über gewusst, dass Gorski hinter den Morden steckt?«, fragte Vicki.

Falk zuckte mit der Schulter. »Bei Sydlow, Pohl und Helgers vielleicht noch nicht, aber als dann der Pfarrer und Lehn dazukamen, ahnte er sehr wohl, was da abläuft. Glaube ich jedenfalls.«

Vicki schüttelte den Kopf. »Und er hat nichts gesagt. Die Taxifahrerin könnte vielleicht noch leben, wenn er …«

Modrow schüttelte den Kopf. »Das ist siebenundzwanzig Jahre her, da verdrängt man vieles, zumal er wahrscheinlich gar nicht weiß oder wusste, dass er einen Sohn hat.«

Brunner kratzte sich nachdenklich am Kopf. »Ich frage mich die ganze Zeit, was wohl nach all der Zeit der Auslöser für die Morde war…«

»Der Selbstmord der Mutter wahrscheinlich«, fiel ihm Modrow ins Wort.

Brunner hob den Zeigefinger. »Sie wurde vergewaltigt, dann an einen Schläger und Säufer verheiratet, der sie nach Auskunft der polnischen Kollegen geschlagen und eingesperrt hat. Wieso hat sie das alles so lange ertragen und über sich ergehen lassen, um sich dann nach einer langen Leidenszeit selbst umzubringen? Ihr Sohn war aus dem Haus, er sorgte längst schon für sich selbst, und was sollte sich in ihrem Leben schon ändern, es sei denn …«

»Es sei denn?«, fragte Falk interessiert.

»Es sei denn, sie hatte die Hoffnung, dass sich tatsächlich noch etwas ändern könnte.«

Falk kratzte sich am Kinn. »Ich glaube, ich weiß, was du meinst. Wofür bleibst du am Leben, wenn du für dich selbst längst schon keine Hoffnung mehr hast.«

»Mütter tun es für ihre Kinder«, bemerkte Vicki nachdenklich.

»Ein Gedanke, den wir nicht vergessen sollten, wenn wir Gorski vernehmen«, sagte Falk nach einem Augenblick der Stille. Er wandte sich Modrow zu. »Was hat Schweden ergeben?«

Modrow schlug seine Akte auf, die vor ihm auf dem Tisch lag. »Schikowski ist tatsächlich bei einem Autounfall gestorben. Er hat einem Lastwagen die Vorfahrt genommen und bumm. Er war sofort tot. Nach Auskunft der schwedischen Behörden arbeitete er in einem Schlachthof bei Örebro. Ich habe dann die Rikspolis angerufen, und die haben über das Ausländerregister herausgefunden, dass ein gewisser Tomasz Gorski zur gleichen Zeit dort arbeitete. Er wohnte sogar im gleichen Haus wie Schikowski. Und stellt euch vor, ich konnte vor einer Stunde den Vorarbeiter im Schlachthof erreichen. Der sagt, die beiden sahen sich sogar ähnlich.«

Falk lächelte. »Dann müssen wir davon ausgehen, dass sich Gorski Schikowskis Papiere unter den Nagel gerissen hat. Wann war das?«

»Vor vier Jahren.«

»Offenbar hatte er schon damals seinen Plan im Kopf und hat Vorbereitungen dafür getroffen«, folgerte Falk. »Sonst noch was?«

»Ja«, meldete sich Vicki zu Wort. »Mihail Cionek, wir haben ihn ausfindig gemacht. Er war noch nicht im Zentralregister erfasst, weil die aufgrund der Flüchtlingswelle noch riesige Aktenberge zu bearbeiten haben. Wir haben ihn trotzdem gefunden, über das Melderegister der Stadt. Er arbeitet hier in Rostock im Zerlegebetrieb der Blowatzer Wurstfabrik, und ist quasi ein Kollege von Gorski. Wir haben mit ihm gesprochen, und er sagte, dass er seinen Führerschein vor zwei Monaten verloren hat. Inzwischen hat er über das Konsulat einen neuen beantragt. Außerdem ist die Sache mit dem Wagen geklärt. Gorski hat ihn von einem Weißrussen namens Jozef Prip geliehen, weil er angeblich etwas in Wismar zu erledigen hatte.«

Falk verschränkte seine Arme vor der Brust und lehnte sich auf dem Stuhl zurück. »Das heißt, er könnte wieder mit einem geliehenen Wagen von einem Arbeitskollegen unterwegs sein. Wir müssen die Augen und Ohren aufhalten, Gorski scheint ein sehr intelligenter Bursche zu sein, der sich gut auf seine Aktionen vorbereitet und auch in der Lage ist zu improvisieren. Er darf uns nicht durch die Lappen gehen.«

»Das wird er nicht«, entgegnete Vicki Sauter. »Unsere Leute sind auf dem Posten, und sie wissen genau, um was es geht.«

RMZ-Redaktionsbüro, Rostock

Chefredakteur Albert Scheu blickte skeptisch auf das braune Kuvert, das ihm soeben von der Büroangestellten übergeben worden war. Es war mit dem Fahrradkurier an der Pforte abgegeben worden. Es war das dritte Kuvert dieser Art, das er bisher erhalten hatte und wieder kribbelten seine Hände, als er es öffnete. Auf Spuren brauchen sie nicht zu achten, hatte Hauptkommissar Falk gesagt, als er ihm vor Tagen das erste Kuvert übergeben hatte. Der Schlitzer hinterließ keine Spuren.

Er schüttete den Inhalt des Kuverts auf seinen Schreibtisch. Ein weiterer USB-Stick kam zum Vorschein. Er aktivierte seinen Computer, der auf Standby stand, und schob den Stick in den USB-Port. Es dauerte ein paar Sekunden, bis der Computer den Stick erkannte und den Inhalt anzeigte. Er öffnete das Dokument, setzte seine Brille auf und las. Es bestand aus drei Seiten, die zweifellos aus Pias Feder stammten. Es war die Fortschreibung der Geschichte des jungen polnischen Mädchens, dem so viel Unrecht widerfahren war. Die drei Seiten waren eine einzige Anklage, und darin wurden Ross und Reiter genannt. Die Namen der Täter, die Namen der Helfer und die Namen derer, die das junge Mädchen einfach ihrem Schicksal überlassen hatten und sich einen Dreck darum scherten, was aus ihr wurde und welche Folgen ihre ungewollte und erzwungene Schwangerschaft für sie und ihren Sohn in dem kleinen Dorf am Fuße der Hohen Tatra haben würde.

Alle Namen waren genannt und standen klar und für jeden lesbar in diesem Dokument, dass die RMZ in der morgigen

Ausgabe veröffentlichen sollte, wie es im beiliegenden Begleitschreiben, diesmal handschriftlich abgefasst, vom Entführer von Pia Stein gefordert wurde. Ansonsten würde die Journalistin die nächsten Tage nicht erleben.

Die Drohung war klar und eindeutig, doch da gab es ein Problem. So eine Veröffentlichung wäre niemals statthaft, und es würde sie in dieser Form niemals geben. Scheu nahm das Kuvert in die Hand und schüttelte es, doch diesmal lag kein Bild bei.

Noch einmal überflog er die Seiten. Mit diesem Schreiben prangerte der Entführer honorige Bürger dieser Region an, doch fast alle waren tot. Nur noch einer der Genannten war am Leben: Wilhelm Arnold, der Großbauer vom Ahrenshof, der wohl in Kürze die Nachfolge des in die Jahre gekommenen Landtagsabgeordneten antreten sollte.

Verunglimpfung von Toten war das eine, sollten die Behauptungen in diesem Schreiben nicht stimmen, doch einen hochrangigen Bürger des Landstrichs, der an der Schwelle zu einer politischen Karriere stand, mit dieser Veröffentlichung zu verleumden, stand auf einem ganz anderen Blatt. Und noch etwas beunruhigte Albert Scheu auf Tiefste: Diese Zeilen klangen wie ein Vermächtnis, wie das Testament eines Mannes, der wusste, dass der Tod auf ihn wartete. War Pia Stein überhaupt noch am Leben?

Er griff zum Telefon und wählte mit zittrigen Händen Falks Nummer.

41

Hanse-Klinikum, Wismar

Als Falk den Dienstwagen auf dem Taxiparkplatz direkt an der Zufahrt des Klinik-Hauptgebäudes parkte, lugte die Sonne hinter den grauen Wolken hervor. Pia Stein war in der psychosomatischen Abteilung in einem Nebengebäude untergebracht und wurde durch zwei Kriminalbeamte bewacht.

Nach der Frühbesprechung hatte Albert Scheu von der RMZ angerufen und mitgeteilt, dass es ein weiteres Schreiben des Mörders vom Plastbach gäbe und er sich große Sorgen um Pia mache, denn dieses Schreiben erwecke den Anschein, als ob es das Letzte dieser Art wäre. Der Mörder forderte die Veröffentlichung, doch das war unmöglich. Der Verleger und die Geschäftsleitung würden dies niemals zulassen, denn darin wurden die Ermordeten sowie der Großbauer Wilhelm Arnold einer gemeinschaftlichen Vergewaltigung an einer jungen Saisonarbeiterin aus Polen bezichtigt. Er schickte Falk per Mail die gesamte Datei.

Als Falk ihm mitteilte, dass es gelungen war, Pia Stein in der Nacht zu befreien, atmete der Chefredakteur auf.

»Sie schwebt noch immer in Gefahr«, mahnte Falk. »Ich bitte Sie deshalb dringend, zu schweigen, auch der Mutter gegenüber. Wir hoffen, den Täter heute im Laufe des Tages zu verhaften. Erst dann sollte die Befreiung ihrer Mitarbeiterin publik werden.«

Albert Scheu stimmte Falks Bitte zu. »Wir werden den Artikel entsprechend umformulieren und dennoch veröffentlichen, natürlich dem Presserecht angepasst. Die Leute sollen erfahren, welches Schicksal so mancher Saisonarbeitskraft hier widerfährt und wie schutzlos sie ihren Arbeitgebern ausgeliefert sind. Vielleicht stoßen wir damit einen Impuls in der Politik an, denn diese moderne Ausbeutung verläuft heute noch immer nach diesen laxen Regeln, da ist in meinen Augen schon lange die Gesetzgebung gefordert.«

»Gut, Herr Scheu, aber wie gesagt, ich verlasse mich auf Ihre Verschwiegenheit.«

»Wo ist Pia denn?«

»Auch das kann ich Ihnen erst sagen, wenn es soweit ist.«

Nach dem Telefonat öffnete Falk das Mailprogramm seines Computers und überflog die drei Seiten. Es standen keine Neuigkeiten darin, das meiste wusste er schon, nachdem er mit der Wirtin des *Ostseeblicks* gesprochen hatte. Allerdings wurde nach diesem Schrieben auch dem Letzten klar, dass Tomasz Gorski seinen Plan bis zum bitteren Ende durchziehen würde, selbst wenn es sein eigenes Leben kostete.

Anschließend hatte Falk in der Klinik angerufen. Zuerst hatte man ihn abgewiesen, es sei möglicherweise noch zu früh, um mit Pia Stein zu sprechen Doch als sich der behandelnde Arzt über die Anwesenheit der Polizisten in seiner Abteilung beschwerte, die den normalen Klinikbetrieb störten, bemerkte Falk nur, dass es wohl noch eine Weile dauern würde, bis Pia Stein außer Gefahr war. Um die Ergreifung des Täters zu beschleunigen, sei es deshalb umso wichtiger, mit dem Entführungsopfer zu sprechen. Letztlich hatte der Arzt einer Vernehmung zugestimmt, doch die Zeit hierfür hatte er auf eine halbe Stunde begrenzt.

Falk wusste, wo er Pia Stein finden konnte, doch als er in der Abteilung im Nebengebäude ankam, schickte man ihn nach unten.

Pia Stein saß draußen vor einem Hintereingang des Gebäudes. Trotz der Temperaturen von knapp über zwanzig Grad war sie in eine Decke gehüllt. Sie war blass, und die Haare hingen ihr wirr und struppig in die Stirn. Von der selbstsicheren Frau, die Falk vor ein paar Tagen in ihrer Wohnung empfangen hatte, war nicht mehr viel übrig. Sie sah unglaublich mitgenommen aus, ihre Gefangenschaft hatte sie schwer gezeichnet. Sie starrte stumm in den Himmel. Eine Polizistin in Zivil saß neben ihr, ein weiterer Kollege hatte ein paar Meter entfernt Position bezogen.

Falk nickte der Kollegin zu, ehe er sich einen Stuhl nahm und ihn direkt neben Pia Stein stellte. Er nahm Platz und warf ihr einen langen Blick zu, doch Pia Stein blieb regungslos.

»Ich weiß, es ist schwer für Sie, Frau Stein, aber ich muss Ihnen leider ein paar Fragen stellen.«

Pia Stein reagierte immer noch nicht.

»So eine Gefangenschaft in einem dunklen Verlies und die Ungewissheit, ob man jemals wieder den Himmel zu sehen bekommt, hinterlassen Wunden auf der Seele. Aber wir müssen versuchen, den Weg zurück ins Leben zu finden, selbst wenn es unmöglich erscheint. Es geht weiter, glauben Sie mir.«

Sie senkte den Kopf und warf Falk einen kurzen Blick zu, ehe sie wieder auf den Boden starrte. »Was wissen Sie schon davon«, erwiderte sie.

»Ich war selbst zwei Mal in einer ähnlichen Lage.«

»Er hat einem Mann vor meinen Augen den Hals durchgeschnitten«, murmelte sie.

»Aber Sie hat er am Leben gelassen.«

Sie hob erneut den Kopf und wandte den Blick Falk zu. Diesmal lag ein Ausdruck von Trotz in ihrer Miene. »Er hat mich benutzt. Ich sollte seine Geschichte niederschreiben und war das Faustpfand dafür, dass man sie auch druckte.«

»Hat er Ihnen etwas angetan?«

Sie schüttelte den Kopf. »Er … er hat mich im Prinzip gut behandelt, aber … ich war gefesselt, in diesem Raum angekettet und ich hatte keine Chance.«

»Wissen Sie, wo er jetzt ist?«

Sie schüttelte den Kopf.

»Albert Scheu hat mich angerufen. Er hat mir die drei Seiten zukommen lassen, die von der Vergewaltigung einer jungen Frau handeln …«

»Seine Mutter«, fiel ihm Pia Stein ins Wort. »Er ist das Produkt dieser Vergewaltigung, ein Bastard, wie ihn sein Stiefvater genannt hat. Ich habe Briefe der Mutter gelesen. Er ist der Sohn eines der Vergewaltiger.«

»Willi Arnold«, bemerkte Falk.

»Ja, genau. Seine Mutter hat mit allen Mitteln versucht, Arnold dazu zu bewegen, die Vaterschaft anzuerkennen. Sie war sogar bereit, diese Vergewaltigung als einvernehmlichen Sex darzustellen, doch er ging nicht darauf ein. Dann hat sie ihm mit einer Anzeige gedroht, wenn er sich weigert. Das einzige, was sie als Antwort erhielt, war ein Rechtsgutachten eines Anwalts, der im ellenlangen Amtsdeutsch erklärte, dass die Sache verjährt sei und sie keinerlei Ansprüche mehr habe. Als sie keine Ruhe gab, schickte er einen weiteren Brief, in dem der Anwalt androhte, die arme Frau und den Sohn zu verklagen. Können Sie sich das vorstellen?«

Falk nickte. »Der Anwalt hieß Grothe, richtig?«

Pia Stein nickte.

»Seine Mutter hat sich Anfang des Jahres umgebracht«, fuhr Falk fort.

Erneut nickte sie.

»Ich gehe davon aus, der letzte Brief des Anwalts ist im Januar dieses Jahres abgeschickt worden.«

»Ja, das stimmt«, seufzte Pia Stein. »Aber wissen Sie, was für mich das Schlimmste ist?«

Falk zuckte mit der Schulter.

»Als ich zum ersten Mal über die Mordserie berichtete, da hatte ich das Bild eines Ungeheuers im Kopf, eines grausamen und menschenverachtenden Ungeheuers, eines Teufels, dem die Menschen und das Leben nichts bedeuten. Als er mich entführte und vor meinen Augen diesem Mann die Kehle durchschnitt, da hatte ich Angst, einfach nur Angst. Todesangst. Ich dachte, ich bin die Nächste, die er umbringt. Er stand vor mir, mit seiner schwarzen Maske über dem Gesicht, und ich wurde ohnmächtig. Aber dann, als er mich gefangen hielt und mich als seine Schreiberin benutzte, da wusste ich nicht mehr, was ich denken sollte. Ich war nur voller Hoffnung, dass ich dieses Martyrium tatsächlich lebend überstehen könnte. Dann lernte ich seine Geschichte kennen. Nicht nur von ihm, sondern auch aus den Briefen, die in deutscher Sprache geschrieben waren, weil der Stiefvater nichts davon mitbekommen sollte. Von ihm, von seiner Mutter, von Arnold und dem Anwalt. Und ich empfand plötzlich nur noch Mitleid für ihn. Ja, mehr sogar. Stellen Sie sich vor, ich hoffte sogar insgeheim, dass es ihm gelingt, sich an diesen Menschen zu rächen, die seiner Mutter und ihm all dies angetan haben. Irgendwann tauchte er auf; er war verletzt und trug keine Maske mehr. Ich dachte kurz daran, dass ich ihn jetzt ja identifizieren konnte und er mich wohl nicht einfach so laufen lassen konnte, doch ich half ihm, säuberte seine Wunde und verband ihn. Angst hatte ich komischerweise keine mehr. Er gab mir sein Wort, dass er mich freilassen würde, und ich glaubte ihm. Ich hatte nur Angst davor, was sein wird, wenn er es nicht schafft und nicht mehr zurückkommt. Wenn er niemandem vor seinem Tod erzählen konnte, wo ich gefangen gehalten wurde. Würde ich dann in meinem Gefängnis sterben? Mit diesen ganzen Gedanken muss ich erst mal klar kommen. Ich fühle mich inzwischen wie eine Verbündete, wie seine Komplizin, verstehen Sie?«

»Er wird versuchen, Arnold zu töten«, sagte Falk.

»Ja, das wird er, und es ist ihm egal, ob er selbst dabei draufgeht. Er hat dem Anwalt ein Handy geschickt. Ich musste es verpacken und die Adresse darauf schreiben.«

»Grothe?«

»Ja.«

»Wann war das?«

»Ich weiß es nicht, ich weiß gar nicht mehr, in welcher Zeit ich lebte, da war nur Dunkelheit oder grelles Neonlicht. Es war, als ich den letzten Text für ihn verfasste.«

»Diese Briefe, hat er sie bei sich?«

Pia nickte. »Ja, immer. Sie sind in einer alten Blechschachtel. All dieses Elend und diese Ungerechtigkeit sind in einer verbeulten und schmucklosen Blechschachtel verpackt.«

»Sind da auch andere Dinge drin?«

Pia Stein warf Falk einen fragenden Blick zu. »Andere Dinge?«

»Ein Feuerzeug, ein silbernes Kreuz, ein Foto von Pohl und dem Altkanzler Kohl?«

Pia Stein schob sich eine Strähne aus ihrem Gesicht. »Da war ein Beutel, da drin war ein Kreuz, ein kleines goldenes Kreuz als Anstecker. Ich dachte, das sind ein paar kleine Erbstücke. Weshalb fragen Sie?«

Falk zog das Bild von Gorski hervor, das im Computer hinterlegt war. »Ist er das?«, fragte er.

Pia Stein nickte.

Falk schwieg. Für einen Augenblick war das Rauschen der Bäume zu hören, die auf der gegenüberliegenden Straßenseite standen. Pappeln und Birken.

»Wie geht es Ihnen jetzt?«, fragte Falk.

Pia Stein zuckte mit der Schulter. »Ich weiß es nicht, ich weiß nur, dass ich hier draußen bleiben will. Ich will den Himmel sehen. Ich war viel zu lange eingesperrt.«

Falk erhob sich. »Erholen Sie sich erst mal. Bislang weiß nur Albert Scheu, dass wir sie befreit haben. Aber er weiß nicht, wo Sie sind. Geben Sie uns etwas Zeit, wir werden Gorski finden.«

»Ich glaube Ihnen, aber retten werden Sie ihn nicht«, entgegnete Pia Stein. »Ich brauche noch Zeit, ich will niemanden sehen, noch nicht einmal meine Mutter. Ich will nur wissen, wie es meiner Katze geht.«

»Um die Katze kümmert sich Ihre Mutter, aber nehmen Sie sich die Zeit. Stehen Sie wieder auf, bleiben Sie nicht auf der Strecke. Es gibt da draußen ein Leben, das auf Sie wartet, lassen Sie es nicht einfach wie ein Zaungast vorüberziehen.«

Falk verabschiedet sich von Pia Stein und wechselte noch ein paar Worte mit der Kollegin, ehe er sich in seinen Wagen setzte und zurück zur Dienststelle fuhr.

Ahrenshof bei Damekow

Der Hof war von allen Seiten umstellt. Kein Fahrzeug und kein Fußgänger konnte sich ihm nähern, ohne dass er von den Observationseinheiten bemerkt würde.

Nach all dem, was nun bekannt war, und nach der Aussage von Pia Stein war klar, dass Willi Arnold bei der Vergewaltigung vor mehr als zwanzig Jahren der Haupttäter gewesen war. Und nach all dem, was inzwischen passiert war, nach all den Leichen, die auf dem blutigen Weg des Mörders zurückgeblieben waren, nach der Zeitungsmeldung vom angeblichen Tod der Wirtin des *Ostseeblicks,* hegte niemand einen Zweifel daran, dass Willi Arnold das nächste, das letzte Opfer des Plastbachschlitzers sein würde. Er würde den Landwirt keineswegs verschonen, auch wenn es sein eigenes Leben kostete. Entsprechend vorsichtig und aufmerksam führten die Observationskräfte ihren Auftrag aus.

Willi Arnold war auf seinem Hof und arbeitete zusammen mit seinen Mitarbeitern weiter an der Grube zwischen den beiden Nebengebäuden. Den Bau einer Biogasanlage, zwei Kilometer vom Hof entfernt, hatte Arnold laut Aussage des Bauamtes beantragt und genehmigt bekommen, und in dieser Grube sollten ein Erdtank sowie eine Pumpenanlage entstehen.

Es war kurz nach zwei Uhr am Mittag, als der Mann in

blauer Latzhose und rot kariertem Hemd in seinen Wagen stieg, einem dunklen Mercedes der M-Klasse. Bevor er den Hof verließ, fuhr der Wagen noch einmal in die Scheune, aus der er zwei Minuten später wieder auftauchte und in Richtung Blowatz vom Hof fuhr.

»*Falke* zwo-null-null an alle, Zielperson verlässt den Hof. Schwarzer Mercedes M-Klasse, Kennzeichen HWI-HH zwo-null-null-zwo.«

»*Falke* zwo-elf, wir sind dran. Welche Streife übernimmt die Ablösung?«

»*Falke* zwo-eins-zwo, wir stehen in Blowatz-Mitte.«

»Verstanden!«

Die beiden Wagen folgten abwechselnd in weitem Abstand dem Mercedes. Die Fahrt führte über Blowatz nach Stove und dann hinüber nach Neubukow. Kröpelin, Bad Doberan und Sievershagen waren die nächsten Stationen, ehe die Fahrt mitten hinein nach Rostock führte.

Unterdessen hatte ein zweiter Wagen, ein alter roter Fiat, den Hof verlassen. Das Kennzeichen des Wagens war rumänisch. Er gehörte einem von Arnolds Arbeitern.

»Sollen wir dem Wagen folgen?«, fragte *Falke* 213 über Funk an, doch die Einsatzleitung widersprach. Man durfte nicht die gesamte Überwachung des Hofes aufgeben, schließlich konnte Gorski jederzeit auftauchen, und dann musste man gerüstet sein.

Der dunkle Mercedes fuhr über die Rövershäger Chaussee in den Stadtteil Toitenwinkel, wo die Fahrt auf dem Parkplatz eines Baumarkts im Ligusterweg endete.

»Der Wagen hat gehalten, Mega-Baumarkt im Ligusterweg«, meldete *Falke* 212 an die Zentrale.

»Bleiben Sie dran!«, erhielt die Streife zur Antwort.

Es verging eine Weile, ehe sich die nervöse Stimme eines Kollegen der Streife *Falke* 212 erneut meldete. »Der Fahrer ist ausgestiegen und hat den Baumarkt betreten. Es ist nicht die Zielperson, ich wiederhole, *nicht* die Zielperson. Keine weitere Person im Fahrzeug.«

42

Am Plastbach bei Alt Farpen

Es war derselbe holperige Feldweg durch den Wald von Blowatz nach Alt Farpen, an dem auf dem Baumgrundstück unweit des Plastbaches die Leiche von Rudolf Sydlow gefunden worden war. Willi Arnold beschleunigte den alten Fiat Punto und lenkte nach rechts, um einem tiefen Schlagloch auszuweichen. Vor einer halben Stunde hatte das Prepaid-Handy geklingelt, das er von seinem Anwalt erhalten hatte. Die Bäume lichteten sich, und er bremste ab. Eine große Wiese tat sich vor ihm auf. Ein roter Opel Astra stand zwischen zwei Bäumen. Willi Arnold lenkte den Wagen auf die Wiese und ließ ihn ausrollen.

Nachdem er ausgestiegen war, sah er sich um. Auf der Wiese, die sich in Richtung Norden erstreckte, standen Sydlows Obstbäume im satten Grün. Von Gorski war weit und breit nichts zu sehen. Willi Arnold ging langsam in Richtung des Baches weiter.

»Gut, dass du gekommen bist, Vater«, traf ihn die tiefe Stimme von Tomasz Gorski im Rücken. Arnold blieb stehen und fuhr herum. Gorski saß zehn Schritte entfernt auf einem Baumstumpf vor einem Gebüsch und spielte mit dem Autoschlüssel zwischen seinen Fingern.

»Warum hast du sie alle umgebracht?«, fragte Arnold unwirsch.

Gorski lächelte. »Du weißt warum. Du allein hättest es verhindern können.«

»Das ist doch Wahnsinn!«

»Ja, das ist Wahnsinn. Es war Wahnsinn, dass du damals Mutter vergewaltigt hast; es war Wahnsinn, dass du dich nicht bei ihr gemeldet hast; und es ist Wahnsinn, weil du sie in den Tod getrieben hast. Du bist an allem schuld.«

»Und jetzt wirst du mich auch umbringen?«, fragte Arnold provokant.

Tomasz Gorski erhob sich. »Vielleicht«, sagte er.

Arnold schüttelte den Kopf. »Weshalb hast du nicht alles auf sich beruhen lassen, weshalb bist du hierher gekommen? Du hättest in Schweden bleiben sollen. Deine Mutter ist tot und ich bin nicht dein Vater. Du hast niemanden mehr auf der Welt. Du hättest bleiben sollen, wo du hingehörst«

»O doch, du bist mein Vater. Und du bist keinen Deut besser als mein Stiefvater, wenn auch auf andere Art. Ich gehöre hierher. Ich bin schon lange hier, sehr lange. Hier direkt in Blowatz, vor deiner Nase, aber du hast mich nicht bemerkt. Dafür habe ich euch bemerkt, und ich habe euch studiert. Euch alle. Ihr trefft euch immer noch in dieser Kneipe, genauso wie es mir Mutter erzählt hat. Sie wollte es mir zuerst nicht sagen, aber ich habe nicht locker gelassen. Ich ahnte, dass ihr etwas Schlimmes zugestoßen war, aber sie … sie wollte euch vor mir schützen. Sie sagte mir, eines Tages wird er einsehen, dass es falsch war. Eines Tages wirst du sein Sohn sein, und dann wird es dir besser gehen, besser als es dir jemals im Leben ging. Aber sie hat sich getäuscht. Und als sie einsehen musste, dass sie sich getäuscht hatte, da nahm sie sich das Leben.«

»Wie hast du mich gefunden, wenn sie dir nichts erzählt hat?«

Gorski lächelte. »Ich fand die Briefe und das Tagebuch, da wusste ich, was los war. Vieles hatte ich schon geahnt. Man spürt so was, wenn man zusammengehört. Ich sagte ihr, ich gehe nach Schweden. Dort suchten sie Handwerker: Metzger, Bäcker, Schlosser, Arbeitskräfte eben. Ich machte sogar eine Ausbildung, aber in Wahrheit war ich nie wirklich weg. Ich war hier in der Nähe, und vor zwei Jahren sagte ich es ihr. Ich wollte sie wegholen von diesem Säufer, aber sie sagte, sie werde nicht gehen, sie werde bleiben und dafür sorgen, dass ich es einmal besser habe im Leben. Du hast sie zum dritten Mal enttäuscht.«

Willi Arnold schüttelte den Kopf. »Ich habe damals bezahlt, mehr als mir das Ganze wert war. Das muss reichen, damit ist die Sache aus der Welt. Sie hat dich angelogen. Sie hat es drauf angelegt mit ihrem kurzen Rock und der weißen Bluse. Sie war ein Flittchen, und ich habe bezahlt. Es gibt keine Schuld mehr, die ich begleichen muss.«

Gorski kam ein paar Schritte näher. »Sydlow und Pohl haben sie festgehalten, während du dich an ihr vergangen hast. Helgers stand Schmiere, damit niemand ins Zelt kam, sodass du dich ungestört austoben konntest, während sie schrie und sich unter Schmerzen wand. Und anschließend habt ihr sie in der Kneipe eingesperrt. Am nächsten Tag kamen dieser Pfarrer und diese Frau mit dem Taxi, die ihr einzureden versuchten, dass sie betrunken gewesen war und sich alles nur einbildete. Dass überhaupt nichts passiert wäre. Aber es ist etwas passiert, Vater. Du bist ein dreckiger Vergewaltiger, Vater, und du wirst dafür bezahlen.«

Arnold trat einen Schritt zurück und griff in seine Hosentasche. »Und du bist ein Mörder!«, sagte er und riss die kleine schwarze Waffe in die Höhe, die in seiner Hand lag. Eine alte Cz 52, die auf seinen Namen registriert war. »Bleib stehen!«, rief er laut und zielte auf die Brust seines Sohnes.

Gorski blieb stehen.

»Ich bin Jäger, ich kann damit umgehen«, fuhr Arnold fort.

Gorski blieb stehen und hob die Hände. »Und du wirst wirklich auf einen Menschen schießen können, wenn es drauf ankommt?«

»Wenn es nötig ist«, entgegnete Arnold. »Hast du die Briefe dabei?«

»Und du die Verträge?«

Arnold nickte und wies mit dem Kopf auf seinen Wagen. »Also, zeig mir die Briefe!«

»Im Wagen, aber zuerst bist du an der Reihe.«

»Wer sagt mir, dass du mir alle Briefe gibst? Am Ende behältst du welche zurück und ich werde dich nie los.«

Gorski zuckte mit der Schulter. »Ich sagte dir schon am Telefon, überschreib mir den Hof und zieh dich einfach von dort zurück, dann wirst du in den Landtag gewählt und kein Mensch stellt dir jemals wieder unbequeme Fragen. Mit deinem ehelichen Sohn wirst du dich schon einigen, der hält sowieso nicht viel von dir.«

»Den Hof kriegst du nicht«, entgegnete Arnold. »Die Polizei weiß inzwischen, wer du bist, und sie werden dich einsperren. Du kommst nie mehr frei. Ich habe einhunderttausend Euro im Wagen. Nimm sie und verschwinde von hier. In Polen bist du ein reicher Mann mit so viel Geld, da kannst du dir einen Hof kaufen. Und jetzt gib mir die Briefe, aber versuch keinen Blödsinn.«

Gorski schüttelte den Kopf. »So war das nicht abgemacht.«

»Dann hole ich mir die Briefe eben selbst.«

Noch bevor Gorski reagieren konnte, zog Arnold den Abzug durch. Er schoss und schoss, acht Mal, bis das Magazin leer war. Gorski wankte, und erst als der letzte Schuss brach, ging er zu Boden.

Motorengeräusche waren in der Ferne zu hören. Arnold eilte zum Wagen, mit dem Ärmel seines Hemdes nahm er ein Messer aus der seitlichen Türablage. Er ging zurück zu Gorski, der mit offenen Augen in den Himmel starrte, drückte das Messer in die rechte Hand des Toten. Dann trat er ein paar Schritte zurück und zog das Handy hervor, das ihm Gorski hatte zukommen lassen. Er rief zuerst seinen Anwalt an und informierte ihn darüber, dass er den Plastbachschlitzer in Notwehr erschossen hatte, dann wählte er den Notruf der Polizei. Noch bevor das Gespräch mit dem Beamten beendet war, heulte unweit der Wiese der Motor eines Wagens auf.

Kriminalpolizei Wismar, Rostocker Straße

Falk war außer sich. Alles schien aus dem Ruder zu laufen. Arnold war verschwunden, und er war auch nicht auf dem Hof. Sein Handy lag im Mercedes, den die Kollegen vom Observationsteam bis nach Rostock verfolgt hatten. Roman Ionescu hieß der Fahrer, der angab, er habe den Auftrag vom Chef erhalten, zwanzig Liter Dispersionsfarbe im Baumarkt zu besorgen. Wer mit dem anderen Wagen den Hof verlassen hatte, das wussten die Mitarbeiter des Ahrenshofs angeblich nicht.

Als gegen zwei Uhr die Leitzentrale meldete, dass sich Gorskis Handy bei Blowatz ins Netz eingewählt hatte, gab es zumindest einen kleinen Hoffnungsschimmer. Doch der Radius war riesig. Allerdings wankte das Signal zwischen dem Übersetzer bei Blowatz und Neuburg hin und her, bis es schließlich an dem Funkmast 27881 bei Krusenhagen zur Ruhe kam.

»Er bewegt sich nicht mehr«, sagte Vicki Sauter.

Falk stand vor der Landkarte und schaute angestrengt in den angegebenen Bereich. Schließlich stöhnte er leise auf.

»Ich glaube, ich weiß wo er ist«, sagte er und schlug sich mit der flachen Hand vor die Stirn.

Zusammen mit zwei Streifen fuhren Falk, Vicki Sauter und Modrow mit Vollgas nach Krusenhagen.

»Was glaubst du, was da los ist?«, fragte Vicki.

Modrow lenkte den Dienstwagen, er kannte den Weg am besten. »Ich habe keine Ahnung, aber ich glaube, wir treffen Arnold ebenfalls in diesem Wäldchen«, erwiderte er.

»Erpressung?«

Falk zuckte mit der Schulter.

Den Rest des Weges schwiegen sie. Es dauerte eine halbe Stunde, bis sie bei Alt Farpen in den Feldweg einbogen, der zum Obstbaumgrundstück des ermordeten Rudolf Sydlow führte. Die Streifenwagen schalteten ihr Blaulicht und das Signal ab. Falk wurde im Wagen ordentlich durchgeschüttelt und hielt sich ebenso wie Vicki Sauter auf dem Rücksitz krampfhaft an dem Innengriff oberhalb der Tür fest. Nach einer scharfen Kurve endete der Wald, und eine Wiese tat sich vor ihnen auf. Dort standen zwei Wagen, ein alter Fiat und ein roter Opel Astra. Als Modrow den Wagen direkt dahinter stoppte, hatte Falk bereits seine Dienstpistole in der Hand. Noch bevor der Dienstwagen zum Stehen gekommen war, sprang Falk hinaus und lief an dem Astra vorbei auf das Grundstück.

Wie vom Donner gerührt blieb er stehen.

Unweit eines Baumstumpfes lag ein Mann auf dem Boden. Willi Arnold kauerte daneben auf dem Boden und hob die Hände in die Höhe. Die Waffe, die in seiner Hand lag, ließ er fallen.

»Es war Notwehr«, sagte er und reichte Falk das kleine schwarze Handy, das er in der anderen Hand hielt. »Ich habe gerade die Polizei angerufen. Er wollte mich abstechen, da musste ich schießen.«

Falk ging zu dem Liegenden. Es war Tomasz Gorski, der mit gebrochenen Augen in den Himmel starrte. Falk wusste sofort, dass ihm nicht mehr zu helfen war.

Vicki Sauter und Modrow eilten herbei.

»Nehmt ihn mit!«, sagte Falk und wies auf Arnold. »Brunner soll kommen.«

»Ist schon auf dem Weg«, entgegnete Vicki Sauter. Zusammen mit Modrow führte sie Arnold ab und erklärte ihm die Festnahme.

Brunner kam siebzehn Minuten später zum Tatort. Nach dem ersten Blick auf Gorskis Leiche schüttelte er den Kopf. »Da stimmt was nicht«, sagte er und wies auf das Messer, das noch immer locker in der rechten Hand des Toten lag.

»Hier stimmt so einiges nicht«, bestätigte Falk.

Brunner übernahm die Spurensicherung vor Ort. Das Messer, das Gorski in der Hand gehalten hatte, war neu und unbenutzt. Es hatte einen gelben Griff und war sicher nicht identisch mit der Mordwaffe, mit der die anderen Opfer getötet worden waren. Außerdem fanden sie kein Handy, weder am Körper des Toten, noch im Wagen. Doch das Signal war noch immer vorhanden. Acht Kugeln aus der Pistole hatten Gorski im Brustkorb getroffen. Die Treffer lagen fast alle in einem Radius von zehn Zentimetern, nur ein Schuss lag außerhalb dieses Trefferbildes; er hatte Gorski beim Fallen in die Schulter getroffen. In Arnolds Wagen war eine Tasche mit mehreren tausend Euro gefunden worden.

Falk war auf die Dienststelle zurückgefahren. Dort erfuhr er, dass ein Paket für ihn abgegeben worden war. Es war eine verbeulte Schatulle aus Blech, die mehrere Briefe und den Schriftverkehr zwischen Arnold, Gorskis Mutter und Arnolds Anwalt enthielt. Auch die gesammelten Utensilien der Opfer befanden sich in einem Beutel in diesem Behältnis. Falk hatte nur kurz Zeit, einen Blick darauf zu werfen, aber schnell war klar, dass der erste Schriftwechsel zwischen Gorskis Mutter und Arnold vor über zwei Jahren stattgefunden hatte.

Arnold saß unterdessen im Vernehmungszimmer und schwieg. Die einzige Erklärung, die er abgegeben hatte, war die Behauptung, er habe in Notwehr geschossen.

Als Falk das Vernehmungszimmer betrat, blickte Arnold auf. »Sie haben kein Recht, mich hier festzuhalten. Es war Notwehr, mehr habe ich nicht zu sagen.«

Falk zog sich einen Stuhl heran. »Doch, das Recht habe ich, bis die Todesumstände von Herrn Gorski geklärt sind.

Denn wir müssen davon ausgehen, dass es Mord oder Totschlag war, solange Sie nicht dazu beitragen, die Geschehnisse aufzuhellen.«

»Ich warte auf meinen Anwalt.«

»Das ist Ihr gutes Recht, trotzdem müssen wir wissen, wie es zu diesem Treffen gekommen ist. Außerdem haben wir eine Tasche voller Geld in Ihrem Wagen gefunden.«

»Er hat mich erpresst! Er wollte Geld. Hunderttausend, sonst bringt er mich um. Was sollte ich tun, ich wollte bezahlen, da hat er das Messer gezogen. Ich habe geschossen, es war Notwehr, und für die Waffe habe ich einen Waffenschein.«

Falk nickte. »Hat er Sie über das Handy angerufen, das er Ihnen über Ihren Anwalt zukommen ließ?«

»Ich sage gar nichts mehr«, entgegnete Arnold trotzig.

»Sie haben es die ganze Zeit über gewusst. Von Anfang an wussten Sie, wer der Mörder ist, aber Sie haben geschwiegen. Sie haben Ihre Freunde und Stammtischbrüder ins offene Messer laufen lassen, wissen Sie das eigentlich? Anja Perlebach und Uwe Lehn könnten noch leben, wenn Sie den Mund aufgemacht hätten.«

Arnold zuckte mit der Schulter. »Geben Sie sich keine Mühe, ich sage nichts mehr ohne meinen Anwalt.«

Falk wartete noch eine Weile, doch Arnold schwieg und hielt den Blick zu Boden gerichtet.

Zehn Minuten später traf der Anwalt ein. Er gab sich erst gar nicht mit Falk ab, sondern begab sich direkt zur Inspektionsleiterin.

Weitere zehn Minuten später wurde Arnold entlassen. Er schien sehr zufrieden, als er im Schlepptau seines Anwalts den Flur entlang zum Ausgang ging und Falk hämisch angrinste.

»Müssen wir ihn tatsächlich gehen lassen?«, fragte Vicki Sauter entsetzt und warf Direktorin Reimann einen fragenden Blick zu. »Das Ganze stinkt doch zum Himmel.«

»Haben wir etwas gegen ihn in der Hand, wovon ich noch nicht weiß?«, fragte die Inspektionsleiterin zurück.

Falk zuckte mit der Schulter.

»Er hat das ganze Magazin auf Gorski abgefeuert. Er wollte, dass er stirbt«, murmelte Modrow.

»Die Aussage des Haftrichters ist eindeutig«, entgegnete die Direktorin. »Solange wir nicht mehr haben, bleibt er auf freiem Fuß.«

Falks Handy klingelte. Er ließ die anderen stehen und ging in die kleine Teeküche, um ungestört zu telefonieren. Als er zurückkehrte, standen Vicki Sauter, Modrow und die Direktorin Reimann noch immer zusammen im Flur.

»Jetzt *haben* wir mehr«, sagte Falk entschlossen zu Vicki und Modrow gewandt. »Geht ihm nach und nehmt ihn wegen Mordes fest. Beeilt euch, bevor er uns noch vom Hof fährt.«

Die Direktorin warf Falk einen ungläubigen Blick zu. »Aber …«

Falk winkte ab. »Brunner hat das Handy von Gorski gefunden«, erklärte Falk. »In einem Baum, direkt an der Stelle, wo Gorski starb, er hat alles aufgenommen. Bild und Sprache. Arnold hat ihn einfach erschossen, von wegen Notwehr! Er wird uns einiges erklären müssen, und dabei wird ihm sein Anwalt bestimmt keine große Hilfe sein, wenn Grothe ein Verfahren wegen Beihilfe zum Mord an der Backe hat.«

Epilog

Das Verfahren gegen Wilhelm Arnold fand im Herbst statt, kaum ein halbes Jahr nach den Morden. Falk hatte längst wieder einen anderen Fall zu bearbeiten und musste aus Hamburg zu dem Verfahren anreisen, das vor dem Landgericht in Rostock verhandelt wurde.

Wilhelm Arnold war des Mordes angeklagt. Inzwischen gab es auch eine Zeugenaussage, dass er das Messer, das er dem toten Gorski in die Hand gedrückt hatte, in einem Großmarkt bei Kühlungsborn gekauft hatte. Ein Überwachungsprotokoll der Observationseinheit *Falke* spielte dabei eine wesentliche Rolle, und die Verkäuferin hatte Arnold zweifelsfrei wiedererkannt. Vor Gericht wurde er von einem anderen Anwalt vertreten, denn Grothe hatte selbst jede Menge Probleme am Hals. Zwar war die Staatsanwaltschaft Falks Anzeige wegen Beihilfe zum Mord nicht gefolgt, doch die Übergabe des Handys sowie die Anwaltsscheiben an Gorskis Mutter verstießen gegen den Anwaltskodex, und die Anwaltskammer hatte ein Untersuchungsverfahren eingeleitet.

Arnolds neuer Verteidiger hatte ihm geraten, angesichts der erdrückenden Beweise vor Gericht zu gestehen. Das Gericht würde die Anklage wegen Mordes fallen lassen, da das wesentliche Mordmerkmal, nämlich die Tat zur Verdeckung einer Straftat, fragwürdig war. Die Vergewaltigung war ja längst verjährt.

So blieb Falks Auftritt vor Gericht nur eine Randnotiz und

dauerte nicht länger als zehn Minuten. Tage später wurde Arnold wegen Totschlags zu einer elfjährigen Gefängnisstrafe verurteilt.

Landtagsabgeordneter würde er damit natürlich nicht mehr werden; seine Partei einigte sich auf eine Kandidatin.

Falk war längst wieder zu Hause, als er von dem Urteil in der Zeitung las. Der Artikel stammte aus der Feder von Pia Stein.

Er lächelte, als er ihren Namen las.

Leezen – Zittow

Es war später Abend, als es an Falks Tür in Zittow klingelte. Er lag im Bett, doch er war nicht allein.

»Wer kann das sein?«, fragte Stephanie und warf einen Blick auf den Radiowecker auf dem Nachttisch. Es war kurz nach elf.

Erneut klingelte es. »Es wird doch wohl nicht dein Mann sein?«, fragte Falk ironisch.

»Helmut ist in London, außerdem hat er was Besseres zu tun, als nach mir zu suchen. Aber vielleicht ist es ja für dich, und du hast dich mit unserem heutigen Treffen nur im Datum geirrt.«

Es klingelte zum dritten Mal.

»Da lässt jemand nicht locker«, flüsterte Stephanie.

Falk erhob sich und schlug die Decke zurück und griff nach seinem Morgenmantel. »Warte hier auf mich und rühr dich nicht.«

Er verließ das Schlafzimmer und ging zur Tür. Erneut klingelte es. Schemenhaft war die schlanke Gestalt einer Frau durch die Glasbausteine neben der Tür im Licht der Außenbeleuchtung zu erkennen. Er schob den Sicherungsriegel zurück und öffnete die Tür. Pia Stein stand davor. Sie trug einen blauen Mantel und hatte die Haare hochgesteckt. In ihrer Hand hielt sie eine Flasche Champagner.

»Ich habe mich noch gar nicht für meine Rettung von damals bedankt«, sagte sie mit verführerischer Stimme und streckte Falk die Flasche entgegen.

»Woher wissen Sie, wo ich wohne?«

»Ich denke wir können du sagen. Außerdem arbeite ich für die Zeitung, schon vergessen?«

Falk versuchte ein Lächeln, das ihm misslang. Pia Stein beugte sich vor und warf einen Blick in den Flur. Dort entdeckte sie neben Falks Sneakers ein paar Damenschuhe. »Oh, ich … ich wusste ja nicht …«

»Tja, vielleicht sollten wir uns einmal auf einen Kaffee treffen, wenn ich wieder in der Nähe von Wismar bin.«

Pia Stein stellte die Flasche auf der Treppenstufe ab. »Schade, aber danke darf ich trotzdem sagen. Ein kleines Geschenk, dann eben für dich *und* deinen Damenbesuch.«

Sie wandte sich um und schlenderte davon. Falk griff nach der Flasche und schloss die Tür. Er ging zurück ins Schafzimmer.

»Eine Verehrerin?«, scherzte Stephanie.

»Schuldig, Frau Abgeordnete, offenbar habe ich eine enorme Ausstrahlung, wenn es um Frauen geht.«

»Liegt wohl an deinen Augen.«

»Was ist mit meinen Augen?«

Stephanie lächelte. »Sie sind irgendwie … italienisch eben. Das wirkt auf Frauen.«

»Die habe ich von meiner Mutter.«

Stephanie wies auf die Champagnerflasche, die Falk auf den Nachttisch gestellt hatte. »Ist er kalt?«

»Eiskalt.«

»Dann hol endlich Gläser, worauf wartest du noch!«

Dank an alle, die mich unterstützten:
Diana, für dein Engagement,
Geli, für die Tipps und die wertvollen Korrekturen,
und an meine Familie,
für die Zeit.